公共部门治理与责任系列

发展中国家的地方治理

世界银行　*published for the World Bank*

Local governance in developing countries Public Sector Governance and Accountability Series
Copyright © 2006
The International Bank for Reconstruction and Development/The World Bank

ISBN-10: 0-8213-6565-7
ISBN-13: 978-0-8213-6565-6
EISBN: 978-0-8213-6566-3
DOI: 10.1596/978-0-8213-6565-6

公共部门治理与责任系列 发展中国家地方治理
© 2006 年,版权所有
国际复兴开发银行/世界银行
地址:1818H Street,NW,Washington,DC 20433,USA

Public Sector Governance and Accountablilty Series

公共部门治理与责任系列

发展中国家的地方治理

LOCAL GOVERNANCE IN DEVELOPING COUNTRIES

（美）安瓦·沙 主编

刘亚平　周翠霞　译

刘亚平　刘琳琳　校

清华大学出版社

北京

内 容 简 介

良好政府的关键是直接面对公民的那一级政府,它直接决定着公民能够接收到的公共服务的质量与数量。《发展中国家的地方治理》一书以一个共同的比较框架介绍了世界上 10 个主要的发展中国家在地方治理方面的历史演进及各自的治理模式,从地方政府支出、收入、转移支付、地方借债、地方政府管理等方面详细地介绍了各种不同治理模式的主要特点。它帮助我们全面地了解世界四大洲不同国家的地方治理制度和特色,并分析了各国的地方政府组织和财政制度对其他国家的启示和借鉴,可以帮助读者更为理性和清晰地认识自己的地方治理制度。

图书在版编目(CIP)数据

发展中国家的地方治理/(美)沙(Shan,A.)主编;刘亚平,周翠霞译;刘亚平,刘琳琳校.--北京:清华大学出版社,2010.11
(公共部门治理与责任系列)
书名原文:Local Governance in Developing Countries
ISBN 978-7-302-22847-9

Ⅰ.①发…　Ⅱ.①沙…　②刘…　③周…　④刘…　⑤刘…　Ⅲ.①发展中国家－地方政府－行政管理－研究　Ⅳ.①D501

中国版本图书馆 CIP 数据核字(2010)第 097869 号

责任编辑:周　菁
责任校对:王荣静
责任印制:杨　艳

出版发行	清华大学出版社	地　　址	北京清华大学学研大厦 A 座
	http://www.tup.com.cn	邮　　编	100084
社　总　机	010-62770175	邮　　购	010-62786544
投稿与读者服务	010-62776969,c-service@tup.tsinghua.edu.cn		
质　量　反　馈	010-62772015,zhiliang@tup.tsinghua.edu.cn		

印　装　者:三河市金元印装有限公司
经　　销:全国新华书店
开　　本:155×230　印　张:29.75　字　数:280 千字
版　　次:2010 年 11 月第 1 版　印　次:2010 年 11 月第 1 次印刷
印　　数:1~3000
定　　价:40.00 元

产品编号:025712-01

公共部门治理与责任
系列译丛总序

随着人类社会事务的日趋复杂化,公共部门的角色和地位显得日益重要。如何通过良好的公共部门治理和对公共部门的问责来保证市场和社会发展所需要的制度环境,已经成为世界各国共同关注的问题。世界银行的这套丛书自 2006 年开始陆续出版后,在国际学术界和实务界就引起了广泛的关注。系列丛书涉及公共部门治理的几大主要领域:公共部门的财务管理;公共服务的效率和公平;强化呼吁、选择和退出的制度安排;以及确保穷人、妇女、少数民族等弱势群体参与的制度安排,等等。这些议题都是近年来世界各国政府在实践中不断面对同时也在不断探索的问题。世界银行邀请了世界各地相关领域的一流专家和学者来总结和介绍各自国家的相关经验,以精练的学术语言将原本错综复杂的现象以共同的框架提炼出来,以便于各国的决策者和学者的比较和研究。本套丛书的特色在于描述和归纳,而不是政策建议。因为各国的可行改革方案,必须从各国的本土实践中去发掘和发现。但是,比较可以让我们更好地认识自己,因为"如果仅和自己进行比较,我们永远也无法了解我们自己的弱点或优点。我们对自己的制度和程序过于熟悉以至于无法看到其真正的本质"(Wilson 1887)。了解其他国家的探索经验和历程,对于正处于改革深水区的中国政府而言,将有助于我们反思自己的实践,帮助我们更好地认清自己,帮助我们发现新的发展思路。基于此,在清华大学出版社地积极推动之下,中山大学行政管理研究中心从世界银行的这套丛书中选择了四本翻译,以飨读者。

为了让政府成为负责任者,需要有评估政府提供公共服务的绩效框架。近十多年来,绩效评估成为公共行政学的热门话题,甚至有人认为,西方国家已经从行政国走向了"评估国"。因此,我们选择《公共服务提供》作为首批推出,该书用绩效评估重组了威尔逊早年关于公共行政学的两个基本问题的界定:做正确的事——提供符合公民要求的公共服务;以正确的方式来做这些事——以最低的税收成本向公民提供高质的公共服务,这本书详细地介绍了考评政府整体以及不同级别政府的绩效的各种工具,并特别关注医疗、基础设施及地方和都市服务的绩效。

公共支出的公平和均等一直是公共部门在提供服务时的重要考量。如何让公共服务惠及贫困人口、妇女、儿童、少数民族等社会弱势群体,而不只是成为精英阶层的特权,是许多发展中国家在提供公共服务过程中面临的重要挑战。《公共支出分析》介绍了分析税负和公共支出是否均等的工具,以及判断政府在保障贫穷及其他社会弱势群体方面的绩效的工具。该书提供的一个以权利为基础的赋权于民的制度框架,对于正在进行社会主义新农村建设、西部大开发的中国而言,其意义是不言而喻的。

我们相信,良好政府的关键是直接面对公民的那一级政府。它直接决定着公民能够接收到的公共服务的质量与数量。基于此,我们特别选择了《发展中国家的地方治理》与《工业国家的地方治理》这两本书。它们以一个共同的比较框架介绍了世界上主要工业国家和发展中国家在地方治理方面的历史演进及各自的治理模式,从地方政府支出、收入、转移支付、地方借债、地方政府管理等方面详细地介绍了各种不同治理模式的主要特点。它可以帮助我们全面地了解世界各地的地方治理制度和特色,从而使我们能够更为理性和清晰地认识我们自己的地方治理制度。

本套丛书的主编——世界银行的首席经济师安瓦·沙先生对译丛的进展情况一直非常关心,并在世界银行总部亲自与译者就译丛翻译情况及中国的地方治理情况进行了讨论。中国的改革在全世界来看都是一大奇迹,并成为许多发展中国家学习的范本。从计划经济向市场经济转轨的过程是痛苦的,我们希望通过这个痛苦的过程给我们带来充满希望的未来。尽管在这个巨大的实验场中,失误在所难免,但我们更希望前车之鉴能够更好地为后来的试验和改革所充分领悟,从而减少试错的成本。正是基于这一考虑,我们推出这套译丛,希望能对中国的改革尽到我们的绵薄之力。

中山大学　刘亚平　马骏

2010 年 9 月 4 日

前　　言

在西方民主体制下，政府结构中的制衡体系形成了良治的核心，且在两百多年来一直推动着对公民的赋权。激励公务员和政策制定者的动机——与结果相关联的奖励和制裁，它们构成了公共部门的绩效——根植于一个国家的责任框架。合理的公共部门管理和政府支出有助于决定经济发展过程和社会平等，尤其是对贫困和其他弱势群体，如妇女和老人。

然而，许多发展中国家仍然深受不良的且往往功能紊乱的治理体制之苦，包括寻租、渎职、资源的不当配置、无效的收入体系，以及重要公共服务的不良供给。这些不当的治理导致穷人和社会中的其他弱势群体，如妇女、儿童和少数人种，没有畅通的渠道去获取公共服务。在处理这些问题时，从事发展援助的社群，特别是世界银行一直在致力于从世界各国的实际中吸取经验教训，以求更好地理解在改进公共部门治理中哪些行得通、哪些行不通，尤其是在反腐败和为贫困人群提供服务方面。

通过介绍世界各地在改进公共服务提供的效率和均等性以及强化治理的问责性制度方面的实践和手段，公共部门治理和责任系列提升了我们的知识。该系列丛书突出了政府内外为良治创造激励环境和压力的框架。它勾勒了授权市民对政府进行问责的制度机制。它提供了处理腐败和渎职的实践指引。它为扩展公共服务的范围和渠道的各种公共服务提供框架提供了概念和实践上的指引。该系列丛书还涉及对贫困、妇女、少数人种以及其他弱势群体的保障；强化呼吁和退出的制度安排；评估公共部门项目的方法；具有回应性和可问责性的政府的框架；财政联邦主义和地方治理。

该系列丛书对公共官员、发展实践者，发展研究者，以及对发展中国家公共治理感兴趣的人都会有所帮助。

法兰尼·A.卢蒂尔
世界银行学院副总裁

序

　　全球化和信息革命正在激励着全球越来越多的国家重新审视不同层级的政府及其与私人部门和公民社会之间的关系。典型的改革涉及将责任下移给地方政府，外移给政府之外的供应者，目的是强化地方治理。这一运动使得人们有极大的兴趣从国家的历史以及从当前各国在地方政府组织和财政的实践中学习。本书正是为了满足这一需求，提供一个关于发展中国家地方治理的比较性的反思。

　　本书为发展中国家的回应性、责任性和可问责性提供了一个比较制度框架。它综合了地方治理的分析性文献。它追踪了地方治理的历史演变，并为不同国家的地方治理的各种模型提供了程序化视角。书中还有知名的国际、国内学者提供的 10 个国家的案例研究。这些国家的案例研究提供了对每个国家地方政府组织和财政的深入的分析。

　　本书实践了世界银行学院在知识共享和跨国学习改革公共治理的经验方面的理念。本书旨在帮助发展中国家的政策制定者和实践者在强化地方治理和为市民改进社会结果方面作出更精明的选择。

卢明·伊斯兰姆

世界银行学院，脱贫和经济管理部主管

作　者

José Roberto Rodrigues Afonso,巴西人,自 1984 年 8 月担任巴西国家经济和社会发展银行经济学家,2002 年 12 月以来任巴西下议院技术顾问。他于 1989 年获里约热内卢联邦大学经济学硕士学位,同时也接受过会计方面的训练。他是世界银行、美洲国家发展银行、拉丁美洲和加勒比海经济委员会、巴西经济和社会发展银行以及其他国家和国际组织的咨询师。他撰写了多篇文章和图书章节,特别关注税制改革、财政分权、财政责任、城市财务和公共预算。

V. N. Alok 是印度公共行政研究所都市研究中心公共财政系教师,都市研究中心主任。他也是位于新德里的国家教育规划和管理研究所以及国家公共财政和政策研究所成员,印度第 12 届国家财政委员会地方财政部和第一届德里州财务委员会成员,联邦国内事务部六人委员之一,负责研究德里都市自治体的重建问题。他就财政分权等多项议题向州政府提交过报告,以及在著名刊物和经济日报上发表过多篇文章,为高级公务员主办过工作坊和培训项目。

Erika Amorim Araújo,巴西经济学家,在 Getúlio Vargas 基金会和巴西各州财政论坛工作。她是巴西金边大学经济学硕士,是美洲国家发展银行、拉丁美洲和加勒比海经济委员会、巴西经济和社会发展银行的非常任顾问。

Miguel Angel Asensio 是阿根廷利托瑞尔国立大学 MPA 项目主任、公共财政秘书和前圣菲省公共财政部部长、托瑞尔国立大学注册会计师、西班牙阿尔卡拉大学应用经济学博士、美国宾州匹兹堡大学富布赖特学者、阿根廷国家科学技术研究会自由研究人员、阿根廷经济政治学会成员及位于德国萨尔布吕肯的公共财政国际研究所成员。他是加拿大政府访问人员，蒙特利尔、渥太华、多伦多大学访问教授，曾访问过麦基尔大学、皇后大学、拉瓦尔大学、卡尔顿大学。他为美洲国家组织和世界银行提供咨询。

Sebastian Eckardt 在波茨坦大学和德国商业基金会工作。他当前的研究整合了定量和定性证据，以更好地理解发展中国家的公共财政和财政分权改革，及其与公共服务产出、增长和贫困削减之间的关系。他为各种捐赠机构提供治理和分权改革方面的咨询，包括德国技术合作公司、世界银行和美国国际发展署。

Chris Heymans 在写作本书时正在伦敦 GHK 从事咨询工作，目前他作为资深都市发展专家在世界银行国家办公室位于印度新德里的水和卫生项目组工作。他之前在非洲、南亚和东南亚一些国家为一系列发展机构就地方政府、政府间关系和治理问题提供咨询。在南非，他是作为技术委员会成员参与起草了地方政府白皮书(1998)，主编了两本财政部的《政府间财政评论》(2000,2001)。

Meruert Makhmutova 是哈萨克斯坦阿拉木图公共政策研究中心主任。她为公共和私营部门和国际捐赠组织就战略政策方面提供建议和从事研究。她也是公共政策研究中心两本杂志的主编和作者：《预测季刊》就哈萨克斯坦经济的分析性研究和《政策研究》。2000 年，她从哈萨克国家管理学院获博士学位，关注哈萨克斯坦政府间财政关系。

Om Prakash Mathur 是新德里公共财政和政策国家研究所住房和都市经济学教授。在此之前，他是新德里都市事务国家研究所主任。他是位于日本名古屋的联合国区域发展中心高级经济学家，联合国发展计划在伊朗的区域规划项目的项目主管。他是联合国大学、亚洲发展银行、联合国亚太经济社会委员会、联合国儿童基金会短期咨询师。他是经济学家,曾访问过波士顿的麻省理工学院。

Baoyun Qiao 是佐治亚大学经济学博士。中国上海大学经济学教授。乔博士的主要研究兴趣是地方治理、政府间财政关系和财政分权。

Leonardo Letelier S. 是智利大学公共事务研究所研究员、研究生主管。他是英国苏塞克斯大学经济学博士。他研究的领域是财政分权,并在该领域发表很多文章。他为世界银行和美国国家发展银行从事相关咨询工作,并在智利大学教授财政分权的课程。

Anwar Shah 是世界银行经济研究所公共部门治理项目的主管、首席经济学家。他也是加拿大阿尔伯塔公共经济学研究所访问人员。他曾经在渥太华的加拿大财政部和阿尔伯塔省政府工作,分别负责联邦省和省地方财政关系。他就公共和环境经济问题撰写过大量文章,就治理、全球环境、财政联邦主义和财政管理问题发表过大量书籍和文章。他在全球许多重要教育研究机构中举办过讲座。

Sana Shah 是位于密苏里圣路易的华盛顿大学的研究生。

Jesper Steffensen 是位于丹麦的北欧咨询小组的成员。他是公共行政改革和分权方面的专家。在过去的 15 年内,他在 25 个以上的国家的中央政府和地方政府协会和项目中工作过,具有丰富的工作经验。他的专业领域是中央和地方政府管理和组织、公共财政、政府间财政关系(包括拨款设计、收入共享和税收)、分权、地方政府财政和财政管理、任务和服务供给划分,分权指标和地方政府财政体系的调查、绩效评估和标杆以及地方发展项目的设计。

Pawel Swianiewicz 是经济学博士、经济地理学博士和硕士。他目前是波兰华沙大学教授,讲授地方政府财政、都市经济学和比较地方政府政治方面的课程。他为英国国际发展部、欧洲议会、联合国发展计划和东欧和中亚一些国家的开放社会研究所提供多种咨询。他是布里斯托大学高级都市研究学院的研究人员(1990)、卑尔根大学挪威组织和管理中心研究人员(1994)。1993年,他是芝加哥大学高级富布赖特学者。从1995到2001年,他主持了位于波兰的英国地方政府援助项目。他就中欧和东欧的地方政府改革著有15本以上的专著和100多篇文章。

致　　谢

　　本书将过去三年以来为世界银行研究所各种学习项目准备的各国地方治理简报汇编起来，这些简报都是在主编的指导下完成的。从这一背景来看，每一章都各有特色。这些不同的学习项目得到了加拿大、意大利、日本、荷兰、瑞士政府的资助。我们非感谢加拿大国际发展署、意大利政府、日本政策和人力资源发展项目、荷兰银行伙伴项目和瑞士国际发展署给予本书的资助。主编还要感谢华盛顿大学圣·路易斯校区的 Sana Shaheen Shah，她在世界银行的短暂实习期间首次提出了编撰这样一本书的提议。

　　本书受益于来自阿根廷、澳大利亚、巴西、加拿大、智利、中国、印度、印度尼西亚、哈萨克斯坦、吉尔吉斯斯坦、墨西哥、巴基斯坦、波兰、俄罗斯、南非、瑞士、泰国和美国的资深政策制定者对世界银行研究所学习活动的贡献。

　　主编还要感谢本书各章的撰写者，以及提供评论的评审人。Sandra Gain，Mike Lombardo，Sana Shah，Theresa Thompson 和 Jan Werner 在本书的准备过程中提供了帮助，提供了意见和建议，并为每章撰写了提要。Maria Lourdes Penaflor Gosiengfiao 为本书提供了极大的支持。

缩 略 语

AMC	艾哈迈达巴德地方企业
ARV	年度可课税额
BLA	黑人地方当局
CAA	宪法(第73次修正)法案(印度)
CAO	主要的行政官员
CAS	社会状况档案(智利)
CMIP	统一市政基础设施计划(南非)
CORE	大区委员会(智利)
CRISIL	印度信用评估信息服务有限公司
CSS	中央资助计划
DAK	专项拨款(印度尼西亚)
DAU	一般性拨款(印度尼西亚)
DBSA	南非发展银行
DEC	地区执行委员会
DORA	收入分配法案(南非)
DPLG	省和地方政府部(南非)
DSC	地区服务委员会
EU	欧盟
FCM	共同地方拨款(智利)
FDS	财政分权战略

FMG	财政管理拨款
FNDR	大区发展中央基金（智利）
FOCJ	功能性、重叠性和竞争性辖区
FOSIS	社会投资和巩固基金（智利）
FY	财政年度
GDP	国内生产总值
GSDP	地方生产总值
G-tax	阶段税（乌干达）
HIPC	负债严重的贫穷国家
IDB	美洲发展银行
INCA	基础设施建设金融机构
INDAP	农业发展协会（智利）
IRAL	由地方分配的大区投资（智利）
ISAR	大区特定部门的分配性投资（智利）
ISRDP	综合性农村可持续性发展项目（南非）
JUNAEB	国家学校补助和奖学金委员会（智利）
JUNJI	国家游乐场理事会（智利）
LEM	阅读、写作和算术项目（智利）
LGA	（1999 年）地方政府法案（乌干达）
LGDP	地方政府发展计划（乌干达）
LGFC	地方政府财政委员会（乌干达）
LGPAC	地方政府公共账目委员会
LGTA	地方政府过渡法案（南非）
Men-PAN	行政改革部（印度尼西亚）
MFMA	（1994）市政金融管理法案（南非）
MIDEPLAN	中央计划和协作部（智利）
MinMECs	部局委员会
MoFPED	财政计划和经济发展部（乌干达）
MoLG	地方政府部（乌干达）
MoPS	公共服务部（乌干达）

MSIG	市政体系改进拨款（南非）
NGO	非政府组织
NIE	新制度经济学
NPM	新公共管理
NRM	民族抵抗运动（乌干达）
OECD	经济合作与发展组织
PAF	贫困行动基金
PASIS	补助津贴（智利）
PME	教育改进项目（智利）
PMU	城市和公共设施改进项目
PR	比例代表制
PRI	潘查亚特机构（印度）
PRODESAL	地方发展项目（智利）
PROFIM	地方制度强化项目（智利）
RDPI	大区支配的公共投资资金
RSC	地方服务委员会
SALGA	南非地方政府联盟
SC	种姓制度中最低的社会等级
SDO	自治政府津贴（印度尼西亚）
SEREMIS	中央相关部门在大区的分支机构（智利）
SERPLAC	大区计划和协作秘书处（智利）
SFC	州财政委员会（印度）
SOE	国有企业
ST	特定宗族
SUBDERE	区域和行政发展主管（智利）
TDF	总分权性拨款
TSS	税收分享系统（中国）
URP	城市更新计划（南非）
USAID	美国国际发展援助机构
VAT	增值税

2008 年夏,译者与丛书主编安瓦·沙先生在世界银行总部的合影

目　录

非　洲

欧洲和中亚

第一章　地方治理的新视角和地方政府角色的转化

安瓦·沙　萨娜·沙

我们将争取逐步加强公众有关公共责任的公共意识；因而……我们将使我们的城市不只是维持现状，而是变得比我们接手时更强、更好和更宜人。

——古城雅典的议员宣誓

导言：地方政府和地方治理

地方政府指的是根据法律成立的为相对小的地理区域提供一系列具体服务的特殊组织或实体，这些法律包括国家宪法（巴西、丹麦、法国、印度、意大利、日本、瑞典），州宪法（澳大利亚、美国），中央政府高层制定的普通法（新西兰、英国等大多数国家），省或州的立法（加拿大、巴基斯坦），以及行政命令（中国）。地方治理则是一个更宽泛的概念，指的是在地方层级形成和执行集体行动。因而，它既包括正式的组织机构如地方政府和政府各层级在追求集体行动

1

中的直接和间接作用,也包括非正式的准则、网络、社区组织、邻里联合会在追求集体行动中的作用,它们界定着公民之间以及公民与国家之间的互动、集体决策制定、地方公共服务提供的框架。

因而,地方治理涉及自治社区的多种目标,包括对话、生活、工作以及环境保护。良好的地方治理不仅要求提供一系列地方服务,还要求保障居民的生活和自由,为民主参与和公民话语权的行使创造条件,支持市场导向和环境可持续性的地方发展,以及促进有利于改善居民生活质量的结果的产生。

尽管地方治理的概念与人类发展一样历史悠久,但是直到最近它才得到学术和实践的广泛关注。全球化和信息革命正在迫使人们重新审视公民与国家之间的关系及其作用,以及不同层级的政府与政府以外的实体之间的相互作用,于是,地方治理进一步成为人们关注的焦点。然而,发展经济学文献需要充分考虑地方治理的概念,因为发展援助社群长期以来的传统是关注地方政府或社区组织,而忽视了能够促进或阻碍组织、群体、规则和网络之间的相互交流、合作或竞争的、服务于地方层面的公共利益的总体制度环境。

最近一些作者(Bailey 1999；Dollery 和 Wallis 2001；Rhodes 1997；Stoker 1999)提出,由于政府以外的众多实体参与到了地方服务的提供或生活质量问题中,因而,继续将地方政府视为单一的实体不再现实(参见 Goss 2001)。理性地认识地方治理的这一内涵对构建回应性的(做正确的事——提供符合居民偏好或以市民为中心的服务)、负责的(以正确的方式做正确的事——做得更好而花的更少,总是向最好看齐)、有交待的(通过以权利为基础的途径向市民交待)地方治理的框架至关重要。上述分析意义重大,因为在这种情境下的地方政府的角色大大区别于地方政府的传统角色。

本节追溯了地方治理的演进过程和理论基础,以此为背景,帮助我们更好地理解和学习本书介绍的发展中国家的个案。下一节勾勒出地方治理的分析途径,帮助我们理解政府的作用并帮助我们比较和区分不同的制度安排。该节进一步发展出整合该领域各种流派的地方治理模型。该模型对于评估和改革发达国家和发展中国家地方治理都有重要的指导意义。第三节展示了 20 世纪世界各地实行过的比较典型的地方治理的模型和制度。该节将古代印度和中国的地方治理体制与北欧、南欧、北美以及澳洲的体制进行了比较和区分。最后一节提供了典型的发展中国家的地方政府组织和财政的比较性概览，从而为本书后面进一步深入分析这些国家提供引导。

理论：地方治理和央地关系的概念视角

一些基于效率、可问责性、可管理性和自主性的被广为接受的理论为分权化的决策制定和地方政府强有力的作用提供了依据。

- 斯蒂格勒的主张。斯蒂格勒（1957）认为设计管辖区应遵循两项原则：

——代议性政府离人民越近，越能更好地工作。

——人民应该有权选择适合自己的公共服务的种类和数量。

上述原则表明，决策制定应由能够保证资源配置效率的最低层级的政府负责。因此，最佳的管辖范围取决于当地的规模经济和成本—效益溢出状况。

- 财政均等原则。公共选择的文献中也出现过与管辖区设计相关的思想。奥尔森（1969）认为，如果政治管辖区刚好与收益范围重合，则"搭便车"问题便能得到解决，且产品的边际收益等于边际成本，从而可以保证公共服务的提供最优化。使政治管辖区与收益范围一致即为财政均等原则，它要求对各项公共服务实行分开管辖。

■ 一致性原则。相关的概念是由奥茨（1972）提出的：决定各项公关物品提供水平的管辖权区应精确涵盖消费这些物品的群体。该原则通常要求大量的交叠管辖。弗雷和艾芯伯格（1995,1996,1999）将这一原则扩展为功能性、交叠性和竞争性管辖（FOCJ）。他们认为，管辖区的设置应该遵循功能性原则，同时地理上是交叠性的，个人以及社区能在相互竞争的辖区中自由选择。个人和社区通过提出议案和公民投票直接表达其偏好。辖区能够管辖其成员且有权征税以履行职责。瑞士苏黎世的学区以及北美的某些特别区实行FOCJ模式。

■ 地方分权原则。根据奥茨（1972,p.55）提出的这一原则，"各项公共服务都应交由使提供这些服务的收益和成本内部化的最低层级的辖区"，这是因为

——地方政府了解地方居民关心什么；

——地方做出的决策回应着享受公共服务的群体的需求，这就有助于实现财政责任和效率，尤其是当服务的融资同样实行分权时；

——取消了不必要的辖区层级；

——促进了辖区间竞争和创新。

一个理想的分权体制能够确保公共服务的提供水平和组合方式符合选民的偏好，同时为这些服务的有效供给创造激励条件。考虑到空间的外部性、规模经济以及行政和服从成本，一定程度的中央控制和补偿性资助可能有助于确保服务的供给。同样的，该原则实际上也要求大量的交叠管辖区。

■ 职能下属化原则。根据该原则，税收、支出以及管制性职能应交由尽可能低的地方政府执行，除非有足以信服的理由才能将其交由高层政府。这一原则是由罗马天主教的教义演

化而来的,并于 1891 年由罗马教皇利奥八世首次提出。随后,罗马教皇皮尔斯六世强调职能下属化原则是独裁主义和自由放任主义之外的第三条治理道路。《马斯特里赫特条约》采用该原则作为欧盟(EU)成员国间责任分配的指导性原则。该原则与单一制国家实行的剩余性原则刚好相反,剩余性原则主张地方政府只承担中央政府不愿或不能承担的职责。

执行机制

实现辖区数量和规模的最优化要求考虑社区形成过程和重新设定辖区界限。

- 以足投票。蒂伯特(1956)认为,人们根据辖区的税收与提供的公共服务种类决定居住地点。因而,以足投票原则决定了辖区的形成,将公共服务的供给比拟为市场。奥茨(1969)认为,如果人民以足投票,社区间的财政差别就资本化为居民的财产价值。这一结论已被布鲁克勒(1982)和沙(1988,1989,1992)对配置效率的正式检测所推翻。两种检测都证明,单纯的用脚投票并不能保证公共服务提供的最优化,还必须有理性的投票行为。
- 投票表决。相关研究表明,集体决策可能无法保证选民福利的最大化,因为选民与政府代理人可能有各自不同的目标。
- 自愿联合。布坎南(1965)认为,通过人民的自愿联合(俱乐部)提供公共物品能够确保辖区的建置与公共服务的最优化供给相符。
- 重新设计辖区。现代社会社区形成的一个重要环节即重新划分已有辖区的边界,创造特殊或多重目标的辖区。

地方政府的角色和责任:理论基础

有关政府模型以及地方政府的角色和责任的分析视角共有 5

种：(a)传统财政联邦主义；(b)新公共管理(NPM)；(c)公共选择；
(d)新制度经济学(NIE)；(e)地方治理的网络形式。联邦主义和新
公共管理的视角主要关注市场失灵以及如何有效而公平地提供公
共物品。公共选择和新制度经济学的视角关注政府失灵。治理网
络化的视角关注同时克服市场失灵和政府失灵的制度安排。

地方政府是高层政府的补充：传统财政联邦主义视角

财政联邦主义理论将地方政府视为多层体制当中的一个下属
层级，并提出了界定不同层级政府的角色和责任的原则(见 Shah
1994 关于财政宪法的设计框架)。由此我们可以看出，在大多数联
邦国家，如加拿大和美国，地方政府是州政府的延伸(双重联邦体
制)。也有少数例外，如巴西，地方政府与高层政府是平等伙伴关系
(合作联邦体制)；另外一个特例是瑞士，地方政府是主权的主要来
源，与联邦政府相比拥有更重要的宪法地位。因而，依据地方政府
的宪法和法律地位，联邦制国家中的州政府承担的对地方公共服务
的监管权限亦有所不同。在单一制国家中，次国家级政府代表中央
政府行事。因而，单一制国家地方公共服务责任的指导性原则是：

- 政策制定以及确定服务和绩效标准的权力属于中央政府。
- 对执行过程的监督权属于州或省级政府。
- 具体的服务由地方政府或城市政府或地区政府提供。

在所有国家，公共服务产品可以由公共提供，也可以由私人提
供，这由地方或区域政府自由决定。除纯粹的地方性公共服务如消
防以外，其他公共服务的供给责任都可以依据这些原则由各方
分担。

将公共服务的供给责任分配给地方政府或城市政府或区域政
府取决于多种因素，如规模经济，范围经济(地方公共服务的合理匹
配，目的是通过信息和协作经济促进效率，并通过选民参与和费用
补偿增强可问责性)以及费用与收益的外溢，与收益人的接近程度，
消费者偏好，以及支出结构的预算选择。服务具体分配到政府的哪

一层级决定了公共服务以公共方式还是以私人方式生产,当然还必须兼顾效率与公平。人口超过一百万的大城市可以考虑设置更低的一级市立政府负责提供邻里服务,以及二级市立政府负责提供地区性服务。一级政府由选举产生,由选举产生的市长组成二级政府的市议会。二级结构式的大都市治理方式已在多个城市实行,如澳大利亚的墨尔本、加拿大的温哥华、美国宾夕法尼亚州的艾拉基尼市以及瑞典的斯德哥尔摩。

　　在发达国家,专业性机构或组织提供广泛的城市和地区公共服务,包括教育、公共卫生、规划、休闲以及环境保护。这些组织包括图书馆董事会,运输和警察委员会,以及提供水、电、气的公共事业部门。这类机构提供的公共服务具有以下特征:其供给范围超越了政治辖区,且能够通过借贷、使用者付费以及特定收益税(例如,征收额外的财产税以资助地方学校)更好地满足经费需求。如果保持在最小规模,该类机构将能够充分利用规模经济,为政治管辖范围与服务提供范围不一致的地区提供公共服务。而这类机构如果过多,则会削弱地方的责任性和预算灵活性。若此类特殊目的机构的成员是通过任命而非选举产生,则会弱化其对公民的问责性和回应性。如果大部分的地方开支不受地方议会的控制,则预算灵活性将不复存在。

　　表 1.1 是不同层级政府之间支出责任的一般性分配模型。表 1.2 提供了一个有关各种分配标准是如何支持地方或城市使命,以及公共的或私人的生产方式是否有利于效率和公平的主观评价。表中提到的标准和评价是武断的;相关的分析应该考虑到现实和制度因素,读者使用同样的标准可能会得出不同的结论。

　　私人部门参与同样可以采取多种方式,如合同竞标、特许权运作(地方政府是管制机构)、拨款(通常用于娱乐和文化活动)、凭单(地方政府可从私人供给者手中赎回)、志愿者(大多在消防队和医院)、社会自助活动(用于防范犯罪),以及私人非营利性组织(提供

表 1.1　支出责任的一般性分配

功　能	政策、标准和监督	提供和管理	生产和分配	说　明
解决区域间和国际间的冲突	U	U	N,P	成本和收益是国际性的
对外贸易	U,N	U,N,S	P	有全国和全球的维度
电信	U,N	P	P	有全国和全球的维度
财政交易	U,N	P	P	全球,国家,州和地方和外部性
环境,国家,州和地方外部性	U,N,S,L	U,N,S,L	N,S,L,P	对地方基础设施很重要
外国直接投资	N,L	L	P	成本和收益是全国性的
国防	N	N	N,P	成本和收益是全国性的
外交	N	N	N,P	独立于所有层级;在共同规则方面具有一些国际作用
货币政策,现金和银行	U,ICB	ICB	ICB,P	宪法的保障对于商品和要素的流动性非常重要
州际商务	宪法,N	N	P	U 是因为被迫退出
移民	U,N	N	N	再分配
转移支付	N	N	N	法治,全国性
刑法和民法	N	N	P	旨在阻止"以邻为壑"的政策
产业政策	N	N	P	国际共同市场
管制	N	N,S,L	N,S,L,P	协调是可能的
财政政策	N	N,S,L	N,S,L,P	促进区域平等和内部共同市场
自然资源	N	N,S,L	N,S,L,P	直接转移
教育,医疗和社会保障	N,S,L	S,L	S,L,P	成本和收益的规模各不相同
高速公路	N,S,L	N,S,L	S,L,P	成本和收益的规模各不相同
公园和娱乐	N,S,L	N,S,L	N,S,L,P	主要是地方受益
警察	S,L	S,L	S,L	主要是地方受益
水,排污,垃圾和消防	L	L	L,P	

资料来源:Shah 1994,2004。

注:U 为超国家责任;N 为中央政府;ICB 为独立的中央银行;S 为州或省政府;L 为地方政府;P 为非政府部门或公民社会。

表 1.2　地方公共服务在市、区域或都市政府之间的分配

公共服务	提供的分配标准							公共或私人生产的分配标准		
	规模经济	范围经济	本益外溢	政治接近性	消费者主权	部门选择的经济评估	综合	效率	公平	综合
消防	L	L	L	L	L	M	L	P	G	P
治安	L	L	L	L	L	M	L	P	G	G
垃圾收理	L	L	L	L	L	M	L	P	G	P
社区花园	L	L	L	L	L	M	L	P	G	G
街道维护	L	L	L	L	L	M	L	P	G	P
交通管理	L	M	L	L	L	M	L	P	P	P
地方运输服务	L	M	L	L	L	M	L	G	P	P
地方图书馆	L	L	L	L	L	M	L	P	G	G
小学教育	L	L	M	M	L	M	M	P,G	G	P,G
中学教育	M	M	M	M	M	M	M	P	G	P,G
公共交通	M	M	M	L,M	M	M	M	P,G	G	P,G
供水	M	M	M	L,M	M	M	M	P,G	P,G	P,G
污水处理	M	M	M	M	M	M	M	P,G	P,G	P,G
废物处理	M	M	M	M	M	M	M	G	G	P
公共健康	M	M	M	M	M	M	M	P,G	G	G
医院	M	M	M	M	M	M	M	G	P	P,G
电力	M	M	M	M	M	M	M	P	P	P
空气和水污染	M	M	M	M	M	M	M	G	G	G
特别警力	M	M	M	M	M	M	M	G	G	G
区域公园	M	M	M	L,M	M	M	M	G	G	G
区域规划	M	M	M	L,M	M	M	M	G	G	G

资料来源：Shah 1994。

注：L 表示地方政府；M 表示区域或都市政府；P 表示私人部门；G 表示公共部门。

社会服务）。由此可见，提供地方公共服务可以通过多种方式。在大多数发展中国家，地方政府的财政能力是相当有限的。因而鼓励私人部门参与地方公共服务的提供显得尤为重要。这种参与增强了地方公共部门的责任性，扩大了选择机会。然而，让某一层级的政府承担提供服务的责任并不意味着该政府要直接参与生产过程。有限的经验证据表明，某些服务由私人部门生产有助于增进效率和公平。

财政联邦主义理论也为地方政府的财政抉择提供了指导性原则。四个一般性原则要求将税收权赋予不同级别的政府。首先，经济效率原则要求中央政府掌握影响国内共同市场效率的流动要素税和可贸易商品税。把对流动资本的征税权赋予次国家级政府，可能导致区域或地方政府为了将资源吸引到自己辖区而采取浪费性的"以邻为壑"政策。在全球化的今天，由中央政府掌握流动资本的征税权也可能不太有效，因为存在着避税港问题，以及很难追踪和分配源自虚拟交易和各种物理位置的收入。其次，国民平等原则要求中央政府掌握累进再分配税的征税权，这样就限制了地区或地方政府采取不正当的再分配政策，即同时利用税收和转移支付以吸引高收入人群并抵制低收入人群的可能性。然而，这种做法使得对以居住地为基础的国民所得税征收附加的统一地方费成为可能。再次，行政可行性原则（降低服从成本和行政成本）要求将税收权赋予能够最好地监督相关税目的辖区。该标准有利于行政成本最小化，同时也减少了逃税的可能性。例如，财产税、土地税以及改良税都属于适合地方的税种，因为地方政府能够更准确地评估这些财产的市场价值。最后，财政需要或税收充足原则要求，为确保可问责性，收入方式（向私人财产征税的能力）应该尽可能地与支出需要相匹配（见表 1.3，典型的税收责任分配）。该理论还认为，长期资产应该主要以借债方式负担，从而确保各代人之间的责任均等（Inman 2005）。也就是说，这种巨额投资项目尤其不能由经常性财政收入和储备单独负担（见专栏 1.1）。

表 1.3 税收权力的分配

税 种	税基的决定	税率的决定	征收和管理	评论
关税	F	F	F	国际贸易税
企业所得税	F,U	F,U	F,U	动态因子，稳定工具
资源税				
资源租税（赢利和收入）	F	F	F	高,不平等分布的税基
版税,费;生产,产出和财产税	S,L	S,L	S,L	对州.地方服务的收益税和费
资源保护费	S,L	S,L	S,L	旨在保护地方环境
个人所得税	F	F,S,L	F	再分配的,动态因子,稳定工具
财产税(对资本,财富,财富转移,遗产和遗赠的征税)	F	F,S	F	再分配的
工资税	F,S	F,S	F,S	收益费,如社会保障覆盖
多级销售税（增值税）	F	F	F	联邦政府可进行更宽的税收调整；潜在稳定工具
单级销售税（生产,批发和零售）				
A	S	S,L	S,L	更高的服务成本
B	F	S	F	和谐的,低服从成本
"原罪"税				
对酒精和烟草的货物税	F,S	F,S	F,S	医疗是共享责任
赌博税	S,L	S,L	S,L	州和地方责任
博彩	S,L	S,L	S,L	州和地方责任

续表

税　种	税基的决定	税率的决定	征收和管理	州和地方责任	评论
体育税	S,L	S,L	S,L		
对"有害"物的征税					
碳税	F	F	F		目的是减少全球或全国性污染
能源税	F,S,L	F,S,L	F,S,L		污染影响可能是全国、区域或地方性的
机动车燃油税	F,S,L	F,S,L	F,S,L		对联邦、省和地方道路的收费
废物税	F,S,L	F,S,L	F,S,L		旨在处理州际、市际或地方污染问题
拥挤税	F,S,L	F,S,L	F,S,L		对联邦、省和地方道路的收费
停车费	L	L	L		目的是控制地方道路拥堵
机动车辆					
登记、转让税和年费	S	S	S	州的责任	
驾照和税费	S	S	S	州的责任	
商业税	S	S	S	收益税	
货物税	S,L	S,L	S,L	以居民为基础的税	
财产税	S	L	L	完全固定的，收益税	
土地税	S	L	L	完全固定的，收益税	
临街建筑和修缮税	S,L	S,L	L	成本回收	
人头税	F,S,L	F,S,L	F,S,L	为地方服务付费	
使用者费	F,S,L	F,S,L	F,S,L	为享受的服务付费	

资料来源：Shah 1994。

注：U＝超国家机构，F＝联邦，S＝州或省，L＝市或地方政府

专栏 1.1　地方和都市财政：自有财源收入的选择

　　财政联邦主义文献认为，除了永久资产的债务以外，下列税费也应该由地方进行分配：使用者费、财产和土地税，增值税费，人头税费，单阶段（零销）销售税，以居住地为基础的国家收入税征收的骑背单一税，酒店客房、机场使用、娱乐、的士和租车税，机动车登记税，单一企业或职业许可，版税，开采税，地方保持费，地方"有害物"税（BTU 税、拥挤税、停车费、排污费），以及"罪恶"税（对赌博、投机、博彩、赛马征的税）。

　　资料来源：作者。

　　这四个原则表明，使用者付费方式适合所有层级的政府，但税权下放却不如公共服务供给权下放那样紧迫。这是因为税收权的下放可能导致联邦内资源配置的低效率和不同辖区居民之间的不平等。此外，还会导致征税成本和服从成本的显著增加。这些问题在某些税种上表现得尤为突出，因此，在选择对哪些税种进行分权时要慎重，从而在通过较低层级的政府实现财政和政治责任的需要与分割的税务体制的弊端这两点之间取得平衡。增强问责性和分散化的税收责任带来的经济成本增长之间的权衡可以通过这样的财政安排而得以缓解，即允许联合和税收协调以克服分散化问题，通过财政均等性转移支付来减少由区域和地方政府之间财政能力的差异导致的低效和不公平问题（参见表 1.4 所示的财政转移设计）。

　　上述财政联邦主义的视角是有效的，但在实践中也导致了一些重大问题，尤其是在发展中国家，因为实践似乎将联邦主义的结构和过程视为目的，而不是实现目的的手段。这些结构和过程是针对市场失灵和异质偏好而做出的回应，很少认识到政府失败或政府之外的其他实体的作用。新公共管理和新制度经济学理论（下一章将进行综述）进一步明晰了这些问题的起源。这一文献强调政府失败的原因及其对地方政府角色的意义。

表 1.4　拨款设计的原则和良好实践

拨款目标	拨款设计	良好实践	要避免的问题
填补财政差额	重新分配责任、减税或税基共享	加拿大的减税与巴西、加拿大和巴基斯坦的税基共享	赤字拨款；依具体税种进行的共享
减少区域财政不均等	一般的非配合性财务能力均等化转移支付	加拿大和德国的财务均等化项目	多因子的一般收入共享
对收益外溢进行补偿	开放式匹配转移支付，匹配率与收益外溢保持一致	南非的教学医院拨款	
设立国家最低标准	服务标准和渠道情况进行非匹配性整笔转移支付	道路和小学拨款，如印度尼西亚（现在已取消）；教育转移支付，如哥伦比亚和智利；巴西和加拿大的医疗转移支付	只根据支出情况进行转移支付；特别拨款
在对国家重要但对地方不重要的领域影响地方偏好	开放式匹配转移支付（匹配率最好与财政能力相反）	社会援助的匹配转移支付	特别拨款
提供稳定性	资本拨款伴以可能的维护	有限使用资本拨款，鼓励私人部门的参与，提供政治和政策风险保障	使拨款稳定化，不要求未来的维护

资料来源：Shah 1994,2004。

地方政府作为创造公共价值的独立推动者：新公共管理的视角

近年来，新公共管理文献中出现了两个相互关联的标准：地方政府应该做什么和地方政府如何更好地做这些事情。

在讨论第一个标准时,文献认为,公民是委托人但扮演多种角色,如治理者(所有者—授权者、投票人、纳税人、社区成员),积极的生产者(服务提供者、合作生产者、迫使他人行动的自助者),以及消费者(顾客和受益人)(见 Moore 1996)。在此背景下,强调的是政府作为人民的代理人服务公共利益和创造公共价值。莫莉(Moore 1996)将公共价值定义为社会结果或生活质量的可度量的改善。这一定义与地方和市政服务直接相关,可以来度量这些服务的改进,而且还可以在某种程度上了解原因。这一概念还有助于我们评估地方资源使用中的冲突和复杂的选择。该定义也有利于界定政府,尤其是地方政府的角色。它引发了一场争论,即除了提供基本的市政和社会服务外,公共部门究竟是排挤了私人部门还是为私人部门获得成功创造了条件。

莫莉(Moore 1996)认为,与其说是从私人部门中转移资源,毋宁说地方政府更愿意使用一些免费的资源——如同意、善意、好人好事、社区精神、服从以及集体行动。这一论点表明,地方政府中公共管理者的职能就是利用这些免费的资源并突破有限地方收入的限制而不断拓展良好社会结果的边界。因而,公共管理者通过动员和推动地方政府之外的各种供给者而创造价值。民主责任确保管理者以地方居民的广泛共识为基础选择公共价值的创造(见 Goss 2001)。因此,地方公共部门应不遗余力地致力于尊重公民偏好和对公众负责。这种致力于创造公共价值、鼓励创新和试验的环境,受到各社区中众位选民的风险容忍度的限制。

主流的新公共管理文献关注的并非做什么,而是如何做得更好。它主张创造一种激励性的环境,给予管理者使用资源的自由,同时要求其对结果承担责任。自上而下的控制于是被基于结果的自下而上的控制所取代。近年来,已经有两个新公共管理的模型得到实施。第一个模型致力于迫使管理者进行管理。在新西兰,这一目标是通过新的契约制实现的,这一制度一方面使公共管理者受到有关提供服务的正式合同的限制,另一方面使其有权决定资源配置和有权在公共部门与私人部门的提供者之间进行选择。马来西亚尝试通过顾客宪章达到同样的效果,即以是否达到具体的服务标准来评价公共管理者(Shah 2005)。

第二个模型致力于创造激励让管理者进行管理。它采用新管理主义方法,例如,在澳大利亚和美国,政府在提供服务和社会产出方面的绩效是受监控的,但没有正式的合同,责任是通过非正式的协定实现的。在中国和英国,自主机构模型用于确保绩效责任。加拿大采用另一种服务供给模式:鼓励公共管理者构建服务供给网络,采用标杆法实现公共资金的最有效使用。对顾客导向和基于结果的责任的关注激励着世界各地的地方政府进行创新(Caulfield 2003)。

地方政府作为追逐自身利益的组织:公共选择的视角

贝利(Bailey 1999)提出了四种地方政府的模型:

- 仁慈暴君模型:地方政府了解居民的福利需求,并力争实现居民福利最大化。
- 财政交换模型:地方政府提供的服务与地方居民的支付意愿相一致。
- 财政转换模型:地方政府致力于提供公共服务以实现社会目标。
- 利维坦模型:地方政府被追逐自身利益的官僚和政治家俘获,这一模型与公共选择的视角相一致。

与之一脉相承,布雷顿(Breton 1995)提出了政府模型的综合类型。他将政府分为两大类:第一类遵循公共利益的原则,第二类则维护统治精英的自身利益。第二类政府可采用整体制或混合制的结构。在整体制结构中,地方政府受到官僚和利益集团的俘获。同时,地方政府会使主导性利益集团的经济利益最大化(如利维坦模型)或推行强迫或强制。如果自利模型采用混合制结构,则可能鼓励地方政府之间的蒂伯特式竞争。

公共选择文献信奉政府是追逐自身利益的,认为在政策制定和执行的过程中,各利益相关者都希望寻求机会并利用资源以实现自身利益。该观点对地方政府组织的设计有重大意义。由于地方政府是为公众利益服务的,因而必须在税收和支出方面拥有完全的自主权,而且必须参与政府内外的竞争。没有这些前提,地方政府将是无效的,且对市民的偏好缺乏回应性(Boyne 1998)。贝利(Bailey 1999)主张加强地方治理中的退出和呼吁机制以克服由公共选择的自利原则导致的政府失败。他认为,通过广泛的竞争而放松公共服务供给层面的限制将会增加选择机会,并能促进退出选择机制的形成,直接的民主供给将增强呼吁机制(见 Dollery and Wallis 2001)。下面介绍的新制度经济学的方法,它分析的是政府代理人的机会主义行为对作为委托人的公民所带来的交易费用。

政府如同失控的火车:新制度经济学加上公共治理

新制度经济学为分析财政体制和地方授权以及地方治理机制的比较提供了框架。该框架有助于设计政府层级体制以及从更广阔的地方治理的视角界定地方政府的责任。根据新制度经济学提供的框架,政府(及机构)层级的设置服务于作为委托人的公民的利益。管辖权的设计应该确保机构服务于公共利益,同时使委托人的交易费用最小化。

现行的制度框架无法实现这种最优化,因为委托人只具备有限理性;也就是说,他们根据已有的信息做出最佳选择,但对政府的运作情况知之不多。扩大知情范围会带来高昂的交易费用,而这又是公民不愿意承担的。这些费用包括参与和监督费用、立法费用、行政决策费用、代理费用或确保代理人遵守契约的费用以及与不稳定的政治体制相关的不确定性费用(Horn 1997;Shah 2005)。与委托人相比,代理人(各级政府)更了解政府运作,但他们倾向于隐瞒信息和沉迷于机会主义行为或"不正当地追逐自身利益"（Williamson 1985，p. 7）。因而，委托人与代理人之间的契约是不完整的。这种情形引发了承诺问题，因为代理人有可能违背契约。

这种情况会因为三个因素而变得更加复杂——软弱或现有的对抗性机构、路径依赖以及各种行动之间的相互依赖。对抗性机构如司法部、警察局、国会以及公民活动团体，它们通常处于弱势地位而无法限制政治家和官僚们的寻租行为。历史文化因素和心智模式使人们无法看到矫正性行动的收益，高昂的行动成本妨碍了矫正性行动的产生。更多地授权给地方议会来代表公民采取行动往往导致选民与议会之间的代理损失，因为议会成员可能介入行政决策的制定过程或在这种运作中被同化而推卸其立法责任。新制度经济学框架强调在为各种服务设计管辖权以及在相互竞争的治理机制中做出选择时应当考虑使用交易费用因素。

地方政府作为网络式地方治理的推动者

新制度经济学的方法为各种地方治理形式和机制提供了评价框架。特别是为应对层级式公共治理中的政府失败提供了指导。该框架也适合于考察地方政府对多种组织之间的伙伴关系的参与。多勒瑞和沃里斯（2001）将新制度经济学的方法扩展到这些领域。他们认为，由于与公共池塘资源相关联的公地悲剧，资源相互依赖的结构使得有利于公共利益的集体行动无效。这使得多元组织间的横向合作伙伴关系失败。

一种可能的解决办法是引入市场化的治理机制，即引入一个契约管理机构，建立起所有合伙人之间的约束性契约。然而，这一方法可能无法奏效，因为契约无法涵盖所有潜在的可能性。第二种方法旨在促进横向协作，即所谓的治理的层级机制。它依赖制度性安排来明确职能和责任，建立磋商、合作和协调的机制，就像一些联邦体制下的情况那样。这种制度安排导致了高昂的交易费用，且因为伙伴之间的利益冲突而很可能走向失败。

鉴于高昂的交易费用以及市场和层级的治理体制在多元组织伙伴关系上的不适用,一种使这种伙伴关系成为可能的治理模式——网络治理应运而生,这种伙伴关系是由地方政府来管理的。网络化的治理模式是在成员之间没有正式制度保障的情况下以信任、忠诚和互惠为基础的。建立在共同的利益基础之上的网络(基于利益的网络)能够提供稳定的治理模式,前提是成员仅限于那些能够提供重要资源的人,且成员之间权力保持均衡。这种网络中的成员频繁地互动,且将一个领域中的合作视为在其他领域合作的条件。成员之间频繁的互动构建了信任。基于愿景的网络是建立在成员之间共享的情绪和感情之上的。成员在网络目标的价值和哲学方面有着共同的信仰,并有着实现这些目标的热情与奉献精神。这种网络在很大程度上取决于奉献和领导方式(Dollery and Wallis 2001)。

地方政府在促进以利益和希望为基础的网络发挥作用以改进有利于地方居民的社会结果方面可以充当催化剂的角色。要扮演这一角色,地方政府必须发展有关该合作关系应该如何建立以及维持的战略视角。该范式要求地方政府把政策建议从项目执行中分离出来,地方政府应更多地承担公共服务购买者的角色,但不一定承担公共服务提供者的角色。地方政府可以将那些具有高昂提供成本的服务外包出去,并让内部提供者受到来自外部提供者的竞争性压力,以降低公民的交易费用。它还必须积极地推动以利益和希望为基础的网络的参与,以补充地方服务。地方政府需要发展自身的能力以便在各群体之间扮演协调者的角色。

综合：走向一种回应性的、可靠的和负责任的地方治理模式

我们已经回顾了政治学、经济学、公共行政学、法学、联邦主义以及新制度经济学等文献中出现的一些观点,目的是发展一种整合性的分析框架,以便对地方政府和地方治理组织进行比较性分析。

这一文献关注的焦点在于，各级政府面临的激励和责任机制无法真正使公共服务反映公民的偏好。于是，公共治理中充斥着腐败、浪费和低效。自上而下的层级控制是低效的；且缺乏责任机制，因为公民无权向地方政府问责。

世界各地实行的财政联邦主义主要关注结构和过程，忽略了对产出和结果的关注。这些实践支持有卓越的联邦宪法（即联邦立法高于任何地方立法）做保障的自上而下式的结构。中央政府拥有最高权力，实行直接的控制，并对系统进行微观管理。各层级政府实施的层级控制都以内部规则为导向，很少考虑委托人的要求。政府的能力是根据技术和行政能力判断的，至于顾客导向、自下而上的负责任以及降低公民交易费用则几乎不被考虑。各级政府都热衷于非合作的零和博弈。

这种拔河严重动摇着权力的平衡。共同治理成为混乱和矛盾的根源，尤其是在联邦制国家。地方政府完全成为联邦或州的随从并随时候命。在其能力范围内，地方政府被赋予极其有限的自主权。简言之，在这种"为了政府，通过政府和属于政府的联邦主义"体制下，地方政府由于处于上级政府的绝对控制之下而处于受压迫状态。公民也仅有有限的发言权和退出权。

这种治理模式的结果是显而易见的。政府各层级都会遭遇代理问题，这些问题与不完整的契约和未界定的财产权密切相关，也就是说，必须明确划分税收、支出、规制等方面的权力，尤其是在关系到共同治理的领域。政府间讨价还价导致了高昂的交易费用。普遍主义和分肥制政治导致了公地悲剧，因为政府的各个层级都试图分享更多的公共池塘资源。在这种治理体制下，公民被视为代理人而非委托人。

至于如何扭转这种局势，并增强政府对公民的回应性和责任性，文献中流行的观点是：职能下属化原则、财政均等性原则、创造公共价值、基于结果的责任，以及前面提到的使公民的交易费用最小化。这些都是有效的,但必须与更广泛的以公民为中心的治理模式相结合,从而在公共部门创造一种与其提供的服务和自下而上的责任相符的激励性环境。通过向公民授权和限制代理人沉迷于机会主义行为的能力,有望克服存在于各级政府中的承诺问题。

以公民为中心的地方治理。改革地方治理制度需要遵循一些基本原则。下面介绍三项基本原则以发起这种讨论:

- 回应性的治理。该原则要求政府做正确的事,即提供与公民偏好一致的服务。

- 负责任的治理。政府还应该以正确的方式行事,即谨慎地管理财政资源。它应该通过更好的工作和更少的花费以及替社区管理财政和社会风险而赢得居民的信任。它应该致力于改善公共服务的质量,增加公共服务的数量和扩大获得公共服务的机会。要实现这些目标,政府需要采用标杆管理方法,向绩效最佳的地方政府学习。

- 问责性治理。地方政府应该对选民负责。它必须遵守一定的规则以确保忠诚地服务于公共利益。可能需要进行立法和制度改革以确保地方政府在选举间负责任地行事——此类改革如公民宪章以及公共官员的撤职条款。

按照这些原则构建的地方政府即被称为以公民为中心的治理(Andrews 和 Shah 2005)。以公民为中心的治理的显著特征如下:

- 基于权利的赋权于民(直接的民主条款、公民宪章)。

- 自上而下的基于结果的责任。

- 公民作为统治者、纳税人以及公共服务的消费者,对政府作为供给网络的推动者的绩效进行评估。

该模式强调增强作为委托人的公民角色以及为政府代理人服从公民意志创造激励(表 1.5)。

表 1.5　以公民为中心的治理的基本因素

回应性的治理	负责任的治理	问责性治理
职能下属化和自治原则	遵循正当程序：	在下列方面保持透明：
直接民主条款与公民偏好一致的预算偏好	■ 超越权限或普遍能力或社区治理原则	■ 地方政府关于公民知情权的法规
明确和实现地方服务可得性标准	■ 程序性法规	■ 在网上公布预算提案和年度绩效报告
改进社会结果	■ 地方总计划和预算	■ 所有的决定，包括核准都公布在网上
提供生活和财产安全	■ 分区法规和规章	
为全民提供住所和食品	■ 有资助的委任令	■ 通过独立的智库来为金钱价值进行绩效审计
有清洁的空气、安全的水和卫生设施	财务谨慎：	
没有噪声、得到良好保护的环境	■ 保持预算平衡	■ 公开信息和公众评估努力强化公民的呼吁和退出
通勤容易、没有坑洼的道路	■ 借贷的黄金法则	
步行距离内的小学	■ 明确养护成本和如何偿付债务的新资本项目	■ 公民宪章
可接受的消防和救护车反应时间	■ 确保可持续的债务水平的保守性财务原则	■ 服务标准
图书馆和网络	■ 受全民公决控制的大型资本项目	■ 对公民意见和选择的要求
公园和娱乐项目与设施	■ 维持正净值	■ 日照权利
	■ 对财务报表实施商业审计	■ 政府项目的日落条款
	赢得信任：	■ 以公平和产出为基础的政府间财政
	■ 专业和员工正直	
	■ 保护免于渎职行为	■ 公民导向的绩效（产出）预算
	■ 简化流程和电子政务	
	■ 对投诉和反馈作出反应	■ 服务提供产出和成本
	■ 诚实和公正的税务管理	■ 服务提供绩效的公民汇报卡
	■ 严格遵守服务标准	
	■ 公民友善的产出预算和服务提供绩效报告	■ 在公开的镇大厅会议上对预算、合同和绩效报告进行辩论
	■ 参与式预算和计划	
	工作更好、成本更少：	■ 所有的文件都要满足市民界面友善的标准
	■ 所有任务都受到替代性服务供应方式的检验，即竞争性供应涉及政府供应，也涉及政府之外的实体的供应	■ 合同竞标的过程开放
		■ 大型项目的强制公决
	■ 为竞争和创新创造激励的融资	■ 采取措施保证至少50%的有效选民投票

续表

回应性的治理	负责任的治理	问责性治理
	■ 对服务提供者进行比较评估 ■ 公共部门是通过绩效契约的购买者，但不一定是服务提供者 ■ 管理上的灵活性，但结果的问责性 ■ 非终生或轮岗式任务 ■ 任务专门化 ■ 预算配置和产出为基础的绩效合同 ■ 以活动为基础的成本 ■ 征收资本使用费 ■ 权责发生制会计 ■ 以最佳为标杆 ■ 受公众审查的行政成本 ■ 平衡规模和范围经济、外部性和决策的成本与收益 ■ 与财政可持续性一致的边界	■ 提供计分卡和对服务提供绩效进行反馈的公民董事会 ■ 大众创议条款和公共官员撤职的条款 ■ 纳税人权利的法规

　　承诺问题可以通过创造以公民为中心的地方治理而得到缓解——如直接民主条款、在政府运作过程中引入结果导向的治理、改革治理的结构等，通过这些方式使得决策制定更贴近人民。直接民主条款要求在主要问题和重大项目上实行公民表决，且公民有权否决任何立法或政府项目。"结果导向的治理"要求政府向公民负责，由公民评价政府在提供服务方面的绩效。因而有必要设立一个公民宪章，规定公民的基本权利以及公民拥有获得一定标准的公共服务的权利。基于产出的政府间转移支付强调对这些标准的服从，同时也强化了责任性和公民授权（Shah 2006b）。

对国家内部权力划分的含义：扭转中央与地方政府的角色

上面描述的治理模式对改革政府的结构具有重大意义。对地方治理的自上而下的命令需要替代成自下而上的契约。此外，地方政府必须扩展自身的职能，从而推动由政府供给者与政府以外的实体构成的网络的形成、发展以及运作。在此模式下，为人们所熟知的地方政府传统技术性能力就显得不那么重要了。更重要的是作为服务购买者的制度能力，以及作为同盟、合伙关系、联合会、俱乐部的促进者的制度能力，从而开发社会资本和改进社会产出。在这方面有两个不同的可行选择，其中地方政府在政府间系统中都起到中枢性作用。这两个选择是：(A)地方政府作为主要代理人，与地方、州和联邦或中央政府机构进一步签订次级合同，参与到政府以外的网络和实体之中，和(B)作为独立代理人的地方、州、联邦政府。

选择 A：地方政府是公民的主要代理人。在该模式中，地方政府担任：(a)地方服务的购买者，(b)由政府供给者与政府之外的实体组成的网络的推动者，以及(c)州和国家政府的守夜人和监督者，负责监督与州和国家政府的共享规则和授予他们的责任。这些角色意味着权力从高层向地方政府的根本性转变。它具有重要的宪法意义。剩余职能由地方政府履行。州政府提供跨区服务。国家政府履行再分配、安全、外交方面的职能，同时协调州与州之间的关系，使州与州之间在某些共同项目上达成妥协和共识。瑞士体制与该模式最为接近。

选择 B：各级政府是相互独立的代理人。确立委托人至上地位的另一个的办法是明确作为独立代理人的各级政府的职责和功能。该方式限制共享规则。财政严格地依照职能安排，定期对财政安排进行审查，并根据收支情况进行调整。地方政府享有自治权，拥有完全的税收和支出自主权。巴西财政宪章纳入了该模式的某些特征,但也有一些明显的背离。

两种选择的可行性。选择 A 在现代政府历史中非常常见,且最适合那些近代以来没有内外战争历史的国家。该模式已在瑞士实行。战争、征服以及安全方面的顾虑致使各级政府角色倒置,以及近代历史中地方政府功能的萎缩。全球化以及信息革命要求地方政府发挥更大更强的作用(见 Shah 2001)。尽管大多数政府在财政体制上进行了一些调整,但都不是这里提倡的根本性变革。这主要是由于不可能克服路径依赖——现有制度和既得利益根深蒂固——使这种变革不具备可行性。在这种情况下,选择 B 可能更有效,但在该模式下明确责任划分可能不具备政治可行性。一般而言,不大可能有足够的政治勇气去进行如此剧烈的变革。因而,对于大多数国家而言,迫于全球化以及公众授权的压力,再加上信息革命的推动,采取渐进调适的方式实行该模式是可能的选择。

实践:地方治理和央地关系的备选模式

地方治理在历史上先于民族国家的出现。在古代,世界大多数地方的部落和氏族都建立了地方治理体系。它们确立了自身的行为准则以及征税方式和向部落和氏族成员提供服务的方式。部落和氏族中的年长者就不同成员的权利和义务达成共识。随后,那些组织较好且技能较高的部落和氏族寻求通过与其他部落的战争或联合来扩大他们的势力范围。通过这种方式,中国的第一个王朝——夏朝(公元前 2070 年到公元前 1600 年)建立了(见 Zheng 和 Fan 2003)。古印度也经历了相似的历程,公元前 3 世纪(约公元前 2500 年)印度河流域(今天的巴基斯坦)建立了一个富裕的文明社会。这个先进的社会十分强调自主的地方治理，并将社会中所有成员实行分工的共识奉为神旨。这种强调导致了阶级社会的诞生，所有社会成员都有固定的角色：法官、士兵、农民、商人、手工业者。各共同体都形成了各自特有的有关社区服务及其实现方式的共识。

北美的原住民部落以及西欧的部落和氏族也拥有自治规则。随后的征服和战争导致了这些地方治理中的和谐自治体制的消亡，世界各地出现了由中央政府统治的局面。这一发展趋势（在西欧大约出现在公元前 1000 年）最终导致大多数国家采取单一制的地方治理和央地关系的模式。为了便于分析，可以把这些模式划分为下面几个大类。

北欧模式

在 15 世纪，丹麦、挪威、瑞典是由丹麦王统治的。这些国家的居民向国王纳贡，有权自主地处理地方事务（Werner 和 Shah 2005）。由于没有中央的介入，地方经营、顾客导向、福利国家的理念得以广泛传播。地方政府因此承担了国家的大部分职能，而中央政府主要承担礼仪性功能和外交职能。于是地方政府承担的责任不仅包括提供地方服务，还包括承担社会保险和社会福利。北欧国家的地方政府向居民提供从摇篮到坟墓的服务。他们既提供以财产为中心的服务又提供以人为中心的服务。

进入现代以后，北欧国家的中央政府承担了更广泛的管制和监督功能，但地方政府的支配地位——丹麦超过 30％的国内生产总值（GDP）来自北方——及其自主权仍得以保留，因为公民对地方政府的绩效感到满意。北欧模式强调小地方政府（平均管辖居民不超过 10 000 人），财政自给。在丹麦和瑞典，将近 75％——挪威是 64％——的地方支出来自地方自己的收入。个人所得税（骑背于国家标准）是地方财政的支柱（约为税收收入的 91％），财产税在税收收入中的贡献仅为 7%。

瑞士模式

瑞士联邦政府的前身可以追溯到 1291 年由乌里、施维茨和下瓦尔登三个州签订的防御同盟。在此之前,瑞士领土是由相互独立的地方政府(州)控制的。在瑞士,地方政府处于支配地位的传统持续至今:地方政府不仅在财政事务方面享有自主权,而且在诸如移民、公民权、语言以及涉外经济关系等事务方面也享有自主权。

瑞士宪法中有关直接民主的规定进一步强化了地方政府处于强势地位的传统,这些规定包括(a)公民创制权,(b)公民表决权,以及(c)请愿。公民创制权赋予公民按照他们希望修正宪法的决策权。公民的提议可以通过一般的倡议书表达,也可以通过国会或政府不能修改的考究而系统的文书来表达。此类提议必须满足一定的条件才能被考虑,即在 18 个月内得到 10 万名投票人的签名。只有得到简单多数和大部分州的同意,该类提议才能最终被接受。

根据公民表决条款,公民有权就某些立法或行政机关考虑的事项或已经做出裁决的事项宣布公民的判断。在后一种情况中,公民表决权相当于否决权。联邦法律和国际协定也有可能需要通过公民表决,前提是有 5 000 名公民在这些法令发布之后的 100 天内提出该要求。根据公民请愿的规定,所有有资格的选民都可以向政府提交请愿书并有权得到答复。瑞士由 26 个州和 2 842 个公社构成。各州都有自己的宪法、国会、政府以及法庭。公社受州管辖。公社主要负责人口登记以及公民防卫之类的事务,但在教育和社会福利、能源供给、道路、地方规划以及地方税收方面也享有自主权(瑞士政府 2003)。

法国模式

在法国模式中,地方政府的主要作用是为处于草根阶层的民众提供政治参与的机会,即参与国家层面的决策制定。该模式实践了卢梭和伏尔泰有关理性和社会凝聚力的思想,以及拿破仑有关秩序和连续性命令链的思想。中央政府及其机构在该体制中处于最高地位,通过地区和部门长官到系统最底层的社区主要执行官员和镇长,形成一个连续的命令链。在直线和功能部门中存在类似的命令链。因而,该模式有时也被称为地方治理的双重监督模式。

该模式允许并行的政治委托或一人同时在不同级别政府中任职(cumul des mandats),为经选举产生的低层领导提供在高层政府发言的机会。提供公共服务依然是中央政府的首要职责,中央机构可能直接参与地方服务的提供。地方政府的平均管辖范围较小(不超过 10 000 名居民),且地方政府只有有限的服务提供职责。地方政府混合使用多种地方税收工具,并主要依靠中央财政支持。该模式强调中央命令的权威以及双重监督,受法国、葡萄牙以及西班牙的殖民统治者和军事独裁者的青睐,并被许多发展中国家效仿(Humes 1991)。

德国模式

德国模式强调职能下属化、合作以及行政效率。它将决策制定的职能交给联邦政府,将服务提供责任交给州和地方政府,地方在服务供给方面享有很大的自主权。所有纯粹的地方服务都由地方政府负责。地方政府平均管辖 20 000 名居民,地方支出占 GDP 的 10％左右。一般性税收共享构成了地方财政的主要来源。

英国模式

英国模式具有法国双重监督模式的某些特征。它强调由中央任命的派驻地方官员以及职能部门在提供地方服务方面发挥主导作用。地方政府必须使自己的行动与这些官员保持一致。在纯粹的地方性职能方面，地方政府拥有充分的自主权，但他们只能使用有限的税收工具。地方政府在提供以财产为中心的服务方面发挥主导作用，如道路维护、垃圾清理、供水以及污水排放等，而在提供以人为中心的服务方面只有有限的职责，如卫生保健、教育以及社会福利。财产税是地方政府的主要收入来源。地方政府收入的 2/3 来自中央转移支付。地方无权征收个人所得税。首席行政官的权力相当有限，在地方决策制定方面，地方议会发挥着重要的作用。地方政府的平均管辖范围比较大，约为 12 万名居民，地方支出占 GDP 的 12％左右（McMillan 即出的资料）。在前英国殖民地，地方官员的作用得到强化，目的是代表中央殖民政府监督和控制地方政府。

印度模式

印度是世界上地方自治传统最古老的国家之一。在莫卧儿王朝建立之前，地方政府在印度的职能范围超过了世界其他所有地方。小的村镇由习俗和公社领导管理，权威通常来自以村长（sarpanch 或 numberdar）为首的长老大会。最高权威机构是潘查亚特（panchayat），主要负责法律和秩序、地方服务、土地管理、调节纠纷、主持公正、满足基本需要以及征税。这些机构使各个村镇和谐运转。

之后的战争和征服导致印度地方治理的削弱。在莫卧儿王朝时期，潘查亚特被赋予代中央征税的职责，但并未影响地方政府自治（Wajidi 1990）。在英国殖民统治时期，统治者把主要的精力用于命令和控制而忽略了服务的提供，从而导致地方治理体制的倒退。权力高度集中，效忠于英国殖民统治就能获得土地奖赏，这催生了一个新的封建贵族阶层，他们代表英国政府支配着地方政治舞台。中央政府还委派流动官员处理地方事务。自从印度和巴基斯坦分别获得独立以来，政府在保留中央集权的同时，也采取了一些措施加强地方自治。在印度，通过土地改革消灭了封建贵族，但在巴基斯坦却无法推行这类改革。于是，在巴基斯坦某些实行封建制度的地区，地方自治被精英所俘获。

中国模式

该模式十分强调将省和地方政府视为中央政府不可分割的组成部分。实现这一目标有两个途径：一是通过民主集中制，用一个选举系统把地方人大和全国人大结合起来；二是通过对地方政府的双重管理体制，即省和地方政府主要向上级政府负责，但其职能部门还同时向上级职能部门和机构负责。人事权也被整合到政府层级之中。由于这种一体性，该模式赋予省和地方政府在服务供给方面重要而广泛的职责。地方政府的平均管辖范围很大。省以下地方政府支出占公共支出总额的 51.4%。省以下地方政府雇员人数占政府雇员总数的 89%。一些明显应由中央承担的职能如失业保险、社会保险以及社会安全等都由地方政府承担。地方自主程度直接取决于地方政府的财政能力，富裕地区有更多自由发展的空间，而贫困地区只能唯上级政府马首是瞻。

日本模式

明治日本 1890 年左右引入的地方政府体制具有法国模式和德国模式的特点。与法国的地方政府模式一样，它也强调中央控制，通过内政省任命区域政府的首脑（区长），控制地区和市政当局。地方政府仅负责执行中央政府制定的政策。"二战"以后，日本引入了直接选举,区长、市长、议员均由直接选举产生。机构授权(德国模式)的实践被保留,地方政府需履行由中央政府及其机构委托的职能。1960年成立内务省,支援地方政府(Muramatsu 和 Iqbal 2001)。收入税是地方财政的主要来源,占地方自有税收的60%,其次是财产税(约为30%)和销售税(约为10%)。

北美模式

在北美历史的早期,地方社区以市民共和国(civic republics)(Kincaid 1967)的方式运转,其统治基础是成员之间的相互认可。美国宪法的缔造者不承认地方政府。美国内战导致权力的集中。于是,各州正式建立了地方政府制度。司法机关通过确认狄龙规则(即地方政府只能行使由州立法明确赋予的权力)进一步约束了地方政府的职责。因此,大部分州尝试通过地方自治条款授予地方政府在履行具体职能方面的自主权。

加拿大地方政府面临的情况与美国类似。因此,北美模式承认地方政府是州和省的仆人,但在某些特殊的职能领域——主要是提供以财产为中心的服务——试图赋予地方政府自主权(地方自治)。地方政府的职能范围适中。美国地方政府平均约管辖10 000名居民,加拿大约为6 000名。财产税是地方收入的主要来源。地方政府支出约占GDP的7%(见 McMillan 即将出版)。

澳洲模式

澳大利亚宪法不承认地方政府。由各州自行决定其领土范围内的地方治理体制。大部分州赋予了地方政府最低限度的职能,包括工程服务(道路、桥梁、人行道以及排水系统);社区服务(老年人看护、儿童看护、火灾预防),环境服务(垃圾处理以及环境保护),规制性服务(行政区划、住宅、建筑物、宾馆、动物);以及文化服务(图书馆、艺术馆、博物馆)。地方政府收入仅占公共部门总收入的

3％,却对公共部门总支出的 6％负责。财产税(率)和使用者付费是地方收入的主要来源(约占 70％),地方支出的 20％来自中央和州的财政资助。用于交通、社区福利设施及娱乐和文化方面的支出占地方总支出的 2/3。新西兰的地方政府与澳大利亚模式极为相似。

典型发展中国家地方政府组织与
财政的比较性总览

　　理论文献认为地方政府在地方发展中应发挥强有力的作用,从而改善地方公共服务和提高地方生活质量。因而,学习发展中国家地方政府的作用具有指导性意义。下面的章节提供了 10 个典型的发展中国家的地方政府组织与财政的概况。

地方政府的法律地位

　　地方政府的法律地位在各发展中国家各不相同。在巴西、智利、印度、南非及乌干达,地方政府具有宪法地位。在印度尼西亚、哈萨克斯坦及波兰,地方政府由国家立法设立,在阿根廷由省级立法设立,在中国则由中央行政命令设立。有趣的是,地方政府享有的自主权以及由地方政府提供的地方服务并未因为地方政府的地位源自宪法或普通法而有所区别。但从总体上看,通过普通法设立的地方政府在地位上明显弱于具有宪法地位的地方政府——波兰是一个特例。

地方政府的相对重要性

　　发展中国家地方政府的相对重要性可以通过两个指标进行比

较：地方支出占公共部门总支出的比例（图 1.1）以及地方支出占 GDP 的比例（图 1.2）。综合两项指标来看，中国地方政府的比例最高——占公共部门总支出的 51％，占 GDP 的 10.8％，印度则最低——占支出总额的 3％，占 GDP 的 0.75％。然而，某些国家在两项指标上的排名并不一致。例如，南非在第一项指标上高于巴西，在第二项指标上却低于巴西。平均而言，在所有这些样本国家中，地方政府支出占公共部门总支出的 23％，占 GDP 的 5.7％。而在经济合作与发展组织（OECD）成员国中，这两项指标分别为 28％和 12.75％。由此可见，地方政府的作用是巨大的，但对比发展中国家与 OECD 成员国的中央和中间级政府可知，大多数发展中国家的地方政府都相对较小——中国和波兰是例外。在中国，省以下地方政府的雇员人数为 3 870 万，占总数的 89％。

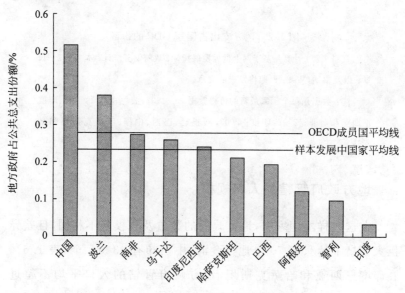

图 1.1　地方政府占总公共支出份额的比较

资料来源：计算是基于网上世界发展指标；政府财务统计；本书第 2～11 章；以及韦纳（Werner）即将发表文章。

注：数据是每个国家最新的可得数据——1997，波兰；2001，智利、印度尼西亚和南非；2002，印度；2003，阿根廷、巴西、中国、哈萨克斯坦和乌干达。

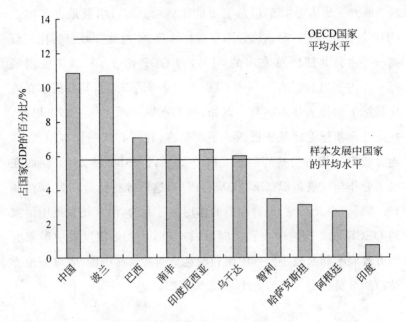

图 1.2　地方支出占国家 GDP 的份额

资料来源：计算是基于网上世界发展指标；政府财务统计；本书第 2~11 章；以及韦纳(Werner)即将发表的文章。

注：数据是每个国家最新的可得数据——1997,波兰；2001,智利、印度尼西亚和南非；2002,印度；2003,阿根廷、巴西、中国、哈萨克斯坦和乌干达。

地方政府管辖的人口规模

在这些样本国家中,地方政府的数量及规模各不相同,且差异巨大。乌干达只有 70 个地方政府,中国却有 43 965 个(表 1.6)。在印度尼西亚和哈萨克斯坦,地方政府管辖的人口平均不超过 10 000 人,而在中国、南非以及乌干达却高达 100 000 人。阿根廷和波兰平均不超过 20 000 人,巴西约为 31 000 人,智利和印度为 60 000~70 000 人(表 1.7)。

表 1.6　发展中国家市政府的规模分布

居民数/名	阿根廷 (2001)	巴西 (2002)	智利 (1992)	中国 (2004)	印度 (2001)	印度尼西亚 (1990)	哈萨克斯坦 (2002)	波兰 (2003)	南非 (2001)	乌干达 (2002)
0~4 999	1 770	1 365	269	43 258	230 161	1 237	7 660	604	0	0
5 000~9 999	→	1 316	16	→	16 115	62	201	1 049	4	1
10 000~19 999	360	1 342	40	→	5 536	→	81	731	16	0
20 000~24 999	→	989	→	→	→	→	→	→	7	0
25 000~49 999	24	→	→	→	1 386	7	7	54	36	6
50 000~99 999	→	309	→	→	498	6	18	22	61	6
100 000~199 999	→	123	→	374	388	→	→	13	67	9
200 000~499 999	→	82	→	283	→	→	→	5	52	31
500 000~999 999	→	20	→	50	→	→	1	→	25	15
1 000 000 或以上	→	14	→		35	→	→	→	14	2
总城市数	2 154	5 560	325	43 965	254 119	1 312	7 968	2 478	282	70

资料来源:本书第2~11章;韦纳(Werner)即将发表的文章。

注:箭头表示值是加总值,包括指示的范围。

表 1.7　样本发展中国家地方当局平均人口

国　　家	每地方当局平均人口/名
印度,农村	3 278
哈萨克斯坦	4 331
印度尼西亚	5 915
阿根廷	14 972
波兰	18 881
巴西	30 099
智利	64 592
印度,城市	68 027
中国	107 334
南非	238 839
乌干达	373 321
所有样本国家	79 000

资料来源：本书表1.6。

地方支出责任

发展中国家的地方政府承担的职责各异。中国将大部分支出责任赋予地方政府。在中国,除传统的地方和地区性服务外,地方政府还要负责社会保障(主要是退休金和失业补助),且在促进地方经济发展方面要承担起比其他国家地方政府更大的责任。在印度和南非,地方政府在提供地方服务方面责任最小,主要是提供市政服务。在哈萨克斯坦,所有的地方服务都由中央与地方分担;地方政府没有独立的预算,也没有财政自主权。在阿根廷、巴西、智利、印度尼西亚、哈萨克斯坦、波兰及乌干达,教育与卫生支出约占地方支出总额的50%。在乌干达,仅教育支出就占地方总支出的40%。在印度和南非,地方支出主要用于市政服务(如供水、排水、垃圾处理)和市政管理。在中国,地方支出的近一半用于教育、市政管理、司法和警务支出。

地方收入和收入自主性

在这些样本国家中,地方政府收入的 39.6％来源于税收收入,还有 9.5％来源于各类收费,剩余的 50.9％来源于上级政府转移支付(图 1.3 和表 1.8)。而在 OECD 成员国中,地方收入的 49％来源于税收收入,16.6％来源于各类收费,34.4％来源于转移支付。财政转移支付的作用在乌干达(85.4％)、波兰(76.0％)、中国(67.0％)、巴西(65.4％)以及印度尼西亚(62.0％)高于平均水平。各样本国家在收入结构方面也各不相同。平均而言,其税收收入的 32％来源于财产税,15％来源于个人所得税,4％来源于企业所得税,剩余 49％来源于各种小的税种、服务费以及收费。对比来看,OECD 成员国的地方收入 54％来源于财产税,23％来源于个人所得税,14％

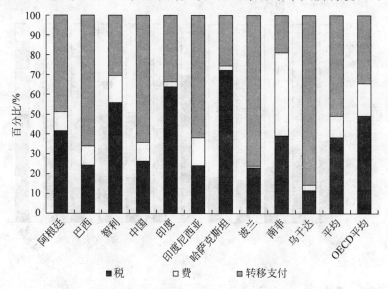

图 1.3　地方当局的运营收入组成

资料来源:计算是基于网上世界发展指标;政府财务统计;本书第 2～11 章;以及韦纳(Werner)即将发表的文章。

注:数据是每个国家最新的可得数据——1997,波兰;2000,印度;2001,智利、印度尼西亚和南非;2003,阿根廷、巴西、中国、哈萨克斯坦和乌干达。

来源于企业所得税,9%来源于其他税收。由此可见,与发展中国家相比,OECD 成员国的地方政府对财产税和所得税的依赖性更强。在中国,财产税仅占地方收入的 3%,在印度尼西亚却占 74%(由中央管理的财产税)(图 1.4)。

表 1.8   发展中国家政府间转移支付占地方政府收入的份额,2003 年

转移支付占地方总收入的百分比/%	国家(以占转移支付份额升序排列)
10~20	南非
21~30	哈萨克斯坦、智利
31~40	印度
41~50	阿根廷
60~70	印度尼西亚、巴西、中国
71~80	波兰、乌干达

资料来源:本书第 2~11 章。

注:没有国家位于 50%~60%。

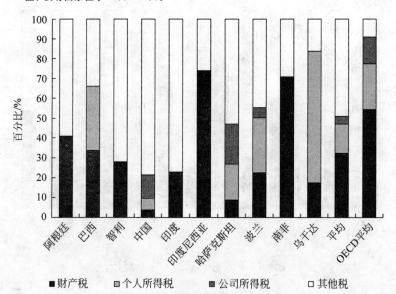

■财产税   ▨个人所得税   ▧公司所得税   □其他税

图 1.4   地方税收收入的组成

资料来源:计算是基于网上世界发展指标;政府财务统计;本书第 2~11 章;Naresh 2004 以及韦纳(Werner)即将发表的文章。

注:数据是每个国家最新的可得数据——1997,波兰;2000 印度;2001,智利、印度尼西亚和南非;2003,阿根廷、巴西、中国、哈萨克斯坦和乌干达。

从所有发展中国家来看,来自财产税的收入占 GDP 的 0.5%,而在发达国家,这一比例为 2%(1%~3%)。这一发现表明,财产税可能是重要且极具潜力的收入来源,有待进一步开发。使用者付费也是重要的收入来源之一,但此类收费的设计和管理往往较差,因而无法满足公平和效率原则以及无法为穷人提供特殊保障。在阿根廷、巴西及波兰,地方政府在税基的确定和管理方面拥有充分的自主权;在其他国家则相当有限;在哈萨克斯坦甚至根本没有。从总体上看,这些样本国家税收集中的程度远远超过了经济原则或政治责任的要求。

这些样本国家一般采用公式法决定一般性转移支付。然而,与表 1.4 列出的原则和最佳实践相比,这些转移支付的设计不甚合理。印度尼西亚、波兰及南非尝试在财政均等性转移支付项目上采用财政能力和财政需求标准,然而,大多数其他国家则采用涉及多种因素的收入分享计划来实现多元目标。财政均等性转移支付的实践受到普遍欢迎;然而,没有一个样本国家制定明确的标准来决定这类转移支付的总金额及分配。因而,这类转移支付无法实现地区间财政均等的目标。专项转移支付往往是临时设立的,因而无法形成确保目标实现的激励。值得一提的是,没有一个样本国家实行基于产出的财政转移支付,为基本服务设立国家最低标准并增强地方就结果或绩效对公民的责任。因而,要实现公平而负责的治理,财政转移支付体制还有待进一步的改革。

促进地方信贷

除中国、智利、印度尼西亚以外,其他样本国家均允许地方政府从资本市场借债。但在中国,中央政府可能代表地方政府借债或发行债券,由地方政府拥有的地方企业也能够直接从资本市场借债。在阿根廷、巴西及波兰,地方政府从国内或国际资本市场借债的行为是合法的,但必须遵守财政章程,从而确保财政审慎和债务的可持续性。在南非,大部分借债责任由公共机构如基本建设财务公司和南非发展银行承担。南非中央政府为所有此类借债行为提供管制监督并有权在地方政府无法履行债务责任时进行干预。南非在地方实施了财务审慎的综合框架,包括宣布破产的规定。在哈萨克斯坦,地方政府只能向中央政府借债。

发展中国家基础设施的严重不足要求地方政府广开借债门路。但地方信贷的获取需要功能完备的金融市场和信用可靠的地方政府。在发展中国家,不完善的长期信贷市场和地方信用的缺失限制了地方对信贷的获取。但中央政府的政策重心在于中央控制。因而,很少有注意力转向对借债的援助。在一些国家,此类援助是通过专门制度以及中央为地方信贷的启动提供担保实现的。这类制度十分脆弱,不太可能持续,且极易受政治影响。这类制度提供的利率补贴阻碍了替代性资本市场的出现。此外,这类制度无法促进向市场导向的资本金融体系的平稳过渡。

因而,在发展中国家,可供地方政府选择的金融资本项目相当有限,且仅有的几个选择都无法为此类资本创造一个可持续发展的制度环境。之所以存在这些限制,是因为宏观经济不稳定、缺乏财经纪律,以及不适当的管制体制阻碍了金融及资本市场的发展。此外,税收集中限制了地方层面的收入能力。使地方政府能进入有限的信贷市场的第一个过渡性措施可能是建立按商业原则运作的市政财务公司,并鼓励地方评估机构的发展以协助此类借债行为。税权分散也十分重要,它有助于建立私人部门的信心,使其愿意借债给地方政府,并与地方政府共同承担此类借债的风险和分享回报。与此同时,中央政府应该取消对地方债务的紧急援助及担保,而代之以有明确财政责任和财政破产规定的综合性法律体系,在这方面,巴西和南非值得效仿。在地方借债向市场化运作方式转变的过程中,地方预算的透明化和独立的信用评估机构的作用也是十分关键的。

发展中国家地方治理的总结

近年来,发展中国家的地方治理开始朝着积极的方向发展。地方政府在提供公共服务方面逐步承担起更大的责任。然而,除了少数国家,如巴西、中国及波兰,地方政府在人们生活中的作用依然十分有限。它们受制于超越权限原则,仅履行由上级委托的几项职能。在支出决策上,地方政府只有有限的自主权,在收入决策上几乎没有任何权力。其能够获得的自有收入也只是几个贫乏的税种。地方的政治和官僚领导者无心说服中央政府以获得更多的税收权力,而是将全部精力投入到寻求更多的上级转移支付上。

因而,税权分权并没有与政治分权和支出分权保持一致。人们也因此无法找到税基分享的例子,即使存在有限的可供地方分享的税基,它们也往往未得到充分利用。在发展中国家,财政转移支付占地方收入的60%(在样本国家为51%),在 OECD 成员国中,该比例仅为34%。税收与支出决策的严重分离削弱了政府对地方公民的责任,因为地方领导无须向其选民证明支出决策是否正当。

地方财政自给有助于强化治理、效率和责任。尽管大多数国家用公式法决定财政转移支付,这些转移支付的设计依然不尽合理。它们无法创造激励以设定国家最低标准和确立结果导向的责任制,尤其是无法实现地区间财政均等的目标。

此外,地方政府基本无权决定地方政府雇员的任免。在几个实行分权的国家,如印度尼西亚和巴基斯坦,高层政府雇员被直接委任到地方;其工资由国家财政负担。该方法限制了预算的灵活性以及地方有效配置资源的机会。

总体上看,发展中国家的地方政府依然遵循着传统的地方治理模式,直接提供的地方服务的种类十分有限。本章前面讨论的地方政府作为网络推动者以改善地方居民的生活质量的角色,还未在任何发展中国家实现。

总结性评论

我们简要回顾了有关地方治理的概念性和制度性理论。综合各种概念性理论,现代地方政府的作用在于同时应对市场失灵和政府失败。这一作用要求地方政府承担以下角色:地方服务的购买者,由政府供给者和政府以外的实体组成的网络的推动者,以及在共同治理领域作为州和中央政府的守夜人和监督者。此外,地方政府还要扮演协调者的角色,协调不同的实体和网络,从而增进协作并利用社区未开发的力量来改善居民生活质量。全球化和信息革命强化了地方政府作为催化剂的这一概念性视角。

这一观点还可在发达国家以及中国和印度的古代文明中找到根源。政府的出现始于地方政府,战争和征服导致地方政府职能逐渐转移至中央和区域政府。这一趋势一直延续,直到全球化和信息革命证明中央治理不利于生活质量和社会产出的改善。地方治理的新观点(表1.9)要求地方政府在多中心、多秩序和多层级的体制中发挥主导作用。该观点对于建立和维持以公民为中心的治理的意义重大,在这种模式中,公民是最终的统治者,各级政府是提供公共治理的代理人。在发展中国家,当政府不愿或不能对自身进行改革时,这种向公民授权的方法也许是改革公共部门治理的唯一方式。

表 1.9　地方治理新视野下地方政府的作用

20 世纪:旧观点	21 世纪:新观点
基于剩余原则,地方政府是国家的看护人	基于职能下属化和自治原则
基于超越权限原则	基于社区治理

20 世纪：旧观点	21 世纪：新观点
关注政府	关注以公民为中心的地方治理
是中央政府的代理人	是公民的主要代理人，是共享规则的领导和看门人
对上级政府负责和交代	对地方选民负责和交代；在改进地方治理方面担任领导作用
地方服务的直接提供者 集中于内部供应	是地方服务的购买者 是地方治理网络机制的促进者、政府提供者和政府外实体的协调者、冲突的调停者、社会资本的开发者
注重保密	开放式，实施透明治理
投入控制	认识到结果很重要
内部依赖	外部导向，竞争性的；替代性服务提供框架的热情实践者
封闭和缓慢	开放、迅速和灵活
对风险的容忍	有创造性；限度内的冒险家
取决于中央指令	在税收、支出管制和行政决策上拥有自主权
规则驱动	拥有管理上的灵活性和对结果负责
官僚和技术化	参与性的；通过直接民主条款、公民宪章和绩效预算来强化公民的呼吁和退出选择
强制性的	关注于获取信任，为公民对话创造空间，服务公民，改进社会结果
财政上不负责任	财政上审慎；服务更好花费更少
完全受精英控制	博采众议式和参与式
克服市场失败	克服市场失败和政府失败
封闭在集权体系中	与全球化和地方化的世界相连

资料来源：作者。

鸣谢

本章是沙(2006a)第 1 章的修订版。它把发达国家的部分用发展中国家代替了；本章剩余的部分仅仅是对原文的局部修改。将关于地方治理的原稿分为两卷使得重复这一介绍性章节的主要部分成为必要的。本章要感谢斯蒂芬·贝利、布莱恩·多勒瑞、苏·

高斯、萨缪尔·赫姆斯Ⅳ、迈尔威利·迈克米兰以及述·沃里斯等
教授的帮助，本章引述了他们的著作。首席作者还要感谢安瓦·沙
以及迈克·那波多提供的有关发展中国家地方治理的纲要，以及乔
宝云在数据、图表方面给予的帮助。

参考文献

Andrews, Matthew, and Anwar Shah. 2005. "Citizen-Centered Governance: A New Approach to Public Sector Reform." In *Public Expenditure Analysis*, ed. Anwar Shah, 153–82. Washington, DC: World Bank.

Bailey, Stephen. 1999. *Local Government Economics: Theory, Policy, and Practice.* Basingstoke, U.K.: Macmillan.

Bowman, Ann, and Richard Kearney. 1990. *State and Local Government.* Boston: Houghton Mifflin.

Boyne, George. 1998. *Public Choice Theory and Local Government.* Basingstoke, U.K.: Macmillan.

Breton, Albert. 1995. *Competitive Governments.* Cambridge, U.K.: Cambridge University Press.

Brueckner, Jan. 1982. "A Test for Allocative Efficiency in the Local Public Sector." *Journal of Public Economics* 19: 311–31.

Buchanan, James. 1965. "An Economic Theory of Clubs." *Economica* 32: 1–14.

Caulfield, Janice. 2003. "Local Government Reform in Comparative Perspective." In *Reshaping Australian Local Government*, ed. Brian Dollery, Neil Marshall, and Andrew Worthington, 11–34. Sydney: University of New South Wales Press.

Dollery, Brian, and Joe Wallis. 2001. *The Political Economy of Local Government.* Cheltenham, U.K.: Edward Elgar.

Frey, Bruno, and Reiner Eichenberger. 1995. "Competition among Jurisdictions: The Idea of FOCJ." In *Competition among Jurisdictions*, ed. Lüder Gerken, 209–29. London: Macmillan.

———. 1996. "FOCJ: Competitive Governments for Europe." *International Review of Law and Economics* 16: 315–27.

———. 1999. *The New Democratic Federalism for Europe: Functional Overlapping and Competing Jurisdictions.* Cheltenham, U.K., and Northampton, MA: Edward Elgar.

Goss, Sue. 2001. *Making Local Governance Work.* New York: Palgrave.

Government of Switzerland. 2003. *The Swiss Confederation—A Brief Guide.* Bern, Switzerland: Bundeskanzlei.

Horn, Murray. 1997. *The Political Economy of Public Administration.* Cambridge, U.K.: Cambridge University Press.

Humes, Samuel Ⅳ. 1991. *Local Governance and National Power.* New York: Harvester/Wheatsheaf.

Inman, Robert. 2005. "Financing Cities." NBER Working Paper 11203, National Bureau of Economic Research, Cambridge, MA.

Kincaid, John. 1967. "Municipal Perspectives in Federalism." Unpublished paper. Cited in Bowman and Kearney (1990).

McMillan, Melville. Forthcoming. "A Local Perspective on Fiscal Federalism: Practices, Experiences, and Lessons from Developed Countries." In *Macrofederalism and Local Finances*, ed. Anwar Shah. Washington, DC: World Bank.

Moore, Mark. 1996. *Creating Public Value*. Cambridge, MA: Harvard University Press.

Muramatsu, Michio, and Farrukh Iqbal. 2001. "Understanding Japanese Intergovernmental Relations: Perspectives, Models, and Salient Characteristics." In *Local Government Development in Postwar Japan*, ed. Michio Muramatsu and Farrukh Iqbal, 1–28. Oxford, U.K.: Oxford University Press.

Naresh, Gautum. 2004. "Property Taxation in India." In *International Handbook of Land and Property Taxation*, ed. Richard Bird and Enid Slack, 129–51. Northampton, MA: Edward Elgar.

Oates, Wallace. 1969. "The Effects of Property Taxes and Local Public Spending on Property Values: An Empirical Study of Tax Capitalization and Tiebout Hypothesis." *Journal of Political Economy* 77: 957–71.

———. 1972. *Fiscal Federalism*. New York: Harcourt Brace Jovanovich.

Olson, Mancur. 1969. "The Principle of Fiscal Equivalence: The Division of Responsibilities among Different Levels of Government." *American Economic Review* 59 (2): 479–87.

Rhodes, R. A. W. 1997. *Understanding Governance: Policy Networks, Governance, Reflexivity, and Accountability*. Buckingham, U.K.: Open University Press.

Shah, Anwar. 1988. "Capitalization and the Theory of Local Public Finance: An Interpretive Essay." *Journal of Economic Surveys* 2 (3): 209–43.

———. 1989. "A Capitalization Approach to Fiscal Incidence at the Local Level." *Land Economics* 65 (4): 359–75.

———. 1992. "Empirical Tests for Allocative Efficiency in the Local Public Sector." *Public Finance Quarterly* 20 (3): 359–77.

———. 1994. *The Reform of Intergovernmental Fiscal Relations in Developing and Emerging Market Economies*. Washington, DC: World Bank.

———. 2001. "Interregional Competition and Federal Cooperation—To Compete or to Cooperate? That's Not the Question." Paper presented at the International Forum on Federalism in Mexico, Veracruz, Mexico, November 14–17.

———. 2004. "Fiscal Decentralization in Developing and Transition Economies: Progress, Problems, and the Promise." Policy Research Working Paper 3282, World Bank, Washington, DC.

———. 2005. "A Framework for Evaluating Alternate Institutional Arrangements for Fiscal Equalization Transfers." Policy Research Working Paper 3785, World Bank, Washington, DC. http://ssrn.com/abstract=873893.

———, ed. 2006a. *Local Governance in Industrial Countries*. Washington, DC: World Bank.

———. 2006b. "The Principles and the Practice of Intergovernmental Transfers." In *Intergovernmental Fiscal Transfers: Principles and Practice*, ed. Robin Boadway and Anwar Shah. Washington, DC: World Bank.

Stigler, George. 1957. "The Tenable Range of Functions of Local Government." In *Federal Expenditure Policy for Economic Growth and Stability*, ed. Joint Economic Committee, Subcommittee on Fiscal Policy, U.S. Congress, 213–19. Washington, DC: U.S. Government Printing Office.

Stoker, Gerry, ed. 1999. *The New Management of British Local Governance*. London: Macmillan.

Tiebout, Charles. 1956. "A Pure Theory of Local Expenditures." *Journal of Political Economy* 64 (5): 416–24.

Wajidi, Muhammad. 1990. "Origin of Local Government in the Indo-Pakistan Subcontinent." *Journal of Political Science* 13 (1–2): 131–39.

Werner, Jan. Forthcoming. *Das deutsche Gemeindefinanzsystem: Reformvorschläge im Kontext der unterschiedlichen Einnahmenautonomie der lokalen Gebietskörperschaften in Europa.* [*The Financing of Local Authorities in Germany: Future Fiscal Reforms and Methods of Resolution in the Neighboring European Countries.*] Frankfurt am Main, Germany: Peter Lang.

Werner, Jan, and Anwar Shah. 2005. "Horizontal Fiscal Equalization at the Local Level: The Practice in Denmark, Norway, and Sweden." Unpublished paper, World Bank, Washington, DC.

Williamson, Oliver. 1985. *The Economic Institutions of Capitalism.* New York: Free Press.

Zheng Yingpin and Fan Wei, eds. 2003. *The History and Civilization of China.* Beijing: Central Party Literature Publishing House.

第二章 地方政府组织与
财政：南非[*]

克里斯·黑曼斯

本章介绍在结束种族隔离之后的南非地方政府的发展趋势及其存在的问题。第一部分简要概括了地方政府的历史。紧接的章节描述了现行体制的一些特征。随后又描述和探讨了有关地方政府收支和管理方面的问题，以及地方政府在更广泛的政府间关系系统中的地位。

简要的历史

1993 年南非宪法的制定者同意在 1994 年宪法中加入有关地方政府的专门章节，1996 年宪法进一步强化了相关内容。从 1994 年开始，地方政府相继进行了几个阶段的改革，最开始主要是消除种族隔离制度及打破种族隔离式的市政体制，随后是对相关的结构和体制的稳定和巩固以及对管辖权范围进行彻底的重新划分。地

---

* 本章最初写于 2004 年，在此基础上有所补充和更新。

方政府的发展史只有在种族隔离制向新的民主体制转变的大背景下才能被理解。

种族隔离体制下的地方政府

　　1994 年以前,整个地方政府的体制是按种族进行划分的。实际上,1977 年以前黑人的地方机构只有咨询和行政两块。非洲人在班图斯坦(Bantustans)以外的都市地区是不拥有永久居住权的①,因而他们也不拥有政治权利,地方政府体制与这一制度是相一致的。1976 年以后政治动荡持续不已,城市经济对黑人工人的依赖以及法律在限制黑人进入城市方面的无能使人们逐渐认识到,必须承认非洲人在城市的永久居住权,且他们必须被包括到地方政治体制当中。然而,虽然 1977 年开始实行社区议会选举制度,但议会依然保持隔离状态,分为白人和"有色人种"及"印第安人"区②,议会只有咨询功能,没有任何重要的权力和资源。辖区内的行政事务完全不受议会的控制,而由独立的、由白人官员控制的行政董事会掌控。这些董事会承担许多不受欢迎的职能,如住房和土地管理,在种族隔离时期的南非这些职能往往意味着强制性搬迁。

---

　　① 在种族隔离下,9 个从人种上定义的黑人家园或班图斯坦被创造出来,作为赋予南非黑人在中央政治系统中的所有政治权利的方案。起初,单方面的隔离愿景是:所有的黑人居住在这些区域,他们至多是在需要黑人劳动力的南非白人地区的短暂寄居者。直到 20 世纪 80 年代,人口、经济现实和渐增的政治压力使得试图控制黑人流入重点城市地区的法律有所松动,在那个时代,即使法律认可没有居住在班图斯坦的黑人是他们的公民,但他们仍未获得南非的公民权。南非政府给予班图斯坦一些形式上的自治,并宣布 4 个班图斯坦成为独立州,但这种独立从未获得政府的认可,或得到南非大多数黑人的接受。所有的班图斯坦在经济和财政上保持着对南非政府的依赖。对划分界限的一项争论是创造地方政府来增强多省之间交叉委员会的实力。在身份明确的利益相关者和公众成员表述之后,这些都市"交叉委员会"被重新起草。新的边界在 2003 年 3 月份地方政府选举中生效。在此过程中,地方政府总数降到 283 个。
　　② 南非种族隔离政策是由一系列的种族界定演变而来。当要讨论南非区域的地方政府时,种族隔离政策是难以避免的。白人和其他人、那些虽不是白人却在法律上区别于黑人的人,"有色人种"和印第安人,这些人种都彼此被隔离。

社区议会从未获得政治信誉。1982年，社区议会被新的黑人地方当局（BLAs）所取代，黑人地方当局拥有经选举产生的议会，具备某些行政权力，但其运作依然与白人行政董事会密切相关联。①同时，有色人种和亚洲人在自己区域内的咨询委员会中拥有投票权，这些委员会比BLAs的权力更小，没有自己的行政权。相比而言，白人有权选举市政当局，而且至少在理论上，这些市政当局与西方国家的市政当局一样具备行政和财政能力。迫于财政和政治方面的压力不断加大，20世纪80年代南非建立了地方服务委员会（RSCs），其主要任务是在各种族性地方政府之间建立职能联系和解决较小的白人市政当局和BLAs的财政短缺问题。RSCs的财政主要来源于工资税和商业流转税（即RSC税）。税收收入主要用于基础设施不足地区的基本建设投资。这种安排有利于资源从富裕地区流向贫困地区，且尽管RSCs在种族隔离制度结束之后就被取消了，RSC税依然是地方最重要的税收之一，地位仅次于财产税。

然而，长期的隔离从根本上削弱了白人社区以外的社区治理体制。当20世纪80年代反对种族隔离的运动不断高涨时，地方政府更是成为反对者攻击的目标。这一运动给旧的体制造成巨大压力，以至于行政当局不得不在1993年宪法制定之前进行一系列重要的谈判，这些谈判往往围绕服务问题展开，最终在"一个城市、相同的税基"的呼吁中都不可避免地转移到政治和财政议程上。该号召旨在推动地方政府跨越种族界限实现制度统一，同时使地方收入的使用惠及所有居民。黑人隔离区的居民指出，他们大多在白人地方政府辖区工作，因而对该地区的地方收入做出了贡献——但却得不到任何好处，因为这些资金并未用于他们居住的地区。到20世纪80年代末，BLAs全部崩溃，尽管政府试图通过各种镇压和谈判恢复BLAs，该体系一直处于无效状态，直到1994年协商结束了种族隔

① 这些委员会在1983年被重命名为发展委员会，在1986年被重命名为服务分配社团。

离制度(Swilling 1988)。

种族隔离结束后的时代

1994 年宪法中专辟一章谈及地方政府,这为彻底的改革铺平了道路。改革主要分为三个阶段。

第一阶段开始于 1993 年的谈判,结束于 1995 年。该阶段地方政府谈判论坛成立。根据 1993 年通过的地方政府过渡法案(LGTA),新的过渡市政体制将前民主的地方政府与社区体制结合在了一起。新的体制实现了资源在各种族之间的共享,但并未完全消除种族制度的根基。新的体制主要致力于管理核心服务,组织种族隔离制度取消后的第一次市政选举,以及商议地方选举之前的过渡性安排。地方选举最终于 1995 年进行(克瓦祖鲁纳塔尔省和西开普省于 1996 年进行)。

选举标志着第二阶段的开始,直到 1998 年才开始致力于市政当局的去种族化。第二阶段被视为过渡时期,旨在充分调查能够与国家宪法过程相匹配的未来地方政府。新选举产生的国家代表大会的主要任务是起草最终宪法(1996 年正式通过,包括有关地方政府的专门一章)。1995 年到 1996 年的选举产生了 843 个过渡性市政当局,使原来在空间上、制度上和财政上相互分离的相邻的白人社区和黑人社区连成一体。在接下来的 3 年时间里,这些组织展开了对系统进行整合及在地方塑造新制度文化的艰巨工作。LGTA创造了双层体制。在大都市地区,包括初级地方政府(次级结构)和高级大都市委员会两层。在其他地区,初级地方政府为过渡性乡村委员会或过渡性代表委员会,由地区委员会取代以前的 RSCs 作为协调层。LGTA 历经几次修改,逐步明晰了不同类型的地方政府之间的关系、各自的权力和功能、有关其财政责任的规定,以及其委员会和雇员的行为准则。LGTA 的执行也受到一些新地方政府的财政和制度方面缺陷的影响,尤其是——尽管不仅仅是——在小的城镇和农村地区。已经达成共识的是,某种形式的整合是必要的,要么减少地方政府的数量,要么增强现有政府的能力和完善其管理体制。

地方政府白皮书(宪法发展部 1998)提出了"发展性地方政府"的综合性新视角,包括有关地方政府的宪法地位和职能作用的全新思想,这将过渡阶段进一步往前推进。与宪法设计过程一样,白皮书的制定也是一个高度协商的过程。历经多次商讨和争论以及大量的研究,出台了一份帮助确定议程的初步讨论文件,一份旨在明确备选项的绿皮书(宪法发展部 1997),最终才诞生了白皮书。之后,尽管废除种族化依然是重要改革的目标之一,但重心却转向了使地方政府民主化,鼓励其服务供给能力的发展,促进一体化的发展计划和管理,使地方政府的构建有意识地朝着这些目标发展,并实现财政的可持续性。之后的立法,如 1998 年的市政组织法案(2000 年进行了修订)、2000 年的市政体系法案、政府间财政关系法案、2004 年的市政金融管理法案和相关的预算改革,以及 2004 年的财产税法案,为各项改革政策的实施提供了法律框架。省和地方政府部(DPLG)、国库及其他部门也负责大量的有关市政基础设施项目和能力建设的转移性支付事宜。省际合作进一步深化以确保为地方政府提供更有效和更连贯的支持,尤其是自 2005 年以来的整合项目。

改革的第三阶段开始于 2000 年。该阶段主要是全面划分都市界限。界限划分委员会忙于权衡经济、财政和政治等多方面的因素和依据,并广泛听取意见,这种状态持续了 2 年多时间。最终,它确立了 6 个大都市委员会,合并了 6 个委员会之外处于同一初级和地区结构的城市和乡村地区,并使原来的 843 个市政当局减至 283 个(到 2006 年 2 月 28 日为 284 个)。划分界限是另外的一系列改革的开端,包括界定不同类型市政当局的权力和功能,进一步完善财政体制,以及创造性地应对地方政府的传统职能领域内的问题,如电力和供水的问题(Atkinson 2002；国库 2003b)。①

　　新的地方政府可划分为 3 种类型。A 类市政当局有 6 个,它们是位于大型城市的单一层级的大都市政府(大都市)。这些地区以外的地方实行双层体制。第一层是 232 个 B 类初级市政当局,拥有经选举产生的委员会和特定的行政、管制和服务供给职能。第二层是 46 个地区市政当局或 C 类市政当局,这一层跨越了初级市政界限。这些市政当局由地区委员会管理,地区委员会由初级地方政府间接选举产生。市政当局主要承担协调性和辅助性职能;然而,在初级地方政府不具必要能力的地方,一些市政当局也拥有执行性职能。

　　南非地方政府的平均人口规模为 149 654 人——小于印度尼西亚(617 070),但远大于印度(2 892)(乡村发展部 2004)。然而,其变化幅度较大。大都市政府覆盖的辖区大到约翰内斯堡,人口超过 275 万人,小到伊丽莎白港,人口约为 100 万人。地区委员会管辖的人口少至 6 万人,多至 160 万人,而地方委员会管辖的人口则多至 68 万人,少至 6 000(http//:www. demarcation. org. za)。

地方政府的法律地位和自治权

本节讨论当前南非地方政府的法律地位。

总体的宪法框架

大多数宪法只是偶尔提及地方政府。南非是一个例外,种族隔

---

① 对划分界限的其中一项争论是在多省交界地带设立地方政府。在身份明确的利益相关者和公众成员的抗议声下,这些"跨边界"的市镇的界限被重新划分。新的边界在 2006 年 3 月份地方政府选举中生效。在过程中,地方政府总数降到 283 个。

离制度结束之后制定的宪法都给予了地方政府极大的关注（见图 2.1 政府间关系的概貌）。这种有趣的单一制下的分权特性是1993 年宪法谈判中有意识的选择，是对一些参与谈判方所提出的联邦方案的替代。

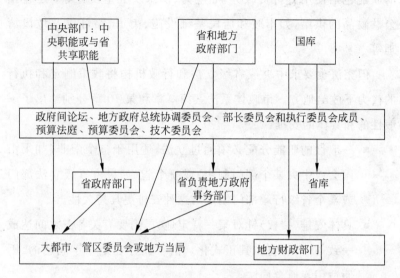

图 2.1 南非政府间关系示意图

资料来源：作者基于宪法和地方政府法的解释。

　　1997 年宪法进一步强化了 1993 年宪法的分权倾向，这一点既体现在其总体政府间原则上，又体现在新增的有关地方政府的章节中。原则上，宪法要求市政当局为"共和国的全部领土"而设，某些时候也被称作墙对墙的市政体系。

　　1997 年宪法中的三个概念对政府间关系的性质尤为重要。第一，40(1)中提到的政府的三个"层面"而不是层级。这一语义上的细微差异旨在表明中央、省、地方政府之间是平等、分离且自主的。第二，宪法强调各层面之间的关系应该是合作性的而非隶属性的。合作治理原则迫使政府的这三个层面就相互之间的政治和预算问题进行合作和协商。第三，156(4)确立了职能下属化原则，意味着一项职能应交由尽可能最低层面的政府承担。

宪法赋予三个层面的政府广泛的职能。① 目前,中央和省级政府负责学校教育、卫生保健、福利和住房等职能,其中中央政府负责政策制定,省政府负责履行一些专有职能。大部分地方政府的职能包括使用者付费服务,如电力、供水及卫生设施等;还包括公共物品的供给,如市政和居民基础设施、街道、路灯以及垃圾清理等。

但宪法也要求中央或省级立法和行政机构将政策制定和执行的权力下放给地方。市政体系法案第 9 章和第 10 章分别给出了一般性的和具体的安排:

- 一般性的职能分配必须通过立法,适用于整个南非(如果由国会或中央某个部门制定)或整个省(如果由省级立法部门或某个省级行政部门制定),这种安排更具持久性。

- 具体安排(授权)针对某一特定地方,需要有关各方之间达成一致,并由省宣布其正式化。由于其存在是基于同意的,因而适用普通合同法。

在职能的转移有多大程度上伴随着所需资源的转移这一问题上有过争议。地方政府抱怨市政当局往往被期望能全面地履行授权职能(包括融资),但事实上它们并未被授予足够的权力为这些职责融资。目前,授权不受任何法律的约束,这就为暗中转移职能打开了方便之门。

中央和省对地方政府的规制

政策制定者和法律制定者就这样两个问题之间的适当平衡进行着持续的争论:一是合作式政府间关系框架下的地方政府的立法权;二是中央和省级政府相对于地方政府而言能够发挥的政策作用和支持作用。这种平衡既取决于各层面政府之间的异质性程

① 宪法表四和表五在三个层面上划分了共有的和独有的职能。

度，又取决于其相互依赖性和相关性程度。

经由宪法授权，中央和省对地方政府的规制主要是通过市政体系法案和市政金融管理法案（MFMA）实现的。2006年将实行新的政府间财政关系法案。市政体系法案授权中央有关部门确定那些授权地方的所有事项的基本的国家标准和最低标准，而省在监督地方绩效方面负首要责任。中央或省级政府对于那些之前属于其职能范围而后来下放给地方的职能依然拥有规制权。而MFMA则赋予国库和省库监督地方政府的金融管理状况的权力。中央各部门以不同的方式行使着各自的规制权，有些有独立的规制机构（如电力），有些则在部门内部保留规制职能（如供水）。很多人就省无法有效监督地方政府绩效表示担忧，因为省相关部门能力有限。

市政体系法案、MFMA及宪法使中央和省级政府在地方无法"以立法形式"履行"执行功能"时能够介入（宪法第139节）。2004年，随着MFMA的实施，第139节在一片反对声中得到了修改。修改扩大了中央和省介入地方事务的范围，即当地方无法实现目标或满足财政要求时中央或省介入。MFMA的通过引发了激烈的争论，主要是针对这种介入权力的宪法意义。最终，省级行政部门承担了首要责任，且只有当省级行政部门无法有效介入时，中央才可以介入。以MFMA的形式，政府开始确立专门机构应对地方财政危机。

促进政府间合作治理的安排

宪法从大体上认定、暗示并要求各层次政府之间建立合作关系，且1994年后政府采取了很多措施来实践该原则。第一，政府间财政流动不经过省这一级，除非地方代表省履行某种省属功能。

第二，宪法使地方政府组织集团的角色制度化。1998年地方政府组织法案认可南非地方政府联盟（SALGA）及9个省级地方政府联合会为地方政府的代表。SALGA可任命10个以上的兼职代表参与国会中的省的全国委员会,而且还可提名 2 名财政和金融委员会成员的人选,以向财政部提供有关预算问题的建议。这些个体参与到政府间组织之中,从而能够影响中央和省有关地方政府的立法。

　　第三,一些政府间论坛便利了全局性问题和局部性问题之间的转换。由总统办公室领导的政府间论坛促进了中央和省级政府之间的一般性联系。地方政府总统协调委员会在有关政策和功能问题的讨论中纳入了全部三个政府层面。通过一系列由部长和(省级)行政委员会成员组成的部局委员会(MinMECs)和由这些部长领导的官员组成的平行组织,使中央和省之间进行持续的交换成为可能。其中的一个 MinMECs 负责地方政府事务,由省和地方政府的部长负责,组织化的地方政府通过 SALGA 也可参与其中。在财政部长的领导下,预算委员会和预算论坛推动了就预算过程和财政事务而进行的咨询。预算委员会由中央和省财政部长组成,预算论坛由预算委员会成员和中央及省在各省的地方政府联合会主席组成。

收入和支出构成：一般模式

　　界限划分完成之后新辖区的第一次比较完善的预算产生于 2002 年 3 月。国库一直与市政当局进行协调以实现完全的预算一体化,而不仅仅是对合并的市政当局的不同预算进行加总。这种整合已取得显著成效,尽管制度合法性和能力方面的缺陷使之成为一项复杂的任务。突出的界限划分问题——尤其是取消跨边界的市政当局——也需要得到处理。表 2.1 表明了地方政府预算趋势的总体概况。

表 2.1　FY2002/2003~FY2005/2006 地方预算趋势

10 亿兰特

预 算 支 出	财 政 年 度			
	2002/2003	2003/2004	2004/2005	2005/2006
运作预算	52.7	72.6	84.1	93.3
工资	22.9	25.5	17.9	27.6
大宗服务（水电）	17.1	19.1	13.7	20.5
其他（维修、保养、对未收税的准备、债务）	29.8	36.1	21.1	38.9
资本预算	11.7	16.7	17.1	25.9
预算支出总额	64.4	89.3	101.2	119.9
运作收入预算	54.3	61.6	84.3	92.0
财产税	11.5	12.5	15.7	17.0
服务收入（以水电为主）	25.0	28.0	38.9	41.5
RSC 税	3.9	4.4	5.7	6.5
政府间拨款	3.6	6.7	12.1	13.2
其他	10.3	10.0	11.9	13.7
运作总额	54.3	61.6	84.3	92.0

　　资料来源：国库 2003b，2004b；国库数据。

　　注：因为四舍五入的关系，加总可能不是 100。以上数字均基于估计产生。鉴于作者写作之时还未能判断预算数字异常增加的原因，所以还没有修正这些数字。

　　地方支出预算从 1999/2000 年度的 549 亿兰特增长至 2004/2005 年度的 1 012 亿兰特，且 2005/2006 年度有望达到 1 200 亿兰特。[①] 数年以来，预算收入一直呈现显著增长势头，且 2003/2004 年度到 2004/2005 年度的预算增长高达 36.8%。地方收入方面也呈现出某些令人欣喜的势头：财产税预算收入从 2001/2002 年度开始就一直保持 8% 的增长率。尽管观察家就这种增长对地方经济发展的潜在负面影响表示担忧，但增长确实表明了地方收入模式上的积极趋势。据国库估计，目前大都市政府预算资金的 70% 以上来源于财产税，它也同时指出某些地区在使用者付费方面有明显的上升趋势。

支出预算

　　南非 23 个最主要的城市市政当局占用了全部地方支出的 80%

---

　　①　6.23 兰特＝1 美元，2006 年 1 月汇率。

以上,尽管基本服务供给不足问题在农村地区更为严峻,农村地区的收入潜力却并不大,且预算赤字频繁发生。国家转移支付的分配试图解决这种差异,使大量的转移支付流向更多的农村地区及转移支付水平呈显著下降趋势的城市。在过去的几年里,大都市地区仅接收了全部转移支付的不到20%,且据预期该数字还将继续下跌。

估计总的运作经费预算在2002/2003年度为527亿兰特,2003/2004年度为726亿兰特,2005/2006年度为933亿兰特。表2.1显示,工资占用的市政预算的份额最大,在2003/2004年度为255亿兰特,约占全部运作经费预算的30%左右。人们曾期望由区划调整形成的地方政府合并能够削减工资所占份额。然而,过渡性费用以及一些合并后的市政当局同步上调工资的做法——与更高级别的市政岗位而非平均或更低级别的岗位保持一致——大大限制了这一潜力的发挥。国库和DPLG都在关注该问题并希望在未来的几年里予以纠正。表2.1还表明,2002/2003年度用于水、电等大宗购买项目的费用的预算为171亿兰特。而在同一年,用于其他支出的费用预算为298亿兰特(维修和保养、一般性费用、贷款利息和偿还,以及补偿市政运作预算收入不足的部分)。

资本支出依然是关注的焦点。尽管资本预算分配从2002/2003年度的117亿兰特增长至2005/2006年度的超过250亿兰特,这种增长仍不能代表准确的地方政府支出的实际水平。首先,由于地区向地方市政当局的地区间转移支付,资本预算中出现了重复计算。其次,以往的经历表明,实际的资本支出小于预算资本支出,主要是因为地方尚未完全实行复式预算,许多市政当局一年做一次资本预算,缺乏资金流动和实施计划,且仅在预算确定之后才开始确保资金来源。这种状况导致支出不足和延迟。然而,国库(2003b)分析报告表明,资本预算总额的80%以上用于一般性基础实施,尤其是房屋、水库和网络设施,道路、桥梁和人行道,以及配电设施。约11%用于其他资产投资,6%用于社区基础设施,1%用于特定交通工具。

收入

资本支出资金的显著增长证明，中央政府决定让地方政府提供服务。在 2004 年的国家预算中，到 2006/2007 年度的中期支出结构框架条款表明，分配给地方政府的平均份额和基础设施资金的实质性增长，高于中央对所有其他领域资源投入的平均增长。同期预计，平均份额增长 8％以上，基础设施资金增长 7％以上，而国家平均增长水平为 4％。

近年来，收入预算也显著增长，财产税收入从 2002/2003 年度的 126 亿兰特增长到 2004/2005 年度的 157 亿兰特，同期商业销售和 RSC 对商业流转和工资的征税从 44 亿兰特增长到 57 亿兰特。这些收入的绝大部分归功于 6 个大都市地区，约占全部 RSC 税和财产税的 70％。余下的收入由地方或 B 类市政当局从财产税中征得，而地区（C 类）市政当局则无权征收财产税。它们可征收地方市政当局无法征收的税收。[①] 表 2.2 列示了 3 个财政年度的地方预算中的这类收入。

表 2.2　不同地方的财产税和 RSC 税收入，FY2002/2003～FY2005/2006

10 亿兰特

收入来源/类型	财政年度			
	2002/2003	2003/2004	2004/2005	2005/2006
财产税				
A（大都市）	8.9	10.1	11.0	11.8
B（地方）	3.7	4.3	4.7	5.3
C（地区）	n. a.	n. a.	n. a.	n. a.
总计	12.6	14.4	15.7	17.1
地方税				
A（大都市）	3.0	3.5	3.8	4.4

---

① 在 2005 年中期预算政策的陈述中，政府宣布取消 RSC 税。在此期间，将由中央政府对相关的都市补助代替税收，但政府正在考虑新的税收工具。

收入来源/类型	财 政 年 度			
	2002/2003	2003/2004	2004/2005	2005/2006
B(地方)	n. a.	n. a.	n. a.	n. a.
C(地区)	1.4	1.7	1.9	—
总计	4.4	5.2	5.7	—

资料来源：国库 2003a,2003b,2004a,2004b。
注：n. a. 为不适用；—为不能获得。

以上收入数字需要进行特别限定。首先,许多市政当局的财产评估数据已经过时,改革相关立法要优先考虑的事是更新这些数据并扩大财产税的税基,使其不仅包括土地,还包括开发。其次,表 2.1 中服务收入中的数据并不包括管理费,如工资和行政、修复和维护、利息费以及债务偿还。因而,以 2003/2004 年度为例,尽管这些项目产生了 280 亿兰特的收入,但同时也花费了 154 亿兰特的成本。在国库的领导和 MFMA 的指导下,市政财务系统正在进行改革以帮助弥补这些信息漏洞。中央政府和地方政府也已共同致力于解决许多地方居高不下的水电损失。

地方政府组织与管理

这一节讨论地方政府的种类和层次以及政治和行政架构。

种类和层次

南非的 283 个市政当局(截至 2006 年 2 月 28 日为 284 个)是通过之前提到的长达两年的区划过程产生的。市政组织法案包含了划分不同类型市政当局的标准：

- A 类市政当局只能在大都市地区设立,且为单级自治地方当局。市政界限划分董事会决定给予约翰内斯堡（Igoli）、德班（Ethekwini）、开普敦、比勒陀利亚（Tswane）、东兰德（Ekurhuleni）和伊丽莎白港（纳尔森·曼德拉）大都市地位。直到最近，其他大城市中心，如布法罗市（东伦敦）和彼得马里斯堡，也想争取大都市地位，因为这一地位能够给予他们支配本辖区内征收的 RSC 税的权力。然而，自从政府宣布取消 RSC 税以后，他们争取大都市地位的动力有所减弱，这一动力将取决于什么样的资金和税收安排将取代 RSC 税。然而，这些期望被赋予大都市地位的城市认为其所处的环境使他们面临不同于小城市和农村地区的来自服务供给的挑战，因而在进行制度设计时应给予他们更大的权力来应对这些挑战。

- B 类市政当局在初级地方层级行使职能。他们与 C 类市政当局共同承担很多责任。232 个 B 类市政当局之间存在很大差异。一些在行政和财政方面的能力较弱，尤其是农村地区，但有些（如布法罗市）在人事和其他资源方面的权力较大，似乎只差一步就被归为 A 类市政当局了。

- C 类市政当局在地区层面运作，每个 B 类组织都属于某个 C 类市政当局。总共有 46 个 C 类市政当局，他们与辖区内若干地方市政当局共同承担一些责任。地区市政当局无权命令地方市政当局，其建立基于三个逻辑基点：第一，由于规模经济的原因，某些服务的供给可能规模越大效果越好。第二，有必要在地区范围内协调规划。第三，这种结构能在地区范围内提供再分配的机会（宪法发展部 1998）。所有地方委员会都属于地区市政当局，但 25 个人口较少的地区市政当局辖区不属于地方市政当局；这些地区被称为地区管理地方，他们包括诸如狩猎公园之类的地区。

重新划分界限之后紧接着的是详细地分配和委托权力的过程。

省和地方政府部部长负责为 B 类和 C 类市政当局分配各自的权力和职能，这些职能是国家授予的——供水、卫生、电力、地方医疗——地方政府执行委员会的省属成员履行剩余的职能。围绕某些问题存在广泛的争论，如当职能转移到新的政府后可能造成的服务供给混乱和财政费用问题。市政界限划分委员会尤其赞成将大部分的共享职能转移至地区层面。最终，省和地方政府部采用了一种非对称的方法，即将职能分配给技术评估认定具备恰当能力的那一级政府。其结果是相当数量的 B 类市政当局保留了服务供给的权力，这些服务在有些时候是以机构为基础对地方提供的。通常的形式是在地方政府能力相对较弱的地方由地区承担地方医疗职能（现在仅限于环境卫生）以及供水和卫生职能。电力供给职能依然维持 2000 年之前的原状，即在正式的过渡地方委员会地区（主要是城市地区）该职能由地方市政当局承担。由此可见，目前地区基本不承担电力供给职能，而这违背了市政组织法案的规定。地区在对市政道路（地区道路）拥有某些职责，尽管道路职能方面有很多不确定性（帕默发展组 2004）。

双层体制仍在发展中，然而该体制中的地方和地区市政当局都面临一系列困难。目前，市政当局包括城镇、农场以及传统的村落，由此带来了更多复杂的空间动态性，并对行政管理构成新的挑战。在很多情况下，划界会将原地方政府分裂——尤其是处在农村委员会管辖下的地方。以前直接由地方服务委员会管辖的农村地区现在建构了自己的地方市政当局，但事实上他们并不拥有相应的制度能力。有过传统权威①的地区的政治动态更复杂，因为这些地方的

---

① 当地传统的领导人在地方政府系统中的地位是南非民主化争论的焦点。不同团体对民主体系中非选举的领导结构的兼容性有相互冲突的观点。多次争论之后，在 2000 年修正了市政结构法案，允许设立咨询程序让传统权威参与到地方政府事务、文化习俗工作，让他们在乡村事务中拥有有限的服务监督权。法案的修正也允许他们提高某种收费来履行他们的职能。他们不是地方政府，而仅仅是在乡村政府辖区治理过程中的一部分。

土地使用权仍未得到解决,而传统的规则并不总是与正式的公共体制相适应。在很多情况下,地区委员会的能力也值得质疑,他们有效回应来自农村和一些小城镇的权威的挑战的能力由于其管辖区域之广阔而受到削弱。

帕默发展组(2004)指出,在某些情况下政治方面的差异影响了双层体制功能的发挥。在这种情况下,某个辖区的地方和地区市政当局由不同的政党控制。在共同承担责任方面也存在不确定性,主要是由于包括计划责任在内的职能划分往往不够明确。当一个地区承担了其辖区内的某些地方市政当局的职能时,就会出现交叉重叠的危险。地区市政当局在不同地方之间分配财政资源时也存在摩擦。包括次级城市的地区也面临不确定性,因为某些次级城市可能升为大都市,从而大大减少地区市政当局的收入。

政治和行政结构

所有大都市、地区和地方市政当局都处于经选举产生的议会的政治控制之下。议会成员由选举系统组成的联合体选举产生。60％的地方议会议员通过基于行政区的"简单多数"的方式选举产生,剩下的40％是通过以政党支持为基础的地区范围内的比例代表制(PR)选举产生的。因而各议会都包括两类地方议员:行政区议员和比例代表制议员。

议会负责批准政策和规章制度,通过辖区内的年度预算,并为辖区的发展计划和服务供给设定框架。作为单级政府,大都市议会不能下放其市政、立法和行政方面的政治责任,但他们可以将执行职能下放给分散在各地的行政办公室。

经议会选举产生的市长负责协调议会的工作。由议员组成的执行委员会或市长委员会协助市长监督市政经理和部门首长的工作。在大都市地区有两类执行系统:市长执行系统(由市长办公室掌握立法权和执行权)和集体执行委员会(由执行委员会掌握立法权和执行权)。

所有市政当局的行政区议员都要与行政区委员会合作,后者给予市民在地方决策方面更直接的发言权。行政区委员会为市民参与地方政府的综合发展计划、预算和一般性监督提供了平台。当然各地情况有所不同:一些委员会成为了重要的地方咨询机构,一些则依然只是形式而基本未产生任何直接影响。市政信息的品质依然较弱,因为它低估了广泛而理性的争论的范围。例如,人们一直关注一体化发展计划——这是促进参与和问责的计划以及资源分配的有力工具——已经成为与真正的资源问题(依有限的资源仔细权衡和测试以确定优先事项)相距甚远的无休止的练习(DBSA 1998,2000; Gildenhuys 2002; Pycrofy 1998)。

市政行政部门履行地方政府的职能。各市政行政部门由一个市政经理领导并配备相关的官员。根据市政体系法案,市政当局必须"以这种方式确立和组织行政部门,即能够使市政当局按照宪法第153章要求的以发展责任作为导向和重心行事"。该条款有助于发展额外的或替代性的服务机制,如地方层次的公共实体和公私合伙实体。二者都要求关注治理安排,尤其是仔细界定产权、规制及执行问题。但从总体上看,公共实体和公私合伙实体都为服务供给和融资提供了新的途径,从而为进一步的投资和更精湛的技术提供了空间。

然而,二者都未取代核心市政行政机关。市政行政机关的范围取决于地方政府的规模和所在地。例如,在大的中心地区,行政机关的专业职位可以包括市政经理以及其他许多职位:城市秘书、城市出纳员、城市工程师,以及负责卫生、信息技术和地理信息系统、安全、防火、运输、公园和娱乐设施、交通和执照、市场、旅游、信用、建筑检查和采购的人员。在小的中心地区,行政机关可能只配备市政经理、城镇秘书、负责技术服务和保护的长官以及负责社区服务的长官。在农村地区,往往要为分区办事处制定规定以确保核心机构和具体地方的联系。

市政经理有权雇用人员并协调成员以执行议会通过的所有计划。目前,地方政府组成人员并不像中央和省政府那样构成公务员的一个部分;然而,在雇用和裁撤方面地方有完全的自主权。尽管有国家标准,但地方原则上可以设定自己的标准。最近,SALGA在设定这些标准方面发挥了积极作用。然而,来自中央政府有关部门的压力要求将地方政府官员整合到公务员队伍当中,因为这样能够限制特殊薪酬并允许在全国范围内根据需要随时随地调配人员。然而,该提议存在争议,有人认为这是对地方自主权的潜在侵害。此外,有人担心这种变化的全部财政意义尚未被完全评估。

地方政府支出责任

正式分配

地方政府支出合计约占政府支出总额的 1/5。宪法是地方政府支出任务的基础,它为三个层级的政府分配了职能。计划表 4B 和 5B 规定了广泛的由各级次政府共同承担的职能。未在该表中列出的职能被视为绝对职能,是由中央政府单独承担的责任。

地方政府没有专有职能,但市政当局是一系列公共物品,如公园、体育和娱乐设施、公墓、市政道路、路灯、交通管制以及监督和强制性地方法规的供给机构。地方政府还提供一些使用者付费服务,包括供水和卫生设施、电力和供气网络、垃圾清理、地方卫生服务以及地方交通和公路。表 2.3 列示了宪法中的计划表对这些职能的分配情况。

表 2.3　地方政府职能

表 4B 所列职能(中央和省负责)	表 5B 所列职能(省负责)
空气污染	海滩和娱乐设施
房建规则	宣传栏和公共广告
儿童看护设施	公墓
电力和燃气网络	清洁设施
消防服务	公害控制
地方旅游	酒类行业控制
地方机场	住房、医疗和动物掩埋设施
地方卫生服务	围墙和栅栏
地方规划	宠物执照
地方公共交通	公共食品生产企业生产许可证和控制
地方公共工程	地方礼仪
码头、渡口、防波堤、桥梁和港口	地方体育设施
防洪系统	集市
贸易规则	地方屠宰场
水和卫生服务	地方公园和娱乐设施
	地方公路
	噪声污染
	拘留所
	公共场所
	垃圾清理、垃圾场和固体垃圾清理
	街道照明
	街道商贩
	交通和停车场

资料来源：南非共和国宪法,1996。

根据计划表 4B 和 5B 规定的职能,中央政府的首要角色是制定政策,而省既承担规制者的角色又承担执行者的角色。前面提到过,中央和省的共同作用是设定规则和标准,监督有关这些规则和标准的执行情况,并在未达到标准时介入。较高层级的责任也可能通过委派和代表转移给地方政府,中央和省政府仍保留其规制责任和政策、立法以及分配财政资源方面的职能。

市政当局与中央和省政府分担计划表 4 规定的职能；表 5 规定的市政当局的职能受省政府的监督。宪法 156(1)(a)章规定，市政当局拥有执行权，并有权处理表中列出的地方政府事务。该条款是地方政府权力的最主要的来源，且重要的是，普通法和省级立法不能撤销或修改该条款，必须通过宪法修正案。宪法 156(1)(b)章规定，市政当局拥有立法权，并有权处理中央或省级立法（通过一般性分配或针对个别市政当局）赋予其的其他任何事务。

支出分配问题

南非现行政策改革议程承认支出分配面临许多挑战。第一，开放性和不一致的宪法解释引发了不确定性，尤其是当服务由各层次政府共担时。由于这个原因，最近 DPLG 就宪法中计划表 4 和表 5 规定的职能做了进一步的分析，而国库正在开发一个有关支出和收入责任的模型。这些政策创制都反映了需要处理支出要求和税收征收能力之间不一致的情况。

第二，部门立法不涉及分配和授权——以及相应地，对其财政意义的评估。例如，帕默发展组（2004）指出，尽管住房供给是省属职能，但住房供给法案允许将其赋予地方政府。事实上，一些市政当局已经承担了更多的住房供给事务，但正式的职能分配和与之伴随的拨款融资安排还未被制定。另一个例子来自国家卫生法案，该法案试图使地方政府的角色集中于环境卫生，与此同时，促进环境卫生与卫生区内的省属初级医疗服务的整合。部门和地方政府面临的复杂性从供水部门可见一斑。尽管地方或地区市政当局层面的供水职能大多已得到了立法的确定，但一些实用性问题仍有待解决。供水服务法案规定了供水服务管理当局与供水服务供给者之间的区别，但当之后的市政组织法案暗示地区市政当局应作为供水服务管理当局，但由于实际的能力方面的原因，在大多数情况下这一职能被分配给地方市政当局。

第三,各市政当局之间的能力差异显著,各部门应进一步敏感地意识到能力有限这个问题。例如,尽管环境规制并非正式的地方职能,但越来越多的环境职能正被转移至在很多时候并不具备这些能力的地方层级。地方经济发展任务依然是一个艰巨的挑战,因为很多地方政府不知道如何平衡干预者和促进者的角色。而尽管地方在商业规制、土地管理和制订计划方面的职能十分明确,但大部分市政当局缺乏有效履行这些职能的能力。

市政体系法案试图设定明确的条件以确保分配给地方政府的任务是可行的,且不制定没有资助的法令。它要求政府各部门与其所属的地方政府、相应的财政部门以及地方政府联合体进行协商,并从金融和财政委员会获得财政评估。然而,缺乏可靠的规则,从而确保协商和评估的质量,确保支撑它们的信息的质量,或确保部门机构和组织化的地方政府有效地参与这类协商的能力和意愿。因而,可能存在这样的需要,即详细评价这种多样性及其与具体支出任务的关联性。

第四,政府有关无偿基本服务的政策需要考虑支出任务与财政能力之间的恰当平衡。中央有关部门(尤其是水事务和林业部)一直致力于制定有关无偿服务的政策和规划,最终规定由地方政府承担此类服务的责任。然而,大部分市政当局——尤其是农村地区——将需要中央政府给予大量的财政支持以及具备相应能力的服务供给者给予的足够的操作性的支持(帕默发展组 2004)。

第五,人员费用一直保持较高的增长态势,通常,超过了其他支出项目。在过去的几年里,合并进程加剧了这种增长。当合并先前处于不同级别的辖区时,工资调整的趋势是上调至最高的平均基数的水平。管理费用也显著增加,而中央用于管理地方人事方面的费用也具有不确定性。这是一个艰巨的挑战;市政当局雇用了超过20万的员工(国库 2001)。

地方政府自有税费

宪法为地方收入设定了主要的框架。在不损害国家经济利益（宪法 229(2)(a)）并遵守中央立法约束的前提下，所有地方政府都有权征收财产税和由市政当局或代表市政当局提供的服务产生的额外收入（宪法 229(2)(b)）。然而，地方政府不能征收收入税、增值税、普通营业税或关税。此外，中央政府有权批准特别地方政府征收其他税费。

大量数据表明，地方政府在相当大程度上实现了财政自给自足，自给收入占总收入的 80%～90%（Momoniat 2001；国库 2001，2003b）。然而，汇总的数据掩盖了各市政当局之间较大的差异性。尤其是——尽管不全是——较小的和农村地区的市政当局比该统计所显示的依赖性要强得多。尽管如此，原则上地方政府有权征收一些地方税种，且有些已实现了相当程度的财政独立。在 2006 年度国家预算中，政府正式取消了 RSC 税（由服务税和地方商业设施税构成），但自此以后这些税收与财产税和诸如供水、卫生、电力、垃圾清理之类的服务项目收费共同构成了地方收入的主要来源。有关各种来源有一些观察资料（见表 2.4）。

财产税

征收财产税是 A 类和 B 类市政当局的特权。它们约占地方年度收入的 1/5，在一些大的城市中心这一数据甚至超过 30%（国库 2001，2003b，2004b；Whelan 2002，2004）。然而，自从 1998 年地方政府白皮书出台以来（宪法发展部 1998），中央政府尝试扩大财产税的范围，改善管理，采取更具持续性的方法，并鼓励各地方辖区规

表 2.4　地方收入构成

税收类型	税　基	税　率	2002/2003年度对地方收入贡献率	是否在政府间进行收入共享
财产税	在该国的各个地方各不相同,但一项新的法案将统一规定以土地和房产的市场价值作为税基。其他还包括公共基础设施、农作物、固定资产、矿产、土地改革收益和部落土地	浮动	20.2%（在城市地区高达30%）	不共享。在A类和B类地方征收和使用
RSC税（2006年取消）	营业额和工资	浮动。现行法律规定税务部门可遵循中央财政部的法规根据不同类型的企业设定不同的税率	7.1%	不共享。在A类和C类地方征收和使用。2006年被中央拨款取代,且政府正在考虑可长期采用的新的税收工具
使用者付费	对水、电、垃圾清理等服务的消费	浮动。MFMA规定了"统一的设定地方收费额度的准则和标准"。地方组织法案要求收费结构有利于劳人获得基本服务。相关领域的部长可以出台答案	45%。电力供应所占的份额最大,其次是供水	不共享。地方收费由相应的地方政府享有

资料来源：作者基于地方政府法律和国库 2003b 和 2004b 编制。

律性地更新评估职能。经过 4 年持续的争论，2004 年终于通过了新的财产税法案。

在 1994 年以前，财产税由省级法令调节，由此产生了一些矛盾。省级法令允许辖区内较大的变动余地，一些市政当局仅征收土地价值税，另一些以不同的税率征收土地税和改良税，还有一些以统一的税率征收全部的改良价值税。一些地区开始应用单一税率体系。2004 年的财产税法案要求更多的一致性，但原有法令规定的税基可在新法生效之日（2004 年中期）起 4 年内保持不变。然而，尽管新法把根据不同种类的财产征收不同的税率的决定权以及免税和减税的决定权留给了市政委员会，它依然设定了一种通行办法。它还试图通过要求各委员会采纳为其决策、减税和程序设定框架的政策而使设定财产税的过程系统化。

立法以法律的形式使税基超越了土地价值而包括了财产总改进价值（土地和改进价值的结合）。争论在于单纯的土地税有利于大财产开发者，因为与改进价值相比，建办公室的土地价值很低。这种税基也有利于中产阶级房屋所有者，他们大大改进了他们的财产。这些偏见使单纯的土地税成为累退的。也有人担心为改进单纯土地税的公平性而实施的减免税收制度在管理上过于复杂且缺乏透明性。

然而，新地方政府的建立也产生了许多复杂问题。例如，法案的颁布曾受到阻碍，因为围绕其在部落地区和农村地区的适用性存在争议。部落问题通过在 10 年内把公共土地排除在外和把农作物排除在外得到了解决。

RSC 税

RSC 税自 1994 年之前已经不合时宜，但与此同时，它却又是大都市和地区当局的重要的收入来源。该税种是于 1986 年引入的，是为了给地方服务委员会筹措资金——委员会本身是种族隔离时期的政府为减轻一些地方政府的财政压力而创立的,它们承担了发展地方基础设施的职责,并促进了欠发达地区的发展。该税种实质上是针对商业流转和工资的税收。

一段时间以来,本届政府一直想改革或取消 RSC 税,并最终于 2005 年(南非共和国 2005)宣布该税种由于一系列的行政、经济和财政方面的原因将被取消。首先要关注的是对 RSC 税进行评估的责任和方式。大都市和地区市政当局并不亲自评估纳税人的纳税责任,而是依靠纳税人的自我评估,并借助南非税收服务部门对这些评估进行核实。然而,评估并非总是被核实,且对不纳税的惩罚仅限于对欠款征收利息。工资税也被认为妨碍了创造新的就业机会。通过设定全国性的税收,中央政府有效地折衷了地方政府的财政自主权。政府在财政方面的一般观点是,像 RSC 一类的地方税并非最优的再分配的工具,而政府间转移支付提供了更公平的地方间再分配的工具(国库 2001)。

因此 2006/2007 年度的国家预算提供了 70 亿兰特的国家拨款以取代 RSC 税,且在接下来的两个财政年度里该项拨款将逐步增加。这一转移支付性拨款被理解为一项过渡性措施,但政府仍在考虑有关的替代性选项。核心的政策争论关注的不仅仅是地方的财政能力。问责问题同样成为政策的争论核心:有人担心地方政府越是依赖转移支付,其对地方利益相关者(商业、顾客或其他)的责任可能关注的越少。政府考虑的选择包括允许市政当局对用于提供财产税以外的服务投入索取投入信贷;下放部分国家燃料税使市政当局能够分享辖区内的燃料销售收益,引入电力税,根据财产买卖发生的地点分配财产转移税给市政当局,或引入一种新的商业税。

使用者付费或公用事业收费

宪法仅仅是暗示了地方政府有权征收使用者费,通过赋予他们对必须或碰巧需要其履行职能的事务以执行权(第 156 章)。从使用者付费中获取收入的能力是与被授权提供某项具体服务的市政当局相关联的(B 类或 C 类)。

多年来,来自交易服务(供水、卫生、电力和垃圾清理)的公用事业收费共同构成了主要的地方收入来源——近年来总共超过30％。三类市政当局都能征收此类费用,但 B 类(地方)和 C 类(地区)市政当局之间的权力划分是以特定情境下的便利为原则的。尽管国库一直担心由于对市政费用的估计不够精确而导致盈余被高估,这些服务——尤其是电力——的确为地方收入做出了重要贡献。

在这种背景下,目前最突出的政策争论在于针对电力配给行业提出的改革将使配给转移至地方实体而远离市政当局。得到深切关注的是,即使市政当局得到某种形式的补偿或能够向辖区所购买的电力征收额外费,这种改变还是意味着一种最为人所知和最能被清晰界定的地方收入来源的流失。其财政意义还不清楚。然而,就额外费是否比贸易服务更具可预测性一直以来存在争论(Bahl 和 Solomon 2000；国库 2005)。

额外费

尽管未被广泛采用,额外费(或消费税)代表了一种潜在的地方政府专有的重要的税收权力。宪法第 229 章规定了市政当局根据消费者使用的地方政府服务的数量向其征税的权力以及中央政府通过立法对这类征税行为进行调节的权力。此外,体系法案(第 11章(3))为额外费提供了法律依据。

额外费的倡议者认为,与来自贸易服务利润的盈余相比,额外费更加透明(Bahl 和 Solomon 2000；Whelan 2004)。然而,它们还未被广泛采用,部分是因为国家电力管理部门以该税不是国家战略的一部分为由而禁止对电力服务征收该费用,还有部分是因为贸易盈余依然是地方收入的一个来源。随着服务部门重组过程的展开,额外费很可能成为更普遍的地方收入来源。地方配给者的引入（如电力部门）增加了地方政府采用该类税收的压力。

税收征收问题

尽管许多地方政府在地方资源方面享有大量自主权，税收征收依然是一个问题。据国库（2003b，2004b）估计，2004 年消费者对市政当局的欠款总额达 280 亿兰特。近年来，地方累计债务人余额（主要是大都市和地方市政当局）占年度支出的比例一直以每年 3％的速度增长。[①] 尽管国库和 DPLG 积极帮助市政当局改进服务供给，账单、体制和能力上的不足以及大量的一般性债务依然是主要的障碍。

政府间转移支付

地方支出中共计有 10％～16％是由政府间转移支付负担的，但这个范围并未体现较大的城市市政当局与其他类型市政当局之间的显著差异。一些小的市政当局几乎完全依靠拨款。2005 年的一项公告宣布 RSC 税将被取消——至少是临时性的——而由一项新的对地区和大都市市政当局的拨款代替，这引入了此类分析中不可能被充分考虑的全新的视角。表 2.5 显示了转移支付对地方支出的相关贡献情况。

自 1998 年白皮书发布以来，地方政府拨款改革已成为改革的首要任务。虽然，财政工具的数量不断减少，但 1998 年到 2003 年用于转移支付的资金从 44 亿兰特增加至 81 亿兰特，且有望到 2005/

---

① 地区市政很少受到影响，因为他们主要的财政来源是转移支付和地区税收。

表 2.5　作为地方支出总额一部分的直接转移支付，FY2002/2003～FY2005/2006

指　标	财政年度			
	2002/2003	2003/2004	2004/2005	2005/2006
地方政府支出预算总额/10亿兰特	64.4	89.3	101.2	119.9
中央直接转移支付/10亿兰特	8.1	12.1	16.9	16.3
中央直接转移支付占地方政府支出总额的比例/%	12.5	14.1	16.9	13.6
省级直接转移支付（实际的和预算的）/10亿兰特	2.3	—	—	—
省级直接转移支付占地方政府支出总额的比例/%	3.5	—	—	—
直接转移支付总额/10亿兰特	10.4	—	—	—
全部直接转移支付占地方政府支出总额的比例/%	16.1	—	—	—

资料来源：基于预算数据的私人交流；国库 2003b，2004b。

注：—＝数据不可获得。由于四舍五入的原因，加总总额不是 100。

2006 年度增加到 163 亿兰特。在过去的两个财政年度中，转移支付增长迅速，已名列前茅，尽管基数很低。然而，威勒恩（2003a，2003b，2004）指出，从实际的货币形式上看，用于中央和省级服务的人均增长高于用于地方政府服务的人均增长。

　　中央对地方政府的转移支付分配在年度收入分配法案（DORA）中发布，且每三年公布一次以增强其可预测性和透明性。省库也被要求公布其对地方的转移支付。汇报要求在每年的 DORA 中规定。目前，每个接受拨款计划资助的市政当局每月必须向中央或省有关部门上交报告。这些报告之后又被上交至国库。在财政管理拨款和重构拨款上，国库是转移支付部门。表 2.6 显示了 2002/2003 财政年度到 2008/2009 财政年度市政当局接受的主要转移支付的总体情况。

表 2.6　中央对地方政府转移支付 FY2002/2003～FY2008/2009

10 亿兰特

转移支付类型	实际的			修订的		中期预计	
	2002/2003	2003/2004	2004/2005	2005/2006	2006/2007	2007/2008	2008/2009
对地方直接转移支付							
均等化及相关部分	4 230	6 623	7 811	9 808	18 558	20 626	23 375
均等化部分[a]	4 187	6 350	7 678	9 643	18 058	20 076	22 775
供水和卫生事业	43	273	133	165	500	550	600
基础设施	3 472	4 102	5 258	6 302	7 225	9 129	11 801
市政交通基础设施和系统	1 865	2 442	4 440	5 436	6 265	7 149	8 053
公共交通基础设施拨款	—	—	—	242	519	624	1 790
邻里发展互助拨款	—	—	—	—	50	950	1 500
国家电气化计划	225	245	196	313	391	407	458
实施供水服务计划	999	1 022	208	—	—	—	—
缓解灾害[b]	—	—	280	311	—	—	—
助贫及相关基金[b]	383	393	134	—	—	—	—
经常性支出	400	856	768	749	749	749	400
调整拨款	151	494	388	350	350	350	—
财政管理拨款	155	211	198	199	199	199	200
市政体制改革拨款	94	151	182	200	200	200	200
直接转移支付合计[c]	8 102	11 581	13 837	16 859	26 532	30 503	35 575
对地方间接转移支付							
供水和卫生事业	656	817	819	904	491	490	531
国家电气化计划	740	796	819	863	977	1 016	1 143
间接转移支付合计	1 396	1 613	1 638	1 767	1 468	1 506	1 673
合计	9 498	13 194	15 474	18 626	28 000	32 010	37 249

资料来源：国库按照作者请求提供的 2006 信息。

注：一数据不可获得。

a. 包括主要地方政府均等共享、RSC 税的替代和对议会议员报酬的专项支持。

b. 包括逐步取消贫困救济补助金和城市交通基金。

c. 反映地方政府在预算分配中所占的份额。

无条件均等性共享

随着将中央收入与地方政府均等性共享的引入，1998 年开始了拨款合并。它合并了 20 余项省和中央部门对地方的运作性拨款。合并过程还在继续，但它并非总是一帆风顺的。例如，水利拨款原计划到 2005/2006 年度合并入均等性共享，但该日期后来被推迟到 2011 年，到那时总的制度变迁规模将变得更加清晰。

尽管如此，到 2003/2004 年度，均等性共享已逐步增长至几乎占总的中央直接转移支付的 53%。[①] 这一增长显示了各层级之间的垂直性非均衡以及各地方间财政能力和支出任务之间的差别，尤其是在满足为贫穷家庭提供基础设施方面的经费上。许多市政当局无法满足这一要求；因此，中央收入便以宪法规定的无条件均等性共享的形式分配。

分配计划的周期为 3 年，以内阁决定的优先权为基础，预算委员会和预算法庭以及各省首席官员参与协商，并参考金融和财政委员会的建议。这一政治评价在预算的基准性分配中位居首位，基准性分配是以前一年的预算为基础的。计划需要考虑诸如省和地方财政能力、支出效率、发展需要和计划以及有关紧急拨款的规定之类的因素，以决定如何划分。地方政府的方案基于 6 个组成部分，其中最主要的是力争使用于每户家庭的月花费不超过 1 100 兰特。随着时间的推移，考虑的因素也更多。例如，2002 年，方案进行了调整，以新的一体化可持续性农村发展计划和城市更新计划中确定的"关节"点性的服务和制度支持为目标对象。从 2002/2003 年度开始，履行基本服务供给职能的地区市政当局也可获得均等性共享。在 2003 年的预算中，这一转变意味着重大的变化：在用于服务供给（S 拨款）的份额中，23.3% 分配给了供水，41.9% 分配给了

---

① 根据 Whelan(2004) 的研究，实际的开支比例最后加起来大约有 44%，预计到 2005 年或 2006 年，份额将达到 53%。

电力,11.6%分配给了卫生服务,23.3%分配给了垃圾清理。表2.7提供了2003/2004年度有关拨款的种类、目的、要素以及相关的在均等性共享中所占的份额的概况。

表 2.7 均等化拨款的用途和分配,FY2003/2004

拨款类型	拨款用途	分配因素	所占份额/%
S拨款	资助贫困家庭的基本服务费用	贫困家庭的数目以及贫困人口和非贫困人口之间的相对差距;平均每户家庭的基本服务费用估计	65.9
I拨款	满足制度和管理需求	与人口规模相关的服务总费用;随地方人均收入的增加而减少	7.1
原始均等化拨款(S拨款+I拨款)			73.0
R293[a]	资助R293规定的由省划为地方的地区	R293s做出的历史性划分;根据R293划分的给地方的数量(与省相对)	6.0
特别拨款	资助地方ISRDP和URP计划中确定的项目	特定地区——登记的贫困人口数量	3.3
免费服务	资助关键性服务供给费用(不包括向贫困家庭供电)	贫困家庭和能够享受基本服务的家庭的平均数	13.0
	向贫困家庭供电的费用	贫困家庭和能够获取供电服务的家庭的平均数	4.7

资料来源:国库 2001,2003b;威勒恩 2003a,2003b。

a. 用所管制的市镇数目命名,这些市镇被归为受前班图斯坦行政控制的一类市镇。在种族隔离之后,这些市镇最初被转移省级行政,但在 1990 年之后,由于国家的一项决策,他们被转移给都市政府。

专项资金拨款

资金拨款在中央直接转移支付中所占比重超过了 1/3,但其重要性由于均等性共享的大幅度增长已有所降低。最大、增长最快的资金拨款是合并市政基础设施计划(CMIP)。其他大宗资金流通过来自水利和林业部、国家电气化项目(由矿产能源部管理)、地方经济发展基金、社区公共事务计划以及体育和娱乐计划大楼的部门拨款实现。

2003年3月,内阁决定,原则上将通过使所有地方基础设施拨款(包括CMIP)成为一个单一的、分权的、非基于部门的、多年度的和规则导向的资金分配来推进合并。新的地方基础设施拨款开始(自2003/2004年度)合并7个部门拨款项目,计划在3年内完成,并以最先通过CMIP实现的有限的合并为基础。市政当局有待获得大量的支持以使其组织决策制定和汇报过程适应拨款的要求。因而其条件也将满足支持这种能力发展的要求。然而,此类拨款依然处在探索阶段,其程序和项目管理机制还有待发展。

专项能力建设和周期性拨款

地方政府的转变向市政当局提出了许多新的要求,因而有必要引入一些能力增强措施。2000/2001年度的一项一次性地方政府过渡拨款旨在帮助界限划分过程结束之后有关合并的特殊问题的解决,但更重要的是,一些措施已被提上议事日程以确保长远的结构性变革。

其中居于首位的是通过2000年引入的地方政府重构拨款帮助大城市市政当局实现其服务供给、财政和制度体系的现代化。其授予必须通过申请,并由相关委员会提出意见,且意见在之后由国库进行评估。由于市政当局与国库之间需就各项严格的条件进行广泛的协商,因而,实施进程缓慢。

为帮助其他市政当局,政府引入了地方政府财政管理拨款(FMG)和市政体系改进拨款(MSIG)。FMG已被用于MFMA界定的体系之中。它通过从2001/2002年度开始的捐赠基金,支持一个地方层次的技术援助试验项目。MSIG 主要致力于建立项目实施和管理支持系统中心,并为日常运作成本和能力建设以及支持活动(主要是培训领域)筹建资金。

在过去,多元拨款体系意味着其他拨款仍然继续资助能力建设提案。例如,CMIP 的一部分是通过省分配的,但它同时也以资金项目计划支持地方,并与综合发展计划合二为一,水资源运作拨款和水资产发展拨款支持建立成本恢复体系,同时强调顾客关系和回应性,而"项目存续"拨款支持信息系统的发展。尽管项目合并可能是一种更具连贯性的方法的开端,但能力建设支持措施的多样性表明尚不存在一种具有充分连贯性的能力建设策略。缺乏清晰的策略可能是政府力图在近期内改进这类拨款的目标需要考虑的首要问题。如同这里的讨论所强调的,不同的市政当局有不同的需要,因而依然有必要考虑某种程度的细微差别和差异以强调各自的要求。表 2.8 提供了三种主要的转移支付对几类主要的市政当局的相关贡献情况。

表 2.8   中央对各类地方之间的转移支付情况,FY2003/2004

%

类型	占转移支付总额的比例	占均等化转移支付的比例	占定期转移支付的比例	占资本拨款的比例(包括供水资本)
A(大都市)	16.9	20.0	1.0	16.1
B(地方)	43.5	63.4	87.0	15.5
C(地区)	39.7	16.6	12.0	68.4
合计	100.0	100.0	100.0	100.0

资料来源:2003 年财政法案分配;Whelan 2003b。
注:由于四舍五入的关系,加总总额可能不为 100。

地方政府借债

从 20 世纪 90 年代末开始,南非政府就一直致力于为地方借债创造可行条件。2000 年中期,政府出版了发布了一份广泛适用的有关该议题的政策文件,并与 MFMA 中规定的条件进行整合从而为市政当局和地方实体借债创造了合法性条件。

1996 年宪法为地方借债提供了隐性的和显性的支持。通过确认地方政府在治理和服务供给方面的作用,它描绘了政府的层次并强调了地方政府的地位,含蓄地表明地方政府并非中央和省级政府的隶属层级。更明确的是,宪法允许市政当局在中央政府提供的制度环境内借债。MFMA 构成了这一制度环境的核心。然而,受其与 MFMA 达成的意向的鼓舞,2003 年政府修改了宪法以允许市政委员会与远景规划委员会结合共同保证债务安全,并且,如果市政当局未能成功履行该职能,政府有权介入——首先通过省级执行部门,如果失败则直接由中央介入。MFMA 还允许成立为此类市政当局制订恢复计划的机构。

事实上,私人部门对市政当局的借贷依然受到抑制并集中于短期借贷。很少有投资发生在长期债务市场——它被视为是即将到来的基础实施投资基金的关键领域。自 1997 年起,将近一半的短期和长期借贷是由基建金融机构(INCA)提供的,基建金融机构是一个专业地方借贷机构并隶属于主要的商业银行之一。另一半主要来自南非发展银行(DBSA),是一个公共财政中介部门,最初定位于更具风险性的市场,但事实上其长期借贷中相当大的一部分是在更公开的商业活性市场中进行的。这种情况表明了卷入到一个受到相当大财政压力的市场中总体上对财政体系毫无利益可言。然而,截至 2004 年,私人部门借出的债务约为 120 亿兰特,占地方借债的 60%。商业银行和 INCA 占私人部门市场 79% 的份额。保险和退休基金,在 1997 年曾占私人部门对市政当局借债的 35.3%,而现在仅占 2.5%。缺乏可交易的地方有价证券是地方债券市场发展面临的挑战,尽管约翰内斯堡在 2004 年发行 12 年债券(由国际金融公司提供的部分担保支持)是一次意义重大的成功,其发行量大大超过了计划额度。

　　原则上,政府的政策立场是,所有市政当局应被赋予同等的借债权力,因为形式上的区分将过于复杂并带来过多的规制。政府更希望由潜在的贷方来决定是否冒险借出债务。然而,事实上,各市政当局对贷方的吸引力是不一样的,因此,政府围绕三种市政当局的风险类型在概念上的区别对其能力建设的支持进行了量体裁衣,从而确定不同的借债准备水平。

　　第一种风险类型即无须外部援助即可进入债券市场或获得商业贷款。这一类型依然相对较少。第二种风险类型即不大可能在目前或不远的将来吸引私人资本投资。这类市政当局受到的约束是结构性的,因而它们有可能继续在相当大程度上依赖政府间转移支付。第三种风险类型从改革的视角来看可能是最被看好的:地方政府能够——在进行某些调整的情况下——做好准备进入债券市场或至少是获得贷款。理论上,这种类型构成了南非发展银行(DBSA)(支助地方基础设施投资的首席特许机构)最典型的客户。然而,DBSA 在这一市场中的借贷并不广泛.从 20 世纪 90 年代中期开始它便未接受到任何新的财政支持,这一事实使得它采用了一种可能比其表面上的发挥的促进性作用所具有的风险更低的风险路线。最近,国库指出,希望 DBSA 和其他发展金融机构采用更高的风险路线,而为了达到这一目标 DBSA 势必采取某些措施以便为自己留出回旋余地。

　　2002/2003 年度一项国库关于市政当局参与 FMG 试验的调查结果揭示了此类区别的相关性。它发现 70% 以上的地方借债发生在 39 个市政当局。这一合计数据掩盖了绝大部分借债实际上发生在 6 个大都市的事实,其占借债总额的 93.4%。B 类市政当局仅占 6%。而 C 类市政当局则可忽略不计。表 2.9 提供了有关该调查的概况。它强调了这一市场中的利益,既存在于较大的市政当局,又存在于投资市场,是一种通过约翰内斯堡地方债券的成功运作(在几周之内便得到了 MFMA 的通过)证明了的利益。这里获得的经验有望揭示这一市场进化的趋势。然而,不大可能具备借债能力的市政当局管辖的地区面临的投资方面的挑战依然严峻。这里,更多的信息、更多的政策思考以及对制度方面的借债环境进行重新审视——包括 DBSA 之类的发展机构的作用——对未来的议事日程尤为重要。

表 2.9 各类地方借债

百万兰特

类 型	实际借债	计划借债
A(大都市)	13 236	1 000
B(地方)	851	223
C(地区)	80	13
合计	14 167	1 236

资料来源：国库 2003b。

MFMA 为市政当局借债创造了重要的法律框架方面的条件。有关参与借债和处理失误的规定更加明确,这从原则上降低了双方的风险。通过新的界限划分,主要的不确定性已被清除。且随着中央政府借债的减少,投资者的资本可用于其他投资。挑战既有来自地方基础设施方面的,也有来自资本市场方面的。国库正致力于探索市场中高质量的、可交易的地方有价证券。

评 价

在使地方政府体系由以往服务于种族隔离制度到今天关心民主和服务供给的转变方面,南非已取得了显著成就。从 1994 年开始,南非经历了迅速而深远的政治、立法、结构、制度以及地方政府管辖权基础方面的改革风暴。然而,明智的是,南非十分重视稳定和巩固改革的成果以及新生的体制。主要的挑战依然围绕以下议题。

管辖权方面的挑战

首先,为增强政府机构的责任性和回应性而分散权力和职能的潜力取决于地方政府可以获得的充分的权力、职能和资源的组合。低层政府更具回应性,因为他们更能感知公民的需求,但他们需要的是真正的有针对性地提供服务的能力。要实现这种能力,南非需要采取管理、财政和制度方面的措施。

目前对不同层次政府制度功能的重新审视,以及帮助划分地区和地方委员会之间权力和职能的 2002 年分析报告,为消除管辖权方面的不确定性做出了贡献。更早的分析报告强调了通过在宪法和其他立法中明确功能性安排来推进这项工作,并以此作为政治责任、资源流动和对服务进行有效管理的基础。于是部门立法之间的不一致以及对分配和授权的财政意义的忽略进一步增强了这种不确定性。这种情形增加了市政当局的制度和财政压力(DBSA 1998)。更早的讨论强调的是与省共享住房和卫生职能的相关问题,以及如何发挥责任的实用性,现在终于就地区与地方政府在供水职能的划分上达成了一致。这些不确定性使地方政府承担责任以及保障他们拥有必要的资源和能力的问题变得更加困难。

撇开原则上的争论——事实上它们依然大量存在——获得有关实际费用的意义以及发展能力的范围或流动性财政资源等方面更加清晰的视角变得十分关键。因而有必要改进进一步的政策研究的经验基础。

理顺政府间关系

理顺政府间关系依然是一个挑战。很显然,对围绕均等性转移支付、资金拨款和能力建设路线的转移支付的巩固是与国际上最先进的实践一致的。此外,近期的政策工作在某种程度上使得省的角色明晰化。然而,雄心勃勃的目标并非总能实现。例如,将水利津贴划入均等性共享的过程持续了 5 年之久。表 2.6 清楚地表明了一些财政拨款,对部门专项转移支付和合并性转移支付的需求之间的(可以理解的)张力尚未被完全调和。令人振奋的消息是政府部门依然在探讨这些问题,财政部最近一直在重新审视关键性的政策挑战和衡量财政影响的方法,而其中理顺系统的原则得到了明确的确认。这一进步应与进一步的工具改进相配合,从而监督和分析趋势和困难,并支持适当的回应。

地方财政活力

南非要求地方财政具有活力的背景与其他发展中国家相当不同,但也并非完全不同。与大多数发展中国家相比,南非地方对拨款的依赖性相对较少,当然各地情况差异巨大。少数地方实现了相当程度的自给自足,同时最贫困的地方则几乎完全依赖转移支付。改革具有重大的财政意义。挑战在于确立可持续性的收入来源和可靠的实施机制以确保新的市政当局实现财政自给。2005 年 RSC 税将被取消的公告引发了有关财政依赖性与财政责任性之间关系的重要问题。在中央支持与改革地方税收工具之间寻求恰当的平衡依然是一个关键性的挑战。

也有提议鼓励地方借债。之前讨论过,国有 DBSA 并非唯一重要的贷方,目前至少有一个私人银行机构(INCA)专门从事地方借贷。还有一些已将地方借贷列为其业务范围中的一个小的部分。此外,约翰内斯堡表面上成功地在得到 MFMA 批准后立马发行了债券可能向较大的市政当局预示着一个新的活力的时代。然而,地方信誉依然是一个约束因素,且 MFMA 设计的制度安排需要仔细监控以进一步确认大多数地方政府面临的实际挑战。政府如何处理大多数市政当局在获取借贷方面的无能将是未来几年的议事日程的关键所在。

全面改革

有必要继续重新定位市政当局处理问题的方式。大部分地方机构都是新生的,且正处在发展新的制度方法以改善服务供给的起步时期。很少有地方基于商业原则或将其视为一个独特的成本中心来管理关键服务,由此产生的结果是糟糕的管理系统和低效率。诸如私人部门参与和企业化改造之类可供选择的方法尚处于起步阶段,但有助于形成更强的成本意识、促进财政安全以及强化借贷控制。然而,这些过程将继续承受巨大的政治压力,尤其是来自贸易协会的压力,该组织坚持实施 1997 年与政府达成的一项协议——一项无条件地宣称直接的地方供给是服务供给的"首选"的协议。合股也受到市政体系法案中列出的条件的影响,尤其是其中一条规定,给予省和地方政府首长广泛的自由裁量权以决定全国性的关税和决定契约外包服务的综合程序。该条款引发了潜在的投资者的不安,需要对其做进一步的评估。市政体系法案也使得在地方政府之外寻求服务供给者变得复杂。有必要通过简化官方和潜在的承包人双方的合作过程来鼓励合股。

能力挑战

一项雄心勃勃的改革计划需要雄心勃勃的管理,但不止于此,还需要技术。南非所有层级政府都需要技术,不仅是市政当局,也包括中央和省级政府。改革计划存在的问题不是缺乏好的想法或无法获得国际先进经验。其真正缺乏的是专注的管理能力,以用于计划和决定事务的轻重缓急,引入和推动绩效管理,为服务供给、财政和治理需求等方面的关键性问题制定连贯性政策。这种缺乏将构思良好的政策框架置于危险的境地,而无法付诸实施。

许多新的方法应运而生。在最近的提案中,政府尝试更有效地调整各级政府在市政能力建设方面的努力,例如,通过始于 2005 年的项目合并。世界银行、英国国际发展署和 GTZ 等捐赠机构也转向提供更具针对性和更精深的能力支持,且有预测认为项目合并可能为他们的共同努力提供一个新的框架。他们的地方政府项目现在更具协同性,并为中央和省的政策以及监督提供了宝贵的运作意见。此外,多方捐赠者的介入使兼顾改革议程的不同方面成为可能：财政和运作管理的技术问题,委员会治理中的责任问题及其与地方媒体和公民社会群体的关系。这种新的综合性方法使合并议程向前推进了一大步。倘若它能够在南非获得广泛的跨部门的支持基础,则它肯定能大大增进负责任的供给。

对发展中国家的启示

南非地方政府的建立和逐步巩固有很多启示,既包括南非成功的经验,也包括难以应付的挑战。其中的启示很多,这里仅列出了几条。

启示1：愿景的力量

近年来,南非人对其强调政策的行为有相当程度的自我反思。政府在证明它十分重视供给问题而不仅仅是政策制定方面已经失去了耐心。但为了有力地表明对地方政府的愿景,南非人试图规模性地且有步骤地推进改革议程。其开始的标志是1993年的宪法谈判,紧接着的几年是地方政府通过应对解除根深蒂固而又难以为继的体制并引入新的满足民主国家精神要求的体制所带来的复杂挑战而实现独立的过程。1998年关于地方政府对改良地方政府的立场的白皮书是一个重要的里程碑,但对于这种愿景的发展依然没有结束。其延续体现在某些部门提出的与私人部门合股的提议中,还体现在国库更清晰地界定财政框架和制定严厉的财政政策和规则以加强监督和鼓励创新的精心工作中。这一愿景还处于发展当中,与此相伴随的是,检验新的想法,并通过学习国际的和本土的经验而探索新途径的范围也处在不断扩展之中。

启示 2：正式规则只是一个开始

这一启示在较早确定的管辖权范围上表现的最为突出。尽管宪法明确划分了权力和职能，但现实是受很多关系影响的。在分权体制下，最优化的职能分配和权力下放的顺序经常变化。甚至在发达国家这些关系也会变化和发展。即使权力和职能的划分是明确的，中央政府或其机构的管理权力依然能够给地方政府强加额外的（成本）负担。中央部门政策的变化和不一致不仅牵制了地方自主权的范围，而且扰乱了服务供给的步伐。南非的情况说明，一方面有必要改变政策争论造成的从未有过的张力，另一方面也有必要努力填充操作性的细节。南非依然面临许多挑战，并需要缓解一些政策和运作方面的压力。例如，在改革带来的诸多不确定性因素下，增强市政当局的信誉度并非一件易事。同样的，兼顾地方增收和探索服务部门的改革路径，尤其是那些可能使地方政府丧失收入来源（如电力收费）的改革，也是南非面临的严峻挑战。

启示 3：信息的作用

预算过程的进行与信息的质量无关，但计划、操作和有效报告的能力最终从根本上取决于可获得的信息的性质。某种层面上，南非试图通过更加健全的审计机制来应对这些问题。政府已经意识到，薄弱的审计能力、财政声明质量的低下或完成财政声明的长时间推迟阻碍了了解趋势、引入财政管理并最终能提前做好计划的努力。如果实际的支出和收入不是按月进行审计，且如果这些信息无法及时获得以指导下一年度的预算，则信息的品质将变得低劣且不可信任，从而使预算决策的制定变得更加困难。

南非也已意识到开放式信息管理过程的价值。引入一种定期的政府间的财政审查——提交国会——方便了决策制定者。该文件给予省、市政当局和中央层级的官员以按照程序和信息的含义工作的激励及公开的最后期限。这种过程在引发一些积极的公民社会的回应方面已初见成效。例如,艾达撒(Idasa)预算信息服务,一个主要的国家非政府组织已成为了一个政府间财政审查的有力且独立的分析机构,提供具有启发性的批评并鼓励和引导公共争论。

启示 4:需要循序渐进,但不一定是线性的

在发展中国家,地方能力往往不是立即获得的。在职能转变的过程中必须考虑到这一点。然而,也不能因此就认为中央政府具备要求的能力——尽管当许多人主张缓慢而有次序地下放权力时会做这种设想。因此,循序渐进并不一定是这样的一个线性过程,即由中央政府控制,并在其他层次的政府具备能力之后逐步将权力交付给它们的过程(Bird 2003)。这是一个需要持续关注和监控的复杂过程。

启示 5:财政分权是有关的整个系统,而不仅仅是其中的某个部分

Roy Bahl(2002)经常提到的关于需要将分权视为一个系统的法则用于南非是再合适不过了。这个国家的成功与失败经常归咎于是否意识到这一点,即如果能力、预算、财政管理、报告、信息和透明性等问题未被同时关注,则分权也将难以发挥作用。预算改革和新的有关财政管理的立法一直以来直接影响到已改进的政策制定和政治家与政府官员之间更有效的代理关系。有关信息作用的观点从这一方面来看十分关键:贫乏的信息显然危及到地方预算过程、责任性和中央与省级政府有效且及时回应地方管理挑战的能力。

但问题远不止于此。必须有意识地追求分权;集权在不知不觉中太容易形成。例如,尽管南非地方政府是自治的,不受省或中央政府的控制,但中央有关部门能够通过使用援助贫困地区服务供

给的拨款而直接介入地方事务。这种情况有时会导致一种只注重项目本身而不一定考虑地方可持续发展要求的倾向。例如,负责水利的中央部门向农村地区提供水和卫生服务及基础设施,同时中央政府也在市政基础设施方面掌握着一个类似的条件性拨款。尽管只注重项目的方式在 1994 年为确保快速的供给是必要的,但确立有效体制的困难似乎总与中央有关部门无视地方实际去理解地方服务需求有关。基于项目的方法导致了对可持续性因素的忽略,如由谁负责基础设施的维护和这类服务的费用由谁征收的问题。它还导致了协作上的困难,省和中央政府的空间上的和供给方面的计划往往得不到执行。在这种背景下,合并拨款的系统性努力构成了确立一种以特殊问题为目标的综合性方法的决定性部分,然而这种系统性能力是不可分割的——且与总体的景象保持和谐十分重要。

参考文献

Atkinson, Doreen. 2002. "The Passion to Govern." Paper prepared for the Centre for Policy Studies, Johannesburg.

Bahl, Roy W. 2002. "Implementation Rules for Fiscal Decentralization." In *Development, Poverty and Fiscal Policy: Decentralisation of Institutions*, ed. M. Govinda Rao. New Delhi: Oxford University Press.

Bahl, Roy W., and David Solomon. 2000. "The Regional Services Council Levy: Evaluation and Reform Options." Unpublished paper presented to the National Treasury, Pretoria.

Bird, Richard. 2003. "Asymmetric Fiscal Decentralization: Glue or Solvent?" Andrew Young School of Public Studies, Georgia State University, Atlanta.

DBSA (Development Bank of Southern Africa). 1998. "Infrastructure: A Foundation for Development." DBSA Development Report, Midrand, South Africa.

———. 2000. "Building Developmental Local Government." DBSA Development Report, Midrand, South Africa.

Department of Constitutional Development. 1997. "Green Paper on Local Government." Government Printer, Pretoria.

———. 1998. "White Paper on Local Government." Government Printer, Pretoria.

Gildenhuys, Burgert C. 2002. "The Demands of the Development Planning Process on the Municipal Financial Manager." IMFO, *Official Journal of the South African Institute of Municipal Finance Officers*, 2 (3).

Momoniat, Ismail. 2001. "Fiscal Decentralization in South Africa: Practitioner's Perspective." Paper presented at the World Bank, Washington, DC. http://www.worldbank.org/decentralization/regions.

National Treasury. 2001. *Intergovernmental Fiscal Review*. Government Printer, Pretoria.

————. 2003a. *Budget Review*. Government Printer, Pretoria.

————. 2003b. *Intergovernmental Fiscal Review*. Government Printer, Pretoria.

————. 2004a. *Budget Review*. Government Printer, Pretoria.

————. 2004b. *Trends in Intergovernmental Finances: 2000/01–2006/07*. Government Printer, Pretoria.

————. 2005. "Options for the Replacement of RSC and JSB Levies." Press release, National Treasury, Pretoria. http://www.finance.gov.za/documents/RSC%20 REPLACEMENT%20OPTIONS%20%20Dec%20%202005.pdf.

Palmer Development Group. 2004. "Local Government Powers and Functions." Occasional Paper, Idasa Budget Information Service, Cape Town.

Pycroft, Chris. 1998. "Integrated Planning or Strategic Paralysis? Municipal Development during the Local Government Transition and Beyond." *Development Southern Africa* 15 (2): 151–63.

Republic of South Africa. 2005. "Medium-Term Budget Policy Statement." Government Printer, Pretoria.

Rural Development Unit. 2004. "India: Fiscal Decentralization to Rural Local Governments." South Asia Division, World Bank, Washington, DC.

Swilling, Mark. 1988. "Taking Power from Below." In *Government by the People? The Politics of Local Government in South Africa*, ed. Chris Heymans and Gerhard Tötemeyer. Cape Town: Juta.

Whelan, Paul. 2002. "Local Government Revenue." Occasional Paper, Idasa Budget Information Service, Cape Town.

————. 2003a. "The Local Government Grant System, Paper One: A Researcher's Guide to the Local Government Grant System." Occasional Paper, Idasa Budget Information Service, Cape Town.

————. 2003b. "The Local Government Grant System, Paper Two: Evaluating the Local Government Grant System." Occasional Paper, Idasa Budget Information Service, Cape Town.

————. 2004. "A Review of Selected Local Revenue Reforms." Occasional Paper, Idasa Budget Information Service, Cape Town.

第三章　地方政府组织与财政：乌干达

揭斯普尔·斯特芬森

近年来,大部分撒哈拉沙漠以南的非洲国家都卷入了对公共行政体制进行全面改革的浪潮当中,改革的焦点是将分权化作为主要的工具以改进公共服务供给的效率和增强政策制定过程中的公民参与。[①] 通过实行彻底的分权,乌干达已在公共部门和服务供给体系的组织方面实现了根本性转变。

本章展示了乌干达地方政府财政体系的总体概貌。它简要描述了地方政府的结构、支出和收入分配、全面的地方政府财政体系、收入激励的经验和包括转移支付体系在内的政府间财政关系。本章还概述了 1994 年到 2004 年财政分权的一些启示。

乌干达的分权化改革标志着治理机制朝着政治、行政和财政的分权化方向的彻底的重新设计。它来势迅猛且得到了来自高层的强有力的政治支持。分权的坚定政治信念,作为吸引和获取人民(尤其是农村地区)政治支持的手段和确保更有效率的服务供给的

---

①　请参阅 Steffensen 和 Trollegaard(2000)对加纳、塞内加尔、瑞士,乌干达、赞比亚和津巴布韦经验的详细分析,以及 Steffensen 和 Tidemand(2004),本章节的一些部分是基于(或摘自)2004 年的研究。

方式——加上之前集权体制的失败——是改革呈现迅猛之势的原因。财政改革在这次变革中是一个关键性的部分，尽管与行政、立法和政治过程的改革相比，财政改革的推进更为缓慢和谨慎。然而，近年来，很多创新性改革是从这个领域开始的。

背　　　景

乌干达的地方政府体系源于 1900 年前后英国殖民势力确立的体制。① 因而，这些体制是基于乌干达中央（布干达）的主要权威体系而建立的。

现行体制经历过的最彻底的变革是 1986 年之后的改革，即民族抵抗运动（NRM）取得政权以后。最初的改革之一是在全国范围内引入抵抗委员会体制。该体制是一种从乡村层级到地区层级的、由普选产生的立法班子和委员会组成的等级制结构。该体制的基础是 NRM 的经验，而这些经验是为反抗旧的制度（1981—1986）而进行的持续的游击战期间 NRM 在对人民的动员过程中习得的。

随后进行了一系列的立法和行政改革。最初的政策目标是增进地方居民的政治参与和民主权利（分权秘书处 1994）。改革的后期，重心更多地放在了行政方面，同时也开始强调改善服务。1994年，地方政府部（MoLG）概括了分权的政策目标：

> 总体上看，分权是一次民主改革，其目的是将政治、行
> 政、财政和计划权威从中央转移至地方政府委员会。分权

---

① 详尽细节参阅乌干达共和国（1990），或者参阅 Tidemand（1994）作品的详细资料，特别是第三章。

旨在促进公民参与、赋予地方居民自主决策权、加强责任
性和回应性。还有提高资源生产和管理以及服务供给的
效率和效益(分权秘书处1994)。

从1993年到1997年,随着一系列支持性法律(包括1993年地
方政府条例)的引入,地区服务委员会的建立,另外尤其是1995年
详细的宪法和紧接着1997年的地方政府法案(LGA)的制定,改革
取得了迅速而持续的进展。

法律地位和自主权

地方政府的自主权来源于1995年的宪法和1997年的LGA。

乌干达1995年宪法

在1993年的条例中,地方政府作为一个特别的分权体系的原
则已被提出,宪法对其做了进一步的强调。宪法专注于构建地方政
府的体系。第11章提出了地方政府的原则和结构、地方政府的主
要职能和财政(甚至对地方政府转移支付拨款的种类)、地区服务委
员会(DSCs)的确立,以及(在其他条款中)地方政府财政委员会
(LGFC)的确立。

1997年地方政府法案

LGA[1]非常详细,包括很多有关地方政府支出和收入分配的
规定:

- 表2详细描述了这些支出分配。也规定了地方政府的服务

----

[1]　LGA正在经历不断的变更。

供给责任,但该法案允许他们灵活选择服务供给方式,例如,由非政府组织(NGOs)或私人部门供给。因而它允许地区或城市委员会取缔公共服务机构(但不是职能)(第53条)。

■ 对地方政府和地方行政单位也进行了明确的区分(第4条和第46条)。农村地区的地方政府分为地区委员会和次县级委员会;对城市地区也做了类似的规定。这些委员会是法人实体。地方行政单位存在于农村地区的县、教区和乡村层级。

■ 细节的规定是关于如何将一些行政职能从委员会中分离出来。DSCs、招标委员会和地方政府账目委员会更加独立于地方委员会。因此,它们需要进行重组,把委员会的成员排除在外。

■ 它规定次县级委员会保留至少65％的地方征收收入;较低层级的城市委员会保留50％的地方征收收入。

■ 该法律规定,15％的地方收入可被用于发放议员、行政人员、DSCs成员和其他委员会成员的津贴(后来改为20％)。DSCs目前是统一拨款而非地方负担。

■ 为促进透明性又新采取了一些措施,如公布季度性的有关授予投标的总结(第92-98条),以及有关审计人员及其接班人的一些细节(第87-91条)。

■ 该法律详述了通过有关部委、MoLG、政府最高巡视员以及地区居民委员会(第71和72条)对地方政府进行检查、监督和调节(第Ⅸ部分)的责任。

地方政府法案和部门法的联系

在分权的过程中,一些部分法律和规章与LGA和分权政策同时出台。然而,审查发现了一些待完善的地方和明显的问题,即部门规章和实践相违背并潜在地破坏了分权化的服务供给。不久,在分权联合年度审查的名义下将会发起一次更大规模的法律和规章调和运动,该审查得到了第二次地方政府发展计划(LGDP-Ⅱ)的支持(Steffensen,Ssewankambo,Tidemand 等 2002)。

2004 年的地位

2004 年对于分权化进程而言是一个关键性的阶段。对经验所做的评估引发了争议,一些广泛实施的改革也受到了质疑。

现行体制力求增进地方政府的民主合法性和责任性。委员会及其主席通过竞争性体系(而非政党的)直接选举产生;此外还规定了委员会中妇女、年轻人和残疾人的最低名额。对地方政府事务的民主控制是通过委员会体制进一步强化的,委员会体制确保经选举产生的议员和公务员共同参与到有关服务供给和管理的决策当中。

中央政府对地方事务的介入被限定在最低限度。地方政府机构中没有中央任命的官员或国会成员,地区居民委员会专员的职能和权力大大削弱,MoLG 也无权批准预算。然而,专项条件拨款体制下的部门拨款资金确保了对地方政府的严格控制,即确保地方政府与国家的利益和目标保持一致,尤其是在财政分权计划的实施较为缓慢的情况下。

地方政府具备法律地位并承担法律责任。他们是独立的法人实体,因而可以起诉和被起诉、管理资金、签订合同、雇用员工和承担法律责任。

地方政府有明确的提供服务的职权。对中央政府和各级地方政府的职能与提供的服务做了明确的区分,从而使交叉和冲突最小化。

分权在地区以下层级实施。职能和资源被分配给较低层级的地方政府和行政机构以确保在决策制定和对行政机构的监督中实现更有效的公众参与。

地方政府对地方公务员有控制权。1993 年，地方政府——通过其 DSCs——开始承担直接的人事管理责任，管理对象包括配置在地区层级的直接被地区委员会雇用（和解雇）的所有地方公务员。这一举措大大增强了地方公务员对地方的责任感。

地方政府有权制定地方法律以支持政策的实施——例如，控制地方自然资源的使用和制裁城市污染。他们还有权征收指定税收。此外，最低层级的地方政府有权保留全部征收收入的 65％。

1995 年宪法正式纳入了地方政府体制。该文件十分详细地描述了这一体制，还规定未经地方政府同意不得做出任何可能从根本上改变这一体制的宪法修改。

尽管取得了这些成就，分权的整个过程也面临相当大的挑战。

宪法审查和法律修改

目前，乌干达正在审查其宪法。MoLG 也在审查 LGA 在其实施过程中与实际经验相冲突的地方。这两个最重要的举措潜在地配合了地区层级和联邦制治理形式的引入以及人事管理某些因素的集权——尤其是由中央政府任命主要的行政官员（CAO）。这两个举措的出台，部分是因为在布干达要求更多实质上的政治和文化自主权的呼声日益高涨，还有部分是出于对目前地方政府的自治水平的担忧并希望加强控制。

这些提议展现了乌干达的分权前景面临的一些严峻挑战。引入地方层级并非出于技术原因而主要是基于政治和文化的考量。然而，其在很大程度上将取决于实际引入地区层级的方式。

地方政府人事管理中某些可能的集权因素对通过放权而实现的分权构成了根本性的威胁，其有两个基本原因：第一，由中央政府任命 CAO 将割断经选举产生的地方委员会与地方政府官员之间关键性的责任联系；第二，这种解决地方政府行政问题的方法（通过集权）可能导致滚雪球效应，从而从根本上破坏地方政府的责任机制。

地方政府结构

乌干达的地方政府是一个多层体系,包括地区、市委员会以及管辖较低层级的地方政府组织和行政单位的市政当局组织(图 3.1)。

地方政府是法人实体,享有永久延续权和通用印章;能够以其法人名义起诉和被起诉(LGA,第 7 条)。所有地方政府首长都通过普通成人选举和秘密投票产生。地方政府有权批准与更低层级的地方委员会计划相对应的计划和预算。与地方政府不同,行政单位①不是法人实体。

地方政府和行政单位独立于县委员会,且有权计划和启动自助项目。地方政府和行政单位都接收或保留地方收入的一部分,处理其管辖范围内的问题和争议,监督服务供给,以及协助维护法律、秩序和安全。

政治结构

处于地区和市一级的是地区和市委员会,是地方政府管辖范围内的最高政治权威。地区或市委员会由一个经直接选举产生代表某个地区各选区的议员、两个(一个女性)代表该地区青年人的议员和两个(一个女性)代表残疾人士的残疾人议员构成。女性议员占委员会的 1/3。地区委员会②主席是地区的政治首脑并向委员会负责(1995 年宪法,第 183 条;LGA,第 13 条)(如图 3.1)。

----

①　行政单位是县议会;教区或城市分区和村庄、单元,或区。
②　城市的主席具有市长头衔。

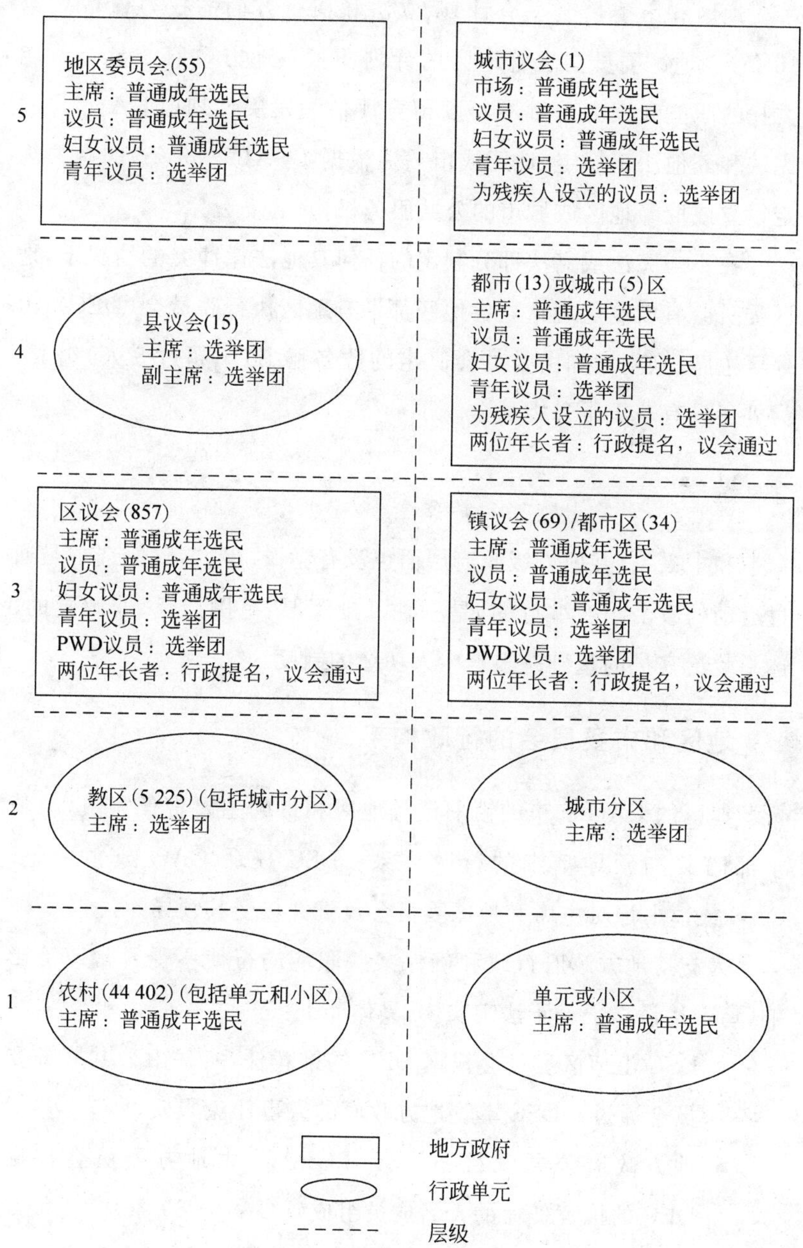

层级		
5	地区委员会(55) 主席：普通成年选民 议员：普通成年选民 妇女议员：普通成年选民 青年议员：选举团	城市议会(1) 市场：普通成年选民 议员：普通成年选民 妇女议员：普通成年选民 青年议员：选举团 为残疾人设立的议员：选举团
4	县议会(15) 主席：选举团 副主席：选举团	都市(13)或城市(5)区 主席：普通成年选民 议员：普通成年选民 妇女议员：普通成年选民 青年议员：选举团 为残疾人设立的议员：选举团 两位年长者：行政提名，议会通过
3	区议会(857) 主席：普通成年选民 议员：普通成年选民 妇女议员：普通成年选民 青年议员：选举团 PWD议员：选举团 两位年长者：行政提名，议会通过	镇议会(69)/都市区(34) 主席：普通成年选民 议员：普通成年选民 妇女议员：普通成年选民 青年议员：选举团 PWD议员：选举团 两位年长者：行政提名，议会通过
2	教区(5 225)(包括城市分区) 主席：选举团	城市分区 主席：选举团
1	农村(44 402)(包括单元和小区) 主席：普通成年选民	单元或小区 主席：普通成年选民

▭　地方政府

⬭　行政单元

- - - - -　层级

图 3.1　地方议会选举

资料来源：Steffensen，Tidemand，和 Ssewankambo 2004。

注：所有选举均采用不记名投票。

地区和市委员会享有计划、立法和执行方面的权力（LGA，第10条）。地区委员会掌管地区的计划职权。地方政府委员会不能委托的职能和权力是批准年度预算评估和发展计划（LGA，表4）。宪法和其他法律规定，地区或市只能根据 LGA（第53条）的有关规定设立或取缔地区或城市的公共服务机构。

在不与宪法或立法部分制定的任何其他法律冲突的情况下，地区委员会有权制定规章。各地区都设有地区执行委员会（DEC），由地区主席、副主席和由委员会决定的数名秘书（不超过5人）组成。另外还设有若干常务委员会。

选举

和中央一样，地方级政府层面也没有党派。地方政府选举是通过运动的政治制度举行的，是一种基础深厚、范围广泛、非政党的、选举政治官员的基础是根据个人功绩的制度。

地区和市委员会的行政构架

地区的 CAO 和市的镇书记是地区和市的主要责任官员，与若干部门共同领导精细的行政体系。DSC 任命 CAO 或镇书记。CAO 或镇书记对主席和地区委员会负责并接受其领导。

为支持地方政府行政和确保某些职能的行使不受日常政治影响，乌干达设立了若干法定实体，具体如下：

- DSC 由地区委员会根据 DEC 的推荐任命，并由公共服务委员会通过。DSC 掌管地方政府的人事任免职权。
- 地方政府公共账目委员会（LGPAC）由地方委员会根据 DEC 的推荐任命的4名成员组成（LGA，第89条）。它负责审查首席审计员和首席内部审计员的报告以及所有调查委员会的报告，然后向地方委员会和负责地方政府的部长报告，部长负责向国会递交该报告。

■ 各地区设立（地区和城市）招标委员会，负责向该区的地区委
员会、次县级委员会和行政单位提供服务。

监督职能

一些中央政府层级的机构负责支持地方政府履行其在分权体
制下的法定职能。这些机构包括 MoLG、公共服务部（MoPS）、财政
计划和经济发展部（MoFPED）及有关部委。有关部委负责确保中
央政策的实施和代表地方政府坚持绩效标准，检查、监督、技术建
议、支持、管理和培训（LGA，第 97 条）。

政府层级之间的关联

从总体上看，地方政府体系的基础是职能下属化和整合原则，
而非隶属原则。受制于宪法的规定，各地方政府可能享受或遭遇任
何法人实体可能实施、享受或遭遇的东西（LGA，第 7 条）。因而每
个地方政府享有制定、通过和执行其预算和计划的权利和义务，只
要保持预算平衡即可（LGA，第 78 条）。然而，地区制定的综合性一
体化发展计划应该与更低层级的地方政府计划相对应，且这些政府
制订计划也应该与其管辖范围内的更低层级的委员会的计划相适
应（LGA，第 36 条）。地区还应该指导和支持更低层级的地方政府。

地方政府结构的改革

2001 年，地区的数量从 45 个增加到 56 个。在 2003/2004 财政
年度（FY），新设立了 6 个市镇委员会，使城市管理机构的数量增加
到 69 个。一些地方政府难以为继——从人口和地方收入潜力来看
他们规模过小。因此，他们已过分地依赖于中央政府转移支付，而
转移支付的用途往往是十分明确的，这就影响了地方的自主权。新
的地方政府的设立有时并非基于对其经济可持续性（创造足够税收
的能力和确保有效运转委员会事务的管理和政治能力）的深入分析。
然而，一项更加彻底的针对整个管理和组织体系的改革正处在酝酿当

中——即在中央政府和地区政府之间引入一个地方级政府层面。

收入和支出总览

1995 年宪法和 LGA 对财政分权做出了规定,并详细地描述了资助地方政府服务供给的体制。政府公共财政体制的特征是通过地方政府支出中的重要份额体现的。然而,大部分支出是由来自中央政府的条件性拨款负担的。

地方政府支出

20 世纪 90 年代末,随着新的任务和责任从中央转移至地方,地方政府的支出占公共部门支出总额的比例显著增长,但目前已趋于稳定。尤其是,近年来,中央政府对地方政府的转移支付在公共预算总额总的比例已显著上升,到 2002/2003 财政年度达到 36%(不包括捐赠项目资金和利息支付)——若包括所有款项则为 27%。[1] 如果单从这个指数来看,则乌干达是非洲分权程度最高的国家之一。[2]

根据官方数据,从 1997/1998 财政年度到 2002/2003 财政年度,地方政府支出增长了近 3 倍。在 2002/2003 财政年度,地方政府支出预算为 7 350 亿先令,约为人均 17 美元(图 3.2)。

地方政府收入

地方政府在很大程度上依赖于中央转移支付,且这种依赖性越

---

① Steffensen 和 Tidemand(2004),附表 4.1,对包括捐赠资金或不包括捐赠资金的地方政府开支占总公共支出的比例进行了概括。许多官方的计算倾向低估地方政府比例,因为地方政府将他们自己的收入加总到中央政府的补助中。地方自有的收入仅占地方政府总收入的 10%～15%。根据本文的计算,2002/2003 财政年度地方政府预算收入估计与 2001/2002 财政年度持平。

② 然而,这个指数仅仅是众多指数中的一个,不应该孤立地评价它。

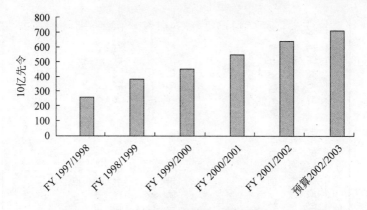

图 3.2 地方政府收入的发展

资料来源：MoFPED，宏观经济发展部 2003 年收集的数据；Steffensen and Tidemand 2004，附表 4.2。

来越强。图 3.3 显示了该项拨款和地方政府自有收入各自所占的相关份额，从中可以看出地方政府越来越依赖于中央政府转移支付（也可参见表 3.1）。

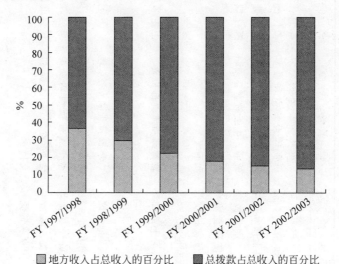

    □ 地方收入占总收入的百分比   ■ 总拨款占总收入的百分比

图 3.3 地方政府总收入的构成

资料来源：基于 LGFC 和 Steffensen，Tidemand，and Ssewankambo 2004 年的数据，附表 4.2，表 4。

注：FY 2002/2003，地方政府自有收入是基于 2001/2002 年的大样本，减去 FY 2002/2003 的预期下跌（5%）。

表 3.1　乌干达地方服务的职能分配

职能	水供给	教育	保健	道路	农业
地方政府的主要职能	地方政府负责提供和维持水供给。然而,水利部、国土部和环境部已经建立水资源委员会和水使用者协会来管理镇和农村成长中心的水利设施	初级教育:地方政府负责建设教室和教室宿舍,视察学校,招聘教师。中级教育:该职能仅部分分权给地方政府	地方政府负责医疗和保健服务。地方政府负责除诊病人和医疗训练之外的医院工作	地方政府负责区内和城市的所有街道,包括社区街道	地方政府负责为农民提供农业发展服务
政策和部门合作	水利部、国土部和环境部负责	教育部和体育部负责	卫生部负责	建筑工程部、住房部和交通部负责	农业部和畜牧部负责
地方的一级的规划	农村地区:地方议会和地方政府负责。城市和大都市:国家水资源和废水公司负责	学校管理委员会,地方议会、地区教育办公室和区科技规划委员,国会提供支持	卫生管理协会,地方的区理议会、保健服务的区事会、区规划委员会和议会负责	较低层级议会、建筑区科技委员会、规划委员会和议会负责	较低层级地方议会

续表

职能	水供给	教育	保健	道路	农业
财政	成本主要由中央财政转移支付提供（如使用者费），特别是为城市地区的操作和维持成本捐款	初级教育：除了私立学校以外，成本完全由中央政府转移支付提供资金。初级教育：成本部分由中央政府转移支付提供（仅工资和有限的供给），但家长通过学费、私人部门的捐款逐渐在增加教育上的投资	工资和生活费用主要由中央政府财政转移支付来提供。病人自己要为私人保健设施付费，或者公共设施的私人服务付费	支线和社区道路的修建和维护主要由中央政府转移支付提供资金。干线道路由中央政府提供资金。社区和人口道路由地方政府和社区居民提供资金（在较穷的州）	中央政府提供许多条件性的补助，特别是对农业发展服务
监督和管制	水发展理事会和地区水资源办公室负责	文体部和地区教育办公室负责	卫生部和地区保健理事会负责	建筑工程部、住房部和交通部（区层级）负责	农业部和畜牧部负责。存在各种项目，如农业秘书处的现代化

续表

职能	水供给	教育	保健	道路	农业
建设和执行	投标委员会得私人合同，私人负责实施和建设。地区水资源办公室负责监督和验收。水资源用者也监督建设	投标委员会得私人的合同，私人负责建设。区教育办公室和区工程师负责监督。学校管理协会也监督建设	投标委员会得私人合同，私人负责实施和建设。区保健服务理事会和区工程师负责监督。卫生管理协会也监督建设	投标委员会得私人合同，私人负责实施和建设，直接执行。但在一些案例中，区工程部/建筑工程部接执行。建筑工程部负责监督	投标委员会获得私人合同，地方政府难以区别生产部门所生产的私人物品和公共物品，用于中央政府资助条件的项目合由中央政府资助的项目
服务提供的经营和设施管理	城市地区：水资源委员会，水资源协会和私人经营者负责。农村地区：水使用者协会合地方政府负责。政府建立了平行于地方政府的区域技术支持单位	学校和学校管理委员会负责。校长是秘书	卫生联合管理协会负责。主管的医务人员是秘书	通过建筑工程部、地方政府负责	政府开发最适当的方法来提供农业发展。它正在由地方政府雇用全职雇员拓展转移到国家农业建议服务下由地方政府参与私人提供。

资料来源：Steffensen, Tidemand, and Ssewankambo 2004；更详细的资料可在 Steffensen, Tidemand, and Ssewankambo 2004 获得。

从 1997/1998 年度开始,地方政府自有收入的份额便显著降低。只占地方收入总额的 13%～15%——在农村地区甚至更少。在 2001/2002 年度,拨款(大部分是条件性的)占地方收入总额的 85%。尽管 2004 年有迹象显示地方政府在自有收入方面的激励有所增加,[①]但这一趋势可能因为总统宣布将在 2005/2006 年度取消阶段税(G 税)而回落(新视野 2004 年 5 月 1 日)。

这种回落的趋势引发了对一些重要问题的关注,如(a)地方政府体系的可持续性和生存能力;(b)地方政府的所有权和有效履行职能的动力;(c)由于服务和税收之间的联系越来越弱而带来的责任性减弱的风险;(d)由于大部分转移支付是条件性的(指定用途的),从而使地方政府的自主权和表达地方权利和需求的能力降低;(e)以联合资助义务、运作和维护费用等形式维持投资的能力。

地方政府支出

地方政府支出任务

地方政府负责大部分公共服务,如基础教育、保健、道路、农业发展以及水利和卫生。中央政府负责政策制定、规制地方政府和履行某些关键性国家职能。表 3.1 列出了主要部门的关键性服务供给责任和法定的或其他突出问题的范围。

图 3.4 显示了 2002/2003 年度预算中各部门支出在地方政府支出中所占的比例。以在地方政府支出中所占的份额计算,到目前为止教育是最重要的部门(超过 40%)。其次是行政(25%)——包括履行政治职能和履行一般性管理及财政管理的费用——接下来

---

①　基于预算框架文件的未审查的数据。

是保健(16％)。尽管与教育相比,保健部和农业部所占的份额较小,但其增长却十分显著。

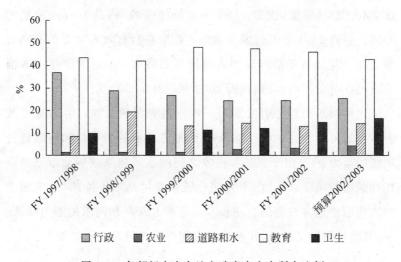

图 3.4　各部门支出在地方政府支出中所占比例

资料来源：MoF PED 2003b；Steffensen,Tidemand,Ssewankambo 2004。

预算的通过

无须中央政府介入,地方政府可通过自己的预算。然而,一系列的控制和平衡确保了地方预算忠实于国家利益和目标,尤其是通过专用性很强的条件拨款,中央政府通过能力建设和指导,以及在聚焦削减贫困主要领域(教育保健、道路、农业及水利和卫生)的发展资助计划中进行财政激励的形式对地方政府的计划和预算予以支持。

地方政府收入

地方政府自有收入的构成

从 1997/1998 到 2001/2002 年度,农村地区地方政府的自有收入(名义上的实质上的)已显著减少,城市政府则基本上维持原状。包括坎帕拉城市委员会在内的地区委员会和次县,从合计数据来看,其地方收入呈现递减趋势,从 1997/1998 年度的 1 035 亿先令(人均 3 美元)下降到 2001/2002 年度的 794 亿先令(人均 2 美元),下降了 30.4%。[①] 而真实的数据显示下降了 37%。如果不包括坎帕拉,这一下降趋势则体现为从 1997/1998 年度的 897 亿先令下降到 2001/2002 年度的 588 亿先令,也即下降了 34.4%(官方数据)和 45.9%(真实数据)。2001/2002 年度,包括市政当局和城镇委员会在内的地方政府的自有收入总额估计为人均 2.40 美元。

表 3.2 显示了所有地方政府自有收入的构成。G 税到目前为止是最重要的税源,尤其是在农村地区;然而,最近其呈现下降的趋势。[②] 不同类型的地方政府其收入构成也显著不同。在 2001/2002 财政年度,G 税在市政委员会和城镇委员会各自的自有收入中所占的比例分别仅为 16% 和 36%。财产税在城市地区越来越具有重要性,在农村地区则依然微不足道。

表 3.2 地方政府自有收入总计

%

年度	G 税	财产税	使用者费和税	允可税	其他收入	总计
1997/1998	67.4	6.9	12.7	2.0	11.0	100.0
1998/1999	65.1	8.4	13.9	2.8	9.8	100.0
1999/2000	64.2	9.3	14.7	3.0	8.9	100.0
2000/2001	62.2	6.0	10.8	1.8	19.2	100.0
2001/2002	52.0	13.6	18.5	3.6	12.3	100.0

资料来源: Steffensen,Tidemand 和 Ssewankambo 2004。

注: 必须谨慎对待这些数据,并非所有的区都有最终的数字,有些是推算而来;因为四舍五入的关系,加总起来并不是 100。

有关自有收入显著下降背后原因的分析表明,这是一个复杂的问题,涉及一系列相互关联的因素:

[①] 农村地方政府的人数是从 UBoS(2002)获得的。

[②] 参阅 Steffensen,Tidemand 和 Ssewankambo(2004,pp.70-80)对发展背后原因的详细描述。

- 来自中央的政治介入——尤其是总统竞选运动期间取悦投票人的竞争；
- 地方政治家追求"速战速决"而非可持续性的解决办法；
- 来自中央政府的转移支付迅速增长导致地方征税的激励减弱；
- 不合理的地方政府税收法案；
- 地方政府税收管理和执行能力薄弱；
- 地方政府缺乏责任性和与公民之间的有益联系（低认知度、低信任度）；
- 某些地方贫困加剧，尽管其并非总体趋势；

地方政府收入表现出的不够乐观的前景导致最近一些促进收入激励和缓和挑战的倡议被提出。几项研究澄清了主要的问题和需要支持的领域。为调和有关地方政府税收的各种倡议，成立了地方收入促进联合会，其主要成员来自中央和地方政府。一些最佳的实践经验被贯彻实施，有关的结果被广泛反馈给所有地区和城市委员会。地方政府被要求围绕收入促进策略进行计划和预算，LGFC 则在为地方政府收入激励领域提供技术支持方面发挥着更为积极的作用。

也许最重要的是，增加地方政府收入的更强激励来自 LGDP-Ⅱ 发展转移计划，即除了联合资助义务以外，给予好的税收表现以绩效嘉奖。倡议正在改进地方政府税收的法律框架——首当其冲的是 1979 年的评估法案。LGDP-Ⅱ 第 4 部分将帮助改革一些其他的税收分配。然而，这些倡议的效果将取决于高层政策制定者的支持——激励地方收入的政治承诺。取消最重要的地方政府税收——G 税的倡议可能削弱所有其他倡议的作用。

地方政府在自有收入上的自主程度

自有收入的规模和地方在自有收入决策制定方面的自主程度取决于地方政府调整其自有收入的能力。表 3.3 列示了地方政府对这些税收的控制程度。

表 3.3　税收自主和控制

税种	政府层级					评论、主要问题和挑战
	谁设置税率和上限	谁设置税基	谁负责置税基	谁征收税收	谁获得收益	
所得税（按所得收入纳税）	中央	中央		中央	中央	最近几年收益显著下降。评估在某种情况下的财产和将纳税人归类是困难的。税收征收员（如教区长官）能力和技能的低下是个难题。大多数地方政府在计算和评估过程中存在严重的漏洞（包括缺少登记和腐败）
企业所得税	中央	中央		中央	中央	
进出口税	中央	中央		中央	中央	
增值税	中央	中央		中央	中央	
累进税（大部分为所得税和财产税）[a]	中央，负责税率和税基。地方，负责税额[b]		地方，负责辨别纳税人[c]	地方，通常通过教区和区的长官，由任命的征收员支持	地方，不同层级政府分享收入（地方政府分享65%）	
财产税和不动产税	地方，在上限范围内[d]	中央和地方		地方，但征收有时是私有化的	地方，不同级政府分享收入	估价是由政府的主要估价师来做的，这导致了严重的瓶颈。税收正在改革。提高收益率的关键是改革，上限可能会降低。值的分散化和税率设置的灵活性，以及有能力从未评估中的建筑——费用，包括被排除的个人和组织——与地方政府强大的能力建设相结合

续表

税种	政府层级				评论、主要问题和挑战
	谁设置置税率和上限	谁设置置税基	谁征收税收	谁获得收益	
市场费	地方	地方	地方，但征收通常是私有的化的	地方，不同层级政府分享收入	存在着多重和重叠的税和费。行政和征收程序的公平是难事务之一
许可证税	地方	地方	地方，但征收通常是私有的化的	地方，不同层级政府分享收入	签约者的处理，特别是延迟，是个难题。许多地方政府的行政管理很差
其他税收					地方政府征收大量的小税种和关税（例如，自行车税）

资料来源：LGFC2003和多种其他来源。

注：2001年地方政府修正法案，第28条（LGA第81条的修正，规定，"运用统计工具并征询财政部后，全国的地方政府可以宣布要征收的累进税"）。

a. 对18岁以上的成年男子，参加有报酬的工作或商业的同龄的妇女征税。LGA对某些人群免税。最小税额是每月3 000先令，最大税额是每月100 000先令，由地方政府规定。

b. 地方政府税收查定小组，包括较低层级政府的技术人员，制定评定的教额。

c. 登记和计算通常由村庄和教区的长官做。

d. 有上限（0～20%的租金收入）。地方政府可能获得完全或部分的免税。

e. 对土地和建筑的租金征税。地方政府可能获得完全或部分的免税。

地方政府在既定的限度内享有调整其自有收入的自主权。与其他国家不同，乌干达的预算和收入计划无须中央政府批准。然而，从总体上看，有关的法律框架和对收入分配的限制不利于地方政府。

政府间财政转移支付的构成

财政转移支付是目前为止地方政府最重要的收入来源。根据宪法第193款，拨款一般分为无条件拨款、条件性拨款和均等性拨款：

- 无条件拨款（UCG）是支付给地方用于提供分权化服务的最低数额的款项，其计算应按宪法表7规定的特定方式进行。[1]

- 条件性拨款（C拨款）包括给予地方政府用于负担中央与地方政府之间达成协议的项目的款项，它只能用于由达成共识的条件规定并与之相一致的目的。

- 均等性拨款（EG）是支付给地方政府用于发放津贴或给最不发达地区提供特别资助的款项，是根据地方政府单位落后于国家平均水平的程度而定的。

第193款规定，无条件拨款应用于弥补收支任务之间的缺口和负担部分一般性管理职能，而条件性拨款则应负担部门专项任务以帮助地方政府实现国家规定的部门目标。均等性拨款应用于调和由收入能力和支出需要之间的不一致引起的不平衡。

拨款的设计最初是为了替代周期性预算。然而，随着发展预算的逐渐分权化，尤其是1999/2000年度以后这种趋势的逐渐加强，发展性拨款被引入。他们兼具无条件拨款和条件性拨款的特性。

在改革的第一个阶段，对分权化服务的费用未做规定，中央政

---

[1]　从宪法表7显示：无条件拨款在数额上等同于前几年支付给地方政府相同项目的数额，这些条款通过加/减额外或减少的服务运作预算成本来调整总体价格变化。

府与地方政府之间就拨款有效补偿额外费用的程度一直存在争议（LGFC 2000b,2002）。下面是对拨款构成趋势的总览。

无条件拨款在预算中所占的份额一直呈现下降趋势,从 1995/1996 年度的 34.5％到 1997/1998 年度的 24％再到 2003/2004 年度的 11％（表 3.4）。条件性发展拨款同期从 0％增长到 25％。在这些发展拨款项目中,部门专项条件性发展拨款所占的份额最大（63％）。条件性周期拨款也有所增加,若加上条件性部门专项发展拨款,则总的部门专项条件性拨款已增加至占 2003/2004 年度预算的 79％（高于 1997/1998 年度的 75％）。

伴随拨款规模的快速增长,拨款的种类及其专用性也随之增加。拨款的种类显著增加,从 1996/1997 财政年度的 12 项到 2000/2001 财政年度的 19 项再到 2003/2004 财政年度的 37 项（26 项部门拨款计划和 11 项非部门拨款计划）——每一项都有自己的特征、拨款分配原则和汇报制度（分权捐助小组 2001；Onyacholaa 2003；Steffensen 和 Tidemand 2004）。

大部分转移支付都直接针对根除贫困行动计划的关键领域——教育、保健、道路、水利和生产。这些条件性拨款占转移支付总额的 78％～79％。大部分非部门发展拨款也用在了相同的领域,从而使用于这五个领域的转移支付达到转移支付总额的 85％以上。剩下的转移支付为无条件拨款和其他拨款,主要用于补贴一般性管理费用。

均等性拨款数额很小,仅占转移支付总额的 0.4％～0.5％（见表 3.4）。

无条件拨款

无条件拨款是支付给地方政府用于提供分权化服务的。尽管该项拨款表面上从 1997/1998 年度便开始增长,但其相对重要性却有所减弱,而且有批评指出它与分权的任务和责任以及国家的经济增长相悖（LGFC 2000b；ULAA 和 UAAU 2003）。在 2003/2004 的

表 3.4　拨款的发展和构成

类型	决算账户 1995/1996		决算账户 1997/1998		决算账户 1998/1999		决算账户 2002/2003		预算 2003/2004		预算 2004/2005	
	10亿先令	比例/%	10亿先令	比例/%	10亿先令	比例/%	10亿先令	比例/%	10亿先令	比例/%	10亿先令	比例/%
无条件拨款	40.6	34.5	54.3	24.0	64.4	23.0	76.9	11.7	82.8	11.2	87.5	10.9
条件性循环拨款	77.2	65.5	168.4	75.0	202.1	71.0	428.1	65.1	467.8	63.1	527.0	65.4
条件性发展拨款	0	0	2.2	1.0	18.8	7.0	147.9	22.5	187.4	25.3	187.4	23.3
均等性拨款	0	0	0	0	0	0	4.2	0.6	3.5	0.5	3.5	0.4
总计	117.8	100.0	224.9	100.0	285.3	100.0	657.1	100.0	741.5	100.0	805.4	100.0

资料来源：由分权秘书处的数据构成。MoLG,MoFPED,LGFC 和 Steffensen,Tidemand 和 Ssewankambo 2004。

注：决算账户和发布的数据是保守的。由于四舍五入的关系，每一列的加总可能不是 100%。

年度预算中,该项拨款达到 830 亿先令,占对地方政府拨款总额的 11%。

大部分无条件拨款用于支付地方政府固定工资费用。与真正用于服务供给和发展的无条件(自主决定用途的)拨款相比,该项拨款更像一种负担由地方政府基本管理带来的固定行政工资费用(由分权化带来的人员)的拨款。一些地方政府即使接受了无条件拨款也无法负担由一般性管理带来的固定行政工资费用,而另一些则还有盈余可用作其他开支。

无条件拨款的分配原则历经两次更改。最初,该原则有四个标准:儿童死亡率、学龄儿童数目、人口和面积。在分配给各地方政府一项固定数额的基本费用(1.5 亿先令)和一些历史上次要的转移支付项目(占总额的 10%~15%)之后,只剩两标准——人口(85%的权重)和面积(15%的权重)——被使用(分权捐助小组2001,16;Steffensen 和 Trollegaard 2000,153)。实际上,无条件拨款分为工资和非工资两部分。由于某些地方政府的工资拖欠问题和工资义务(薪水册上的全体职员)与拨款之间的非均衡性,该原则再次被修改,将地方政府现有的薪水册纳入考虑范围,即基于薪水册上行政人员的数目(58%的权重)、人口(36%的权重)和面积(6%的权重)。该项拨款目前负担各地区薪水册上的全部员工 9 个月的工资,其发放额度以现行的员工承担的义务为准(LGBC 2003,p.56)。实施新的分配原则是为了解决工资发放中的拖欠问题,并奖励薪水册上已有员工数量多的地区。这些原则可能刺激地方政府增加行政工资费用,且对正式的薪水册上员工数目较少的地方政府而言也是不公平的。

针对整个地方政府行政体制的改革有望改变这一分配原则从而确保负担最低的员工结构。有待解决的问题包括:行政组织再造与各地方政府支出需要和收入潜能之间的非对称性的关联,及其与均等性拨款之间的关系,分配标准能够提供的激励,以及地方政府在使用无条件拨款方面被赋予的自主权程度。

条件性循环拨款

条件性拨款体制的发展应与债务减免重债穷国（HIPC）倡议和贫困行动基金（PAF）的设立联系起来看（专栏3.1）。

专栏 3.1　贫困行动基金，债务减免重债穷国倡议，财政分权战略

转移支付大幅增长的途径之一是通过贫困行动基金（PAF），其设立于1998年。该基金是一种体现和确保因减免重债务穷国的倡议带来的债务减免（1998年乌干达被准予债务减免）而产生的资源以及额外的捐赠者基金流入由中期支出结构规定的关键性优先部门领域的机制。在2000/2001财政年度，PAF占地方预算总额的30%，其中73%转移给地区（分权捐助小组2001）——近年来这一比例一直相当稳定。PAF体制对整个地方政府财政体制产生了十分重要的影响。通过具体的条件性拨款制度，它限定了对特定部门和分部门的转移支付的用途，目的是使中央政府和捐赠者相信地方政府能够遵循全面的贫困根除行动计划。PAF资金增长显著，从1998/1999年度的980亿先令增加至2002/2003年度的6 920亿先令（分权捐助小组2001；MoFPED 2003a）。

转移支付的大幅增长并非不存在问题，尤其是当存在大量转移支付拨款的形式时，这取决于部门领域和捐助机构。20世纪90年代末期，人们逐渐意识到这些严格限定用途的旨在改进地方政府服务供给效率的拨款存在的问题——包括缺乏维护地方利益的自主权；高昂的管理交易费用（多重预算、审计和汇报体制）；关注向上而非向下的责任的倾向；等等。2002年由政府提出并经国会通过的财政分权战略（FDS）旨在应对这些挑战（专栏3.2）。

资料来源：Steffensen 和 Tidemand 2004。

大量的条件性拨款确保了重要的服务和基础设施资金,但也带来了一些挑战。各项拨款都有自己的预算约束(对用途的限制)、转移支付形式和指导方针及汇报制度,从而限制了使用上的自主权、灵活性和效率——以及地方政府遵循这些复杂的形式所要付出的高昂的交易费用。这种情形影响了分权目标的实现并危及到效率的提高。①

这一问题是财政分权战略出台的主要原因(MoFPED 2002)。对整个财政转移支付制度的全面改革开始于 2003/2004 财政年度,最初在 15 个地方政府试行,到 2004/2005 年度扩展到所有地区和城市委员会。FDS 旨在降低地方政府交易费用和增进分配的效率、自主性和责任性。专栏 3.2 描述了对周期性拨款制度的主要改革措施。

专栏 3.2　财政分权战略：周期性转移支付计划

周期性转移支付计划中的改革包括一些主要措施：

■ 重新审查部门政策以确保其与总体的分权目标一致并增进地方政府在使用这些拨款方面的自主性和灵活性(2003/2004)。

■ 重新审查分配标准以使其更加透明、关注贫困和需求导向,并更加密切的与部门目标相关(回顾 2003/2004,预期从 2005/2006 年度实施,根据与地方政府财政委员会的访谈)。这种标准将使各地区的分配发生重大变化。

■ 减少拨款的种类,从而提高分配效率和地方政府自主性。拨款将被分为 6 到 7 个部分,以确立通用的形式、汇报体制等。在各项拨款中,预算约束将决定不同形式的用途,

---

① 这些问题在有关分权化的捐赠子团体中被广泛处理。

（续）

尤其是发展（如果相关）、非工资部分、周期性工资部分
和项目计划（如国家农业咨询服务），但这些专用领域的
数目必须被控制在最低限度从而保证足够的灵活性。

■ 创造拨款使用上的灵活性。2004/2005 年度（2003/2004
年度试行），对于贫困行动基金部门（保健、教育、农业、
道路和水利）内跨部门的周期性拨款中非工资部分，地
方政府将被赋予 10% 的灵活性。

■ 建立地方政府绩效与使用拨款的自主性和拨款数额之间
的联系。各种制度被精心设计出来，以在增进地方政府
绩效的同时增加灵活性，奖励在一般性管理（计划、预
算、审计、透明性，等等）方面表现良好的地方政府并制
裁表现不佳者。随着时间的流逝，这些制度有望影响分
配的规模，且他们已经开始申请地方政府发展计划拨款。

■ 改进和简化汇报和监督体制。所有拨款的一般形式和汇
报方式已被精心设计出来用以减少服从的管理费用。

■ 改进计划和预算指导方针。促进地方政府利用增加的灵
活性和新的财政分权战略改革的方针已被制定出来，且
地方政府已接受了如何运用这些方针的训练。

■ 改进中央政府在对地方政府的监督和指导工作方面的协
调可通过两个委员会，地方政府预算委员会和地方政府发
布和实施委员会，其代表来自中央主要部门和地方政府，
其中地方政府代表可介入和参与上面提到的所有倡议。

■ 通过预算过程和基于绩效的分配体制更多地关注地方政
府在收入获取方面的成绩。税收成绩对拨款数额的影
响依然仅限于地方发展拨款，但诸如此类的在收入获取
方面的成绩也正被考虑扩展到对其他拨款的衡量。

资料来源：Steffensen 和 Tidemand 2004。

发展拨款

由于种种原因,在财政分权过程中,发展拨款(及相关拨款)的分权起步较晚,但近年来其步伐已开始加快。发展拨款在转移支付总额中所占的份额已从 1997/1998 年度的 1% 上升至 2003/2004 年度的 25%。发展拨款总额为人均 4 美元。其中自主非部门发展拨款占发展拨款总额的 37.3%,占对地方政府全部拨款总额的 9.5%(Steffensen,Tidemand,Ssewankambo 2004,附表 4.10)。剩余的发展拨款涵盖教育(学校设施拨款)、保健、水利、道路和农业(表 3.5)。

表 3.5 显示,在发展拨款占对地方政府转移支付总额的越来越高的份额中,非部门自主发展拨款在相对重要性方面逐渐胜出,与之相伴随的还有专项农业活动基金。这一趋势表明了财政分权化程度的增强,但这种分权至今依然无法匹配周期性拨款逐渐增加的灵活性(专用性和部门性越来越强)。

部门发展拨款主要用于部门内部的发展投资。LGDP 的经验表明,非部门拨款具备值得深入讨论的有趣特质。

LGDP[①] 的主要成就之一是成功试行对地方政府发展基金的中央政府转移支付,基于发展拨款和能力建设拨款之间的联系以及一个绩效激励系统(参见 Steffensen,Ssewankambo,和 van't Land 2002)。自主发展拨款通过独特方式以人均 1 美元到 1.5 美元的标准转移支付给地方政府。除了小的农业试验计划以外,LGDP 是唯一能够促使自主发展拨款转移至较低层级的地方政府的机制。专栏 3.3 概括了该项拨款的主要特征。

---

① 地区发展计划(一项由联合国资本发展基金支持的、于 1997 年在 5 个地方政府开始试点的地区支持项目)和 LGDP-I(2000—2003 期间推行)为进展中的 LGDP-Ⅱ 的设计提供了重要的经验。在 MoLG 之下,LGDP-Ⅱ 由世界银行、丹麦国际发展机构、荷兰、爱尔兰救助和奥地利支持。

表 3.5 发展拨款构成

拨 款	预算 2001/2002		预算 2002/2003		预算 2003/2004	
	亿先令	比例/%	亿先令	比例/%	亿先令	比例/%
自主非部门 LGDP 拨款	32.0	22.1	41.9	27.4	65.0	34.7
初级保健拨款	11.0	7.6	7.6	5.0	9.2	4.9
学校设施拨款	55.0	37.9	53.8	35.2	59.8	31.9
道路维护[a]	12.5	8.6	10.5	6.9	9.3	4.9
水利和公共卫生拨款	23.0	15.8	24.5	16.0	29.6	15.8
荷兰发展拨款	11.0	7.6	8.7	5.7	0	0
其他部门拨款（国家农业咨询服务和研究）	n. a	n. a	n. a	n. a	9.6	5.1
其他非部门拨款（如农业现代化项目）	n. a	n. a	5.7	3.7	5.0	2.7
发展拨款总计	144.5[b]	100	152.7	100	187.5	100

资料来源：Steffensen, Ssewankambo, Tidemand 等人 2002, 附表 2; LGFC2003。

注：n. a. = 不适用。由于四舍五入的原因，总额可能不等于 100。

a. 50% 的道路维护拨款预计用来发展。

b. 基于来自 MoFPED, FY2001/2002 和 FY2002/2003 预算数字的数据分析。

专栏 3.3　地方政府发展计划规定的地方发展拨款的主要特征

LGDP 规定的地方发展拨款的主要特征如下：

- 它们包括一个非部门投资目录（自主的）但动机是至少将 80％用于国家优先发展领域并减少对非服务领域投资。

- 特定比例（15％）将被用于服务和监督费用投资，其中包括改革成本。

- 包括一项透明性原则，基于两个标准——人口规模（85％的权重）和地域面积（15％的权重）。城市当局获得的人均占有量略高，因为城市地区支出任务的成本更高。

- 分配体制使拨款覆盖到所有层级的地方政府，从而确保了拨款分配到达较低层级。

- 存在明确的最低条件作为获得拨款资格的特定要求。

- 拨款分配的数额与地方政府绩效之间存在直接的联系，绩效是通过使用固定的并被普遍认同的透明的一般性行政绩效指数以及中央（外部的）对地方政府绩效的评估进行衡量的。这种联系为地方政府改进自身绩效提供了极强的激励。

- 地方发展拨款与能力建设拨款之间存在的联系表明，即使地方政府无法满足地方发展拨款的最低条件，他们依然能够获得能力建设拨款以帮助其尽早满足条件。

- 该项拨款包含强化地方政府自有收入努力的激励（通过绩效措施）。

- 地方政府联合拨款的必要条件是，占该项拨款的 10％。

资料来源：Steffensen 和 Tidemand 2004。

　　LGDP 的经历是充满希望的，其功效也已经多项研究测试和证明（分权捐助小组 2001；Steffensen, van't Land, Ssewankambo 2002）。例如，一个十分有趣的现象是，地方政府尤其重视将地方发

展拨款用于贯彻国家减少贫困战略的重要领域（道路、教育、水利和卫生以及保健），另外，对地方政府的年度评估已把绩效发展列入议程。

均等性拨款

均等性拨款被认为具有十分重要的作用，宪法也对其进行了解释。均等性拨款于 1999/2000 年度被引入，最初覆盖了 10 个地区（20 亿先令的额度）。其中 5 亿先令被留出，作为遭受紧急事件影响的地区应急之用。到 2003/2004 财政年度，其覆盖范围逐渐扩展到 34 个地区，6 个自治市和 34 个城镇委员会。复杂的分配公式考虑了地方政府的支出需求（土地面积、道路里程等）和筹集收入的能力。

均等性拨款是用于扶持弱小地方政府的非部门拨款。然而，其规模（仅 40 亿先令，占全部拨款总额的不到 1％）和实际的资金用途限制了其作用和效果。此外，有批评指责该拨款分配给了过多的地方政府，缺乏重点，缺乏监督和后续的管理。最后，其同其他拨款之间的关系未被厘清。一些部门拨款也包含贫困和需求导向标准。根据对 1998/1999 年度的均等性拨款的粗略计算，至少 120 亿先令应该拨付用于平衡支出需要和收入潜能之间的差距；然而，只有不到 40 亿先令被拨付到位。因而，现在的目标是将均等性拨款的支付集中于更少的地方政府以使其发挥更大的功效。有关增加该项拨款的数额的倡议正在酝酿之中。对 FDS 规定的分配标准的审查即包括对均等性拨款的审查。

其他特殊利益转移支付

乌干达还设计了一些特别的拨款。其中最引人注目的一项是 PAF 监控拨款，它为 LGPACs 和招标委员会之类的地方政府的监控和责任机构提供资金。这些拨款项目在支持地方政府的财政管理和控制系统方面发挥着积极的作用，并确保了之前未被优先考虑并接受该项拨款资助的地区的资金供给。此外，作为新的 FDS 计划的一个部分，地方政府要周期性拨款的 5％用于项目控制和监督以确保恰当的计划、预算、维护和后续管理。最后,这种拨款体制已被用于在某些地区试行各种提议,这些提议会在之后大范围铺开。其中的一个典范是农业现代化计划中的非部门拨款。

其他拨款流——预算内和预算外

在这些正式的预算内拨款以外,还历史性地存在大量拨付给特殊地区的转移支付,这种转移支付既不适应也不是基于对需求和贫困问题的全面考量(Steffensen,Ssewankambo,Tidemand 等 2002)。除了其他发展拨款以外,一些地区还从欧盟、丹麦国际发展组织、荷兰地方政府发展计划和世界银行获得发展基金,而其他地方政府获得的捐助发展基金则少得多(审视这些计划,见 MoLG2002, p. xxvii; Steffensen,van't Land,Ssewankambo 2002)。地区的其他投资是通过中央政府和 NGOs 运作的,且未纳入地区预算以内。2002 年的一项审查显示,在 2001/2002 财政年度,有 3 330 亿先令是用于地方政府服务和基础设施投资预算的(包括道路维护的份额)。只有1 455 亿先令(2001/2002 年度预算)是以发展拨款的形式通过地方政府预算和账目转移支付的。大量研究证明了各种拨款环节存在问题——包括计划、预算、预算执行和责任约束——并且对地方政府的转移支付资金缺乏信息和审查。

解决这些问题需要更具连贯性的努力和公信力强的体制以确保转移支付以客观、公平、公正、透明的预算方式实施。LGDP-Ⅱ 即为一种被认可的方式,它为将发展基金协调一致地向地方政府转移支付提供了共同的基础。LGDP-Ⅱ 有望在优化这些环节方面发挥重要作用,并使捐助支持和部门拨款整合为一个一致的、预算内的、政府间的财政转移支付体系。

因而,随着 LGDP-Ⅱ 的实施,大部分发展拨款地区支助项目已被赋予法定地位并被纳入预算。其他的预算体制之外的基础设施和服务供给投资拨款项目即为北乌干达社会行动基金,覆盖 18 个地区,提供人均 3 美元到 4 美元的资助,以及一些小型的地区支助项目。

转移支付的时效性

对地方政府转移支付的可预测性和时效性存在疑问,尽管到2002/2003 年度,国防支出的增长导致某些项目的瓦解和活动的削减时情况已有所改善(Kragh 等 2003,p. v 和 106)。然而,大多数对地方政府的拨款项目的大部分都得到了兑现,因为 PAF 安排提供了一个应对主要削减的预算防护机制——尤其是有关 PAF 发展支出的——因而整个体制具有了相对可预测性。2002/2003 财政年度,拨款兑现达 6 570 亿先令,而实际的预算拨款为 6 700 亿先令(Kragh 等 2003),其中工资拨款总的预算兑现率为 98%。[1] 一些地区存在的缺口是道路拨款和地区基础医疗保健拨款。最近几个财政年度,大部分拨款的预算兑现率达到了 90%到 100%,[2]但在一个财政年度内分期到位的转移支付有时会推迟。

地方政府财政管理绩效研究表明,转移支付资金的推迟给服务供给绩效带来了负面影响,尤其是当投资被推迟而导致与承包人之间以及财政管理的瓶颈和问题。导致推迟(1 到 4 个月)的原因多且复杂,[3]但主要是因为地方政府缺乏及时提交有关已拨付资金用途的报告(报告要满足十分严格的要求)和在有限的时间内吸纳资金的能力。中央也存在现金流问题,[4]部分是因为政府缺乏捐助发展项目的联合拨款和银行系统的低效造成的。转移支付资金的推迟妨碍了所有地方政府预算的执行,尤其是在每个财政年度的初期和末期。特别是转移支付中最后到位的那个部分,在一个财政年度中到位得相当晚(6 月),从而迫使地方政府仓促地使用该项资金或将其原封不动地退还给 MoFPED。

---

[1] 研究数据来自 MoFPED。

[2] MoFPED 提供了 2001—2004 年转移数据的简要回顾。

[3] 也可参考例如,在财政分权战略下的财政管理和会计报告系统的设计(Kragh 等 2003)。

[4] 如果一些不能在第一季度被转移的资金在最后一个季度被全部转移,资金流问题在年度之初就可能产生,而导致地方层面活动的延迟和受阻。

　　报告和责任体系的设计要求向中央提交 20 份以上的季度报告且具体形式多样，也是引发这些问题的主要原因之一。这一问题正通过进行中的 FDS 的实施寻求解决，即改进、协调和简化财政转移支付的所有报告方式。

拨款的使用

　　改进转移支付资金的使用可通过多种方式：加强对地方政府使用条件性拨款的监督，控制、监督和审查拨款使用的季度报告，以及进行确定问题和寻求缓解办法的综合性支出追踪调查（世界银行 2003）。例如，1996 年进行的一项支出追踪研究显示，1991 年只有 2% 的非工资性公共教育经费落实到了学校，造成这种情况的原因是盗用和地区委员会将资金用于预算以外的目的。1999 年，超过 90% 的预算内经费落实到了学校（Therkildsen n. d. ，基于 Ablo 和 Reinikka 1998 和 Collier 及 Reinikka 2001）。其他部门的情况也有所改善，尽管程度不同。对有关非部门 LGDP 拨款使用的研究也得出了同样乐观的结果，条件是拨款与基于绩效并激励地方政府将拨款用于国家关键性目标领域的奖惩体制相连。

分配标准

　　分配标准因拨款类型的不同而呈现出显著差异。最近的一项综合性研究（2002—2003）对大部分拨款分配标准和拨款形式进行了分析，该项研究是 FDS 的一个部分，旨在提出特别的标准和权重建议以运用于各项拨款（LGBC 2003）。

　　目标是拟定新的标准，从而推动部门政策制定并确保全国范围内的公正性，且这些标准必须透明、客观、以需求为导向、简洁、易懂并在其对分配的影响方面呈现出同等的公平性。一个研究小组的建议得到了仔细审阅，部门内阁和地方政府之间由各自的协会代表进行了一次密切的对话和协商。有关基本参数和过渡性方案已达成暂时性共识（为避免使一些政府成为利益受损者，该体制将被逐步采用)。标准正被审慎地调整,且新标准有望在 2005/2006 财政年度被采用。

到目前为止,新的部门专项条件性拨款标准还未与地方政府绩效、收入动员行动及其他激励之间建立联系。然而,这将在 FDS 设计的未来的体制中予以考虑。

地方政府借债

在传统上,地方政府借债只是一个很小的收入来源。根据 1995 年宪法第 195 款,"按照该宪法的规定并得到政府的批准,地方政府因履行职能和提供服务的需要可以借债或接受并使用任何国会指示的拨款或帮助"。

根据 LGA(2001 年修订版)表 5 第 Ⅵ 部分第 21 款,地方政府可以债券、发行公债及任何其他方式筹集贷款,总额不超过地方自有收入的 25%,前提是地方政府委员会具备法定的能力。

如果举借的数额超过委员会能够举借债务数额的 10%,则还需要得到地方政府首长的批准。首席审计员必须审查上一年的账目簿,有关报告不得被修改,且资金必须为整个委员会确定的优先行动而准备。此外,地方政府执行委员会必须确保贷款的偿还不会对委员会的运作产生负面影响,尤其是履行包括工资支付在内的法定义务的能力。

在等待收入到位期间,地方政府可获得一笔不超过获得批准的预算的 10% 的预支资金,作为临时贷款或透支款项以及用于支付该费用的债务总额的一部分(LGA 表 5 第 Ⅵ 部分,第 21 款)。对该项资金的来源未做任何限制。

最近正式通过的(2003)公共财政和责任法案与这些条款产生了抵触:

> 根据宪法的规定,只有部长(专事财政的)有权代表政府通过贷款筹措资金、发行担保和接受拨款,其他任何个

人、公共组织或地方政府委员会都不得在未经部长事先批准的情况下借贷或发行担保或采取任何其他行动,以免以任何方式直接或间接导致由政府引发的责任问题(第Ⅲ部分,第 20 款)。

财政部长决定贷款的方式和条件。法案还规定由财政部长实施严格的控制,且所有贷款都需要事先批准。发行地方政府债务也在新的公共财政和责任法案的规定范围内,也要求事先批准。此外,法案规定了国会参与的重要性;任何贷款形式和条件——除国库和货币支出管理目的外——都必须上报国会并经决议批准(第 20 款,第 3 段)。因此,有必要对该领域的法律框架进行协调。

实际上,地方政府借债相当有限且一直受到限制。根据 MoFPED 的一项观察,在 2001/2002 年度,欠非银行债务人和地方政府银行的贷款总额分别为 122.2 万先令和 4 亿先令——不到地方政府收入总额的 0.2%,占地方政府自有收入的 2%(MoFPED 2003)。官方借债受制于多种原因:

- 自有收入的数额相对较小,而地方政府的借债总额不得超过这一数额的 25%。
- 由于各自财政缺陷,地方政府在获得贷款资格方面存在困难。
- 批准程序烦琐。
- 缺乏提供地方政府借债的金融市场。
- 从总体上看地方政府信用缺失。

然而,地方政府短期透支款项和欠款值得关注。尽管只有有限的官方数据而没有总体性的一致看法,依然有证据表明短期欠款是一个许多地方政府都面临的严峻问题,需要及时解决(Kragh 等 2003)。最近的一项对四个地方政府的财政管理研究显示,这些政府没有任何银行借款却有大量支付款和贷款未兑现。尽管未获得具体的数据,据这四个地方政府估计,其欠款在 1 亿先令到 3 亿先令之间（占年度自有收入的 20％到 40％），一些地方未兑现欠款占其预算总额的 10％到 20％——相当于其全年自有收入的数额。地方缺乏战略性，其预算未对欠款的偿清做明确规定。对未付的欠款的监督也同样薄弱。债务人登记表和底账有时被忽略，且往往只包含一个简单的债务人名单，还总是得不到及时更新。

首席财务官、CAO 和执行委员会都有权决定未偿付欠款的轻重缓急，但所有地方政府都缺乏一个系统性的向债务人偿付欠款的政策和程序。该研究得出结论，总体上地方政府缺乏用于证明和控制债务人数量和承付款项数额的程序。这说明在承付款项控制方面迫切需要恰当的体制和指导方针。

财政管理能力

乌干达地方政府的财政管理绩效和责任一直都是人们关注的焦点，尤其是因为地方政府掌握着数额巨大且份额不断增加的公共支出。然而，对比 3～4 年前进行的一项分析，[1]其已取得了显著的进步，尤其是在基本的簿记和会计程序方面。大部分地方政府能及时递交其计划、预算（中期支出结构）和账目，并确立了内部和外部控制措施。LGDP-Ⅱ"最低条件和绩效措施"年度评估也证明了最近取得的成就（MoLG 2004）。

这些成就背后的主要原因可归结为能力建设方面的努力与 LGDP 拨款分配体制中的激励制度之间的关联性，即奖励在一般性管理（如财政管理和良好治理）方面绩效突出的地方政府。但也有一系列的挑战和问题需要密切关注，尤其是在预算、现金管理、招标

---

① 例如，参阅 Aarnes，Sjolander，Steffensen（2000）和 LGDP-I 的首份国家评估报告。

程序和向下的责任性方面。有关加强对能力发展的支持和建立各项公共财政管理改革之间更紧密相联的方式和途径正在探索之中（参见 Steffensen，Tidemand 和 Ssewankambo 2004）。

在地方委员会和公民之间建立更强的垂直（向下的）责任成为分权过程面临的最重大的挑战之一。一系列技术手段——特别是计划和预算方针、能力建设以及透明性措施——已被提出但尚未充分内化并被大量地方政府应用。该领域需要不断强调广泛战线的重要性，具体形式包括帮助地方政府和公民社会增强能力，为地方政府创造激励机制使其更加公开并确保参与渠道，以及提高意识。

总体的评价和启示

财政分权的经验为强化分权服务的财政改革提供了重要启示。

经验表明，明确划分支出任务十分重要，且责任的下放必须伴随充分的支撑活动的资源。LGA 在这方面发挥了作用，但行政单位（教区和村庄）的任务和职能尚未被明确划分。此外，在这一过程的晚些时候才做出使用分权服务的尝试，且很多职能的转换都无法适应总体的资金流动和税收任务（导致没有经费的命令）。

为地方政府财政设计一个可持续性的体制，其中自有收入占重要份额，从而确保责任性、所有权、效率和长期活力以及分权体制的合法性，在这一点上，经验证明了其重要性，但同时也证明其艰巨性。多种因素限制了自有收入的积极性：缺乏一个合理的地方政府税收的法律框架（尤其是有关财产税的），①地方政府税收管理能

---

① 众所周知，地方政府的税基生性薄弱，本质上就不能承担地方经济活动增长的责任。但同样很清楚的是，大多数地方政府没有挖掘他们征税的潜力（参阅 LGFC2000a，2000b，2002，2003）。

力薄弱,缺乏促进地方政府收入积极性来自中央政府的支持(道义上的和技术上的)。最近,中央对地方政府转移支付的大幅增长似乎产生了挤出效应,来自政治高层的巨大影响和干涉使其进一步恶化。总统在竞选期间的讲话对地方税收政策意义重大,税收支付与服务供给效益之间依然缺乏明显的联系。在转移支付构成地方收入来源的 85% 的情况下,关注最小份额的激励就十分有限。[1]

经验还显示了协同努力的需要——包括法律框架、地方政府的能力、意识的增强、与公民之间的联系以及尤其重要的拨款体制的激励——以大幅增加地方政府的自有收入。这种努力必须与税收征收和法律框架方面更高的公平性和公正性以及更高效地使用收入相联。

高度依赖中央政府的地方政府尤其易受中央政府控制的影响。如果这一过程不能从根本上予以改变,则可能降低地方政府在服务供给上的自主性和效率。其挑战是,在不扭曲经济活动和放弃对贫困因素的考量的前提下,以聪明而理智的方式采取由政治领导支持的技术性措施。没有强大的高层政治领导的支持,任何增加地方政府收入的技术性行动都可能是徒劳。

精心设计的收入分享体制确保了基层地方政府获得开展政治活动和承担某些次要的服务责任所需的经费。然而,该体制并不总是得到遵守,并且也会导致碎片化以及用于有意义的投资的资源不足以及在地方政府能力有限领域的造成资金浪费。一边是参与和民主,另一边是规模经济、效率和能力,二者之间有一个权衡的过程。

乌干达发展政府间财政转移支付的经验是独特的,尤其体现在HIPC 倡议、PAF(为旨在消除贫困的服务提供资金保障)与地方政府作为主要的服务供给机构的分权体制之间的联系上。条件性拨款体制是引导服务供给拨款大幅增长和确保资金用于缓解贫困的

---

① 　对这一问题的理论探讨请参阅 Prud'homme(2003)。

关键目标领域的一种工具。然而，拨款的专用性过强也会招致缺陷和代价，体现为损害向下的责任性，以及由多重的计划、会计、银行和报告体制导致高昂的管理上的交易费用。

主要的启示是寻求以下二者之间的平衡十分重要，即(a)需要中央政府控制和监督全国性目标的实现情况和(b)用以保障民主和地方事务效率以及向下的责任的独立自治。在乌干达，这一平衡倾向于控制和监督——因而需要在2002年财政分权战略中强调该问题。FDS旨在减少制约性和严格的控制，因此允许各部门在拨款使用上的灵活性和确立更好的激励以改进绩效。然而，追求无条件拨款和条件性拨款的分配在各地区间实现更好的平衡和划分是理所当然的，且这种平衡和划分应与地方政府承担的服务类型(代表和代理职能、移交职能等)密切相连。

乌干达是非洲最早引入均等性拨款计划的国家之一。从中得到的启示是该计划将继续难以发挥重大的作用除非(a)明确拨款目标，(b)拨款资金给予最需要的地方政府，(c)增加拨款数额，(d)条件性拨款的标准和计划(有时也是均等性的)之间联系更加紧密，(e)及时更新和改进数据。

拨款体制的经验证明了明确而透明的分配标准和及时而可预测的中央政府对地方政府转移支付的重要性。尽管依然有待改进，但拨款体制在过去的10年里在这些方面得到了很大改善，即增加了地方政府计划、预算和实施方案的可能性。使转移支付计划与地方政府预算周期和众所周知的指示性数据(具有确定的可预测性)保持同步，为设定地方优先事务的严格的预算约束提供了支持，摆脱了之前的愿景列举方法。

基于地方政府绩效的非部门发展拨款的试行提供了重要的成功经验。经验表明，当地方政府拥有包含监督和能力建设支持的恰当的激励和支持体制时，他们能够通过使用非部门自主性发展拨款来满足迫切的地方服务需求。事实上，超过90%的非部门拨款被用于旨在缓解国家贫困的 5 个优先部门（教育、保健、水利和卫生、道路、农业）。

一项积极的副作用逐渐改进了行政程序和财政管理体制和实践，增强了透明性，实现了良好治理，尽管有进一步改善的空间。与绩效相连的激励能够显著提高地方政府工作的品质。由精心设计的使拨款数额与地方政府绩效相关的体制带来的启发令人充满希望。这种激励体制也已在世界其他地方成功试行（Shotton 2004；Steffensen 和 Freborg Larsen 2005）。当应用于其他拨款计划时，这些激励制度似乎还有进一步验证的空间，在增进绩效和能力的同时允许更多的灵活性和自主性。

另一项积极经验是尝试将大量地区支持计划纳入政府程序，使计划进入预算，并协调各种拨款流动方式。这种做法降低了交易费用，更好地概观了需要额外支持的地区。来自试行计划的经验对国家加强基于地区的体制十分有益。

在资金使用上，缺乏足够的刚性预算约束，这与缺乏动员自有收入的激励是相对应的。尽管只有有限的官方借债，但许多地方政府倾向于积聚债务而忽略操作性和维护性义务。问题的产生是因为技术上缺少对操作性更强的承诺控制体制以及缺少及时动员所需资源的更强的激励。它还表明需要更好地监督和控制职能（内部的和外部的）。

财政管理从计划到后续的审计等各个阶段的绩效都是需要高度关注的领域。提高绩效需要一个持续的转换过程，伴随持续的努力和制度、技术和结构等各方面的改革。仅有能力建设和技术性工具如计算机和信息技术系统是不够的；他们必须与促使组织和个人增进绩效的激励以及更强地关注向下的责任相结合。近年来，为增加公民参与而采取了许多富有成效的措施，包括公开的计划和预算会议、公布拨款接收和使用信息的布告牌、公民参与计划实施委员会和 LGPACs 等。然而，该领域依然面临来自未来的巨大挑战，需要给予进一步的关注。

一直以来,拨款体制(除 LGDP 外)都十分关注向上的责任(报告)。然而,经验表明建立地方责任同等重要。理论上,向下的责任是作为政治家与公民之间日常互动的一部分而自动建立起来的。然而,由于缺乏一个强有力的公民社会以及现行的地方政府与公民之间的非平衡性关系,中央政府应该促进、刺激和推动向下的责任的改进,可以通过要求或鼓励地方政府公开有关财政、当务之急和拨款使用的信息;参与性计划和预算;公开性会议等。这些举措能够创造一种良性循环,即向公众公开更多的信息能唤醒更多的公民需求。尽管这一努力需要花费时间,但目前的趋势是向前的。

中央对地方政府支出和收入发展的监督一直存在问题,主要是因为数据库的分割和缺乏可靠的有关地方政府财政的数据。解决这些问题应该是任何改革过程的理所当然的第一步,以便为决策制定提供可靠的基础。LGFC 和 MoLG 正在拟定提议以解决该问题。

乌干达的经验证明了一个明确的财政分权战略和协调机构的作用。2002 年的 FDS 及其实施安排(预算、审计和收入促进委员会),确保了拨款改革与部门之间更好的协调以及收入促进活动之间更好的协调,尤其是有关能力建设方面的。尽管 LGFC 在成立之初能力和影响力都十分有限,但现在已逐渐发展为一个平台,为改革提供分析性的准备工作,将紧急问题提上议事日程之首,协调各种提议,调和来自中央和地方政府的利益相关者。在这一过程中,地方政府联合会也发挥了作用,它们代表了地方政府的利益,带来了补充性的专家意见。

然而,在一个改革计划的早期,明确独立的委员会和论坛的作用十分重要。确保改革的协调机构与执行机构以及各部门之间充分的联系以保证提议被恰当执行也相当重要。最后,对于重大的改革提议,需要有强大而持续的支持以保障中长期能力建设。

参考文献

Aarnes, Dag, Stefan Sjolander, and Jesper Steffensen. 2000. *Public Financial Management Issues in Uganda—A Joint Review*. Norwegian Agency for Development Cooperation, Swedish International Development Cooperation Agency, and Danish International Development Agency.

Ablo, Emmanuel, and Ritva Reinikka. 1998. "Do Budgets Matter? Evidence from Public Spending on Education and Health in Uganda." Policy Research Working Paper 1926. Washington, DC: World Bank.

Collier, Paul, and Ritva Reinikka. 2001. "Recovery in Service Delivery: Evidence from Schools and Health Centers." In *Uganda's Recovery: The Role of Farms, Firms, and Government*, ed. Ritva Reinikka and Paul Collier, 343–69. Washington, DC: World Bank.

Decentralisation Secretariat, Ministry of Local Government, Republic of Uganda. 1994. *Decentralisation in Uganda—The Policy and Its Implications*. Kampala: Republic of Uganda.

Donor Sub-group on Decentralisation, Republic of Uganda. 2001. *Fiscal Decentralisation in Uganda—The Way Forward: Final Report*. Kampala: Republic of Uganda.

Kragh, Ole, Jesper Steffensen, Tim Williamson, Baryabanoka Wilson, Francis Nyanzi, and others. 2003. "Design of the Financial Management, Accountability, and Reporting Systems under Fiscal Decentralization: Strategy and Issues on Local Government Financial Management for Public Expenditure Review (PER)." Kampala: MoFPED.

LGBC (Local Government Budget Committee). 2003. *Fiscal Decentralisation Strategy, Phase II: Allocation Principles and Development of Allocation Formulae—Findings, Recommendations, and Formulae Designs*. Kampala: LGBC.

LGFC (Local Government Finance Commission). 2000a. *Government Revenue Enhancement Study: Final Report*. Vols. I and II. November. Kampala: LGFC.

———. 2000b. *Revenue Sharing Study: Sharing of Expenditure Responsibilities and Revenue Assignments (Centre–Local Governments)*. Kampala: LGFC.

———. 2002. *Revenue Sharing Study Phase II: Final Report, 2002*. Kampala: LGFC.

———. 2003. *Final Report on the Inventory of Best Practises in Revenue Mobilisation and Generation*. Kampala: LGFC.

MoFPED (Ministry of Finance, Planning, and Economic Development). 2002. "Fiscal Decentralisation in Uganda: Draft Strategy Paper." Prepared by the Fiscal Decentralisation Working Group, Kampala, March.

———. 2003a. *Medium-Term Expenditure Framework*. Kampala: MoFPED. (October)

———. 2003b. *Provisional Report on Local Government Finance Statistics for the Financial Years 1997/98–2001/02*. Kampala: MoFPED.

MoLG (Ministry of Local Government). 2002. *The Ministry of Local Government Policy Statement 2002/2003*. Kampala: MoLG.

———. 2004. Assessment of the Minimum Conditions and Performance Measures for Local Governments. Kampala: MoLG.

Onyach-Olaa, Martin. 2003. *Lessons from the Experiences in Decentralising Infrastructure and Service Delivery in Rural Areas: Uganda Case Study*. Kampala: MoLG.

Prud'homme, Rémy. 2003. "Fiscal Decentralisation in Africa: A Framework for Considering Reform." *Public Administration and Development* 23 (1): 17–27.

Republic of Uganda. 1990. "Report of the Public Service Review and Reorganisation Commission." Republic of Uganda, Kampala.

Shotton, Roger, ed. 2004. *Local Government Initiative: Pro-Poor Infrastructure and Service Delivery in Rural Asia*. New York: United Nations Capital Development Fund.

Steffensen, Jesper, and Henrik Fredborg Larsen. 2005. "Conceptual Basis for Performance Based Grant Systems and Selected International Experiences." United Nations Development Programme, New York.

Steffensen, Jesper, Emmanuel Ssewankambo, Per Tidemand, Tim Williamson, and Gerhard van't Land. 2002. *Preparation of the Local Government Development Program, Phase II*. Annex 1 and 2. Prepared for the Ministry of Local Government, Kampala. September.

Steffensen, Jesper, Emmanuel Ssewankambo, and Gerhard van't Land. 2002. *Programme Review of the Local Government Development Programme*. Vols. 1 and 2. Kampala: MoLG.

Steffensen, Jesper, and Per Tidemand. 2004. "A Comparative Analysis of Decentralisation in Kenya, Tanzania, and Uganda: A Final Synthesis Report." World Bank, Washington, DC.

Steffensen, Jesper, Per Tidemand, and Emmanuel Ssewankambo. 2004. *A Comparative Analysis of Decentralisation in Kenya, Tanzania, and Uganda: Country Study—Uganda*. Vols. 1 and 2. World Bank, Washington, DC.

Steffensen, Jesper, and Sven Trollegaard. 2000. *Fiscal Decentralisation and Sub-national Government Finance in Relation to Infrastructure and Service Provision: Synthesis Report of 6 Sub-Saharan African Country Studies*. Washington, DC: World Bank.

Steffensen, Jesper, Gerhard van't Land, and Emmanuel Ssewankambo. 2002. *Midterm Review—Programme Review of the Local Government Development Programme, Volumes 1 and 2, Final Report*. February. Kampala: Ministry of Local Government.

Therkildsen, Ole. n.d. "Uganda's Radical Decentralisation: An Example for Others?" Draft working paper, Centre for Development Research, Copenhagen.

Tidemand, Per. 1994. "The Resistance Councils in Uganda—A Study of Rural Politics and Popular Democracy in Africa." Ph.D. dissertation, Roskilde University, Roskilde, Denmark.

UBoS (Uganda Bureau of Statistics). 2002. *2002 Uganda Population and Housing Census*. Kampala: UBoS.

ULAA and UAAU (Uganda Local Authorities Association and Urban Authorities Association of Uganda). 2003. "Analysis of the National Budget 2003/2004, with Focus on Local Government Finance." ULAA and UAAU, Kampala.

World Bank. 2003. *Public Expenditure Review 2003—Supporting Budget Reforms at the Central and Local Government Level*. September. Washington, DC: World Bank.

第四章　地方政府组织与财政：中国

乔宝云　安瓦·沙

中国被认为是人类的发源地之一，是世界文明的重要摇篮。众所周知，今天的中国是 1949 年 10 月 1 日由毛泽东宣布成立的。中国位于亚洲的东南部，到 2006 年人口总数达到 13 亿，是世界上人口最多的国家，地域面积居世界第三位（960 万平方公里），仅次于俄罗斯和加拿大。作为一个单一制国家，中国实行"中国共产党领导下的多党合作和政治协商制度"（中国宪法序言）。从 20 世纪 80 年代起，中国就一直保持国内生产总值（GDP）年均增长约为 10%的势头，成为出口额最多的国家之一。然而，各省收入增长情况显著不同，东部沿海地区的增长率大大高于中西部地区（表 4.1）。

中国最高国家机关如下：

- 立法。全国人民代表大会是立法机关。
- 执行。中华人民共和国主席是国家元首，由总理领导的国务院是国家最高行政机关。
- 军事。由国家主席领导的中共中央军事委员会是国家最高安全机关。
- 司法。最高人民法院是国家最高司法机关。

表 4.1 各省人口、面积和人均 GDP，2003

地区	省	人口/千人	面积/千平方公里	人均 GDP/美元
东部沿海	北京	14 070	17	3 049
	福建	34 261	122	1 818
	广东	77 676	179	2 076
	海南	7 939	34	1 003
	河北	66 569	190	1 271
	江苏	72 967	105	2 039
	辽宁	41 549	150	1 728
	山东	89 775	158	1 652
	上海	16 061	8	4 428
	天津	9 956	12	2 934
	浙江	45 934	105	2 434
中部	安徽	62 652	140	751
	黑龙江	37 693	460	1 408
	河南	95 029	166	884
	湖北	59 184	186	1 091
	湖南	65 521	212	884
	江西	41 741	167	806
	吉林	26 684	189	1 131
	山西	32 558	157	898
西部	重庆	30 713	82	872
	甘肃	25 628	406	607
	广西壮族自治区	47 661	236	683
	贵州	37 933	176	425
	内蒙古自治区	23 510	1142	1095
	宁夏回族自治区	5 650	66	805
	青海	5 225	720	886
	陕西	36 314	205	788
	四川	85 739	484	760
	西藏自治区	2 638	1 202	828
	新疆维吾尔自治区	18 834	1 663	1 177
	云南	42 836	384	683
最大值		95 029	1 663	4 428
最小值		2 638	8	425
平均值		40 661	307	1 350

资料来源：中国，国家统计局，2004。

注：本表未包括香港、澳门特别行政区和台湾。

- 检察。人民检察院是国家的法律监督机关。由最高人民检
  察院检察长领导的最高人民检察院是国家最高检察机关。

中国政府在结构上分为五级，最高层是位于首都北京（图 4.1）
的中央政府。第二层是具有省级行政地位的辖区。这些辖区包括
22 个省，4 个直辖市（北京、重庆、上海、天津），5 个自治区（广西、内
蒙古、宁夏、西藏、新疆），2 个特别行政区（香港和澳门），以及中国
台湾。

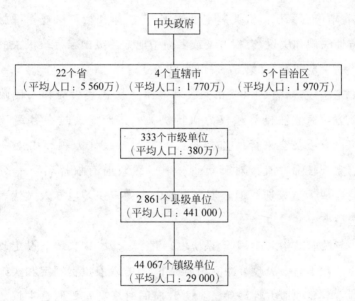

图 4.1　中国政府层级，2003

资料来源：中国财政部。

省和自治区被划分为自治州、县、自治县和市。县和自治县又
被划分为乡、民族乡和镇。直辖市和其他较大的市被划分为区和
县。自治州被划分为县、自治县和市（参见中国《宪法》第 30 条）。
实际上，地方政府共有 4 个层级：省级政府，由省长领导，省长经由
选举产生并对国务院负责；行政区划居于省和县之间的地区级政
府；基本的行政区划单位县级政府；以及广大农村地区的基本行政
区划单位乡级政府。中国的村级组织也提供公共服务，但只被视为

社区单位而非政府。

现行宪法规定,由全国人民代表大会和国务院决定省、自治区、直辖市的建置(第 62 条)和地域划分(第 89 条)。由国务院决定区、县级政府的建置和地域划分。由省级政府决定乡政府的建置和地域划分(第 107 条)。

尽管宪法没有明确规定,但中央政府有权撤销省、区、县级政府,省级政府则有权撤销乡政府。此外,中央政府有权撤销省、自治区、直辖市国家权力机关制定的同宪法、法律和行政法规相抵触的地方性法规和决议,有权改变或者撤销地方各级国家行政机关的不适当的决定和命令(第 67 条和第 89 条)。

宪法规定,省、区(或市)、县和乡级人民代表大会和人民政府是地方国家立法机关和权力执行机关。共产党通过在各级政府组织设立委员会来行使监督职权。党的各级地方领导由上一级政府党委任命并直接对其负责。上一级政府有权提名下一级政府的组成人员人选。但必须交由地方人大审议。地方人大代表通过选举产生。

与政府结构对应,财政系统也有五个层级。中央政府设定政策方向。在不与中央政策冲突的前提下,地方政府负责制定和实施适合地方需要的地方性政策。地方政府同时享有重要的自主权。例如,所有地方政府都享有地方人大授予的独立的预算权力。

中央政府决定中央与省级政府的财政权力。中央政府与省级政府之间存在直接的财政关系,[①]与省级以下政府则没有直接的财政关系。在统一的税收体制下,由中央政府统一分配中央和地方政府的税基。此外,由中央政府决定中央与地方政府之间在财政支出责任上的分配。地方财政关系的组织则由省级政府指导。尽管在实施上有所差别,但中国的地方财政体制从总体上可以归为两种

---

①　5 个计划单列市——大连、青岛、深圳、厦门和宁波——在财政上被列为省级。

模式：

1. "省管县"模式。省级政府直接管理区和县。在税收分配、支出分配、政府间转移支付和补贴、借债以及预算分配和调整方面，省级政府与市、县政府之间的关系是直接的。这一模式体现了更多的分权特征，市政府与县政府之间不存在财政关系。到 2005 年年底，该模式已在安徽、福建、黑龙江、海南、湖北、宁夏、浙江以及四个直辖市（北京、上海、天津、重庆）和五个不设区的计划单列市（大连、宁波、青岛、深圳和厦门）实施。

2. "市管县"模式。在税收分配，支出分配，政府间转移支付，借债以及预算分配方面，省级政府与市政府的关系是直接的。然而，省级政府与县政府之间则没有财政关系。除实行"省管县"模式的省外，其他省都实行该模式。

在中国，中央政府鼓励"省管县"模式，并希望更多的省级政府在不久的将来实施该模式。大部分乡级政府拥有独立的预算。然而，有些县实行"县替代乡"模式。中央政府鼓励该模式在贫困地区实施，以通过减少管理层次来提高政府效率。在该模式下，乡政府不再是一级预算单位，而由县政府直接管理。

地方政府的支出责任

1993 年，国务院颁布的《关于实行分税制财政管理体制的决定》规定，中央财政主要承担国家安全、外交和中央国家机关运转所需经费，调整国民经济结构、协调地区发展、实施宏观调控所必需的支出。具体包括：国防费，武警经费，外交和援外支出，中央级行政管理费，中央统管的基本建设投资，中央直属企业的技术改造和新产品试制费，由中央财政安排的支农支出，由中央负担的国内外债务的还本付息支出,中央本级负担的文化、教育、卫生等各项事业费支出,价格补贴以及其他支出。地方财政主要承担本地区政权机关运转所需支出以及本地区经济、事业发展所需支出。具体包括:地方经济发展支出,部分武警经费,民兵事业费,地方统筹的基本建设投资,地方企业的技术改造和新产品试制经费,支农支出,城市维护和建设经费,地方文化、教育、卫生等各项事业费,价格补贴支出以及其他支出。

省级以下政府的责任分配由省级政府决定。尽管各省之间的支出责任分配存在差别,但有一点是相同的,即各级地方政府必须承担中央政府规定的由地方政府承担的责任。从根本上而言,任何层级的地方政府都有责任提供:(a)日常公共行政服务;(b)社会和公共服务,如教育、公共安全、卫生保健、社会保险、住房以及其他地方性服务项目;(c)地方经济发展;(d)地方产业政策(Wong 2000;世界银行 2002)。完全由地方承担的责任主要包括城市维护和建设、环境保护、城市供水以及社区服务。且一般由市、县、乡级政府承担(表 4.2)。

表 4.2　不同层级政府的支出责任

支出项目	中央	省	市	县	乡
中央和地方政府的共同责任					
政府行政服务	×	×	×	×	×
资本建设	×	×	×	×	×
科研、发展和国企的发展	×	×	×	×	×
教育	×	×	×	×	×
卫生保健	×	×	×	×	×
文化发展	×	×	×	×	×
政策补偿	×	×	×	×	×
农业发展和生产	×	×	×	×	×
武警	×	×	×	×	×
社会福利	×	×	×	×	×
地方和中央政府的专有责任					
国防	×				

续表

支 出 项 目	中央	省	市	县	乡
外交和国外援助	×				
地质勘探	×				
债券还本付息	×				
城市维护和建设		×	×	×	×
环境保护		×	×	×	×
城市供水			×	×	×
社区服务				×	×

资料来源：中国财政部数据。

事实上，由于支出项目广而复杂，政府间的支出责任并未明确划分。在层级结构体制下，主要的公共服务项目实际上是由各级地方政府，尤其是省以下各级政府承担的。具体来看，提供诸如教育和卫生保健之类的公共服务的责任集中于县以及更低层级的政府，社会保险之类的服务主要由省、区级政府提供。地方政府也承担部分中央政府的职能，如与国防和国际事务相关的职能（表4.3）。

表 4.3 各级政府支出比例，2003

%

支出项目	中央	省	省级以下	所有
资本开支	44.4	23.1	32.5	100
运营支出	22.7	26.2	51.1	100
农业	11.9	46.5	41.6	100
教育	8.2	14.6	77.2	100
科研	63.5	22.8	13.7	100
医疗卫生	2.8	22.3	74.9	100
社会保障	11.4	39.3	49.3	100
公共行政	19.5	10.5	70.0	100
公共安全、检察、司法	5.4	25.4	69.1	100
国防	98.8	1.2	0	100
外交事务	87.3	12.7	0	100
外国援助	100	0	0	100
综合性政府支出	30.1	18.5	51.4	100

资料来源：中国财政部数据。

教育

提供教育主要是地方政府的职责。2003 年,政府用于教育的总支出为 356 亿美元,其中地方政府承担了 327 亿美元,占总额的 91.8％。教育总体上分为基础教育、高等教育和职业教育。职业教育大多实行市场化。[①] 在中国,基础教育包括 9 年义务教育。中央政府负责制定政策和总体规划,以及建立特别基础教育基金以资助贫困少数民族地区基础教育和为高等教育提供资金支持。与此同时,省级政府在制订本地区基础教育发展计划以及为县提供资金扶持以帮助其满足教育支出需求方面负全责。实施义务教育政策,即为基础教育提供财政资金的责任,(在城市地区)实际上由市或区以及(在农村地区)县承担。2003 年,县及县级以下政府在教育方面的支出为 212 亿美元,约占全部教育支出总额的 60％。

近年来,由于贫困地区的基础教育进展缓慢,农村义务教育问题成为中央政府关注的主要问题。中央制定了一系列新的政策,如2003 年 9 月国务院颁布的《关于进一步加强农村教育工作的决定》。该决议强化了中央政府在基础教育(9 年)方面的财政支出责任,并明确由中央政府与地方政府共同承担资助贫困家庭学生的责任,主要是通过在中小学阶段为其减免杂费、书本费、学费,并补助寄宿生生活费。与地方政府同步,中央政府也开始设立特别基金以实现 2003 年确立的教育项目。到 2007 年所有学生将有望从中受益。

高等教育的支出责任与基础教育不同。私立高等教育,主要是职业培训的就读机会相当有限,并被认为在教学质量上劣于公立高等教育。公立高等教育机构可以分为两类:(a)隶属于中央政府的;(b)隶属于地方政府的。高等教育支出责任由中央政府与省级政府共同承担。中央政府负责制订高等教育的全国发展计划和资

---

① 参阅《国务院关于中国教育发展和改革的指导方针的实施建议》,1994 年公布。

助部属高等教育机构。省级政府负责制订高等教育的地区发展计划和资助省属高等教育机构。

医疗卫生

中央政府继续承担卫生方面的责任，且中央与地方政府在卫生方面的支出增长水平必须高于总体的预算支出增长水平。[①] 事实上，卫生保健方面的责任主要是由地方政府，尤其是县及县级以下政府承担的。2003 年，政府总的卫生支出为 94 亿美元，其中地方政府支出 91 亿美元，占支出总额的 97.2%。具体到县及县级以下政府，其卫生方面的支出超过 40 亿美元，占支出总额的 42.6%。

卫生方面的主要任务在于健全广大农村地区的卫生事业，因为超过 70% 的人口居住在农村地区。2002 年 10 月出台的《关于加强农村卫生事业的决定》详细规定了各级政府在卫生事业方面的责任。中央政府保留了制订总体计划的责任，省级政府被授权执行中央计划，县或市级政府则对农村地区的公共卫生事业负全责。

此外，中央政府负责为贫困地区的重大传染性疾病、地方性疾病以及职业病的预防和控制工作提供资金补助，省级政府负责为县或市的公共卫生项目提供必要的资助以及支付计划内的免疫和接种疫苗费用。县和市级政府必须确保及时执行中央政府授权的所有农村公共卫生项目。

2003 年 1 月，一项新的旨在建立农村合作医疗体系的政策开始实施。该政策强化了中央和地方政府的责任。从 2003 年起，中央及地方政府必须为居住在中西部地区、参加了合作医疗体系的每个居民每年支出 1.2 美元。各级地方政府之间的分配比例由省级政府决定。

[①] 　参阅《中国共产党中央委员会和国务院关于医疗卫生改革和发展的决定》，1997年 1 月公布。

社会保障

社会保障主要由地方政府负责。2003 年政府用于社会保障方面的支出总额为 153 亿美元,其中地方支出 135 亿美元,占支出总额的 89%。社会保障主要由城市居民最低生活保障支出构成。因而,支出责任主要集中于省、市政府,由于所辖居民大多居住在农村,在现行体制下不能享受城市居民的最低生活保障,所以县和县级以下政府只承担较少的责任。2003 年,省、区级政府用于社会保障方面的支出各为 60 亿美元和 48 亿美元,分别占支出总额的 39% 和 32%。县及县级以下地方政府的社会保障支出为 27 亿美元,占支出总额的 17.6%。

基本建设投资

基本建设投资方面的责任由中央政府和地方政府共同承担,且都发挥重要的作用。政府层级越高,责任也越重。2003 年,中央政府用于基本建设投资的支出为 185 亿美元,占政府支出总额(416 亿美元)的 44%。省、区、县及县级以下政府在基本建设投资方面的支出分别为 96 亿美元、91 亿美元及 44 亿美元,各占支出总额的 23.1%、21.8% 和 10.7%。

农业

农业发展主要由地方政府负责。由于超过 70% 的劳动力直接从事农业生产,农业发展问题成为中国政府面临的最重要的任务之一。从总体上看,县或县级以上地方政府在农业发展方面承担主要责任,由它们为农业生产以及相关的行政区域提供支持性服务。具体而言,县和县级以上政府负责设立各类特别农业基金,包括农业发展基金、防护林培育基金、水利设施之类的特别项目建设基金,农业科技研究和发展基金以及促进农业发展的农业教育基金。

同时,中央政府负责全国范围内的农业发展、生产和管理方面的项目和服务。具体而言,中央政府承诺逐步增加用于农业发展的支出总额,以使每年国库中用于农业的支出的增长率高于总的政府支出的增长率。[①]

实际上,县和县级以下地方政府在农业发展方面承担着主要的责任。2003 年,政府用于农业发展的支出总额为 138 亿美元,其中地方政府支出 122 亿美元,占支出总额的 88.1%。县和县级以下政府支出 68 亿美元,约占全部支出总额的 50%。地方政府的支出责任和相应的重要性见表 4.4。

表 4.4　地方政府支出责任和相对重要性,2003

%

支出责任	占地方政府支出比重	地方政府支出占综合性政府支出比重
中央与地方共担责任		
教育	15.7	91.8
基本建设投资	11.1	55.6
政府公共行政服务	9.6	80.5
公共安全机构、检察机关和司法院的支出	7.1	94.5
社会保障	6.5	88.6
支持农业生产和农业服务的支出	5.8	88.1
国企的创新、科学技术进步基金	4.8	75.4
医疗卫生	4.4	97.2
社会福利补助	2.9	99.0
价格补贴	2.2	61.5
支持不发达地区的开支	0.9	94.9
研究和发展	0.6	36.5
地质勘察	0.5	76.1
武警部队	0.1	9.2
国防	0.1	1.2
外交和对外援助	0.1	12.7

[①]　参阅中华人民共和国农业法,1993 年 6 月公布。

支出责任	占地方政府支出比重	地方政府支出占综合性政府支出比重
债务	0.1	0.9
地方政府独立承担责任		
城市的维持和建设城市保护和水供给	4.4	
环境保护和城市水供给	0.5	

资料来源：中国，国家统计局，2004。

政府人员分布

现行的政府人员分布体现了相当程度的分权特征。如表 4.5
所示，绝大部分集中在基层政府。

表 4.5　各级政府的政府成员，2003

政府层级	政　府		军　队	
	人数/百万	比例/%	人数/百万	比例/%
中央	0.9	2	2.3	100
省	3.9	9	0	0
市	7.6	17	0	0
县和县以下	31.1	72	0	0
总计	43.5	100	2.3	100

资料来源：中国财政部数据。

一般而言，绝大部分公共服务的提供由政府垄断。按照经费来
源的不同，政府机构可以分为两类。第一类是完全靠预算拨款运作
的机构，如各级党政组织以及绝大部分的地方政府行政机构。由这
类机构提供的垄断性公共服务完全不具备市场竞争性。东部沿海
地区的一些地方开始尝试将某些公共服务外包出去，如地方的公共
安全，从而避免以市场竞争方式提供所产生的费用。然而，此类试
验的范围很小，且做法存在争议。另一类是运作资金只有部分来源
于预算拨款的机构。这类机构包括，可因其提供的服务而得到一次
性拨款或配套拨款的公用事业，以及通过提供服务而获得收入并由

政府来支付收入与支出之间的缺口的机构,如公立学校和公立医院。这类机构面临的市场竞争是很有限的。

从总体上看,当前各级政府面临的支出责任都是广泛的。提供基本公共服务的支出责任主要下放给了地方政府,尤其是县和县级以下地方政府。

地　方　收　入

2003 年,财政收入总额(地方收入加共享收入)的 45% 由地方政府支配,其中省级政府 11%,省级以下政府 34%。如表 4.6 所示,大部分来自商业、城市维护和建设税以及农业税的收入划归省级以下地方政府所有。

表 4.6　各级政府收入比重,2003

%

收　　入	中央	省	省级以下	所有层级
税收收入	58	14	28	100
VAT(增值税)	75	6	19	100
消费税	100	0	0	100
营业税	3	27	70	100
城市维护和建设税	0	10	90	100
企业所得税	60	20	21	100
个人所得税	60	16	24	100
农业税	0	4	96	100
收入总计	**55**	**11**	**34**	**100**

资料来源:中国财政部数据。

地方政府特有税费

在中国,中央政府拥有税收立法权。一些地方,尤其是贫困地区的税收任务完成情况依然停留在"吃饭财政"的水平,即税收收入仅能满足政府行政开支需要。地方政府无权决定税基或税率。然而,中央政府已将部分税种划归为地方税,由地方税务机构征收并作为地方收入。这些税种包括城市维护和建设税、车辆购买税、农牧业税、特种产品税、契税、房产税、城镇土地使用税、耕地占用税、资源税、土地增值税、车船使用税、固定资产投资税、屠宰税、筵席税以及教育附加费、印花税和污染税。

地方政府在这些税种上享有的法定权力包括决定是否征收筵席税和屠宰税,以及在法律规定的范围内决定城镇土地使用税的税率。从总体上看,与中央税和共享税相比,地方税税基狭窄且不够稳定。近年来,地方税收总额仅占地方预算收入的不到 40％。表 4.7 概括了地方税费的税基、税率以及不同税种相应的重要性。

省级政府有权决定省级以下地方政府的税收征收任务。尽管各省情况不同,大部分省级政府仅与市、县、乡政府分享主要的地方税税种,如城市维护和建设税以及车辆购买税。各省都将其他地方税下放给了基层政府。分享比例主要取决于缴纳这些地方税的企业的地位。[①] 政府层级越低,地方税收入占总收入的比重越高。2003 年,省、区、县及基层政府的地方税费收入分别占各自总收入的 17％、36％和 47％。

地方政府享有很大自主权的收入项目包括:国有企业利润征收(SOF)、行政收费、罚没收入、海域使用费、地质勘探费以及特殊项目费。但这些收入仅占地方总收入很小的比例。地方政府可以合法地自由支配预算外收入。事实上,预算外收入是地方政府重要的收入来源之一。目前,预算外收入包括行政单位和机构的收入、乡政府募集的资金、地方财政部门的收入以及来自国有企业的收入。2002 年,地方预算外收入总额为 410 亿美元,约占地方预算收入总额的 41％。

---

　　① 在中国的每家企业都具有附属于某一层级政府(中央、省、市、县和乡)的身份。这一系统从计划经济时代延续至今。在大多情况下,从一家企业所征收的税收首先转入它所附属的政府,这种关系可能与企业的所有权有关,也可能无关。

表 4.7 地方税费的税基、税率以及不同税种相应的重要性

税　种	税　基	税　率	地方收入比重/%，2003
城市维护和建设税	增值税和营业税	1%～7%	5.55
车辆购买税	车辆购买成本	0.10%	4.82
农牧业税	农牧业所得	平均 15.5%	4.30
特种产品税	特殊农产品鉴别成本	5%～10%	3.64
契税	契约价值	3%～5%	3.29
房产税	房产估价或租金	房产估价：12% 租金：12%	2.34
教育费附加	增值税、营业税和消费税	0.03%	2.18
印花税	证券的交易价值	0.003%～0.05%	0.95
污染税	污染	根据污染的不同类别而定	
城镇土地使用税	占用城镇土地	0.2～10 元/平方米，基于位置和土地等级	0.93
耕地占用税	占用耕地	15～150 元/英亩	0.91
资源税	气、油、矿产、盐	0.3～60 元/吨	0.85
土地增值税	固定资产交易的增值部分	30%～60%	0.38
车船使用税	车船	车：2～320 元/辆　船：0.4～5 元/吨	0.33
固定资产投资税	投资数额	0～30%	0.05
屠宰税	屠宰动物做食物的成本	0.1%	0.02
筵席税	为筵席支付的费用	15%～20%	0

资料来源：中国国家税务局和财政局数据。

在中国,地方政府除了预算内和预算外收入外,还有其他渠道获得额外收入,主要是附加费。这部分收入的实际数额很难计算,因为地方政府能够予以隐瞒。

地方税的征收由地方税务机构负责。各地方政府都有自己的税务机构,接受本级政府和上一级地方税务机构的监督。尽管中国的税收系统由统一的税法进行协调,但实际的征收尤其是地方税的征收是受制于"税收任务"的。典型的做法依然是,在一个财政年度开始的时候,中央税务机构与省级税务机构进行协商,以决定省级政府在该财政年度需要完成的税收征收任务。省级政府将财政税收任务进一步划分,并分配给市、县级税务机构。被分配的税收总额构成了这些机构的基本任务。

在某种程度上,这种征税方式助长了税务机构的违规行为。例如,地方税务机构如果提前完成了当年的税收任务,则可以把剩余的税收推迟到下一个财政年度。事实上,此类情况在中国的富裕省份经常发生,因为良好的税基使其很容易提前完成税收任务。然而,贫困地区的税务机构则可能提前征收下一年的税收或推迟税收返还以完成当年的税收任务。从总体上看,税务机构对税收征管计划的强调超过了对遵守税法的强调。因而,"税收任务"模式为地方政府提供了大量机会随意改变对居民征收的实际税率。此外,该模式给予税务人员很大的自由裁量权,于是也为寻租和腐败打开了方便之门。

除税务机构之外,其他部门也可以在地方政府的授权下以税收以外的形式募集财政收入(Chen 2003;Ma 2005),在某些极端的情况下,某个部门可能在没有任何授权的情况下募集收入。例如,2003年,地方政府以税费形式向农民征收了140亿美元,人均18美元,这对农民而言是一项很重的负担。大部分该类收入都不是通过税务机构征收的,且其中超过70%是不合法的。

近年来,中国深化了农村税费体制改革。以减轻农民税费负担为目标,1994 年,农村税费体制改革首先在安徽省东部地区试行,2 年之后,扩展到全国其他 7 个主要农业省份的 50 个试点县。2000 年,政府将改革实验扩展到安徽全省以确定农民的税费负担标准并取消针对农民的不断增长的行政和乱收费项目。2002 年,中共中央和国务院公布了进一步的改革方案,到 2002 年,实行改革的省份将增加到 20 个;从中受益的农民将有 6.2 亿,占农村人口总数的 3/4。更重要的是,农民身上的财政负担将减轻 30%。

2003 年底,中国政府又决定取消、免除或降低针对农村 9 亿农民的 15 项收费,以减轻农民过重的财政负担。由财政部和国家发展与改革委员会公布的这 15 项收费项目包括:检疫证书费、水资源使用许可费、教育附加费、土地使用权许可费以及渔船检验费。此外,2004 年中国又开始了取消农业税的改革,从 2006 年起,农牧业税和农业特产税被取消。这些改革措施旨在为农村地区创造一个更加公平、简单和透明的地方收入体制。

共享税

共享税是地方税收收入的重要组成部分。共享税的立法权归中央政府。在现行财政体制下,共享税包括营业税、增值税、企业所得税、个人所得税、外商投资企业和外国企业所得税,①以及证券交易印花税。中央和省级政府的分享比例由中央政府决定。从表 4.8 可以看出现行的中央和省级政府的分享比例以及税基、税率和共享税占地方政府总收入的比例。2003 年,由地方所有的共享税总额为 750 亿美元,占地方总收入的 60% 以上。

省级政府决定地方政府之间的共享税的分享比例。2002 年 11 月,经国务院批准由财政部出台的《对省级以下财政关系的建议》为省级以下政府的共享税分配比例提供了一些指导。然而,其强调的

---

① 为了吸引外资,中国已经发展出一套区别国内企业和外资企业的税收系统。

表 4.8 税基、税率和共享税占地方政府总收入的比例

税种	税基	税率/%	共享比例	地方收入比例/%
营业税	所提供的服务	3～20	所有的营业税,除了铁路运输、银行总部和保险公司的税收	28
增值税	产品或生产性服务增加的价值	0～17	25%。国内增值税	18
企业所得税	可征税的收入	33	40%。除了中央国企、地方银行、外国银行和其他财政机构,以及铁路运输、银行总部和保险公司的税收	9
个人所得税	可征税的收入	5～45	40%	6
外商投资企业和外国企业所得税	可征税的收入	15～33	和企业所得税一样	3
证券交易印花税	证券交易价值	0.003	3%	1

资料来源:中国国家税务局和财政部未发表数据。

关键是省级政府的自由裁量角色。这也表明各省在分享比例上可以有所不同。现行做法可以概括为以下几种:

- 由主要或重要产业上缴的收入归省级政府所有;例如金融企业上缴的营业税(Zhang 2005)。
- 主要税种,如增值税(由地方分享部分)、企业所得税和个人所得税(由地方分享部分)以及营业税由省、市、县、乡政府分享。
- 通常,政府所有企业上缴的收入全部归该政府所有。2003 年,省、市、县及县级以下政府获得的分享税总额分别为 230 亿美元、270 亿美元和 250 亿美元,各占总收入的 76%、63% 和 54%。

共享税的征管由中央税务机构负责。各地方政府都设有与中央税务机构对应的部门负责征收中央税和共享税。地方税务机构负责征收地方税。该体制从 1994 年分税制改革后开始实施。

值得一提的是，在分税制改革之初，企业所得税和个人所得税被划为地方税种。相应的，地方税务机构享有征收这两个税种的权力。除极少数特殊情况外，该做法一直沿用，直到 2002 年中央将企业所得税和个人所得税变为共享税。作为地方享有的税种，共享税的征管也采用了"税收任务"的模式。

从总体上看，中国的地方政府只享有十分有限的税收自主权，但各种合法或非法的行政收费项目却广泛存在。

政府间财政转移支付

政府间财政转移支付项目广泛存在于中央政府与省级政府以及高层地方政府与低层地方政府之间。原则上，中央政府对省级政府的转移支付事宜由中央政府决定。绝大多数情况下，省级政府决定对市、县政府的转移支付事宜，但某些市政府也可决定对县政府的转移支付事宜。此外，县政府有权决定其对乡政府的转移支付事务。尽管地区间财政资源的差异使各省在转移支付的结构上存在重大差异，但省级以下政府之间的转移支付与中央对省级政府的转移支付在基本框架上是相似的。如表 4.9 所示，政府间转移支付项目可以分为经常性转移支付和专项转移支付。

经常性转移支付

除税收共享外，经常性转移支付还包括退税和均等性转移支付。退税包括两个部分。首先，各省增值税和消费税与上年相比增

表 4.9　政府间转移支付

转移支付	中央-省		省-市		省/市-县	
	数额/10亿美元	占总转移支付比重/%	数额/10亿美元	占总转移支付比重/%	数额/10亿美元	占总转移支付比重/%
经常性拨款						
税收共享	43.1	30.6	28.0	28.8	13.5	20.6
退税	41.5	29.5	20.2	20.8	15.3	23.3
均等性转移支付	4.6	3.3	4.8	4.9	3.7	5.6
小计	89.2	63.4	53.0	54.5	32.5	49.5
专项转移支付						
公务员工资上涨	10.9	7.7	9.6	9.9	8.3	12.7
农村税改	3.7	2.6	4.0	4.1	4.1	6.3
少数民族地区	0.7	0.5	0.2	0.2	0.2	0.3
1994年以前的补助	1.5	1.1	2.2	2.3	2.0	3.0
特别转移支付	29.4	20.9	18.1	18.6	11.9	18.1
其他	5.3	3.8	10.2	10.4	6.6	10.1
小计	51.5	36.6	44.3	45.5	33.1	50.5
总计	140.7	100.0	97.3	100	65.6	100
地方开支比重		67.0		57		66

　　资料来源：中国财政部数据。

长部分的 30% 作为退税返还给省。[①] 其次，中央政府将所得税中基数与省分享部分的差额补偿给省级政府。

　　所得税，包括企业所得税、外国企业所得税以及个人所得税在内，在最近的改革之前属于地方税种；从 2002 年起变为共享税。所得税的基数是中央政府在改革中设定的最低所得税收入数额，是以 2001 年省级所得税收入总额为依据的。各级地方政府的退税比率一般由省级政府决定，且各省有所不同。大部分省级政府保留了中央政府退税的主要部分。退税的目的是通过维持各方在改革前

---

① 更精确地，$TR_{it} = 0.3 * TR_{i(t-1)}(CV_{it}/CV_{i(t-1)} - 1)$，这里 i 代表省份，t 代表时间，TR_{it} 代表省 i 在 t 年的退税，CV_{it} 代表省 i 在 t 年的消费税和 75% 的增值税的总额。

的既得利益以减少改革的阻力并促进税收增长。

均等性转移支付是根据一般性收入与一般性支出之间的差额，以及与差额大小相应的相关系数计算的。一般性收入根据税基与标准税率计算，而一般性支出的计算则涉及多个支出种类，包括行政服务费用开支、公共安全支出、教育支出、城市维护支出、社会援助支出以及供暖支出。经常性转移支付资金是为了平衡各省之间的资源差异。经常性转移支付是唯一可以用公式计算的支付项目。

计算省 i 的经常性转移支付的方法如下：

$$（省\ i\ 的一般性支出 - 省\ i\ 的一般性收入）\times \beta$$

其中一般性支出等于一般性工资支出加一般性行政费用支出加农业发展支出加行政支出以及其他支出；一般性收入等于一般性地方税收收入加一般性地方共享税收入加退税收入加税收返还收入再减去上交中央政府款额；β 取决于可用于转移支付的资金的比率与差额的比值。

一般性工资支出数额取决于标准工资、公务员数目以及该地区的平均工资水平。一般性行政开支费用包括支付给完全由财政拨款负担的单位，如政府行政部门、警察和安全部门以及其他政府机构的人员工资和运转费用，还包括支付给部分依靠财政拨款的单位的一次性支出费用。农业发展和管理支出是用于农业及其相关部门的支出费用。其他支出还包括价格补贴支出。退税、税收返还以及上缴中央政府的款项及其具体数额均由中央政府决定。

专项转移支付

专项转移支付有很多种类。主要类别如下：

- 1994 年以前的补贴。这类政府间转移支付项目主要是针对分税制改革之前遗留下来的问题，且这些问题在贫困省份更为突出。在分税制改革之前，中央政府对 16 个省份——主要是少数民族众多以及贫困落后的省份,给予补贴。该类转移支付是专门为这些省份设计的,目的是确保各省当年的账目总收入不低于 1993 年的水平。显然,该项转移支付是为了弥补分税制改革前后的财政缺口,从而减少改革阻力。

- 针对少数民族地区的拨款。该项转移支付确立于 2000 年,总金额达 1 200 万美元,专门用于支持少数民族地区的发展。该项资金主要有两个来源:一个是中央直接拨款,且增长率与中央增值税收入的增长率持平;另一个是少数民族地区上缴给中央的增值税收入增长额的 80%。此项转移支付是为了弥补总体上欠发达的少数民族地区的财政缺口。

- 针对工资上涨的拨款。该项转移支付是为了弥补中西部省份的政府由于公务员工资标准上涨而造成的财政缺口。

- 针对农业税改革的拨款。1999 年,中国正式推行农村费改税改革,最近又开始农业税改革。这些改革措施削减了地方尤其是县及县以下基层政府的收入,造成了几乎所有县及县以下基层政府的巨额财政赤字。该项转移支付是为了弥补由于农村费改税改革以及取消农业税而造成的财政缺口,主要是通过省级政府向县级政府提供。

- 特别转移支付。特别转移支付达数百种之多。这类转移支付主要用于应对重大的突发性事件,如一揽子财政激励资金,用于地方政府社会保险项目的紧急援助资金,以及用于养老金上涨的部分补贴资金。

政府间转移支付是中央支出的重要组成部分。2003 年,中央政府对省级政府的财政转移支付总额为 980 亿美元,占中央总支出的 50% 以上。现行财政体制造成的不对称的财政收支安排使政府间转移支付的作用显得尤为重要。现行的政府间转移支付体制首要的目的即弥补收支缺口。

在支出体制上高度分权,在收入体制上则高度集权,这种支出义务与收入权力上的不对称使基层政府面临巨额的财政赤字。
2003 年,地方政府财政收入占国家财政收入总额的 45.4%,支出
(主要集中在县乡级政府)却占总支出的 70%。事实上,2003 年
47% 的地方支出是靠政府间转移支付实现的。具体来看,政府间转
移支付占省、市、县及县级以下基层政府支出总额的比率分别为
47%、45% 和 58%。表 4.10 列示了 2003 年转移支付占不同层级地
方政府总支出的百分比。

表 4.10 转移支付占不同层级地方政府总支出的百分比,2003

%

政府层级(统一)	转移支付占总支出比重		
	平均	最大	最小
省	47	92	25
市	45	98	15
县及县级以下	58	100	10

资料来源:中国财政部数据。

政府间转移支付是中国财政系统中最缺乏透明性的领域。根
据预算法规定的预算程序,基层政府将通过的预算呈报上一级政府
直到中央政府,中央预算的通过是最后一道环节。由此带来的结果
是,直到中央政府的预算被通过,针对地方政府的政府间转移支付
才能揭晓。显然,地方预算无法将政府间转移支付纳入考虑范围;
因而,此类转移支付很难受到预算约束。根据审计署的一份报道,
中央政府用于政府间转移支付的资金中只有 27% 在省级财政账目
中有记载。

财政部并非唯一的能够决定政府间财政转移支付金额和分
配的部门。国务院所属的某些部门也可以从自己的预算中划拨
资金用于专项转移支付。然而,在作出给省及省级以下政府分配
资源的决策时却没有明确的程序性规定,于是,中央拨款分配的
任意性为地方政府讨价还价创造了广阔空间,此外还鼓励了寻租
行为。

地方政府借债

根据中国在 1994 年出台的预算法及其相关规定,没有中央政府的特别许可,地方政府不得向商业银行或资本市场贷款。此外,地方政府不得直接举债。也就是说,只有中央政府能够发行债券或代表地方政府向国内外银行贷款。2003 年,中央政府发行了约750 亿美元的国内债券和 15 亿美元的国外债券。其中约 10％是为地方政府发行的。

然而,地方政府总是能够通过特殊项目以及企业账目成功地绕过法规限制而筹集到"制度外"资金。同时地方政府所有企业能够从银行和资本市场获得贷款,尽管这些企业以各种形式接受政府补贴,而这种关系常常使它们成为事实上的政府机构。鉴于中央对省的直接和间接的转移支付依然有限,企业(由地方政府管辖)的这种从地方商业银行借贷的行为实际上是在为地方资本投资和支出筹集资金。此外,大部分地方政府为国有企业提供隐性的贷款担保,因为预算法禁止政府公开的担保行为。地方政府还为地方金融机构向中央银行提供担保以规避财政风险。

对政府雇员,主要是中小学教师的工资拖欠以及为政府提供产品和服务的生产经营者的债务拖欠构成了地方政府债务的另一个主要来源。地方政府,尤其是县及县级以下政府,负责中小学教师的工资发放事宜。由于各种财政困难,贫困地区的县乡政府往往无法足额发放工资。拖欠的部分便成为地方债务。贫困地区地方政府也无力支付购买农民农产品的费用。在这种情况下,向政府出售农产品的农民也许仅能得到一张证明政府债务的白条。

国内贷款是地方政府为资本投资筹集资金的重要途径之一。

目前,国内贷款主要向国有单位开放。地方政府往往自行成立公司然后向银行贷款以启动资本投资项目。

地方政府也可能通过"集资"筹集资金。也就是地方政府有选择性地向某些群体借债,如政府雇员和地方国有企业雇员。这种筹措行为可以是自愿性质的,但大部分情况下是受地方政府强制的。以该方式筹集的资金主要用于开办地方企业,但其中的相当一部分都以倒闭告终。由于缺乏管理技术和经验,中西部地区的许多此类企业宣告破产,由此给地方政府尤其是县及县级以下政府留下了巨额的债务负担。

由于地方借贷行为是被禁止的,地方政府往往不愿意承认债务。因而,地方政府的债务总额很难计算。据估计,到 2004 年底,地方债务总额已超过 1 200 亿美元(Wei 2004)。地方政府赤字也已积聚为重要的债务之一,因为地方赤字一般也是通过借贷解决的。目前债务已成为地方政府沉重的负担之一。据 2002 年 6 月全国人民代表大会的审计报告显示,接受审计的 49 个县(市)的总债务达 80 亿美元,是其每年可用财政资源的 2.1 倍。据估计,截止到 2001 年底县及县级以下地方政府的债务总额约为 400 亿美元,其中乡政府的债务总额超过 200 亿美元。如果将隐性债务,如拖欠的公务员工资和购买农民服务的欠账计算在内,债务总额将更高。

在中国,地方债务在促进地方经济发展和缓解地方财政压力方面发挥了重要作用。过去 10 年里,几乎所有地区的地方基础设施建设的重大进展都部分归功于地方债务。这一贡献对富裕地区如上海、北京尤为重要。同时,因为未能很好地设计政府间转移支付来弥补财政缺口,地方债务也暂时缓解了贫困地区在满足经常性地方财政需求方面的财政压力。

然而,非正规的地方借贷行为的负面影响也是十分严重的。此类债务给地方政府带来了额外的负担,而且由于缺乏透明性,比公开的政府债务更难控制。它鼓励了寻租,弱化了地方政府的责任性。

地方政府管理

原则上,所有县及县级以上地方政府在上级政府规定的范围内有权决定本级地方公务员的人事任免事宜。[①] 然而,事实上地方公务员享受终身雇用。省级政府的组织结构和公务员数目必须经中央政府批准。基层政府的组织结构和雇员人数必须经上一级政府批准。中央政府为地方政府设置公务员招录解聘的基本条件。

然而,以上原则不适用于乡政府。乡政府无权任免地方政府组成人员。乡政府的公务员任免工作必须交由所属县政府负责。

该原则同样不适用于政府的高层官员。通常,对高层官员的人事任免权可能不属于该官员工作的地方政府。大部分地方政府的高层官员的任免是由上一级政府决定的。

此外,该原则也不适用于地方政府的某些特殊部门。地方政府组成部门大体上可以分为两类。一类是完全接受地方政府领导的部门,部门领导直接向地方政府领导负责。这类部门的人事任免由地方政府决定。另一类是接受同级地方政府和上级主管部门双重领导的部门。例如,地方税务机构是地方政府的组成部门,接受地方政府财政支持,但它同时接受上一级政府税务机构的领导。这类部门的人事任免权归上一级政府。

地方国有企业、公立学校、医院和其他公共服务部门也被视为地方政府的组成部分。地方政府有权决定此类机构的领导人员的任免,但其雇员的招录解聘事宜通常由各公共服务机构自行决定。

目前,大部分地区的地方政府在执行权力方面享有高度的自主

---

① 参阅公务员法,2005 年 4 月公布。
   参见 Jin,Qian 和 Weingast(1999); Lin 和 Liu (2000); Zhang 和 Zou(1998).

性和灵活性,因为上级党委往往授予地方党委领导很大的权力。然而,由于这种授权没有明确的法律规定而常常取决于上级党委领导的意志,因而其自主性和灵活性的程度很不稳定,往往随时空而变化。

中国地方政府财政总览

中国现行的地方政府组织和财政系统发挥了很多积极作用。在提供公共服务方面,地方政府承担了主要责任。在履行该项责任时,地方政府必须一方面遵循国家法令,另一方面根据地方实际情况的需要进行调整和创新。地方政府在脱贫方面的工作成效十分显著,在改善基础设施建设不足方面同样取得了成功。毕竟高质量的基础设施建设是吸引投资的重要因素。而新的投资项目又使地方政府能够扩大税基和强化领导从而取得更大的政绩。这些实惠极大地刺激了地方政府集中精力于地方经济发展政策的制定。同时也刺激了拉动地方经济增长的竞争意识的形成。

然而,中国地方政府也存在一些不足之处。具体包括:缺乏明确的职责划分、缺乏财政自主权、财政转移支付体制结构不合理、缺乏有效而负责任地提供公共服务的激励、官员以基本的社会服务为代价获取不正当的个人利益。

中国在政府垂直系统的责任分配体制上类似一个多层蛋糕。在这种模式下,政策制定权大多集中在中央,提供公共服务的责任则在县及县级以下地方政府。中间层次/层级确保遵循上层指示。这种体制要有效运作,在职权、责任和义务方面必须有明确的划分。然而,当前混乱的职权划分状态使地方政府无法享有更大的自主权,不利于有效而负责任的地方治理的实现。

地方政府的税收自主权受到了极大的限制。税收政策由中央制定,地方政府无权决定地方税的税基和税率。地方政府仅在使用者付费项目上拥有一些自主权。这种状况使地方政府过多地依赖收费项目和使用者付费项目增加额外收入,从而限制了贫困而有需要的人们,尤其是农村贫困人口获得基本的诸如卫生方面的社会服务。

地方政府收入的 2/3 来源于省和市政府的中央转移支付。这些转移支付在结构上不尽合理。一刀切的设计缺乏对城乡差别以及不同地区在面积和地理结构上的差异的考虑。缺乏明确的均等性标准,高层政府用于微观管理的专项转移支付项目过多,且缺乏有关结果的激励和责任机制(Shah 和 Chen 2006)。

一些专项转移支付项目带来了负面的激励效果,使地方政府成为创造就业机会的机构,或者单纯的公共服务的提供者而非购买者,但地方政府不应该成为地方公共服务必然的提供者。尽管存在大量的基础设施建设方面的不足,地方政府举债依然受到限制,这就刺激了地方政府的制度外举债行为。财政责任的法律框架诸如财政纪律以及财政破产规定的缺失,即意味着除非爆发大的危机,否则制度外行为将不可能被察觉。

地方公共财政以及经济发展事务要求地方政府更多地通过地方国有企业直接提供私人物品和促进私人企业发展,而这不利于其首要角色——为地方提供公共服务,尤其是为农村贫困地区提供服务的实现。地方经济发展有利于增强地方领导在中央层面的政治影响力。国有企业的地方所有制刺激了地方政府在私人领域任意行使权力,助长了机会主义行为。同时导致了预算约束的软化和削弱了地方财政纪律约束。

尽管地方政府应该首先对地方居民负责,但在中国,地方政府却是首先对上级政府和同级党委领导负责。为了强化对地方居民的责任,中国正在一些地方进行对乡政府组成人员实行直接选举的试验。

发展中国家可以借鉴的经验教训

中国在地方治理方面的经验对发展中国家而言是有指导性意义的。几条重要的经验归纳如下：

- 一个强健的地方政府有利于更有效地提供公共服务和促进地方经济发展。在中国，地方政府在公共支出方面承担相对多的责任有利于刺激外商直接投资，提高公共资源的配置效率以及加快经济增长（Lin 和 Liu 2000）。此外，也有利于缓解贫困。同时，坚挺的经济和政治控制，伴随征税方面更多的努力，带来了私人企业的更快发展，也促进了国企改革的深入（Jin，Qian 和 Weingast 1997）。

- 分权化的公共治理能够通过促使公共部门关注结果，以此向公民承担责任，从而建立公民与国家之间的相互信任（Shah 2004）。在中国，分权化公共治理在改善地方公共服务和使地方公共服务更好地反映地方偏好方面发挥了重要作用。中国的经验表明，分权型财政结构更适合发展中国家的制度环境，尤其是当制度设计有利于分权时。这些设计包括法律条款、有助于竞争性提供的公共服务环境、经费自给、保障公民权利的宪章、不受政府影响的对政府权威的有效约束，以及最重要的对地方居民的责任（Shah 1999）。在中国，经费自给和地区间竞争的激励引发了地方经济的变革，改善了公共服务的提供。

- 在地方治理的分权体制中，地区间的财政公平相当重要（Shah 1994）。在过去 10 年中，尽管中国在总体上呈现持续繁荣的发展态势，但地区间财政不均衡正在逐步扩大。城乡之间、贫困地区与富裕地区之间，在公共服务的提供能力上差距悬殊。要解决这一问题，必须消除资本、劳动力和商品流动的内部障碍，为财政地位的均等设立明确的标准，同时为教育、卫生保健、社会福利以及基本建设等公用事业设立最低标准补助。中国在应对城乡差距、东西经济发展不均衡等问题方面已经采取了相应措施，但要从根本上解决这些复杂问题还需要深化财政体制改革。

参考文献

Chen, Xiwen. 2003. *China's County and Township Public Finance and Farmer Income Growth*. Taiyuan, China: Shanxi Economic Press.

China, State Statistical Bureau. 2004. *China Statistical Yearbook 2004*. Beijing: Statistics Publishing House.

Jin, Hehui, Yingyi Qian, and Barry R. Weingast. 1999. "Regional Decentralization and Fiscal Incentives: Federalism, Chinese Style." Working Paper SWP-99-013, Stanford University, Stanford, CA.

Lin, Justin Yifu, and Zhiqiang Liu. 2000. "Fiscal Decentralization and Economic Growth in China." *Economic Development and Cultural Change* 49 (1): 1–22.

Ma, Haitao. 2005. "How to Improve Rural Services Delivery and Decrease Farmers' Fiscal Burden." In *Local Public Finance and Governance*, ed. Anwar Shah and Chunli Shen, 444–49. Beijing: CITIC Publishing House.

Shah, Anwar. 1994. "The Reform of Intergovernmental Fiscal Relations in Developing and Emerging Market Economies." Policy Research Working Paper 23, World Bank, Washington, DC.

———. 1999. "Balance, Accountability, and Responsiveness: Lessons about Decentralization." Policy Research Working Paper 2021, World Bank, Washington, DC.

———. 2004. "Fiscal Decentralization in Developing and Transition Economies: Progress, Problems, and the Promise." Policy Research Working Paper 3282, World Bank, Washington, DC.

Shah, Anwar, and Chunli Shen. 2006. "Fine-Tuning the Intergovernmental Transfers System to Achieve a Harmonious Society and a Level Playing Field for Regional Development in China." Paper presented at the International Seminar in Public Finance for a Harmonious Society, Beijing, China, June 27, 2006.

Wei, Jianing. 2004. "Local Debt and Policy Options." Report of the State Council Research Center, Beijing.

Wong, Christine. 2000. "Central-Local Relations Revisited: The 1994 Tax-Sharing Reform and Public Expenditure Management in China." *China Perspectives* 31 (September–October): 52–65.

World Bank. 2002. *China National Development and Subnational Finance: A Review of Provincial Expenditures*. World Bank: Washington, DC.

Zhang, Tao, and Heng-fu Zou. 1998. "Fiscal Decentralization, Public Spending, and Economic Growth in China." *Journal of Public Economics* 67 (2): 221–40.

Zhang, Zhihua. 2005. "Policy Options to Decrease the Regional Inequality." In *Fiscal Federalism and Fiscal Management*, ed. Anwar Shah and Chunli Shen, 179–84. Beijing: CITIC Publishing House.

第五章　地方政府组织与财政：印度城市

欧姆·普拉卡沙·马舒尔

地方自治制度在印度有长达 300 多年的历史，[1]毫无疑问，这一历史可以与雅典城邦的兴起，或者罗马帝国的城市被赋予法人地位，甚至 1200 年到 1500 年间英国的自治市镇体制的发展相比。从 1882 年 Ripon 勋爵改革之前的时期开始，印度的地方自治制度就已取得了一些里程碑式的发展：地方自治机关在马德拉斯的设立（1688），[2]随后是 1726 年自治机关在加尔各答和孟买的设立以及马德拉斯自治机关的重组；1842 年 X 法案的通过第一次为地方自治组织提供了形式上的标准；1850 年 XXVI 法案通过，要求自治当局负责资源保护、道路维修和照明、制定地方规章和通过处以罚金执行这些职能，同时赋予自治当局征税权，包括征收间接税的权力。

---

[1]　根据 Richie Calder 的资料，地方权威在公元前 3000 年印度文明化过程中就相对完好地建立起来。然而，现代意义上的地方制度直到 1882 年 Ripon 勋爵革命才建立。

[2]　当评论马德拉斯公司的制度时，东印度公司的领导察觉到"相比较于由我们专制权力所强加的 6 便士，人民更愿意和自由地支付由他们自己征税的公共物品"（参阅 Tinker 1967，p. 25）。然而，领导者们希望地方自治政府能刺激地方税收的愿望并没有实现。当地居民抗拒新税种。

1882 年 Ripon 勋爵改革(Tinker 1967)在印度代表性地方自治体制的发展过程中具有重要作用。改革的一个显著特征是强调把政治教育作为地方政府的首要职能。改革认为，"行政方面的改进并非这一举措提出并支持的首要论点。它首先是被设计作为政治和民间教育的工具"。(Tinker 1967)[①]Ripon 勋爵改革把对地方性职能和服务的管理权赋予地方自治委员会，并主张委员会应被授予足够的财政资源。Kavalam Madhava Panikkar 认为，"Ripon 勋爵的地方自治政府改革为地方和市政自治政府奠定了基础，改革不久便在印度深深扎根，并成为高层民主制度的根基(1961,p.211)"。

成立于 1906 年的皇家分权委员会，提出了一系列有关职能和权力的下放的建议。然而，直到 1918 年印度政府的决议批准了委员会提出的建议，并提议印度地方政府有秩序地发展。根据 1919 年的印度政府法案，地方政府成为预算首脑。该法案确立了地方政府的税收权力，包括征收通行税、货物入市税、终端税和土地税的权力，以及建筑税、车船使用税、仆人女佣税、动物税、贸易税、专业和名称税、私人市场税的权力。市政服务税，如供水、照明、排水和公共便利设施，也属于地方政府的税收范围。随后在地方财政发展过程中形成的地方税收方案都未超越 1919 年法案设定的方案。1935 年印度政府法案结束了双重行政体制，按照新的联邦制安排，由省(现改为邦)管辖地方自治政府。1935 年法案列举了中央政府和省的权力，把确定地方政府的职能和税收权力的责任委托给省。[②]

根据 1935 年法案规定的模式，1951 年宪法划分了联邦(中央政府)和邦政府的政府职能和权力。有关法律的第 246 款规定，对

① Ripon 勋爵将地方政府自治改革和复苏看作是他总督职位的最大成就。他论述道："如果地方政府想要有生命力，那它应该从地方环境中演化出来；如果地方政府想要有艺术般的创造性，那至少他应该由地方行政官来详细计划，而不是由中央政府来强加"。"然而，总督在他的自由主义理想中总是孤独的。"(Tinker 1967,p.430)

② 果阿、达曼-第乌继承了葡萄牙的市政传统，葡萄牙的市政据说是从 1511 开始出现；在本地治里，法国传统占主导，即使到今天仍能看到法国传统的迹象。

于被划归为联邦职能和功能范围内的任何事务,国会有独一无二的立法权。对于被划归为邦职能和功能内的任何事务,邦立法部门有独一无二的立法权。对于共同享有的职能,国会和邦立法部门都享有立法权,但最终决定权在联邦政府。

地方政府,即地方自治机关、改进托管机构、地区理事会、矿业管理当局以及其他以地方自治或村民管理为目的的地方管理机构的结构和权力——属于邦的管辖范围。根据这一规定,邦政府颁布了包括地方自治机关和其他地方管理机构在内的地方政府的法律。此外,邦地方政府职能范围中的某些条目构成了地方政府功能管辖范围的一部分。

1992年第74次修正案是印度地方自治体制发展过程中的一个重要的分水岭。它赋予地方自治当局宪法地位(目前已被否认),为地方自治当局的设立设定了资格限制,并规定了这些自治当局应如何组建。它保留了邦立法机关对地方自治当局的权力、职能和责任的立法权。表12说明性地列举了适合地方自治机关的职能,作为一种制度性安排决定了地方自治机关的收入基础。然而,除了获得宪法地位、合法性和保护以外,印度地方自治体制并未经历任何结构性的变革。不可否认,地方政府体制的转变并非轻而易举,但有迹象表明地方自治机关与邦政府之间正在进行某种权力的再分配或再排列。由于第三层级治理的兴起与发展,致力于审查宪法运作的国家代理委员会提出,地方自治当局应该拥有一系列专属职能,且应该承认地方自治当局必须拥有独特而独立的税收领域。国家代理委员会(2002)认为,只有这样,地方自治当局才能够作为一个地方自我治理的机构提供服务。代理委员会的建议正在审议当中。对该建议的采纳将改变宪法的基本特性,并对政府间关系产生重要影响。①

---

① 只有少数邦有详细的市政职能和次财政权力列表。巴西和尼日利亚是属于市政权力来自宪法的邦。

　　第 74 次修正案把城市地方政府划分为三种类型：较大的城市地区的地方自治机构、较小的城市地区的地方自治委员会，以及处在由农村向城市过渡时期的地区的纳格潘查亚特。这里还没有具体的衡量"较大"、"较小"概念的量化标准。然而，修正案列出了确定某种安排为城市地方政府的 5 个标准：地区人口、人口密度、生产总值、非农就业人口的比例、经济地位。由于这些标准需经过进一步的解释，各邦在对城市地方政府的划分上存在显著差异。[①]表 5.1 列出了地方自治机构的数量及其人口。

表 5.1　地方自治机构的数量及其人口

人口	1991		2001		每年平均增长率/%	
	城市地方政府ᵃ	城市人口/百万	城市地方政府ᵃ	城市人口/百万	1981—1991	1991—2001
≥100 000	322	122.29	423	172.04	3.87	3.41
50 000～100 000	421	28.76	498	34.43	2.66	1.80
20 000～50 000	1 161	35.27	1 386	41.97	2.72	1.74
10 000～20 000	1 451	21.08	1 560	22.60	1.76	0.70
5 000～10 000	971	7.39	1 057	7.98	0.64	0.77
≤500	289	0.97	227	0.80	−1.52	−1.93
总计	4 615	215.76	5 151	279.82	3.14	2.60
≥1 000 000 的城市群	23	70.99	35	107.82	5.22	4.18

　　资料来源：1991 年数据——说明 1，p.30，A 系列第二部分 A(ii)，表 A4，1991 年印度统计丛书 1。

　　2001 年数据——印度注册总署提供的 CD，2001 年印度统计。

　　注：1991 年的数据没有包括查谟和克什米尔的人口，2001 年数据没有包括古吉拉特 10 个城市中心的人口。

　　a.地方自治机构和城市地方政府交替适用。

　　[①]　人口标准在 74 次修正案中并没有被详细说明。然而，在第 65 次修正案中，人口标准有写明，规定人口在 10 000 人到 20 000 人之间的城市是 nagar panchayat，在 20 000人到 300 000 人之间的是市议会，300 000 人或以上的是市公社。

修正案规定,地方自治机构的所有职位都必须经由人民直接选举产生。因而地方自治机构是选举的产物,选举产生的代表(议员)是印度分权民主的首要标志。地方自治委员会由市长领导,并由市长处理委员会的相关事务。至少在两个邦,执行权掌握在市长手中;在其他邦,执行权要么由地方自治机构的委员掌握,要么由其他自治机关的执行人员掌握。

地方自治机构的支出领域

对邦的职能的规定授权邦政府为地方自治政府设定职能、权力和责任。相应地,邦政府为地方自治机构设定了邦的权力和责任范围未涵盖的职能和责任。这些责任主要包括公共保健和卫生;土葬、火葬及墓地的维护;图书馆、博物馆及其他类似机构;通信;道路和桥梁;受到一定限制的供水、排水和堤坝建设;①以及市场和公平。

地方自治机关虽然并非全部但大体上都履行的主要职能是提供那些既具有私人物品属性(供水、排污和排水、环保、卫生)又具有公共物品属性(街道照明和地方道路)的服务。此外,地方自治机关被授予了一系列管制性职能,有时甚至与市场发展、商业联合体等相关。一些地方自治机构的职能范围较大——经营医院和诊疗所、发电和配电、提供公交服务。② 关键是使这些职能符合法定的职能

---

① 在若干个邦的水供给和污水处理或者转移给邦政府或者转移给半国营机构。几个邦也共同分享该项责任。
② 城市主要职能是高度变化和复杂的,包括诸如公共行政和权势集团这类的主题和任务,在大城市,此类职能划为公共行政部门;秘书办公室;审计部门;安全部门;公共教育、食品抽样、流行病、生育率和死亡率、公园和屠宰场;等等。

划分，[1]即根据亚当·斯密的观点，与其他机构相比，地方政府最适宜提供地方公共物品，且这些公共物品应该由其提供。斯密（1776）这样写道："如果伦敦街道的照明和路面铺设由国库负担，那么其照明和路面铺设是否有可能维持目前的良好状态。"（引自 Rattsø 1998,p. 24）

　　然而，地方职能领域既不是分立的也不是绝对的；邦政府和地方自治机构的职能领域之间存在一个固定的交叠地带。实际上，几乎没有任何地方自治机构承担了所有这些责任，且各辖区之间存在较大差异。地方自治机构的职能范围经历了周期性的转变，要么是因为地方自治机构从某些职能领域退出（如供水和排污），要么是由于增加了某些新的职能，如缓解贫困和制订经济社会发展计划。

　　第 74 次修正案包括表 12，该表列出了适合地方政府承担的职能。它是一个说明性列表，邦政府可以选择将这些职能部分或全部纳入邦的地方自治法律当中。该列表的纳入往往被认为意味着地方自治功能领域获得了某种独立性特征，即与地方政府的法定职能范围是分开的。然而，这种理解是不确切的。

　　第一，表 12 列出的职能和责任相对于 1992 年以前的地方自治机构的责任而言并非新增加的。事实上，二者在本质上是重叠的。[2]表 12 列出的 18 项职能中，有 11 项已经构成了地方职能领域的一部分。它们是对土地使用和楼房、道路、桥梁的建设的管理；用于家庭、工业和商业目的的供水；公共卫生、保健、环保和固体废弃物管理；防火服务；公园、花园、运动场等城市娱乐和便利设施的供

---

　　① 　与公共开支分配有关的最基本问题是划分支出责任。政府核心职能是什么？哪个层级的政府应该执行此项职能？这里并没有最好的支出分配或者服务分权化的最佳系统。地方偏好、家庭的流动性、经济规模、效益的外溢和政治考虑都会对特定邦最合适系统提出要求。国际经验表明稳定的政府间关系都具有清晰的国家支出分配规则的特点，而不是类似在许多国家政府间关系出现的主观决策和混乱的分配。（参阅 Bird, Ebel 和 Wallich 1995）

　　② 　由于许多邦政府将 12 项职能整合进地方法律——全部或者部分——但没有评估它们是否能构成现有法律的一部分，因此产生了许多的混乱。

给；殡葬和公墓；火葬场和电动火葬场；养殖场和预防对动物的虐待；人口动态系统，包括出生和死亡登记；公共生活福利设施，包括街道照明、公交车站牌和公共厕所；以及对屠宰场和制革厂的管理。即使是表 12 中剩余的职能也能从邦的职能范围或稍后将论及的交叉职能范围（见表 5.2）中找到根源。表 5.3 显示了表 12 中与邦的法律规定的地方职能相关的职能。

表 5.2　表 12 邦职能和交叉职能的联系

职　　能	宪法条款
包括镇计划的城市计划	
土地使用和楼房建设的管制	第 35 条，邦职能
经济和社会发展计划	第 20 条，交叉职能
道路和桥梁	第 13 条，邦职能
用于家庭、工业和商业目的的供水	第 17 条，邦职能
公共卫生、保健、环保和固体废弃物管理	第 6 条，邦职能
防火服务	
城市绿化、保护环境和促进生态平衡	第 17 条 A 和 B，交叉职能
维护社会弱势群体的利益，包括残疾人	第 9 条，邦职能
贫民窟的改善和升级	第 16 条，交叉职能
缓解城市贫困	
公园、花园、运动场等城市娱乐和便利设施的供给	
促进文化、教育和体育方面的发展	第 33 条，邦职能
殡葬和公墓；火葬场和电动火葬场	第 10 条，邦职能
养殖场和预防对动物的虐待	第 16 条，邦职能（也见于第 17 条，交叉职能）
人口动态系统，包括出生和死亡登记	第 30 条，交叉职能
公共生活福利设施，包括街道照明、公交车站牌和公共厕所	
对屠宰场和制革厂的管理	

资料来源：印度宪法，第 243W 章和表 12，第 246 章和表 7。

注：表 12 中的若干职能与国家职能或交叉职能都没有清晰的联系。然而，城市计划可以被看作是土地适用管理的部分，缓解城市贫困可以被认为是经济和社会发展的部分，贫民窟的改善和升级可以被认为是建筑建设的部分，城市娱乐设施可以被看作是运动方面的改善。

表5.3 表12 职能与邦法律中列出的地方职能的联系

邦	维护社会弱势群体的利益	贫民窟的改善和升级	促进文化、教育和体育方面的发展	包括镇计划的城市计划	经济和社会发展计划	城市绿化、保护环境和促进生态平衡
			职 能			
果阿邦	供养精神病人、麻风病人、等等		提供音乐；对教育制度、图书馆、博物馆的建设和建立有所贡献			禁止耕作、使用化肥和有害健康的灌溉
哈里亚纳邦	为需要帮助的妇女的儿童建立托儿所	为贫困阶层建设干净的居所				
卡纳塔克邦	为贫穷的妇女、无家可归的孤儿和贫穷的残疾人提供住所	为穷人的住所建设和维持干净的房子；为建设或改进这种房子提供补助	建设、建立或维持图书馆、博物馆等；在公共场所提供音乐或其他娱乐；维持艺术长廊		复苏或促进家庭手工业；促进、形成、扩展或资助合作社	种植和维护道路两边树木
喀拉拉邦	组织节俭运动；参与和集体行动的自愿工人；邻里小组和关注穷人的自助小组；开展反对嫁妆、虐待妇女和儿童的运动；增强人们的法律意识		促进社区和谐；开展经济犯罪反对运动	为镇计划和行动计划详细准备	确保人们参与到发展的各个阶段；发展合作性部门	维持环境卫生，包括要求地方行动的环境意识

续表

邦	职能					
	维护社会弱势群体的利益	贫民窟的改善和升级	促进文化、教育和体育方面的发展	包括镇计划的城市计划	经济和社会发展计划	城市绿化，保护环境和促进生态平衡
中央邦	为在收容所、医院或家庭的精神病人和麻风病人提供维持和治疗；为穷人、残疾人和老人建立住所；建立和维持穷人的房子	为劳力阶层建设干净的住所	建设、建立或维持教育制度、图书馆、博物馆，等等。进一步教育目标；为在公共场所演奏音乐			种植和维持街道两旁和其他树木
北方邦	消除人口中社会弱势群体；控制行乞		建立和维持或对维持体育制度进行补助；对建立和维持教育制度、图书馆、博物馆等等作出贡献	准备和执行主导计划	采取措施促进贸易和工业	种植和维持街道两旁和其他树木
西孟加拉邦	建设和维持养老院、收容所和为社会落后阶层提供低成本住所；去除和清理拾荒者	管理贫民窟范围或改进住房；为改进临时住房计划准备；安排批准房屋建设的计划，等等。鼓励物主和居住者的参与	促进音乐、体育、运动、戏剧、公民教育、成人教育，等等	准备一项主导计划		开垦西部土地；为植物、蔬菜和树木建立苗圃；促进养鱼业和园艺业的发展，等等。促进花展

资料来源：邦市政法案。

注：缓解城市贫困是一项无法定责任，但地方政府并没有将这项职能整合进他们的职能领域。

第二，表 12 对地方自治机构的重要性主要不在扩大了地方自治活动的范围，而在于其中的许多职能都是根据宪法中有关交叉职能的规定而设计的。这一事实至少表明存在这样一组职能，即三个层级的政府能够从中获得共同的利益。然而，1992 年的宪法修正案却比较含糊；它没有明确规定地方政府在履行诸如制订经济和社会发展计划、保护环境和促进生态平衡以及维护社会弱势群体的利益之类的职能时需要承担的责任，也未规定中央和邦政府需要履行的职能。

第三，表 12 中的很多职能具有分配性特征。这一事实既表明了与过去的区别也标志着同财政联邦主义典型的马斯格雷伍模型的背离。财政联邦主义文献普遍认为，在联邦体制下再分配属于中央职能。例如，马斯格雷伍（1859）在他的开创性著作中提出，邦际间活动可能使地方层次的分配性调整趋于无效，加上各级政府之间再分配方面相互冲突的目标，可能导致一系列持续性的分配和再分配无法实现平衡。[①] 出于这一原因，诸如缓解贫困、环境保护和维持，甚至贫民窟改造之类的职能一直以来都由中央和邦政府承担，地方自治机构只发挥最低限度的作用。第 74 次修正案改变了这种状态，但没有提出任何正式或非正式的有关如何解决这些职能的财政来源、凭借何种税基以及如何安排政府间财政转移支付等问题的建议。

各邦支出责任的相对重要性也各不相同。比较不同服务的人均支出可以看出，供水、环保以及卫生是最重要的服务供给领域，其次是排污、排水以及城市道路。然而，尽管环保和卫生在所有地方都占有重要地位，但各邦在供水方面差异显著，因为在有些邦该职能被委托给了邦或市级半国营机构。表 5.4 显示了按人均税收支出计算的核心服务的相对重要性。

---

① 在许多北欧国家，地方政府有责任履行分配职能，特别是在福利国家。这类政府使用收入税作为他们的主要收入来源。在这两方面，这类国家的财政联邦主义违背了预算分配机构是中央政府机构，地方政府拥有少量的动态税基或仅限制在使用利润税的规则。

表 5.4　核心服务的人均税收支出

邦	水供给		排污、排水		环保和卫生		市政道路		街道照明	
	1992/1993	1997/1998	1992/1993	1997/1998	1992/1993	1997/1998	1992/1993	1997/1998	1992/1993	1997/1998
安得拉邦	25.20	50.52	12.05	55.12	45.57	63.37	21.49	102.53	6.37	13.19
阿萨姆邦	3.01	2.98	3.86	7.46	7.56	12.60	11.25	24.17	2.03	2.49
比哈尔邦	4.50	4.32	26.69	40.45	32.60	39.85	4.33	2.93	2.34	1.29
古吉拉特邦	61.00	60.64	44.85	44.28	58.38	119.37	34.41	52.23	9.43	29.76
哈里亚纳邦	64.61	191.84	34.80	89.99	58.10	108.56	99.62	57.77	22.73	30.74
喜马偕尔邦	78.44	89.57	19.24	36.67	149.09	251.76	77.44	304.90	0.85	15.62
卡纳塔克邦	31.05	62.56	19.99	42.91	36.46	74.19	36.48	46.46	14.63	25.92
喀拉拉邦	1.30	2.84	4.42	8.98	26.68	66.14	37.42	46.49	8.47	8.37
中央邦	30.62	79.44	21.88	31.92	40.69	37.10	20.73	27.19	7.49	13.16
马哈拉施特拉邦	117.69	230.00	84.92	155.58	115.23	195.87	79.75	117.35	33.84	43.08
曼尼普尔邦	—	0.03	—	—	15.46	27.05	9.01	16.38	—	—
梅加拉亚邦	36.84	46.57	20.90	16.66	47.59	55.98	39.92	47.32	10.18	23.03
奥里萨邦	4.16	9.66	26.79	42.58	48.61	67.91	11.13	16.29	7.09	13.08
旁遮普邦	42.43	95.38	53.13	109.70	70.43	118.44	27.75	48.67	15.61	23.35
拉贾斯坦邦	—	—	91.55	165.07	—	—	7.80	12.28	2.45	5.40
泰米尔纳德邦	33.09	45.92	5.06	13.39	60.33	111.86	19.65	56.13	5.45	23.25
特里普拉邦	1.84	0.01	—	—	—	—	1.24	2.13	0.51	4.99
北方邦	13.97	16.48	4.99	5.41	76.37	112.10	27.91	36.64	6.48	9.52
孟加拉邦	92.19	60.01	33.12	41.58	82.16	119.48	41.53	63.71	17.85	13.72
均值	73.79	125.77	50.96	93.21	76.56	123.36	43.25	70.19	17.29	23.28

资料来源：Mathur，Sengupta 和 Bhaduri 2000。

注：—＝数据无法获得。

地方自治机构的收入基础

宪法没有规定地方自治机构的收入基础。决定收入基础的权力——假定它为税收职权、税基、税率设定、地方税收自主权甚至援助拨款以及其他形式的转移支付——由邦政府掌握。在这一框架之内，邦政府详细说明了地方自治机构能够征收和集中的税种。从历年的情况来看，[①]这些税种包括土地和建筑税；商品进入某地用于当地的消费、使用和买卖的商品准入税（货物入市税）；广告（不包括刊登在报纸上的广告）税；动物税和船只税；通行税；职业税、交易税、行业税和雇佣税；[②]以及娱乐税。此外，收费、服务费和罚金构成了地方自治机构的非税收基础。

财产税和货物入市税构成了地方税基的支柱。在二者之间，地方政府显示了对诸如货物入市税之类的间接税的偏好，而不是财产税之类的直接税，即使直接税由于其发生在地方而称得上是一种合适的税收形式。财产税曾经一度如此重要以至于学者提出政府开支可以由场地租费负担。在该领域的著作具有重要地位以至于形成了以自己名字命名的理论的学者亨利·乔治（1879）提出，在最理想的人口规模下，场地租费应该等于提供公共物品的费用。货物入市税是相对更具浮动性和灵活性的地方税种之一，目前古吉拉特

---

① 多层级财政在经济学中并不是一项旧原则。在第二次世界大战前，该项目被视为和财产税联系在一起。

② 在20世纪早期，印度的若干个机构根据环境和财产向个人征税。也存在叫作Haisiyat税的税收。它被认为是地方收入税。（参阅 Chand 1944）

邦、马哈拉施特拉邦和旁遮普邦的部分地区已开始征收。[1]

印度邦的地方自治机构的收入基础几乎没有任何改变的迹象，尽管通过了第 74 次修正案；然而，货物入市税——地方自治机关的主要收入来源——在许多邦被取消而没有被给予任何替代性的地方收入来源，这一举措确实大大削弱了地方的收入基础。

尽管印度的地方收入基础可能满足地方税基的标准（符合居住地受益、低流动性和在一个业务周期具有稳定性的收税原则），尽管它可能创造服务使用和税收支付之间的联系，但地方收入基础依然由邦政府控制和管理。税率限制和对地方支出及税收的控制十分普遍。大部分邦政府制定地方税收政策，包括选择税率或决定税收支付人群的政策。在税率设定方面缺乏自主性（或只有很少的自主权）是印度地方政府职能的一个重要特征（表 5.5）。[2]

表 5.5   主要邦的城市的收入权

邦	税 收 类 型		
	强 制 性	自 主 性	收 费
安得拉邦	财产：照明，[a] 水，[a] 环卫，[a] 排水，[a] 一般目的，[a] 交通工具，不动产转移，动物	广告	广告，变化，登记，市场，交易执照，组合，屠宰场，许可
阿萨姆邦		财产：水，[a] 照明，[a] 排水，[a] 市场，过桥费，财产转移	货车、马车、动物、狗和牛、船、修缮、消防队、公共健康，许可
比哈尔邦	财产转移	根据环境和财产对单独或联合职业的个人征收；财产：水，[a] 照明，[a] 公共厕所，[a] 交通工具，动物，专业，狗	狗、马车、交通工具和船只登记

---

[1]   入市税仍然对古吉拉特邦和马哈拉施特拉邦的地方公司征收。允许城市征收入市税的旁遮普邦政府据说决定取消入市税，而研究将名为地方发展税的新税种纳入法规的可能性。其他的邦鉴于入市税阻碍商品和服务的自由流通，也已经取消入市税，尽管它增加收入。

[2]   国家对地方政府自主提高收入权的限制当然不是创新的、也不是印度联邦机构的特殊制度。美国财产税限制开始于 19 世纪，最早于 1870 年在罗得岛实行。

续表

邦	税 收 类 型		
	强 制 性	自 主 性	收 费
果阿邦	统一财产：一般,[a] 普通水,[a] 照明,[a] 卫生,[a] 广告,职业,电影	交通工具,船,动物,狗,垃圾处理,公共厕所,排水,特殊水,香客,特殊教育,入市税	
古吉拉特邦		财产,交通工具,船,动物,机动车,入市税,狗,特殊和普通卫生,照明,牲口的市场售卖,修缮	登记,执照,游泳,屠宰场,楼房建筑,商店登记,水或联运,充公性畜栏
哈里亚纳邦	财产,入市税,不动产转移	专业,交通工具,动物,狗展,交通工具,船,电力消耗	执照,建筑应用,摊贩税,[b] 扩建,广告,屠宰场,充公性畜栏,登记,街道
喜马偕尔邦	财产,不动产转移	专业,非机动车,动物,狗展,交通工具,船只,电力消耗,广告,建筑应用,教育	香客,排水,照明,排污,公共厕所,内部服务的成本
卡纳塔克邦		财产,广告,船只,动物,照明,交通工具,不动产转移	(建筑、贸易、旅馆)执照;建筑修缮;出生和死亡登记;食品和假冒伪劣产品;屠宰场,组合
喀拉拉邦		财产：水,[a] 一般目的,[a] 照明,[a] 排水,[a] 卫生,[a] 专业,动物,船只,展览,广告,木材,财产转移	执照,建筑,危险和厌恶性行业许可,市场,屠宰场
中央邦	财产,水,照明,卫生,消防,商品准入	公共厕所,自然保护区,排水,专业,交通工具,动物,修缮,香客,人居房,建筑,土地,新桥费,娱乐,广告,民航班车站	执照,市场,动物登记,旅馆或餐厅许可,堆肥,摊贩税,[b] 建筑应用,组合

续表

邦	税收类型		
	强制性	自主性	收费
马哈拉施特拉邦	统一财产税：一般,[a] 普通水,[a] 照明,[a] 卫生,[a] 入市税,职业,电影,广告	交通工具,船,动物,狗,公共厕所,排水,特殊水,香客,特殊教育,消防队	执照,屠宰场,建筑许可,物品销售,水接头,凭单,假冒食品证的预防,游泳池,出生和死亡登记,修缮和开发
奥里萨邦		财产：公共厕所,[a] 水,[a] 照明,[a] 排水,[a] 动物,交通工具,专业,收费站,入市税,教育	执照,广告,登记,市场,屠宰场,动物收容所,狗证,货摊,建筑规划
旁遮普邦		财产,专业,交通工具,动物,家仆,排污,建筑应用	执照,屠宰场,建筑应用,创作,摊贩税,[b] 接头,复制
拉贾斯坦邦	财产,入市税,专业和职业[c]	交通工具,狗,动物,船只,排污,公共厕所,卫生,照明,水,贸易和事业,艺术	广告,许可,执照,登记,充公牲畜栏,公交车站,复制
泰米尔纳德邦		财产,专业,马车和动物,照料,广告,仆役	执照(建筑,旅馆,酒店,危险和厌恶性行业),市场,屠宰场,货摊,侵占
北方邦		财产,贸易,事业,付酬劳或费用的职业,娱乐,交通工具,船,狗,动物,基于财产和环境评估的住户,水,[a] 排水,[a] 排污,环境保护区,财产转移	
西孟加拉邦	财产,广告,交通工具,船渡和过桥费,职业		执照,广告,建筑规划和开发,房屋联结,许可,市场和屠宰场,出生和死亡登记,焚化场

资料来源：邦属城市法案。

注：交通工具指非机动车,除非另有说明。

a. 包括在统一财产税中。

b. 对小贩征收。

c. 对贸易和职业的征税不同于强制性的行业和职业税。

中央—邦—地方财政关系

直到第 74 次修正案通过以后，地方事务才成为邦政府的专属事务。根据宪法规定，邦政府决定地方自治机关的支出责任和财政权力，并设定其在履行职能时所享有的自主性程度。有关如何增强地方财政活力、优化对地方的拨款及实施地方税收改革的讨论都是以邦对地方的控制为预设而进行的。原则上，邦政府承担使地方财政保持持续运转的责任，通过转移支付方式来弥补地方履行法定职能所需经费与其收入能力之间的缺口。邦政府还承担为无法负担自身运转经费的地方自治机关提供财政支助的责任。

1992 年以前，对地方的转移支付以两种名义进行：经由税收分享计划实施的转移支付和经由拨款实施的转移支付。税收分享计划确定了邦税收如何和以何种比例实现与地方政府的分享。因而税收分享计划是与各级政府选择使用相同的税基截然不同的。拨款是另一种被广泛使用的转移支付形式。拨款的形式有一般的非配套性的或非条件性的、配套性的或条件性的，还有补偿性的——也就是上级政府拨给地方用以代替税基的款项。一些拨款也需要地方政府的配套资金。

1992 年以前，通过税收收入分享的转移支付占地方税收收入总额的比重相对较小，约为 15％到 16％。拨款的比例约为 16％到 18％。拨款中，一般性拨款、非配套性拨款的比例约为 9％到 10％，这就表明专项拨款在印度地方政府转移支付中具有支配性地位。这种情况具有一定的普遍性；然而，一些邦更愿意使用税收分享计划影响转移支付，其他邦则对条件性拨款表现出偏好。

1992 年以前，邦政府和地方政府之间用于分享的主要税种包括娱乐税、机动车辆税、印花税、职业税和准入税,各邦分享这些税收的方式各不相同。例如,在泰米尔纳德邦,邦和地方分享娱乐税的比例是地方获得总收益的 65% 到 70%。在马哈拉施特拉邦,娱乐税收入根据各地地方收入的能力而在不同类型的地方政府之间进行分配:收入的 10% 分配给地方自治机构,30% 给较大的地方,35% 给中等地方,40% 给较小的地方。在西孟加拉邦,娱乐税收入的 50% 是按管辖人口的规模分配给地方政府的。类似的,各邦分享印花税的方式也各不相同。例如,喀拉拉邦印花税法案允许地方对位于该地的与不动产相关的器械征收的印花税加征附加费。在泰米尔纳德邦,针对印花税加征的附加费在扣除手续费之后被拨付给地方政府。至于机动车辆税,则没有固定的分享方式。

一般而言,拨款是作为向地方转移财政资源的方式而被使用的。拨款体制的一个显著特征是使用多种拨款方式。例如,在古吉拉特邦,有多达 4 种一般性拨款、16 种专项拨款和 4 种法定拨款及分享税。在马哈拉施特拉邦,有 3 种一般性拨款和 18 种专项拨款,还有 3 种与地方政府共享的税收。值得注意的是,除用于价格补贴(用于补偿通货膨胀的补贴性拨款)、基础教育和娱乐设施的转移支付以外,用在其他领域的拨款的数额相当小,最多的也不超过转移支付总额的 1% 或 2%。

相应的,各邦在对地方转移支付的制度上存在很高的异质性。这种异质性不仅表现为各邦转移支付的次数不同,还表现为转移支付在地方收入中所占的比重、转移支付的构成及与之相关的转移支付、邦用以决定以何种名义进行转移支付的标准在各邦也各不相同。

研究指出了转移支付制度 4 个方面的不足:

- 由于种种原因引发的过于频繁的转移支付导致该制度成本过高且成效难以测量。
- 转移支付的临时性和不规范性致使地方政府必须做出种种

尝试以真实地评估其总体的财力地位并据此制订其行动计划。1992 年以前,转移支付领域缺乏可预测性和稳定性是转移支付制度最大的缺陷之一。

- 地方政府有一种与生俱来的倾向,即用转移支付来取代其财力和财力的流动。根据 4 个邦的数据,一份全国公共财政和政策协会的报告得出结论,邦对地方转移支付每增加 1 个百分点,就会代替地方自有收入的将近 0.22 个百分点(Mehta 1992)。削弱地方税收积极性,转而设计一种鼓励该趋势的转移支付制度,成为转移支付制度的又一个缺陷。

- 地方自治机构超负荷地接受专项拨款,导致的后果是无法很好地运作这些资金或对资金的使用偏离了主要的法定任务。多项拨款对地方利益造成了负面影响。

然而,第 74 次修正案及相关的宪法修正案(第 280 款(3)(c))改变了邦与地方之间的财政格局,并首次确定了中央政府与地方自治机构之间的联系。该联系是通过中央财政委员会这一级机构来维系的,目前该机构被授权"提供建议性措施以增加邦基于邦财政委员会的建议而用于补充地方财力的拨款的总额"(Bakshi 2003,p.237)。

根据这一条款,中央财政委员会做出的 2000 年到 2005 年期间①的建议为地方提供了总额为 200 亿卢比的拨款用于改善和维持市民服务,如基础教育、初级卫生保健、饮用水安全、街道照明、卫生设施及其他公共财产资源。该项拨款包括一项总额为 2 940 万卢比的用于创建有关地方财政的数据库的资金以及一些用于地方恰当地维持和保护账目及审计所需的资金项目。第 11 届中央财政委员会为邦对地方的拨款分配设定了一个综合性框架。该框架包括一系列的标准,每项标准都被分配了相应的权重(表 5.6)。

---

① 中央财政委员会每隔五年成立一次。直到 280 修正条款,他们的主要任务曾一直是和中央—地方财政关系有关。

　　该框架体现的根本原则,即除了规模——由人口和地理面积代表——是决定地方财政需求的主要因素因而所占权重也较大以外,拨款应根据一系列补充性的效率和公平标准进行分配。效率是根据地方的收入情况进行测量的,而公平是根据人均非农国内生产总值(GSDP)与最高人均非农总值之间的差额计算。前者旨在刺激地方增收,后者为财政困难的地方提供资金援助。效率和公平的标准是早在第 74 次修正案中就已被预见到的重要的分权性标准(在拨款分配中的权重为 20%)。第 11 届中央财政委员会采纳这一指数来衡量分权程度。

表 5.6　中央财政委员会为邦对地方机构拨款分配适用的标准

标　　准	权重(占总分配的百分比)/%
城市人口	40
地理面积	10
与人均 GDP 最高的邦的差距	20
邦里面地方自治机构自有的收入,用邦的自有的收入作为指标	5
邦里面的地方自治机构自有收入,用邦 GDP 作为指标	5
分权化指标	20

- 颁布与 74 修正案相一致的邦地方自治法规
- 对地方自治机构职能的干预或限制
- 根据表 12 的邦地方自治法律分配给地方自治机构职能
- 用通知或规则的方式将职能转移给地方自治机构
- 邦政府命令
- 根据邦自治法案将税收权分配给自治机构
- 自治机构征税
- 由邦财政委员会和执行子委员会报告组成
- 对邦财政委员会的重点推荐采取行动
- 地方自治机构的选举
- 区计划委员会的构成

资料来源:2000 财政委员会,附录Ⅷ2,8.24 段,pp.312-313。

　　与此同时,第 74 次修正案改变了邦与地方之间的财政格局。在新的财政格局之下,所有邦政府每隔 5 年需要组建一次邦财政委员会,并承担两项任务：评估地方的财政状况并根据相关原则提供建议,这些原则应涉及：(a)邦与地方之间有关税、费和由邦征收的税费等的总收益的分配；(b)有关授权或指定地方征收各种税、费的决定；(c)来源于统一的邦拨款的用于资助地方的拨款。

除了主要的增强国家分权动力的目的以外,这些修正案还有三层含义：

- 用于给地方分配税收权力和权威以及让地方分享邦的财政资源的制度无法满足地方的财政需求。
- 根据表 12 的规定,地方承担了额外的支出责任,其中许多需要跨辖区的合作,这就需要建立一种新的财政体制。
- 政府体系以外的机构能够更好地评估地方的财政需求,并为其设计合理的财政一揽子计划。

由于邦财政委员会的组建,邦与地方之间的转移支付制度经历了显著的变革,即更加强调稳定性。许多邦,不是与地方分享个别的税收收入,而是选择"集中分享"邦的全部财力。该体制使得地方可以从邦收入的浮动性中受益。在这些邦中,一般性拨款的相对重要性有所降低。在许多邦,分享个别税收收入的制度仍在继续。表 5.7 显示了第一届邦财政委员会推荐的地方分享邦的财政资源的方式。

表 5.7 第一届邦财政委员会推荐的地方分享邦的财政资源的方式

邦	推 荐 比 例
安得拉邦	所有的地方机构分享 39.24% 的邦税收和非税收入
阿萨姆邦	所有的地方机构(城市和农村)分享邦税收的 2%(城市地方机构的分享比例没有特别指出)
喜马偕尔邦	在 1997/1997 年度用 12 亿卢比的拨款代替入市税,在 2000/2001 年上升到 17.9 亿卢比,集中资助计划性拨款增加到自治机构
卡纳塔克邦	自有收入的非债务收入总额的 5.4% 用于配合计划和非计划要求

邦	推荐比例
喀拉拉邦	1％的邦收入（排除中央来源）转移给地方机构作为城市和农村按照他们的人口比例分配的非法定的非计划拨款
中央邦	8.67％的邦政府的税收和非税收入
马哈拉施特拉邦	25％到100％的从不同自治级别收集来的娱乐性税收，25％的车船税收，10％的自由职业者税
曼尼普尔邦	在1996/1997年度维持88.3亿卢比的拨款用于增加地方自治（数字在随后的年份里有所变动）
奥里萨邦	在1998/1999年度和2004/2005年度期间，转移给地方自治机构的项目拨款是179.5亿卢比（在预计的收入和开支以及为提高核心公共服务的38.1亿卢比的额外开支之间的赤字137.8亿卢比应该符合第11届中央财政委员会的要求）
旁遮普邦	五种税收——印花税、车船税、电税、娱乐税和电影放映税——的净收入的20％被转移给自治机构（项目差额32.2亿卢比应该符合中央财政委员会要求）
拉贾斯坦邦	2.18％的邦税收的净收入（这些净收入在农村和城市之间的分配比例是3.4：1）
泰米尔纳德邦	在1997/1998年度，8％的邦净税收收入，逐渐地连续增加到9％，10％和11％，在2001/2002年度达到12％（这个数目在农村和城市间的分配应该基于最新的人口调查的数据）
北方邦	邦税收收入总额中净收入的7％
西孟加拉邦	邦收集的所有税收净收入的16％。这些金额应该释放给地区。这些收益应该基于人口在城市和农村之间分配

资料来源：邦财政委员会报告。

地方政府借债

　　1914年的地方借贷权力法案对地方政府借债做出了规定。[①]该法案明确了地方政府借债的目的、贷款的限额、贷款的期限、抵押

---

　　① 地方政府借款受到宪法第293(3)条款的规制。所有地方政府借款要得到印度政府的审批，当条件具备时，借款权被赋予。

品或担保物以及还贷程序。根据这些规定,邦政府有权为地方政府(包括半国营集团在内的所有形式的地方实体)从市场借债的行为设定框架。邦一级的地方法律规定的这些框架包括以下内容:(a)基于安全考虑能够举借的资金的性质,(b)举借资金的来源范围,(c)申请借债许可的方式,(d)借债的方式,(e)为确保债务安全而针对举借资金征收的费用额度,(f)这类资金的配套安排及其部署,以及(g)有关贷款的账目。

邦政府设定地方获准邦政府贷款许可的规则和程序,确立、拨付和年度性地检查偿债基金,设定自治机关基金并发行债券。1992年以后便没有再制定有关借债的修正案。

各邦在有关管理地方政府借债过程的规定方面的差异很小,最多也只是有关借债限制的,如,土地和建筑物的年度可课税价值的比例或一项贷款可以维持的期限。然而,值得注意的是,有关偿债基金和用于公共债券和政府担保债券的偿债基金投资的规定,以及有关准备和提交与贷款和偿债基金维持的细节有关的年度评估的规定。[1]

根据 1914 年法案(1)部分,地方政府有权借债:(a)用以履行任何由法律授权其履行的职能,(b)用以在饥荒和物资匮乏时期发放救济及开展和维持救济工作,(c)用以预防危险性传染疾病的爆发和流行,及(d)用以偿付先前根据法律规定举借的债务。

一些邦政府为地方政府借债规定了指导方针,如地方借债的期限不得超过 30 年,地方政府支付的利息必须与政府债券的利率一致,以及充足的还本付息资金。这些指导方针还规定地方借债必须得到邦政府的合法批准,且地方政府和港务局有权发行

---

[1]　除了1914年地方机构债务法规制地方政府借款外,很少有其他法规。1944年公共债务法赋权给印度储备银行规制中央和地方政府担保的主要债务的发行。1956年公司法建立了公司部门在发行、分配和转移证券中的行为规定。印度证券和交易委员会管制资本和债务市场,以及其他政府债券的发行,并确保在二级市场中通过股票交易能实现稳定的交易活动。

债券。

一般而言,地方政府有权从市场借债。这些贷款是以可用于评估其财产税的土地和建筑物的年度可课税额(ARV)为基础的。但是,所有的市场借贷必须经过邦政府的批准。在一些地方自治机构中,包括所有未偿债务在内的市场借贷总额,根据地方自治机关法案的规定,必须以地方不动产价值的某个固定比率为准。在其他一些地方自治机构中,年度借债限额以财产的 ARV 的某个比率为准。在孟买的地方自治机构中,包括未偿债务和收支差额在内的市场借债总额,按规定为用于一般性预算、贫民窟改造预算和教育预算的 ARV 的三倍,以及用于供水和排水预算的 ARV 的两倍。孟买地方自治机构的未偿债务总额因而不得超过 ARV 的八倍。

截至 20 世纪 90 年代中期,地方政府借债主要来源于住房和城市发展有限公司之类的金融机构和专业机构,并由邦政府提供担保。1996 年,印度信用评估信息服务有限公司(CRISIL),吸收其美国合作伙伴的标准和贫困评估服务的经验,着手进行评估地方政府信用度的开创性实践。其目标是探究其扩大评估活动范围的可行性和测定地方自治机构从新生的但正在不断成长的资本市场借债的能力。为构建所谓的地方信用评估体系,试验涉及了艾哈迈达巴德地方政府(AMC)及其他一些地方政府。它还为评估地方当局的信用和专项债务的发行奠定了基础。CRISIL 研究了 AMC 的财政和运作情况,并给予发行 10 亿卢比债券的提议以 A+的信用评价,从而表明其信用风险在足够安全的范围以内。自此以后,印度债券市场在债券发行者、投资者、债券种类以及交易总额方面都呈现出显著的增长。

以 AMC 为典范,并在 CRISIL 和两个信用评估机构——投资信息及信用评估代理处和信用分析和研究有限公司的支持下,一些地方政府和半国营集团也开始对资本市场资金进行评估。这两个机构开发了他们各自独特的评估地方政府信用度的标准和体系。

印度政府以减免税收的形式向有资格的债券发行者提供财政激励，这种方式是在城市发展署为免税地方债券的发行制定的指导方针中规定的，它进一步刺激了地方债券市场。指导方针规定，在整个债券保有期限以内，债券发行者必须维持至少 1.25 的还本付息准备金率。这种超额和保留还本付息账目的规定降低了投资者的风险。表 5.8 显示了免税债券的显著特征。

表 5.8　免税市政债券的主要特征

特　征	描　述
有资格的发行者	地方自治机构，其他地方政府，或根据议会法律或邦法律正式成立的公共部门公司[a]；根据邦政府的相关条例，成立的其他地方当局，如水供应和污水处理委员会；以及通过财政干预的地方政府
资金的适用	资金投资与城市基础设施——具体是饮用水供应；排污或下水道设施；排水；固体垃圾管理；桥梁和立交桥；以及法律规定的市政职能的城市交通
要求项目发展	一项批准的投资计划包括阶段划分和财政计划；开始和完成的标杆，包括项目被提议部分的重要日期；投标者获得资格之前的完整过程；土地获得过程和其他法定出售的启动
财政生存能力	创造足以资助项目的收入流；开设债务服务的第三方保管账户；任命独立的信托人监督第三方保管账户
其他条件	与管理借贷的法律相一致；保持在债务持有期间 1.25 的偿息支付能力系数[b]
项目账目和监督	维持独立的账目和建立独立的项目执行小组
投资，期满和回购	最少五年期满，选择回购债券面值的安排
数目上限	以项目总成本比例形式表示的最大数额：33.3％或 5 000 亿卢比，以低者为准；债资比例不能超过 3∶1；内部财力或拨款将贡献 20％的项目成本
信用等级	强制性的投资信用等级
法律和行政要求	坚持印度债券与交易委员会的指导方针

资料来源：作者根据 2001 年收入税法的第 10(15)部分做的分类。

a. 公共部门公司指根据中央、邦或省法律成立的公司，或者根据 1956 年《公司法》的 617 部分定义的公共部门公司。

b. 在发行人完成除长期债务以外所有责任和债务。

对资本市场进行评估的 9 个地方政府于是能够通过发行债券轻易地筹集到 61.85 亿卢比的资金。地方债券（除班加罗尔市政府和印多尔市政府发行的债券以外）的一个重要特征是，其发行不需要邦政府或银行的担保。而以往基础设施领域的债权人则将邦或上级担保视为重要的安全机制。地方政府开始凭借自身的信用身份和基于第三方担保资金流动的信用度改进从资本市场募集财力的事实表明，在印度，人们逐渐接受地方债券作为为负担基础设施项目而筹集资金的方式。印度地方债券是安全的债务工具，以未来的来自项目的收入作为担保。

在任何信用体系中，居于核心的是这样一种持续获得收入的方式，即债务人把收入用于日常运作以外的目的。用于投资的借债等同于使一项源源不断的收入或税收转化为资本。今天债务人获得资金以支付项目建设。将来作为回报，他或她放弃获取年度收入流量的权利以使债权人获益。收入流越确定和具有可预测性，则贷款的安全性越高。

地方债券市场的出现是引导资源进入城市基础设施领域过程中的一个重大突破。尽管地方债券的发行只占债券市场总量的很小份额，但其成功发行的示范作用对城市地区的改革议程而言却意义重大。其意义不仅仅体现在为地区投资发展了额外的财政资源。超过 40 个地方自治机构对自身进行信用评估的事实说明，人们开始逐渐认识并接受对独立评估和监督的需要。许多地方自治机构采用信用评估过程作为一种重要的评价自身绩效的基准性工具。这一过程鼓励了地方政府之间的竞争意识，有利于城市改革议程的实施。

地方自治机构的财政：一个评估

　　评估地方自治机构的绩效是一项复杂的工作。根据宪法,地方自治机构被认为是政府的第三层级,但其能够履行的职能、权力、责任及自主性程度却是由邦政府决定的。正如我们之前注意到的,邦与邦之间在地方职能、权力、自主性及邦与地方的财政关系方面存在显著差异。一些地方自治机构在影响其收入基础和支出形式的国家和地方经济事务方面拥有较大自主权。根据这一框架,下面我们来分析地方自治机构的绩效并探究各邦地方自治机构在绩效上表现出差异的原因。我们假定绩效价值反映了第 74 次修正案第 280 款(3)(a)以及用以改进地方财政和功能的邦和地方提案的影响。我们从评估地方自治地区的面积开始,然后再基于整个邦的视角分析地区的绩效,使用三个指数:内部资源总量(自有资源)、地方收入情况以及支出状况。其中有许多特征值得注意。

　　从地方自治机构努力实现的收入来看,地方自治地区的规模很小——仅占国内生产总值(GDP)的 0.63%。然而,在 1997/1998 年度到 2001/2002 年度期间,地方自治地区的规模呈现出一定的增长,主要表现为其在公共收入总额和共有的 GSDP 中的份额都有所增长。地方收入在所有三级政府收入总额中所占的份额从 1997/1998 年度的 2.84% 上升至 2001/2002 年度的 3.07%,相应地,占 GSDP 的份额从 0.61% 上升至 0.63%(表 5.9)。地方自有收入(名义上的)以年均 10.32% 的比率增长。作为共有的 GSDP 的一个部分,地方支出总额所占的比例在 1997/1998 年度为 0.74%,而在随后三个财政年度,这一比例依次为 0.75%、0.77%、0.75%。

表 5.9　地方自治机构的相对重要性

年　份	地方自治地区自有收入/10 亿卢比	自有收入的相对比例/%			
		GDP 比例	地方自治机构	邦政府	中央政府
1997/1998	84 349	0.61	2.84	33.4	63.8
1998/1999	94 517	0.59	2.97	34.3	62.7
1999/2000	103 727	0.59	2.8	34.4	62.8
2000/2001	120 184	0.63	2.98	35.1	61.9
2001/2002	127 481	—	3.07	39.5	57.5

资料来源：Mathur 和 Thakur 2004。

注：—＝没有数据。地方自治机构的自有收入根据所有的法定镇和城市的收入进行了调整。

　　对收入的支出水平是服务水平的一个标准。支出水平越高，服务水平也越高。表 5.10 列示了地方支出水平的规模、发展趋势及构成，以区分用于薪水和工资（法定构成）的支出与其他可自主决定的由服务提供和维持费用构成的支出。

　　按支出标准衡量的地方政府绩效与按自有收入标准甚至是地方收入总额标准衡量的结果是一致的。马哈拉施特拉邦、旁遮普邦、古吉拉特邦和果阿邦呈现出相对较高的人均支出，其 GSDP 支出比率也较高。其他呈现中等支出水平的邦包括安得拉邦、喀拉拉邦、西孟加拉和泰米尔纳德帮。进一步的调查显示，支出水平在曼尼普尔邦、比哈尔邦、贾坎德邦、阿萨姆邦、哈里亚纳邦以及北方邦等较低且不景气。而即便是喜马偕尔邦、古吉拉特邦、旁遮普邦和果阿邦之类的邦也无法达到佐考里亚委员会的标准[1]。平均而言，支出水平与佐考里亚委员会的标准相比低 130%。这也解释了服务水平如此低下以及相应的糟糕的城乡生活条件的原因。

---

[1]　市政服务的支出规则在 1963 年由 Rafiq Zakaria 为首的委员会建立。虽然这些规则已经丧失了它们的适用性，但是它们仍然被市政府广泛用于评估理解的程度。

表 5.10　人均收入支出

邦	人均收入支出 2001/2002/卢比	每年的增长比例 1997/1998 到 2001/2002/%	GSDP 比例 2001/2002/%
马哈拉施特拉邦	1 253.71	6.51	1.82
旁遮普邦	1 008.12	17.22	1.15
喜马偕尔邦	955.45	13.02	0.38[a]
古吉拉特邦	865.12	7.11	1.24
果阿邦	604.18	13.24	0.31
安得拉邦	508.88	14.47	0.63
喀拉拉邦	493.17	10.65	0.39
西孟加拉邦	487.49	10.33	0.61
泰米尔纳德邦	481.79	0.96	0.84
中央邦	427.66	−2.59	0.82
卡纳塔克邦	418.29	11.32	0.67
北安查尔邦	399.77	—	—
查谟和克什米尔邦	392.69	19.86	0.52[a]
拉贾斯坦邦	390.36	7.3	0.56
恰蒂斯加尔邦	376.07	—	0.49
特里普拉邦	356.75	7.09	0.37
奥里萨邦	355.06	13.87	0.43
北方邦	275.18	9.54	0.49
哈里亚纳邦	255.23	1.45	0.25
阿萨姆邦	211.79	5.21	0.16
贾坎德邦	87.2	—	0.11[a]
比哈尔邦	87.2	5.53	0.15
曼尼普尔邦	81.03	4.90	0.22
样本邦	576.71	7.36	0.85[a]

资料来源：Mathur 和 Thakur 2004。

注：—＝无数据：样本邦的数据根据表格中所包含的邦的数据得出。

a. 2000/2001 数据。

　　下面我们基于以下两个补充性标准来分析地方政府的绩效：(a)薪水和工资支出；(b)运转和维持性支出。需要注意的是地方运作过程中的人员密集型活动。例如，固体垃圾收集和管理在大部分地区属于劳动密集型活动，只有少数几个用机器清理代替了人工垃圾清理的大城市除外。因而，在大部分邦，比较常见的是地方政府将支出的很大一部分用于支付薪水和工资。表 5.11 列示了各邦的情况。

表 5.11　薪水和工资的人均开支

邦	薪水和工资,2001/2002 /卢比	每年增长率,1997/1998 到 2001/2002/%
马哈拉施特拉邦	681.72	4.73
喜马偕尔邦	477.14	11.92
旁遮普邦	411.47	12.65
古吉拉特邦	394.46	8.07
果阿邦	366.34	8.23
查谟和克什米尔邦	344.51	20.13
中央邦	343.89	−0.33
西孟加拉邦	317.70	12.80
特里普拉邦	313.52	7.41
泰米尔纳德邦	272.16	5.87
恰蒂斯加尔邦	263.25	—
北安查尔邦	254.91	—
喀拉邦	247.90	14.65
拉贾斯坦邦	246.92	7.56
卡纳塔克邦	202.92	8.99
奥里萨邦	179.64	11.13
哈里亚纳邦	177.93	−0.51
安得拉邦	169.34	12.08
北方邦	165.11	8.35
阿萨姆邦	138.19	5.71
曼尼普尔邦	62.10	7.04
贾坎德邦	37.24	—
比哈尔邦	37.24	−8.85
样本邦	312.58	6.70

资料来源:Mathur 和 Thakur 2004。

注:样本邦的数据根据表格中所包含的邦的数据得出。

用于薪水和工资的支出占地方支出总额的 54.2%。在中央邦,这一比例竟高达 80.4%。该比例较高的其他邦还包括哈里亚纳邦(69.7%)、奥里萨邦(50.6%)、西孟加拉邦(65.0%)、拉贾斯坦邦(63.2%)和北方邦(60%)。比哈尔邦由于拖欠工资,这一比例仅

为 43%。不存在任何标准以区分用于：(a)薪水和工资的支出，与
(b)运转和维持的支出；因而，也无法确定这些比例是否超过限额。

在一些邦，用于薪水和工资的支出超过了地方政府以税收等方
式实现的地方收入。这些邦甚至无法负担薪水和工资，更不用说维
持服务供给了。连基本的薪水和工资费用都无法通过税费收入负
担是印度地方政府的主要问题之一。这一问题在喜马偕尔邦、中央
邦、拉贾斯坦、北安查尔邦、北方邦、西孟加拉邦、曼尼普尔邦和特里
普拉邦等邦都存在。这些邦的地方政府如表 5.12 所示，依靠邦政
府负担其薪水和工资费用支出。

表 5.12　超出自有预算收入的薪水和工资成本，2001/2002

邦	薪水和工资成本 （人均卢比）	自有预算收入 （人均卢比）	薪水和工资成本 超出自有预算 收入的比例/%
喜马偕尔邦	477.14	335.55	42.2
中央邦	343.89	188.67	82.3
曼尼普尔邦	62.10	41.55	49.4
拉贾斯坦邦	246.92	80.68	206.0
特里普拉邦	313.52	58.93	432.0
北安查尔邦	254.91	113.67	124.3
北方邦	165.11	79.54	107.6
西孟加拉邦	317.70	215.77	47.2
样本邦平均	312.58	482.14	−64.8

资料来源：Mathur 和 Thakur 2004。

注：样本邦的数据根据表格中所包含的邦的数据得出。

评估地方政府绩效的一个重要指数是扣除薪水和工资费用之
后的收入结余。余额越高，地方政府运转和维持服务供给的灵活性
和自主性也越大。平均来看，薪水和工资费用占地方支出总额的
54%到 55%。然而，一些邦能够实现较高的结余，显然，他们能够
使用这些结余来保持机构运转和维持服务供给。

保持机构运转和维持供水和排水系统、固体垃圾管理、街道照
明和道路之类的服务的供给是地方政府的主要职能。用于运转和

维持的支出的水平是服务质量的重要指标之一（表 5.13）。平均来看，运转和维持支出占地方支出总额的 39.93%。然而，一些邦的支出远远超过了平均的人均支出值，这些邦包括安得拉邦、果阿邦、古吉拉特邦、喜马偕尔邦、马哈拉施特拉邦和旁遮普邦。另一种情况是一些地方的运转和维持支出较低，无论从人均还是从占支出总

表 5.13　运行和维持开支

邦	支出 2001/2002/ 10 亿卢比	占总开支的 比例/%	平均每年增长率， 1997/1998 到 2001/2002/%	人均开支， 2001/2002/ 卢比
安得拉邦	62.169	65.87	16.54	335.20
阿萨姆邦	1.797	33.98	6.82	71.96
比哈尔邦	4.316	57.29	20.91	49.96
恰蒂斯加尔邦	4.405	30.00	8.68[a]	112.82
果阿邦	0.866	39.37	25.02	237.84
古吉拉特邦	67.180	43.39	8.56	375.42
哈里亚纳邦	4.504	30.29	11.14	77.31
喜马偕尔邦	2.821	50.06	16.78	478.31
查谟和克什米尔邦	1.199	12.27	21.47	48.18
贾坎德邦	1.494	45.19	−5.6[a]	39.41
卡纳塔克邦	37.693	51.49	16.49	215.37
喀拉拉邦	13.026	43.70	5.43	215.49
中央邦	13.070	19.59	−10.83	83.77
马哈拉施特拉邦	171.298	34.76	10.19	435.74
曼尼普尔邦	0.102	23.36	0.38	18.93
奥里萨邦	9.178	49.41	19.76	175.42
旁遮普邦	48.239	59.18	25.00	596.65
拉贾斯坦邦	17.336	34.66	8.79	135.28
泰米尔纳德邦	54.258	43.51	0.24	209.63
特里普拉邦	0.096	7.26	−5.58	25.90
北安查尔邦	2.957	36.24	9.99	144.86
北方邦	26.638	29.00	16.75	79.80
西孟加拉邦	33.210	34.83	7.80	169.79
样本邦	57.785	39.93	10.59	230.31

资料来源：Mathur 和 Thakur 2004。

a. 一年的年度变化。

额的比例来看,主要以阿萨姆邦、恰蒂斯加尔邦、拉贾斯坦邦、特里普拉邦、北安查尔邦和西孟加拉邦为代表。从人均值来看,运转和维持支出在比哈尔邦、查谟和克什米尔邦、贾坎德邦、曼尼普尔邦、特里普拉邦及北方邦尤其低,这也导致他们低下的市政服务水平。

结　　论

总之,印度地方财政状况令人担忧。地方自有收入只占 GDP很小的份额;即使由转移支付(包括收入分享转移支付和拨款)进行补贴之后,支出水平仍然比佐考里亚委员会的标准低 130%。此外,超过一半的地方支出被薪水和工资费用占用,于是留给运转和维持市政服务的支出相对较低。很重要的一点是,除了特定的几个邦力图使地方的收入分享体制合理化以外,第 74 次修正案中包含的分权倡议对该国的地方体制几乎未造成任何影响。这是一个值得推敲的问题,即,究竟是分权需要较长的酝酿时期还是分权在实施的过程中遭遇了冷漠。财产税体制在一些试点城市进行了改革,与以往的 ARV 体制相比,新体制能更好地反映市场价值。这些变革标志着地方体制将通过一些新的条款得到强化,这些条款要求地方政府使市一级的利益相关者参与到为不同的活动决定预算优先考虑的事项的过程中并定期将相关信息公之于众以增强透明性和责任性。

参考文献

Bakshi, P. M., ed. 2003. *The Constitution of India with Selective Comments by P. M. Bakshi.* New Delhi: Universal Law Publishing.

Bird, Richard, Robert D. Ebel, and Christine I. Wallich. 1995. *Decentralization of the Socialist State.* Washington, DC: World Bank.

Chand, Gyan. 1944. *Local Finance in India.* Allahabad, India: Kitabistan.

Finance Commission, Government of India. 2000. *Report of the Eleventh Finance Commission for 2000–2005*. New Delhi: Akalank Publications.

George, Henry. 1879. *Progress and Poverty*. Reprint, New York: Cosimo, 1997.

Mathur, Om Prakash, Pratishtha Sengupta, and Anik Bhaduri. 2000. "Options for Closing the Revenue Gap of Municipalities: 2000/01 to 2004/05." Study report for the National Institute of Public Finance and Policy, New Delhi.

Mathur, Om Prakash, and Sandeep Thakur. 2004. "India's Municipal Sector." National Institute of Public Finance and Policy, New Delhi.

Mehta, Shekhar. 1992. "State Grants and Local Fiscal Response." National Institute of Public Finance and Policy, New Delhi.

Musgrave, R. A. 1959. *The Theory of Public Finance*. New York: McGraw-Hill.

National Commission. 2002. *Report of the National Commission to Review the Working of the Constitution*. New Delhi: Government of India.

Panikkar, Kavalam Madhava. 1961. *Foundations of New India*. London: Allen & Unwin.

Rattsø, Jørn, ed. 1998. *Fiscal Federalism and State-Local Finance: The Scandinavian Perspective*. Cheltenham, U.K.: Edward Elgar.

Smith, Adam. 1776. *The Wealth of Nations*. Reprint, New York: Random House, 1994.

Tinker, Hugh. 1967. *The Foundations of Local Self-Government in India, Pakistan, and Burma*. Bombay: Lalvani.

第六章　地方政府组织与财政：印度农村

V.N.阿诺克

与许多其他联邦制国家一样，印度的农村地方政府负责提供基本服务，包括卫生设施、提供饮用水、街道照明和乡村道路。它们还有权征管某些税收及非税收收入。然而，在大多数情况下，自有收入与需求之间存在很大的缺口，且这种缺口是显而易见的。由于农村地方政府的税基更窄，与城市地方政府相比，其缺口更加明显。因而，农村地方政府主要依靠其邦政府的财政支持。

农村地方政府的演变

印度的农村地方政府被称为潘查亚特（panchayat），其字面意思是由 5 个人组成的集会。随着时间的推移，这 5 个资深的、指定的人被赋予了神圣的权威以及司法权和执行权。这些乡村公社是行政中心和社会和谐的维护者。1835 年到 1836 年的印度临时总督查理斯·迈特卡尔非先生这样描述它们：

　　乡村公社是一些小的共和国,几乎能够实现自给自足,且基本上没有任何外交关系。它们似乎能够独立存在。朝代更迭;一浪又一浪的革命;……但农村公社依然如故……我认为,乡村公社(各自在其内部构成了一个小的国家)这种社团,是印度人民历经所有的革命与变革而依然能够世代维持的主要原因,且在很大程度上决定了印度人民的福祉和享受自由和独立的权利。(Mookerji 1958,p.2)

随后,乔治·博得伍德先生使用了同样的表述:

　　与世界其他国家相比,印度经历了更多的宗教和政治变革;但印度半岛所有的乡村公社依旧保持了充分的地方自治的活力。塞西亚人、希腊人、撒拉逊人、阿富汗人、蒙古人以及马拉地人已从山上移居下来,而葡萄牙人、荷兰人、英国人、法国人和丹麦人也已搬离了海岸线,并在内陆建立了绵延的领地;但靠宗教往来维系的乡村则几乎未受他们的影响,尽管他们来来往往,就像随潮涨潮落而四处飘荡的礁石。(Mookerji 1958,p.2)

有证据表明,印度历史上一直存在自治的乡村公社。其源头可追溯到大约公元 1200 年的《梨俱吠陀》①。

然而,古代印度的潘查亚特与西方假想的概念在性质上是不同的:

　　在古代印度,国王是国家的首脑,但并非社会的首脑。他在社会层级中拥有特定的地位,但并非最高地位。作为国家的象征,他对于人民而言更像一个遥远的与他们的日

---

　　①　Rig Veda 是世界上最古老的地方性经文和最受尊敬的梵文。它包含 10 000 多条对上帝的颂歌。它介绍了各种仪式,如结婚仪式和葬礼仪式,这些和今天印度教的仪式有略微不同。它是很多印度思想的源头,很多人认为对它的研究对理解印度至关重要。

常生活没有任何直接联系的不可触摸的东西，人民的生活是由社会组织进行管理的。(Mookerji 1958，p.4)

随着英国统治的到来，人们关注的重心从农村转向了城市地方实体。在争取自由的斗争中，圣雄甘地强调了建立乡村 swaraj（独立共和国）的必要性："我对乡村 swaraj 的构想是一个完整的共和国，为了其自身市场需要而独立于它的邻邦，但在其他必须依赖的情况下又与其他联邦相互依赖。"（甘地 1962，p.31）

甘地的乡村 swaraj 思想对后来有关潘查亚特的争论和讨论产生了最为持久的影响。在紧接着的后独立时期，人们在印度宪法起草的过程中表达了对潘查亚特截然不同的观点。在 1948 年 11 月 4 日召开的制宪大会上，起草委员会主席 B. R. Ambedkar 博士，把乡村公社形容为"地方主义的温室，愚昧的诞生之地，思想狭隘和地方自治主义"。潘查亚特未能在第一份印度宪法草案中获得合法地位。在圣雄甘地的坚持下最终达成了一项妥协，即潘查亚特只能包含在宪法的非法庭裁决部分，且要遵循国家政策指导原则，原文如下："邦必须采取措施组建乡村潘查亚特并赋予他们必要的权力和权威，使他们能够作为自治单元行使职能。"宪法中邦列表第 5 条也出现了关于地方政府的条款却丝毫未提及潘查亚特。这些条款充其量只是一些随意的规定。

20 世纪 50 年代早期，甘地的乡村 swaraj 在整个发展计划中处于末等地位，完全服从于工业、经济增长和收入再分配（Kohli 1987，p.62）。50 年代后期，公社发展计划未能唤起人们的参与热情。在这一问题上，以 Balwantray Mehta 为首的研究小组建议"公众对社会事务的参与必须通过法定的代表性实体"（印度政府，计划项目委员会 1957，p.23）。

在这一时期还出现了地区和街区一级的潘查亚特结构的设想。1959 年 10 月 2 日，印度第一任总理尼菲鲁（Pandit Jawaharlal Nehru）在拉贾斯坦纳高尔创立了独立后的印度的第一个潘查亚特机构(PRI)。到 20 世纪 60 年代中期,PRIs 开始在印度各地确立。出乎意料的是,随着时间的推移,PRIs 逐渐减少并被削弱。1977 年 Asoka Mehta 委员会成立,专门研究 PRI 的削弱。该委员会认为,在 PRI 结构中,地区是行政单元。同时,它谴责了不合作的官僚机构,政治意志的缺乏,以及精英俘获导致早期建立 PRIs 的尝试失败。另一个主要的试图重新建立 PRIs 的尝试是由 1986 年成立的 L. M. Singhvi 委员会做出的。该委员会建议 PRIs 应该被赋予宪法地位。1989 年,总理拉吉夫·甘地提议给予 PRIs 宪法地位并提出了第 64 次宪法修正案议案。该议案被否决,因为它被视为是中央政府绕过邦政府而直接干预 PRIs 的手段。该议案在人民院(国会的下议院)获得通过,但 1989 年 10 月 15 日在联邦院(国会的上议院)却以两票之差被否决。

随着时间的推移,赞成 PRIs 的共识逐渐被各政党接受。国民阵线政府在短期的执政过程中,于 1990 年 9 月 7 日提出了一项有关 PRIs 的议案。最终,重新执政的国会政府于 1991 年 9 月提出了一项有关 PRIs 的宪法修正案议案。经过一番争讨之后,它于 1993 年 4 月 24 日成为了 1992 年宪法第 73 次修正法案(CAA)。

法 律 框 架

随着 CAA 的通过,PRIs 作为自治机构得到法律的承认。[1] 根据 CAA 的规定,各邦必须制定配套性法律并规定如下条款:

---

[1] 在 1996 年潘查亚特法的特殊权力分配下,9 个邦的部落区域成立了潘查亚特,这些邦是:安得拉邦、比哈尔邦、恰蒂斯加尔邦、古吉拉邦、喜马偕尔邦、中央邦、马哈拉施特拉邦、奥里萨邦、拉贾斯坦邦。鉴于此,CAA 的规定已经扩展到那些地区,这无疑体现了对地区传统制度的尊重,并认识到部落人民对自然资源的权力。(Singh 2000)

- 确立三级,即村级、中间级和地区级 PRIs,在各个层级配备经选举产生的官员。人口不足 200 万的邦无须设立中间级。
- 各级 PRIs 的所有职位均直接通过选举产生。
- 所有 PRIs 都必须保留 1/3 的席位给妇女和边缘化(根据人口确定)群体——特定种姓(SCs)和特定宗族(STs)。该条款也适用于主席职位。
- PRIs 每届任期 5 年,6 个月内举行选举以防备提前解散。
- 成立邦选举委员会以监督和组织各级 PRIs 自由而公正的进行选举。
- 每隔 5 年组织一届邦财政委员会以考察和评估 PRIs 的财政形势。
- 设立地区计划委员会。
- 在各村设立 Gram Sabha(村议会),以便在村一级履行和承担邦通过法律赋予的权力和职能。

邦还被期望移交作为宪法附录的表 11(专栏 6.1)列出的 29 项职能。同时,邦被要求下放相应的权力给 PRIs,以使其履行被赋予的责任。邦立法可能授权 PRIs 征集、收缴和使用特定的税费,并有可能将特定的邦税收收入分配给其使用,取决于邦政府设置的相关条件。此外,补助性拨款也可能提供给这些机构。随着 CAA 的出台,共有 248 968 个 PRIs 被建立,其中 242 328 个为村级潘查亚特,6 097 个为中间级潘查亚特,543 个为地区级潘查亚特(表 6.1)。

专栏 6.1　表 11 列出的职能分类

核心职能

- 饮用水
- 道路、管路、桥梁、渡口、水路及其他交通方式
- 农村电气化,包括配电
- 医疗卫生和保健,包括医院、基础卫生中心及诊疗所
- 公社资产维护

（续）

社会福利职能

- 农村住房

- 新型能源

- 缓解贫困计划

- 教育,包括初级和中级学校

- 技术培训和职业教育

- 成人教育和业余教育

- 图书馆

- 文化活动

- 家庭福利

- 妇女和儿童发展

- 社会福利,包括残疾人和智障人士福利

- 弱势群体福利,尤其是 SCs 和 STs

- 公共分配体制

农业及其相关职能

- 农业,包括农业发展

- 土地改进,土地改革的实施,土地合并及水土保持

- 小型灌溉,水资源管理和分水岭开发

- 动物饲养、制酪业和家禽

- 渔业

- 社会林业和农田林业

- 小型林木生产

- 燃料和饲料

- 市场和展销会

工业

- 轻工业,包括食物加工工业

- 印度土布,乡镇和村舍工业

注：第 11 届国家财政委员会给出了表 11 列举的这种职能分类。

表 6.1　邦和中央直辖区的农村政府数目

邦或中央直辖区	按层级划分的潘查亚特				每个农村潘查亚特的平均人口
	村级[a]	中间级[b]	地区级[c]	总计	
邦					
安得拉邦	21 913	1 096	22	23 030	2 663
阿鲁纳恰尔邦	1 747	150	15	1 912	527
阿萨姆邦	2 489	203	20	2 712	9 911
比哈尔邦	8 471	531	38	9 040	9 654
恰蒂斯加尔邦	9 139	146	16	9 301	1 959
果阿邦	190	0	2	192	3 537
古吉拉特邦	13 819	225	25	14 069	2 447
哈里亚纳邦	6 034	114	19	6 167	2 687
喜马偕尔邦	3 037	75	12	3 124	1 915
查谟和克什米尔邦	2 683	0	0	2 683	8 593
贾坎德邦	3 746	211	22	3 979	2 256
卡纳塔克邦	5 659	175	27	5 861	6 456
喀拉拉邦	991	152	14	1 157	24 714
中央邦	22 029	313	45	22 387	2 167
马哈拉施特拉邦	28 553	349	33	28 935	2 067
曼尼普尔邦	166	0	4	170	10 284
梅加拉亚邦[d]	5 629	0	3	5 632	366
米佐拉姆邦[d]	737	0	3	740	654
那加兰邦[d]	1 286	0	0	1 286	1 556
奥里萨邦	6 234	314	30	6 578	5 289
旁遮普邦	12 445	140	17	12 602	1 356
拉贾斯坦邦	9 189	237	32	9 458	5 187
锡金邦	159	0	4	163	3 357
泰米尔纳德邦	12 618	385	29	13 032	2 711
特里普拉邦	537	23	4	564	5 198
北方邦	52 028	813	71	52 912	2 757
北安查尔邦	7 227	95	13	7 335	924
西孟加拉邦	3 360	333	18	3 711	18 290
中央直辖区					
安达曼和尼科巴群岛	67	7	1	75	3 807
昌迪加尔	17	1	1	19	6 172
达德拉和纳加尔哈维利	11	0	1	12	17 355

续表

邦或中央直辖区	按层级划分的潘查亚特				每个农村潘查亚特的平均人口
	村级[a]	中间级[b]	地区级[c]	总数	
达曼和第乌	10	0	1	11	12 848
国家首都德里[e]	0	0	0	0	—
拉克沙群岛	10	0	1	11	3 939
本地治里	98	10	0	108	3 477
全印度	242 328	6 097	543	248 968	3 278

资料来源：PRIs 数来自 2006 年印度政府资料,潘查亚特制度和 2005 年计划的平均农村人口来自印度 2001 年统计。

注释：—=没有数据。

a. 在大多数的邦,被称为村潘查亚特(gram panchayat)。

b. 中间级的称呼在邦与邦之间的叫法各异,在安得拉邦叫作 Mandal Parishad,在阿鲁纳恰尔邦叫 Anchal Samiti,在古吉拉特邦叫作 Tuluka Panchayat,在卡纳塔克邦叫作 Tuluka Panchayat,在泰米尔纳德邦叫作 Panchayat Union,在北方邦和北安查尔邦叫作 Kshetra Panchayat,在许多的邦都叫作 Panchayat Samiti,包括比哈尔邦、哈里亚纳邦、喜马偕尔邦、贾坎德邦、马哈拉施特拉邦、奥里萨邦、旁遮普邦和拉贾斯坦邦。

c. 在许多的邦也通称为吉拉村务委员会(Zilla Panchayat/Parishad)。

d. 数字来自印度政府(2000)对存在于这些邦的传统村庄和区议会的统计数据,那加兰邦的数字来自印度政府(2004d)。

e. PRIs 仍然流行。

此类民主机构的增加拓宽了印度的联邦体制。PRIs 被视为第三级政府。他们使印度成为世界上代议制民主程度最高的国家。如今,各级 PRIs 中大约有 220 万代表是通过选举产生的。超过 40％是妇女,27％为 SCs 和 STs。在村级潘查亚特,每个选举产生的代表代表了大约 340 人或 70 个家庭(印度政府 2006)。

职 能 范 围

宪法 243G 条授权 PRIs 作为自治机构履行职能,目标是在各自代表的区域内为经济发展和社会公正而制订和执行各个职能领域的计划,这些职能包括表 11 列举的 29 种职能。然而,该表仅仅是列举性和指示性的。与联邦列表和邦列表所显示的对权力和职能的划分不同,邦和 PRIs 之间没有明确的区分。由邦立法部门制定有关向 PRIs 下放权力和职能的法规。

几乎所有邦和联邦领地都宣称他们已经通过制定与 CAA 相配套的法规不同程度地向 PRIs 下放了职能,然而,在一些邦 PRIs 的职能范围仅仅限于传统的市政功能。数十年以来中间级和地区级潘查亚特一直处于缺位状态的邦其职能领域缺乏足够的发展性责任。PRIs 存在了很长一段时间的邦在其新制定的法律中不断地重复旧的法令的规定,仅做轻微的调整。此外,一些邦政府没有制定相关的法规和方针作为后续的措施。一些邦认识到增加新的职能需要为 PRIs 配备相应的拨款和人员,以使其能够履行法定的责任。然而,PRIs 对于他们在新的联邦体制中所要扮演的角色不是很明确。几乎表 11 列出的所有 29 项职能都是邦也在同时履行的,即存在交叉和重叠。

邦政府面临的另一项挑战是把职能分配给 PRI 体制中的适当层级。传统上,最低层级潘查亚特——村级潘查亚特——在几乎所有邦中都是最活跃的。一般而言,由村潘查亚特承担主要职能,包括核心职能,而中间级和地区级潘查亚特在大多数邦则"履行监督职能或主要作为政府的执行机构"(Jha 2004,p. 3)。来自联邦政府农村发展部、研究向 PRIs 下放权力和职能的一个特别任务小组开发了一个基于职能下属化原则的行动—计划模型,该模型认为任何能够在较低层级开展的活动都必须优先在那个层级而不是任何较高的层级进行。[①]

---

　　① 潘查亚特机构,成立于 2004 年 5 月 27 日,负责监督 CAA 的执行,如果地方政府要在时间框架下完成活动规划,潘查亚特机构提供技术帮助和专家。在圆桌会议期间,所有的邦一致同意在 2005 年 8 月 31 号前完成活动规划。(印度政府 2006,p. 12)基于印度政府(2001)。

　　表 6.2 显示了行动计划的情况。在大多数邦，下放给 PRIs 的职能都只是粗略的主题性规定而不是活动或活动的进一步细分。只有"安得拉邦、喀拉拉邦、古吉拉特邦和中央邦之类的邦将 29 项主题性规定分解为活动及其从属性活动"(Oommen 2004，p.7)。在喀拉拉邦，补充性立法甚至开始改变关键直线部门的角色(世界银行 2004)。

表 6.2　行动计划的当前进展

邦	通过立法的议题数目	正进行中的议题数	评　　论
安得拉邦	17	9	行动计划没有完成
阿萨姆邦	29	29	行动计划没有完成
比哈尔邦	25	0	咨询程序正在进行
恰蒂斯加尔邦	29	7	行动计划已完成 7 个主题
果阿邦	6	18	行动计划没有完成
古吉拉特邦	15	14	行动计划已完成 5 个主题
哈里亚纳邦	—	—	草案准备
喜马偕尔邦	26		咨询程序正在进行
卡纳塔克邦	29	29	行动计划完成，资金移交给 5 个主题
喀拉拉邦	26	26	行动计划完成，资金移交给 26 个主题
中央邦	23	7	行动计划没有完成
马哈拉施特拉邦	18	—	行动计划没有完成
曼尼普尔邦	22	22	行动计划已完成 22 个主题
奥里萨邦	25	7	行动计划没有完成
旁遮普邦	7	—	行动计划没有完成
拉贾斯坦邦	29	18	行动计划没有完成
北方邦	12	—	行动计划没有完成
北安查尔邦	14	14	行动计划没有完成 5 个主题，3 个主题发表了执行命令
西孟加拉邦	29	—	行动计划完成

资料来源：2006 年印度政府。

注：—＝在给定的来源中没有数据。

　　从总体上看，PRIs 无论从财政上还是技术上都不具备履行即使是核心职能的能力，更不用说福利职能及其他与农业和工业相关的经济职能(见表 6.1)。因而,许多传统上属于 PRIs 的核心职能——饮用水、农村道路、街道照明、卫生设施、基础卫生等——在一些邦尚未完全转换;他们由邦政府的直线部门或同级的半国营组织承担。由此导致的结果是,大多数邦的 PRIs 的人均支出依然相当低(表 6.3)。①

表 6.3　PRIs 的人均支出

邦	人均/卢比			1998—2003 总支出的年均增长率/%
	1990/1991	2000/2001	2002/2003	
安得拉邦	205.7	792.9	898.4	11.9
阿萨姆邦	1.1	3.2	3.2	2.2
比哈尔邦	18.2	4	37.7	17.3
恰蒂斯加尔邦	—	360.8	353.6	11.3
果阿邦	30.1	198.2	418.9	31.0
古吉拉特邦	399.4	1 293.5	782.7	—1.6
哈里亚纳邦	54.7	142.1	241.1	26.7
喜马偕尔邦	8.6	41.2	59.2	12.7
查谟和克什米尔邦	0	750.0	851.2	9.6
卡纳塔克邦	402.6	1 296.2	1 147.2	5.9
喀拉拉邦	46.1	644.9	742.5	0.5
中央邦	44.5	113.9	103.5	2.0
马哈拉施特拉邦	298.4	685.8	821.2	11.1
曼尼普尔邦	7.0	25.5	37.0	21.9
梅加拉亚邦	81.6	51.6	25.5	4.4
奥里萨邦	65.0	37.0	56.8	25.4
旁遮普邦	70.0	85.0	108.3	9.7
拉贾斯坦邦	218.9	361.6	382.3	5.7
锡金邦	0	78.6	74.2	17.7
泰米尔纳德邦	59.7	164.7	152.8	7.6
特里普拉邦	5.3	186.1	252.9	5.2
北方邦	40.9	46.9	43.3	5.1

----

①　然而,在国家财政委员会的报告中关于地方政府的数据却是不一致的。必须牢记的是:从任何两个来源提供的 PRIs 的财政数据是没有可比性的。

邦	人均/卢比			1998—2003 总支出的年 均增长率/%
	1990/1991	2000/2001	2002/2003	
北安查尔邦	—	49.3	45.9	−2.1
西孟加拉邦	24.5	107.0	29.7	5.5
全部(24 个邦)	148.0	324.0	327.8	6.9

资料来源：2000,2004d 印度政府；1991,2001 印度统计。

注：—＝没有数据。在缺乏相关年份连续数据的情况下，比哈尔邦、喀拉拉邦、奥里萨邦和北安查尔邦比标示的持续性更短。

自 有 收 入

　　把 PRIs 的征税权写入宪法第 243H 条被认为是势在必行的，目的是赋予 PRIs 确定性、持续性和权威性。负责国家农村发展的政府部长在向国会提交宪法（第 73 次修正案）草案时指出，"除非潘查亚特被赋予足够的财权，否则他们不可能得到发展"（Oommen 2004,p.1）。向 PRIs 下放税权能够很容易地与分配给他们的任务相连，而邦与邦之间在这一点上是各不相同的。从表 11 列出的长长的清单可以看出，一些特定的基本职能可以说是被排除在 PRIs 的职能范围之外的。即使这些基本服务，也需要大量资金。为实现这一目标，对三级 PRIs 税权的下放需要与职能的下放和人员的配置行动计划联系在一起（印度政府 2004e）。

　　表 6.4 表明，大量不同种类的税收已被下放给了 PRIs 的不同层级。这些税收的相对重要性在各邦各不相同。中间级和地区级潘查亚特只被赋予了征收少量几种税收的权力，而村级潘查亚特则被赋予了很大的税权。在某些情况下，根据税收收入安排，村潘查亚特征收税收并将收入移交更高级别的潘查亚特（Jha 2004）。财

表 6.4　各邦每级农村政府的收入权

税或费	安得拉邦	阿萨姆邦	比哈尔邦	古吉拉特邦	哈里亚纳邦	喜马偕尔邦	卡纳塔克邦	喀拉拉邦	中央邦	马哈拉施特拉邦	奥里萨邦	旁遮普邦	拉贾斯坦邦	泰米尔纳德邦	北方邦	西孟加拉邦
房产或财产税	V	V	V	V		V	V	V	V	V		V	V	V		V
房产或财产税的附加费																
特殊用途农田税	V	I		V												
土地收入田赋	V,I	V		D	I					D						
追加印花税附加费	V	V,I	V,D	D		V	V	V	V	D				V	V	V
职业税、贸易税等				V		V	V		I	V		V	V			
入市税						V	V		I	V						
娱乐税	V	V	D	V			V	V	V			V			D	V
香客税或费		V		I		V	V						V		V	
广告税	V			V		V	V	V		V			I			
教育费												I	I			
通行费	V	I,D	I,D		I	V				V		I	I	V	D	V,D
木材销售税和屠宰税		V								V	V					
对在市场,哈特,集市			I,D							V	V					
出售的商品征税				V	V											
对商店和服务征税	V	V		V	V	V	V					V		V		
车辆税		V		V	V,I			V	V	V,I,D	V	V,I	I		V,I,D	V,I,D
动物税	V	V	V	V		V	V	V	V	V	V	V	V		V	V,I,D
环境保护税	V	V,D	V,I,D	V	V			V	V	V	V					
照明税	V	V,D	V,I,D	V	V			V		V	V	V	V,D		V,I,D	V
水税	V	V,D								V					V	
污水排放税					V	V	V			V,I,D		V	V,I			
社区市民服务或工作的特殊税	I	V	I,D							V,I,D			I			I
对由村潘查亚特征收的税费收的附加费		I,D														

资料来源：各邦的村务委员会统治法；Oommen 2004；Singh、Mishra 和 Pratap 1997。

注：V=村庄委员会；I=中级委员会；D=区委员会。不止一项研究表明现在的 PRIs 具有各自的征税权。

产税、土地收入田赋、追加印花税附加费、通行税、职业税、广告税、非机动车辆税、货物入市税、使用者付费等构成了数额不大的自有收入的主要部分,仅占 PRIs 支出总额的 6%到 7%(表 6.5,表 6.6,表 6.7)。在大部分邦,财产税在收入中的贡献率最高。然而,由于征管的低效率,该税种依然缺乏弹性。其评估是基于税收的年度收入价值和相关的罪行:即对收入的瞒报。然而,一些进步的邦已开始改革税收结构,并在决定税基时使用单元区域法。在自有收入之后,指定性收入是 PRIs 得到的款项中效率最高的。此类收入由邦政府征集和收缴,再移交给 PRIs 供其使用,一些邦扣除了征收费用。各邦分配收入的过程存在巨大差异。然而,典型的指定收入类型为印花税附加费、土地收入田赋或附加税、职业税和娱乐税。在一些邦,这些税收构成了 PRIs 自有收入的一部分。

表 6.5   各级 PRIs 的自有收入

邦	百万/卢比			1998—2003 的年均增长/%
	1990/1991	2000/2001	2002/2003	
安得拉邦	627.0	1 516.5	1 708.5	7.6
阿萨姆邦	30.1	73.2	76.1	2.0
比哈尔邦	—	77.1	66.7	4.2
恰蒂斯加尔邦	—	573.9	578.7	2.0
果阿邦	10.5	76.5	80.1	2.2
古吉拉特邦	274.5	759.2	698.6	−3.1
哈里亚纳邦	293.9	701.4	783.6	9.3
喜马偕尔邦	0.2	33.5	53.9	30.2
卡纳塔克邦	173.3	668.9	594.6	2.0
喀拉拉邦	313.2	2 196.6	2 260.1	3.9
中央邦	119.4	1 420.9	1 748.1	8.3
马哈拉施特拉邦	342.1	3 279.8	4 700.7	18.1
奥里萨邦	59.0	90.6	55.1	−9.6
旁遮普邦	215.6	806.7	987.7	5.7
拉贾斯坦邦	242.8	368.9	376.8	3.6
泰米尔纳德邦	157.2	572.0	654.4	5.2

续表

邦	百万/卢比			1998—2003 的年均增长/%
	1990/1991	2000/2001	2002/2003	
特里普拉邦	0.1	4.9	6.0	6.8
北方邦	227.5	588.7	631.7	7.5
北安查尔邦	—	48.7	61.0	4.9
西孟加拉邦	142.3	325.3	312.57	2.8
全部(20 个邦)	3 228.7	14 182.3	16 435.1	8.0

资料来源：印度政府 2000,2004d。

注：—=给定来源中没有数据。

表 6.6　各级 PRIs 的人均自有收入

邦	人均/卢比		
	1990/1991	2000/2001	2002/2003
安得拉邦	12.9	27.4	30.0
阿萨姆邦	1.5	3.2	3.2
比哈尔邦	—	1.0	0.9
恰蒂斯加尔邦	—	34.5	33.5
果阿邦	15.2	113.1	118.8
古吉拉特邦	10.1	23.9	21.3
哈里亚纳邦	23.7	46.7	50.2
喜马偕尔邦	0.0	6.1	9.5
卡纳塔克邦	5.6	19.2	16.7
喀拉拉邦	14.6	93.2	94.1
中央邦	2.3	32.0	38.0
马哈拉施特拉邦	7.1	58.8	81.9
奥里萨邦	2.2	2.9	1.7
旁遮普邦	15.1	50.1	59.9
拉贾斯坦邦	7.2	8.5	8.3
泰米尔纳德邦	4.3	16.4	18.9
特里普拉邦	0.1	1.8	2.2
北方邦	2.1	4.5	4.6
北安查尔邦	—	7.7	9.4
西孟加拉邦	2.9	5.6	5.2
全部(20 个邦)	5.3	20.1	22.6

资料来源：印度政府 2000,2004d；印度人口普查,1991,2001。

注：—=没有数据。

表 6.7　各级 PRIs 总支出中自有收入的贡献

收　　入	1990/1991	2000/2001	2001/2002	2002/2003
自有收入/%	4.5	5.9	6.0	6.8
其他[a]/%	87.9	90.7	87.9	92.1

资料来源：印度政府 2000,2004d。

a. 其他包括授权和拨款。

借　　债

CAA 中没有相关的 PRIs 贷款或借债的规定。尽管城市地方政府通过邦政府的批准可以在市场中拥有浮动债券，但 PRIs 未被赋予从公共或私人部门举借贷款的权力。

政府间财政转移支付

来自内部收入的收益只占潘查亚特全部收入的很小份额。PRIs 更多依靠邦政府通过共享税和拨款的形式给予的财政转移支付（表 6.7、表 6.8）。邦税收依据邦财政委员会（SFC）的建议实现分享。每隔五年组织一届 SFC 是邦的法定义务。[①] 除分享税收之

---

① CAA 认证条例为 SFC 的结构、人员资格和选举方式提供了支持。每次委员会的建议都在邦立法之前提出。但是许多邦并没有认真地采纳这些建议。第 12 届财政委员会和宪法工作审查中央委员会已经建议这些邦所提供的 SFC 成员标准要和联合财政委员会的建议一致（Alok 2004）。许多邦差劲地对待 SFC，迫使主要官员发表评论说："关于资金，地方财政委员会授予的拨款应该完全被兑现。有报告指出地方财政委员会没有及时授予资金，当资金授予时没有得以兑现，这些都损害到了潘查亚特机构"（印度政府 2004b）。然而，除了三个邦以外阿鲁纳恰尔邦、比哈尔邦和哈尔肯德邦，所有邦都收到了他们的第一份 SFC 报告，一些邦安得拉邦、哈里亚纳邦、喀拉拉邦、旁遮普邦、拉贾斯邦、北方邦和西孟加拉邦甚至已经成立了自己的第三委员会。

外,SFC 还负责审查 PRIs 的财政状况并提供如何用邦的统一资金向 PRIs 分配各种税、费和补助性拨款的建议。

表 6.8 PRIs 自有收入的重要性

年份	自有收入的份额/%			PRIs 的自有收入/百万卢比
	联合政府	邦政府	PRIs	
1990/1991	63.42	33.21	0.36	3 251
1995/1996	61.03	35.14	0.31	5 680
1998/1999	59.65	37.01	0.48	11 610
1999/2000	60.63	36.30	0.47	13 345
2000/2001	59.87	37.05	0.45	14 182
2001/2002	57.61	39.26	0.44	14 328
2002/2003	59.11	38.43	0.45	16 435

资料来源：印度政府 2000,2004d,2005。

注：百分比的计算是根据调整总税收收入（整个印度）中的地方政府自有收入后所得。

SFCs 最主要的职能是决定邦以收入分享和补助性拨款的形式对地方政府进行财政转移支付。自宪法第 80 次修正案之后,根据第 10 届财政委员会(1995—2000)的建议,所有联邦税按照一定比例被下放给了邦。很多 SFCs 也采取了这一体制,主要基于以下原因:第一,该体制具有自政策的特征;地方政府自动地从邦税收的增长中获益。第二,该体制具有嵌入式的透明性、客观性和确定性;地方政府能够在各财政年度的一开始就参与可划分资源的分享。第三,该体制使地方政府能够从宏观上理解经济并采取经过慎重考虑的见解来执行他们自己的年度预算。换句话说,它促使地方政府自己创造收入,同时动员更多的外部资源。第四,邦政府在进行税制改革时能够保证公正,而不去考虑某种税收是否能够与地方政府分享。

这就导致了与可划分资源的构成相关的问题。表 6.9 显示了各邦在界定可划分资源以及与 PRIs 和地方实体分享可划分资源的原则方面的巨大差异。安得拉邦、阿萨姆邦和果阿邦的 SFCs 将邦税收和非税收收入中的联邦税的份额归入了可划分资源的范围。

表 6.9 SFC 对邦资源份额的建议

邦	可分配资源的百分比/%	份额/%		地方实体相互之间的分配标准
		PRIs	都市地方实体	
邦总收入				
安得拉邦(SFC Ⅰ)	39.24	70.00	30.00	人口、落后指数、贫困
安得拉邦(SFC Ⅱ)	10.39[a]	65.00	35.00	人口、地区、贫困、收入动员
阿萨姆邦(SFC Ⅰ)	2.00	75.00	25.00	人口
果阿邦(SFC Ⅰ)	36.00	75.00	25.00	人口、地理区域、绩效、落后程度
邦自有收入				
查谟和克什米尔邦(SFC Ⅰ)	13.50	67.00	33.00	没有提及
喀拉拉邦(SFC Ⅰ)	1.00	没有提及	没有提及	人口
中央邦(SFC Ⅰ)	11.579	25.13	74.87	人口、地区、税收努力
奥里萨邦(SFC Ⅱ)	10.00	80.00	20.00	人口、密集度、土地数量、收入努力
锡金邦(SFC Ⅰ)	1.00	100.00	0	非都市地方实体
北安查尔邦(SFC Ⅱ)	10.00	60.00	40.00	人口、地区、物质短缺指数、偏远指数、税收努力
非债务性总自有收入				
卡纳塔卡邦(SFC Ⅰ)	36.00	85.00	15.00	人口、地区、文盲、道路长度、人均病床数
卡纳塔克邦(SFC Ⅱ)	40.00	80.00	20.00	人口、地区、文盲、SCs 和 STs、人均病床数
邦自有税				
喀拉拉邦(SFC Ⅱ)	3.50[b]	78.50	21.50	人口

续表

邦	可分配资源的百分比/%	份额/%		地方实体相互之间的分配标准
		PRIs	都市地方实体	
旁遮普邦(SFC Ⅱ)	4.00	67.50	32.50	人口,人均收入,SCs
拉贾斯坦邦(SFC Ⅰ)	2.18	77.30	22.70	人口,贫困
拉贾斯坦邦(SFC Ⅱ)	2.25	76.60	23.40	人口,贫困,地区,文盲
泰米尔纳德邦(SFC Ⅱ)c	8.00	60.00	40.00	人口,SCs 和 STs,人均自有收入,核心服务
泰米尔纳德邦(SFC Ⅰ)	8.00	58.00	42.00	人口,SCs 和 STs,人均自有收入,地区,资产维护资源差距
北安查尔邦(SFC Ⅰ)	11.00	42.23	57.77	人口,离铁路终端的距离
北方邦(SFC Ⅰ)	10.00	30.00	70.00	人口,地区
北方邦(SFC Ⅱ)	12.50	40.00	60.00	人口,地区
西孟加拉邦(SFC Ⅰ)	16.00	根据区人口	根据区人口	人口,SCs 和 STs,文盲,地区密集度
西孟加拉邦(SFC Ⅱ)	16.00	根据区人口	根据区人口	人口,密集度,SCs 和 STs,文盲,婴儿死亡率,农村人口,人均收入

资料来源：Alok 2004。

a. 安得拉邦的第二个 SFC 建议在现有的年度授权之上增加 10.39％的分享份额。

b. 此外,5.5％的可分配资源被建议作为受地方实体控制的财政补贴用于资产维护。

c. 在泰米尔纳德邦,被称为资源 B 的可分配资源包括销售税,机动车销售税,邦消费税和其他邦税。资源 A 包括那些理当属于地方实体的税：印花附加税,地方税和地方附加税,以及娱乐税。资源 A 类税都被建议交由地方实体。

然而,喀拉拉邦、中央邦和锡金邦的第一 SFCs 以及奥里萨邦和北安查尔邦的第二 SFCs 未纳入联邦税的份额,而是建议只纳入邦税收和非税收收入。拉贾斯坦邦、泰米尔纳德邦、北方邦和西孟加拉邦的 SFCs 以及喀拉拉邦、旁遮普邦的第二 SFCs 又向前进了一步,他们建议仅把邦的税收收入纳入可划分资源。卡纳塔克邦 SFCs 通过使用"非贷款形式的自有收入总额"这一术语定义可划分资源而采取了一种不同的机制。表 6.9 仅显示了那些其 SFCs 建议全面分享邦收入用以转移支付这一观点的邦的情况。

其他邦的 SFCs 建议仅分享特别税或赋予地方政府固定数额的收入。例如,旁遮普邦第一 SFCs 建议将 5 种税收纯收益的 20% 转移给地方——即印花税、机动车辆税、电力税、娱乐税和影视娱乐税。由于不同的 SFCs 给出了不同的建议,各邦之间在收入分享机制方面表现出显著的差异。

中央财政委员会

为防止 SFC 阻止邦立法将责任和收入下放给地方政府,CAA 特别规定中央财政委员会应参考 SFCs 的建议提出增加邦的总收入的建议性措施。到目前为止,已有三届中央财政委员会(第 10、第 11、第 12 届)提出了建议。[①] 所有这些委员会都严重受制于一些因素,这些因素部分源自实践,部分源自新的财政安排的设计:SFCs 与中央财政委员会在任届周期上缺乏同步性;邦政府根据 SFC 的建议采取的行动缺乏相应的时间表的指导;分配到地方政府的职能,财政和人员不够明晰,不同 SFCs 在行事方法、工作内容

---

① 第 10 届中央财政委员会并没有强制性对地方政府提出建议。因为 CAA 在委员会提交报告之前生效,它对有关地方政府的子条款 280(3)新加入的条款提出建议。

以及任期上存在异质性。

　　然而，所有委员会都提出了向 PRIs 提供临时性拨款的建议。第 10 届中央委员会提议在 1996 年至 2000 年期间，向 PRIs 提供 438 亿卢比的资金，即人均 100 卢比。[①] 由于缺乏邦政府的正式支付担保证书，中央政府只能兑现 357 亿卢比。之后，基于表 6.10 给出的原则，第 11 届中央财政委员会在其任期内提出了一项 1 000 亿卢比的拨款。特定的机构建设活动，如账目的维护、数据库的建立及审计，被定为该拨款的首要任务。此项拨款的主要目的是促进潘查亚特作为一个自治机构行使职能。中央政府接受了这一建议，同时提出了一项限制性条款要求 PRIs 提供合适的配套性资源。

表 6.10　国家政务委员会用于向各邦的 PRIs 分配拨款所采纳的标准

标准	权重分配，由	
	第 11 届中央财政委员会确定	第 12 届中央财政委员会确定
人口	40	40
地区	10	10
距离	20	20
分权指数	20	无
收入努力	10	20
物资短缺指数	无	10

　　资料来源：印度政府 2000，2004。

　　此项拨款不能被充分利用。一些邦政府和 PRIs 在与第 12 届中央财政委员会进行交流时提出了这一观点。[②] 该委员会在其报告中强调了这一问题："在拨款的支付和使用上，中央政府不应该设置任何未经我们同意的附加条件"（印度政府 2004d，p. 262）。在其建议中，该委员会试图采用均等化原则，并分配 2 000 亿卢比给潘查亚特以改善服务供给尤其是供水和卫生设施。中央委员会的拨款

---

　　① 　2006 年初，Rs45＝1US＄。

　　② 　邦政府在向第 12 届国家财政委员会提交备忘录时也提到了这一点。（参见 http://www.fincomindia.nic.in）。

主要用于运作和维持,因而与中央各部门和计划委员会的拨款目的不同。通过此项转移支付,委员会希望 PRIs 接管所有有关饮用水的中央计划,包括水务自我管理在内,后者由于运作和维护的资金不足而未能实施。

中央赞助计划

在大多数邦,中央政府都通过邦政府向潘查亚特提供其运作所需的大部分财政经费。这些来自计划委员会或中央有关部门的基于拨款的转移支付是通过中央资助计划(CSSs)实现的。① 这类计划数量众多。其中很多属于由联邦政府不同部门承担的 29 项职能的范围。

表 6.11 显示,15 个起初履行表 11 职能的部和局已开始管理 151 项计划,涉及 3 251.9 亿卢比,以上主要是有关 PRIs 职能的。

一些计划的可行性一次又一次地遭到质疑。负责邦潘查亚特制度的官方特别任务小组总结出了 CSSs 在执行过程中的以下几点不足(印度政府 2004c,p.3)。

- 苛刻的条件;
- 制度安排的方式不一致——CSSs 可以是扶持潘查亚特的、与潘查亚特平行的、无视潘查亚特的、或抑制潘查亚特的;
- 被财政表象所扰;
- 结果无效率或无效率的监督及评估;
- 部门行政负荷过重导致处理拨款申请时效率低下和财政延迟拨付;
- 财政拨付缺乏透明性。

---

① 邦的捐款占 CSSs 的比例在 20 世纪 80 年代是 50%,到了 90 年代由于邦财政紧缩的状况,比例下降到了 25%。邦的比例还在一直下降。一些计划完全是由中央政府资助。

表 6.11　主要处理 PRIs 职能的联合部计划

部门 名 称	计划数量	每年拨款/百万卢比
农村发展	6	113 224
初等教育	9	57 375
家庭福利	49	49 297
饮水和农村卫生	2	33 000
妇女和儿童发展	6	21 531
农业	8	12 584
土地资源	4	10 330
保健	14	9 825
贫民、其他低等种姓 和少数民族的福利	9	5 816
畜牧业	18	3 870
中等和高等教育	11	3 060
成人教育	4	2 375
非传统能源	4	1 260
部落事务	4	1 110
印度医药和顺势疗法	3	553
总计	**151**	**325 190**

资料来源：印度政府 2000,2004。

CSSs 是否应被转换为整体性转移支付尚在争论之中。这一点可以从 2004 年 6 月 29 日总理在其对全体部长的讲话中提出的"思考我们是否应该采用基于地方贫困状况而向地方提供整体性拨款的体制以计划和实施能够最大化地方资源潜力的策略"（印度政府 2004b,p.8）的要求中得到体现。一个官方特别任务小组（印度政府 2004c）建议把这一大的计划整合为 7 项整体性拨款：消除贫困、水资源安全、公共卫生、教育、家庭福利以及儿童发展、住房和农村通信。

2005 年 9 月 7 日,印度政府颁布了国家农村就业保障法案,目的是确保成年而不具备熟练技术的劳动者的年工作日在一个财政年度内有不少于 100 天的工作日,这一举措是一个里程碑式的发展。在联邦政府和邦政府的支持下,各级 PRIs 都积极参与到了该法案的实施当中。

财政自主性与依赖性

PRIs 在通过引导贫困人口实现发展以增进民主方面具有重要作用,这一点越来越得到认同。此外,PRIs 能够通过提出适合地方的解决办法并满足人民的基本需要而帮助动员资源,这一点已逐渐被认识到。然而,潘查亚特制度作为一个自治机构能够实现的成效主要取决于行政和财政权力下放的程度,以及宪政框架下的自主性程度。

一些邦的 PRIs 在某种程度上为历史上的从属性地位所累。例如,在邦一级,根据现行预算程序,由邦政府官员享有向 PRIs 分配财政资源的关键性的控制和决断权。地区一级的官员也享有类似的权力。由此导致的结果是,拨款要依次经过邦财政部再到地区财政部,中间有相当长的一段时间。这就致使 PRIs 无法及时足额地获取他们的拨款份额。因而,支出的效力大打折扣。随着时间的推移,产生了一种依赖性综合征。①

这一事例与主要部长会议中用于指导实践的其中一个观点是一致的:

事实上所有邦的潘查亚特都存在财政不足的问题。

这就导致了这样一种状况,即宪法在把权力和责任下放给

---

① 认识到该问题,第 12 届中央财政委员会特别规定邦政府将拨款转移给地方政府的最长时间是 15 天。委员会声称联合政府将严肃对待违规行为。

地方时，却没有赋予其相应的用于执行下放的数量众多的计划和项目的财政或法律手段。这种鸡和蛋的并存性导致几乎所有地方的潘查亚特制度和地方行政机构无法得到发展行政当局的信任，使得选举产生的官员形同虚设，因无权和无力而深感挫败（印度政府 2004a,p.3）。

在许多情况下，PRIs 即使是使用可用资金，也必须获得地方行政当局的许可。在某些情况下，只要不超过一定限额 PRIs 无须获得批准。例如，喀拉拉邦和中央邦的 PRIs 分别可以承担高达 10 万和 30 万卢比的项目，而无须任何外部许可（Jha 2004）。

然而，有关 PRIs 财政自主性的问题尚在讨论当中。有观点认为，财政自主性不能被嵌入补助性拨款体制当中。与统一拨款、公共捐款和专项贷款相比，具备明确的税收权力和税收分享设计的税收体制对于促进自治和财政自主发挥着更大的作用（Oommen 1999）。还有观点认为，自有收入对于潘查亚特有效率且有效益地运作而言不是最关键的。来自更高层级政府的财政转移支付更能够服务于这一目的，"只要潘查亚特有足够的自主性来决定如何使用这些资金"（Johnson 2003,p.22）。

事实上，向 PRIs 下放税权引发了许多棘手的政治和行政问题。Manor(1999)曾指出，一方面，从国际惯例来看，高层政府倾向于下放征税权给地方政府，主要是出于这样一种考虑，即中央官员的控制权是向下逐级递减的；但另一方面，被赋予权力的地方当局却不愿征税，因为担心影响居民对他们的拥护。地方缺乏行政能力和部分地区的居民不愿纳税也构成了地方收入流失的原因。

然而，第 12 届中央财政委员会正在尝试增强地方政府的财政能力，并提倡由潜在的受益人负担地方公共物品的费用。同时该委员会谴责了部分地方当局不愿意收税的行为："均等化原则延伸到地方政府即意味着：邦和地方都缺乏财政能力是可以弥补的，但缺乏争取收入的努力却是不能弥补的"(印度政府 2004d,p.26)。

问题和启示

　　印度分权化的历程折射出了多方面的问题。一些与其他发展中国家相关。下面列举出了其中的一些:

- 综合的观点和行动。分权的立法、政治、财政和行政等方面是相互交叉的,需要同时被关注。分权的一个方面进行改革,其他方面也应相应地进行必要的调整。10 年前的立法改革没有恰当的行政和财政改革与之配合。行政部门固执于旧的传统,对于在下放职能的同时下放相应的财政和人员表现出犹豫不决。在一个系列中,财政应该与职能相配套。

- 监督和评估该体系的能力。以中央法案的形式实施的立法改革,需要有相应的各邦政府的配套性法案及执行行动,为地方政府创造一个便于其发挥能力的环境。中央政府应该鼓励邦政府通过一种激励或奖励性体制来创造这种环境。这一环节相当关键,因为中央政府的法定作用只限于监督宪法条款的实施。①

- 自由而公正的地方选举。邦选举委员会对 PRIs 进行定期选举,为更广泛的社会问题提供了责任性和回应性。然而,要辨别这些问题必须向选民提供高品质的信息。信息权利法案的通过帮助选民做出最佳选择。有说服力的媒体在印度已经存在。

---

　　① 为了方便,邦立法机关、公众更明了地审查和评估,第五次部长圆桌会议规定所有邦应该提交关于潘查亚特情况的报告,以及基于 Alok 和 Bhandari(2004)的原创性论文提出的分权指标。

- 自治机构。选举产生的代表、自治的 SFCs 及其他地方机构是分权化治理的关键。这些机构必须是核心性的，且独立于邦政府的，从而增强其技术能力和实现真正的自治。

- 强大的财政信息系统。用于设计、实施和评估分权政策（包括政府间财政政策）的体制必须是强有力的。世界银行（2004，p. 43）评论了中央财政委员会和 SFCs 在报告中引用的公开的财政收入和支出数据的低劣品质："该数据被严重歪曲并极度夸大了潘查亚特实际掌握的资金。"[1]

- 高层政府的示范作用。高层政府，尤其是联邦政府，必须遵守自己制定的规则。联邦政府推迟对邦政府用于 PRIs 的转移支付拨款、在财政转移支付上附加奇怪而模棱两可的条件，以及相应的保留未使用的资金都会侵蚀分权的基础。

- 能够识别地方需求和偏好的权威。PRIs 在计划和拨款项目的设计上必须有发言权。CAA 认识到在 PRI 自主计划的形成过程中地方辨别自身需求并发展自身能力的重要性。第 243 ZD 条明确了关于地区计划委员会的法律规定。各级 PRIs 都必须编制计划；类似的，所有城市地方政府也要制订自己的计划。这些计划的整合工作则由地区计划委员会承担。整合后的地区计划随后被移交给邦政府，并整合进邦的计划当中。尽管许多邦都成立了地区计划委员会，但这种详细的基础性计划却未在任何地方实施。

近来，潘查亚特部协调性的努力促进了人民的参与，从而有利于启动引入潘查亚特机构的社会和政治变革过程。2005 年信息权利法案和农村就业保障法案的制定从法律上进一步增强了 PRIs 的力量。另一项正在试图通过的法案是有关为 PRIs 配置司法权并使传统的 Nyay（司法）潘查亚特制度化。这一举措将有助于缩小目前

---

[1]　然而，第 11 届中央财政委员会已经开始建议科学地会计、数据库和计算机化。随后，印度的审计官和审计员提交了 PRIs 的会计格式。大多数邦已经采用该格式。

PRIs 法律地位和事实地位之间的差异，从而实现"3F"（职能、财政和人员）的恰当组合。

参考文献

Alok, V. N. 2004. "State Finance Commissions in Indian: An Assessment." *Indian Journal of Public Administration* 50 (3): 716–32.

Alok, V. N., and Laveesh Bhandari. 2004. "Rating the Policy and Functional Environment of PRIs in Different States of India—A Concept Paper." Paper presented at the Fifth Roundtable of Ministers in Charge of Panchayati Raj, Srinagar, India, October 28–29. http://www.panchayat.gov.in.

Census of India. 1991. *Final Population Totals*. New Delhi: Government of India.

———. 2001. *Final Population Totals*. New Delhi: Government of India.

Gandhi, Mohandas K. 1962. *Village Swaraj*. Ahmedabad, India: Navajivan Publishing House.

Government of India. 2000. "Report of the Eleventh Finance Commission for 2000–2005." Government of India, New Delhi.

———. 2001. "Report of the Task Force on Devolution of Powers and Functions upon Panchayati Raj Institutions." Ministry of Rural Development, New Delhi.

———. 2004a. "Background Note and Action Points." Paper prepared for the Chief Ministers' Conference on Poverty Alleviation and Rural Prosperity through Panchayati Raj, New Delhi, June 29. http://www.panchayat.gov.in.

———. 2004b. "Inaugural Address by the Prime Minister." Chief Ministers' Conference on Poverty Alleviation and Rural Prosperity through Panchayati Raj, New Delhi, June 29.

———. 2004c. "Report of the Task Force of Officials in Charge of Panchayati Raj in States to Examine the Centrally Sponsored Schemes." Ministry of Panchayati Raj, New Delhi.

———. 2004d. "Report of the Twelfth Finance Commission (2005–10)." Government of India, New Delhi.

———. 2004e. Resolution of the First Round Table of Ministers in Charge of Panchayati Raj, Kolkata, July 24–25. http://www.panchayat.gov.in.

———. 2005. *Indian Public Finance Statistics, 2004–2005*. New Delhi: Ministry of Finance.

———. 2006. *Annual Report 2005–2006*. New Delhi: Ministry of Panchayati Raj.

Government of India, Committee on Plan Projects. 1957. *Report of the Team for the Study of Community Projects and National Extension Service*. Vol. I. New Delhi: National Development Council.

Jha, Shikha. 2000. "Fiscal Decentralization in India: Strengths, Limitations, and Prospects for Panchayati Raj Institutions." Background Paper 2, *Overview of Rural Decentralization in India*, vol. 3. Washington, DC: World Bank.

———. 2004. "Panchayats—Functions, Responsibilities, and Resources." Paper presented at the National Institute of Rural Development, Hyderabad, India, January 23.

Johnson, Craig. 2003. "Decentralisation in India: Poverty, Politics, and Panchayati Raj." Working Paper 199, Overseas Development Institute, London.

Kohli, Atul. 1987. *The State and Poverty in India: The Politics of Reform*. Cambridge, U.K.: Cambridge University Press.

Malaviya, H. D. 1956. *Village Panchayats in India*. New Delhi: Economic and Political Research Department, All India Congress Committee.

Manor, James. 1999. *The Political Economy of Democratic Decentralization*. Directions in Development Series. Washington, DC: World Bank.

Mookerji, Radhakumud. 1958. *Local Government in Ancient India*. Delhi: Moti Lal Banwari Dass.

Oommen, M. A. 1995. "Panchayat Finances and Issues Relating to Inter-Governmental Transfers." In *Panchayats and Their Finance*, ed. M. A. Oommen and Abhijit Datta, 1–54. New Delhi: Institute of Social Sciences.

———. 1999. "Panchayat Finance and Issues Relating to Inter-governmental Transfers." In *Decentralisation and Local Politics: Readings in Indian Government and Politics*, vol. 2, ed. S. N. Jha and P. C. Mathur, 142–72. London: Sage.

———. 2004. "Basic Services, Functional Assignments, and Own Revenue of Panchayats—Some Issues in Fiscal Decentralization for the Consideration of the Twelfth Finance Commission." Paper presented at the National Institute of Rural Development, Hyderabad, India, January 23.

Rajaraman, Indira. 2003. *Fiscal Domain for Panchayats*. New Delhi: Oxford University Press.

Singh, S. K. 2000. "Panchayats in Scheduled Areas." In *Status of Panchayati Raj in the States and Union Territories of India*, ed. George Mathew, 23–33. Delhi: Institute of Social Sciences.

Singh, S. S., Suresh Mishra, and Sanjay Pratap. 1997. *Legislative Status of Panchayati Raj in India*. New Delhi: Indian Institute of Public Administration.

World Bank. 2004. *India: Fiscal Decentralization to Rural Governments*. Vol. I. Washington, DC: World Bank.

第七章　地方政府组织与财政：
印度尼西亚

萨巴蒂安·厄卡特　安瓦·沙

近年来,地方政府改革主宰了印度尼西亚的中央政策议程,从 1999 年起印度尼西亚便引入了一系列的影响地方政府组织、财政和职能的变革。本章从总体上并以分析性的视角介绍印度尼西亚到目前为止进行的改革以及尚未完成的议程,并从这些经验中提炼了一些相关的能够指导其他试图进行财政体制改革的发展中国家的启示。

印度尼西亚地方政府简史

在印度尼西亚的现代史中,绝大部分时间是通过中央集权式的财政和政治体制实现治理的,地方政府机构只有很小的自主发展空间。[①] 荷兰人认为地方自治会成为中央集权式的殖民控制的极大威

---

① 对印度尼西亚地方政府发展的简单历史回顾是由 Jaya 和 Dick(2001),Mackie (1999)和世界银行(2003)提供的。

胁,苏加诺和苏哈托政府则认为地方自治会威胁国家统一。印度尼西亚地方政府体制的发展可追溯至荷兰殖民统治后期创立的自治市(gemeenten)和管区(gewesten),但他们仅仅是在地方层级执行高层行政任务。^①　独立后的第一部宪法(1954 年)要求建立地方政府并在一个统一的框架内制定一部地方政府法案。共和国的第一部有关地方政府的法律(1948 年第 22 号法令)依然保持着相当浓厚的集权特质。1949 年,持续的争取独立的斗争最终导致荷兰人承认印度尼西亚联邦共和国。

联邦宪法赋予其 15 个联邦州相当程度的自治权,但被广泛认为是受到了荷兰人对印度尼西亚的影响,因为其有意削弱中央政府而增强州的实力以延续荷兰对印度尼西亚群岛的控制。^②　这种状况促使印度尼西亚中央政府对国家进行重组以成为一个统一的国家,并在独立仅几个月以后就重新收回了政治权力。随后,到了 1957 年,随着地方抵制中央政府意识的逐渐增强,当苏加诺政府颁布了一部新的赋予地方更大自主权(Legge 1961)的地方政府法案(1957 年第 1 号法令)时,分权化倾向受到了鼓舞。然而,1959 年,一项总统法案暂缓了国会民主而推崇"定向民主",即将政治权力集中,由总统掌控,于是导致了苏加诺总统的独裁统治。

当 1967 年苏加诺的定向民主被总统哈吉穆罕默德苏哈托的"新秩序"体制所取代时,这种政治集权的倾向得到了强化,逐步成为世界上集权化程度最高的政治体系之一。尽管采取了一些法律措施以增强地方自主权(即 1974 年颁布的关于地方自主权的第 5 号法令),但真正有意义的分权化举措从未付诸实施。如同 Jaya 和 Dick(2001,p.222)所注意到的,"尽管最初的期望很高,但 1974

---

①　在 1903 年,一部有关分权化的殖民法允许建立地方机构。从 1905 年以后,城市的市政机构(gemeenten)建立起来,以 Batavia,Meester Cornelis 和 Buitenzorg 为先,不久之后许多地方机构也相继成立(Mackie,1999)。

②　联邦共和国由 15 个州组成,其中只有一个印度尼西亚共和国,其首都在 Yogyakarta。

年的第 5 号法令并未扭转政治和财政权力集中的趋势。"

事实上,在 20 世纪 90 年代末期的分权化政策之前,政府间关系的组织原则是严格的科层式的,即中央政府对地方官员的任免以及这些官员对资金的使用实施严密的控制。地区和地方政府主要作为中央政策和项目的执行机构行使职能。实际上,地方政府官员受到极大的政治和财政激励向更高层级的政府长官负责,而不是对他们的社区负责。高度集中的财政结构助长了缺乏责任性的倾向,对公共部门项目的回报率产生了负面影响,并限制了地方机构的发展(Bastin 1992;Shah 和 Qureshi 1994;Van den Ham 和 Hady 1988)。然而,尽管存在这些缺陷,这种体制一直沿用到整个制度瓦解。

20 世纪 90 年代末期,亚洲金融风暴及其引发的后果最终导致苏加诺总统长达三十多年的独裁统治的倒台。作为更大规模政治体制改革的一部分,1999 年 5 月,经过短短几个月时间的准备,巴哈尔丁·优素福·哈比比总统领导的改革内阁便颁布了两项重要的法律,对三级国家政府之间的政治权力和财政资源的重新分配做出了规定。通过 1999 年颁布的关于地方治理的第 22 号法令,一些政府支出的责任被下放——与省级政府相比,更多责任下放给了地方(地区)政府。这种变化正是沙所推崇的(1998a),他认为放权给省一级可能滋长离心倾向并促使某些资源尤其富足的地区脱离中央。强化地方政府将有助于增进政治和经济的结合,但同时必须平复长期以来地方感到的委屈。

1999 年颁布的关于中央政府与地方之间财政均衡的第 25 号法令将预算交给了地方政府。该法令及相关的执行规则计划于 2001 年实施,即获得国会通过两年以后。即便如此,印度尼西亚的地方政府体制依然处于不断变迁的状态之中。除了大量的政府规章和部门法令以外,2004 年又出台了一部专门的分权法律修正案,以便对分权的一般框架进行详细说明。2004 年 9 月底,国会

（梅加瓦蒂）通过了关于地方治理的第 32 号法令和关于财政分权的第 33 号法令，从而巩固了印度尼西亚创建分权的治理体系的努力。

<h1 style="text-align:center">现行地方政府体系：法律、
财政和政治总览</h1>

印度尼西亚的政治和行政体系由 4 级政府组成，中央、省（一级 Daerah Tingkat 或 Dati）、地区（二级 Daerah Tingkat Ⅱ 或 Dati Ⅱ）、城区（城市、乡镇或 kotamadya）和乡村（城市地区的 kelurahan 和农村地区的 desa）。在法律上，地方和省级政府是统一的印度尼西亚范围内的拥有自主地位的行政和地域实体。到 2004 年底，共有 33 个省，大约 440 个地区，近 100 个城镇和 8 000 个乡村。平均每个省的人口约为 700 万，最少的是北马鲁古省，不足 100 万，最多的是西爪哇省，超过了 3 800 万。印度尼西亚地方政府（包括农村地区和城区）的平均人口约为 48 万，大大高于国际标准。① 各地方之间的人口规模差距悬殊，最少的是人口稀疏的沙璜，不足 2.5 万，最多的是万隆，将近 400 万。从有效提供服务的角度看，有些地方可能太大，而另一些地方则太小。

各地方政府之间在地理和社会经济方面的特征也存在巨大差异。20% 的经济最发达地区的人均收入超过了 20% 的最贫穷地区的 3 倍以上。这种不均衡的经济状况分布体现为生活条件的显著

---

① 例如，中国城市的平均规模是 30 000，菲律宾是 45 000，英国是 130 000，南非是 150 000。

差异。[1] 贫困率最低的是与雅加达相邻的工业化地区贝克西,仅为
7%,最高的是印度尼西亚东部的西前日地区,高达 40% 以上。尽
管印度尼西亚整体的文盲率已降低到 12%,但三邦的东爪哇地区
的文盲率依然高达 40% 以上。而且尽管占碑省的丹戎贾邦地区约
98% 的人口能够享受基本医疗卫生服务,但在西加里曼丹省的新当
却只有 22% 的人口能够享受(BPS 2003)。尽管这种异质性潜在地
有利于分权的推进,但它同时给财政体制带来了相当大的压力,主
要是在确保公共服务最低限度的数量和质量以及可及性并促进各
地生活条件的均等化方面。

　　1945 年宪法法案第 18 条通过确立一部地方政府法案而为地
方政府的建立和维持提供了依据。1999 年和 2004 年的分权法令
及其相关的规则是印度尼西亚现行地方政府体制的基础。2000 年
通过的第二部宪法修正案吸收了部分分权改革的理念——如市长
和官员的民主选举——从而确保体制的长期稳定并为防止独裁统
治提供政治保证。[2]

　　1999 年颁布的第 25 号法律第 7 条规定,中央政府必须把国内
净收入(国内总收入减分享收入)的 25% 以上转移给中央以下各级
政府,通过这一规定,地方政府所控制的资源才有所增加。这笔收
入的 10% 归省级政府,90% 归地方政府,地方政府也因此承担了绝
大部分的支出责任。由此,中央以下各级政府的支出总额占公共支
出总额的比例也由 2000 财政年度的 17% 上升到 2001 财政年度的
27%。在 2002 财政年度,这一比例上升至 30% 以上。如果扣除国
家偿债支出,2002 财政年度的中央以下各级政府支出占到政府支

---

[1]　人均 GDP 和贫困的相关性是紧密的,但不完全相关,在一些资源富裕的地区,
如 West Papua,显现出高程度的贫困水平。事实上,在 2002 年,在人均 GDP 方面排名第
三富裕的地区 Papue 却有最高比例的人口生活在贫困线以下(51.2%)(ADB2005)。

[2]　地区的领导者是直接选举还是间接选举,要怎样安排是由法律决定。直接普遍
选举地区领导人的规定是不能被接受的。另外,宪法提供特殊的法律并为特别省份提供
特别的法规。这要求公正和公平,同时考虑地方在区域财政安排上的独特性和多样性。

出总额的 40％以上。从绝对数来看，地方政府支出和收入一直处于上升状态。如图 7.1 所示，2001 年地方政府的实际支出增加了 1 倍以上，而之后的 2002 年和 2003 年又分别上升了 18％和 20％。根据 2004 年第 33 号法律，从 2008 年开始，中央以下各级政府的收入占国内净收入总额的比例将达到 26％以上。修正案未对省和地方政府的分配比例做出具体规定，但随后的政府规章将就此做出补充。

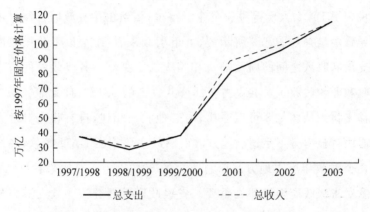

图 7.1　地方支出和收入，1997—2003 财政年度

资料来源：基于 Lewis 和 Pradhan 2005 的数据作者自制的表格。

注：2000 年印度尼西亚政府改变了财政年度的时间，与公历年一致。财政年现在从 1 月 1 日开始，12 月 31 日结束。在这一改变之前，年份指的是财政年的数据，因此，FY 1999/2000 指的是从 1999 年 4 月 1 日开始 2000 年 3 月 31 日结束的财政年。

　　也许与数额上的变化相比更为重要的是财政来源上的变化。在最近提出的分权提案之前，中央政府主要依靠专项拨款来资助下级政府的周期性和发展性支出。[①] 转移支付依然是地方政府收入的主要来源，但现行体制主要依靠地方政府享有完全自主权的统一转

---

　　① 最大比重的组成部分是 SDO，它涵盖了地方政府的经常性支出，包括公务员和政府雇员工资。另外，中央采用部门专项拨款去资助地区特殊项目或活动（Shad 和 Qureshi 1994）。

移支付。具体而言,现行收入体制界定了 4 种主要的收入类型:
(a)自有收入,包括税收和非税收收入;(b)平衡性拨款,包括一般
分配性基金(Dana Alokasi Umum,DAU)拨款,特别分配性基金
(Dana Alokasi Khusus,DAK)拨款,以及分享性税收和收入;(c)贷
款和其他形式的地方借债;(d)其他地方收入。

　　分权政策的主要目的是向下转移支出责任。然而税收分配却
并未因为分权政策而做出比较大的调整。所有重要的税基,包括增
值税(VAT)、个人所得税和企业所得税,依然由中央政府控制。由
此导致的结果如图 7.2 所示,从上下层级来看,中央以下各级政府
的支出和收入之间的财政缺口相当大。中央以下各级政府的自有
税收和非税收收入总共仅占全部公共收入的 5.1%,且大部分来自
转移支付。从图 7.3 可以看出,与其他收入相比,自有收入对地方
政府而言显得微不足道。地方政府财政主要依靠 DAU 拨款,在过
去几个财政年度占地方政府总收入的 60%以上。对比来看,DAU
拨款对省级政府则没那么重要。省级政府掌握着一些收入潜力相
当大的税种,如燃油税,从它们在自有收入中占据的高份额就可以
看出。

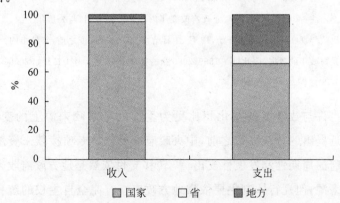

图 7.2　不平衡的分权:次国家级政府占总收入和

总支出的份额,2003 财政年度

资料来源:作者基于印度财政部 2005 年对 294 个地方政府的数据进行的估算。

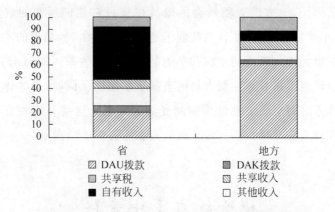

图 7.3　次国家级政府的收入来源，2003 财政年度

资料来源：作者基于印度财政部 2005 年的数据进行的估算。

　　分权立法还重构了地方政治体制。它使各级政府的民主选举制度化，并鼓励多元政党的发展，立法的强化，地方政治组织的建立以及公共利益集团的成立。中央政府任命地方政府首脑的制度也被取消。这一转变显然意味着市长不再作为中央政府的代表服务并承担向上的责任。[①] 这些举措使大量的政治控制职能转移到了地方（水平的）责任体系。[②]

　　这些地方责任体系基本围绕一个三角关系建立，这三角包括地方首脑（市长）、地方代表委员会和社区（投票人）。最初，责任的落实十分直接，市长由代表委员会间接选举产生并对选举委员会负责（ADB 2004；世界银行 2003）。相应的，委员会成员通过经常性多党选举向社区负责。在 1999 年进行的第一次大选中，地方议会的成员是在秘密政党名单的基础上选举出来的，其中 10% 的席位预留给了军队和警察以及基于其在党内的头衔而获得席位的政党候

---

　　① 　相反，地方统治者具有中央政府代表和自治省份领导者的双重职能。

　　② 　除了关于地方治理的 1999 年第 22 号法令以外，选举法的许多方面（1999 年第 3 号法令和 1994 年第 4 号法令）和关于政党的 1999 年第 2 号法令在这方面也非常重要。1999 年初通过的三部法令涉及政党成立的要求、选举系统和中央与地方代表机构的构成。

选人。因而,地方代表委员会的成员往往只对他们所在的政党负责,而不是对公众负责,这就削弱了他们的责任性。[①] 最近的立法对选举制度和地方系统的审核和平衡制度进行了改革。2004 年第 32 号法令确立了市长和主管人员的直接选举制度。同时,选举体系中的候选人名单也由之前的保密制变为公开制。这些举措将有望强化地方政府向选民提供其希望的政策和服务的政治激励。

地方政府支出责任

印度尼西亚的分权政策把 5 项中央专有职能以外的所有责任转移给了地方政府。根据 1999 年的第 22 号法令和 2004 年的第 32 号法令,中央政府保留了能够影响整个国家的 5 项职权:外交、防卫和安全政策、司法和法令执行、货币和宏观经济对政策以及宗教事务。中央以下各级政府履行所有其他职能。此外,1999 年第 22 号法令还列出了 11 项地方政府必须履行的职能(表 7.1)。2004 年修订的第 32 号法令将综合后的剩余的(非中央的)职能移交给地方政府并规定了 15 项必须履行的职能和一些可灵活选择的职能。

分权政策主要强调了第三级政府的作用,因为省一级被认为有可能导致政治瓦解。与地方政府相比,省级政府只承担相当有限的职能,这一点也可以从他们相当低的支出份额看出来。省级政府扮演双重角色,既是独立的地方政府,又是中央政府在地方的代表。省级政府主要履行监督职能,并在需要跨辖区合作的事务中发挥作用。2004 年的第 32 号法令明确强调了省级政府作为中央政府在

---

① 有关政党的法律要求准备参与选举的政党要在至少一半选区登记,这有效地阻止了地方政党的成立。

地方的代表的协调性作用,这一规定是基于对严密的中央监控有利于分权体制更加有效地运作的认识。

表 7.1　1999 年第 22 号法令和 2004 年第 32 号法令规定的次
级政府必须履行的职能

1999 年第 22 号法令规定的职能	2004 年第 32 号法令规定的职能
基础建设(公共工程)	发展计划和控制
卫生保健	规划,使用和区域监督
教育	公共秩序和安全
农业	提供公共设施
交通	管理卫生部门
工业和贸易	教育
合作社	社会事务
土地管理和区划	促进就业
资本投资	促进合作社和中小型企业的发展
环境	环境
促进就业	农业
	人口统计和公民登记
	行政事务
	资本投资
	其他义务性事务如执行法律和管制

资料来源:1999 年第 22 号法令和 2004 年第 32 号法令,作者整理。

在实际运作过程中,具体的职能分配由一些部门规章以及各种政府规则和部门法令来规定。[1] 绝大多数职能是按照政府层级进行分配的,中央政府也会涉及一些法定的分权性职能(表 7.2)。对大部分列举出的职能而言,中央发挥一定的作用是有益的,只要中央不再设置科层控制而是专注于提供财政和技术支持以及监督服务供给。例如,为了确保公平,在教育和卫生等基本公共服务领域,必须有中央在其财政和规制标准方面发挥重要作用。

---

[1]　2004 年第 22 号法令 133 款和 2000 年第 32 号法令 237 款要求部门法要遵从分权化原则。2000 年第 25 号政府管理条例通过明确省和地方责任进一步描述职能安排。

表 7.2　各级政府的职能分配

职　能	中　央	省	地　方
外交事务,国防和安全政策	专属于中央		
司法和法律执行	专属于中央		
货币和宏观政策	专属于中央		
区域政策	专属于中央		
补贴	大米补贴、燃料补贴、电力补贴、对国有企业补贴	对省国有企业	对地方国企
管制功能	国家法律和管制、国家法律相对于次级国家法律是至高无上的	在国家法律体系下的省级规章制度	在国家法律体系下的地方规章制度
自然资源管理和环境政策	环境政策和监督、自然资源和环境保护的可持续管理、通过DAK拨款为重造森林计划提供资金	监督功能和跨区域合作	地方自然资源管理、捕鱼和开矿许可证的颁发、地方森林重造项目管理
教育	教育政策和管理、为小学和中学拟定课程、小学和中学的国家期终考试、中小学最低服务标准、为学校建设和修复提供财政资金(中小学)专门负责高等教育和大学专门负责区域学校(madradesh)、DAK拨款	监督功能和跨区域合作	管理公办学校和提供资金、对教师和学校人员的管理和提供财政资金、教师资格证的管理和供给资金、教育基础设施的管理和供给资金
卫生	国家卫生政策、最低服务标准、社会卫生项目(包括为穷人提供免费卫生服务的财政资金)、DAK拨款	监督功能和跨区域合作	对卫生服务提供者管理和提供资金、卫生部门人员管理和提供资金、卫生服务基础设施管理和提供资金

职　能	中　　央	省	地　　方
农业和灌溉	国家项目（拓展服务和培训、基础设施投资）、价格管制和通过后勤局进行的贸易、DAK 拨款	省级项目（拓展服务和培训）、基础设施投资	地方项目（拓展服务和培训）、基础设施投资
工业	国家工业政策、外国投资审批、特殊工业区的分配、中小型企业的促进、为中小型企业微观规划和财政项目、国家战略性地区的财政研究和发展	监督功能和跨区域合作	地方经济发展、商业执照企业和团体促进、工业区
交通	国家基础设施资金自持和管理、DAK 拨款	对省基础设施的财政支持和管理	地方基础设施财政支持和管理

资料来源：1999 年第 22 号法令，2000 年 PP25 政府管制，2004 年第 32 号法令。根据 Shah 和 Qureshi 1994 年更新。

职能的分配还体现在支出形式上。表 7.3 列示了 2002 财政年度按照职能和政府层级划分的支出分布情况。中央发展支出占到发展支出总额（包括诸如卫生、教育、基建之类的重要的分权化服务领域的费用开支）的 60％以上。这种情况表明分权化改革在某些职能部门依然有待推进。

如表 7.3 所示，地方政府几乎承担了工资总额的一半。随着分权化的推进，大量公务员进入中央以下各级政府管辖区域，由此造成了工资费用的显著增长。这些增加的费用将沉重的负担转嫁给了地方政府预算。的确，从总量上来看，在地方政府的预算支出中工资费用居于支配地位，几乎占地方政府支出总额的一半（表 7.4）。

表 7.3　各级政府的支出，2002 财政年度

支出类型	全部政府		中央ᵃ		省ᵇ		地方		全部次国家级政府	
	十亿卢比	%	十亿卢比	%	十亿卢比	%	十亿卢比	%	十亿卢比	%
按部门分类										
交通发展	16 818.32	100.0	6 892.74	41.0	2 481.72	14.8	7 443.86	44.3	9 925.58	59.0
国家器械发展	6 619.72	100.0	1 378.55	20.8	1 243.83	18.8	3 997.34	60.4	5 241.17	79.2
教育发展	19 477.22	100.0	14 130.12	72.5	2 225.27	11.4	3 121.83	16.0	5 347.10	27.5
地方发展	7 752.27	100.0	4 480.28	57.8	725.02	9.4	2 546.97	32.9	3 271.99	42.2
贸易，中小型企业，合作社	11 996.62	100.0	9 305.2	77.6	823.25	6.9	1 868.17	15.6	2 691.42	22.4
卫生和社会服务发展	8 265.18	100.0	5 514.19	66.7	1 018.39	12.3	1 732.6.0	21.0	2 750.99	33.3
其他发展	15 340.43	100.0	4 989.00	32.5	3 868.64	25.2	6 482.79	42.3	10 351.43	67.5
不按部门分类ᵇ										
工资支出	94 177.76	100.0	42 196.00	44.8	6 453.39	6.9	45 528.37	48.3	5 1981.76	55.2
其他经常性支出	185 540.84	100.0	157 942.00	85.1	8 615.43	4.6	18 983.41	10.2	27 598.84	14.9
总计	365 988.36	100.0	246 828.08	67.4	27 454.94	7.5	91 705.34	25.1	119 160.28	32.6

资料来源：基于印度尼西亚财政部 2005 年的数据。

a. 不包括转移给较低层级的政府。

b. 印度尼西亚的预算系统过去常将预算开支宽泛分为发展和日常支出。只有发展支出是按照部门分类。合计系统正在转变成为一个统一的基于绩效的预算系统，该系统将所有的支出项目按部门分类。

表 7.4　地方政府的支出构成，2001/2002 财政年度

支 出 类 型	2001 年		2002 年	
	百万卢比	%	百万卢比	%
按部门分类				
交通发展	5 848.8	8.4	7 443.86	8.1
国家器械发展	3 292.3	4.7	3 997.34	4.4
教育发展	2 336.3	3.3	3 121.83	3.4
地方发展	1 739.2	2.5	2 546.97	2.8
贸易、中小型企业、合作社	1 166.4	1.7	1 868.17	2.0
卫生和社会服务发展	1 196.3	1.7	1 732.60	1.9
其他发展	5 904.4	8.4	6 482.79	7.1
不按部门分类[a]				
工资支出	35 443.0	50.7	45 528.37	49.6
其他经常性支出	13031.3	18.6	18 983.41	20.7
总计	**69 958.0**	**100.0**	**91 705.34**	**100.0**

资料来源：基于印度尼西亚财政部 2005 年的数据。

a. 印度尼西亚的预算系统过去常常将预算开支宽泛分为发展和日常支出。只有发展支出是按照部门分类。会计系统正在转变成为一个统一的基于绩效的预算系统，该系统将所有的支出项目按部门分类。

　　各地方政府之间也存在巨大差异，不同的地区，其工资费用在支出总额中所占的比重从 10% 到 90% 不等。大部分地区的地方预算都为运转费用所占据，只剩很少的资金用于更加紧迫的资本支出。大部分的地方公共服务都是劳动密集型的，因而公共工资支出的很大一部分都被用于支付与服务供给有关的人员费用——包括教师、医生和医护人员工资。然而，该国十分落后的基础设施（例如，基础教育教学大楼和医疗设备）表明需要更多的资本支出以提供更高水准的服务。从长远来看，基础设施投资不足将极有可能导致公共服务的质量下降和供给的低效率（世界银行 2003）。

地方政府自有税费

中央以下各级政府的税收是由 2000 年颁布的有关地方税收的第 34 号法令规定的。共有 4 类省属税种(机动车辆税、机动车辆流转税、燃油税和地下水开采使用税)和 7 类地方税种(旅馆税、酒店税、娱乐税、广告税、街道照明税、C 类矿产开采税和停车税)(表 7.5)。中央政府决定税基,并为这些税种规定税率范围,中央以下各级政府只能在这一范围内设定税率。

表 7.5　次国家级政府税收

税 收 类 型	层级	税　　基	上限/%
机动车辆税	省	车辆价值(每年)	5
机动车辆流转税	省	车辆流转价格(每年)	10
燃油税	省	燃油消费(零售价格,排除 VAT)	5
地下水开采使用税	省	水消费量	20
旅馆税	地方	营业额	10
酒店税	地方	营业额	10
娱乐税	地方	营业额(门票费)	35
广告税	地方	广告租金	25
街道照明税	地方	电力消费(零售价格,VAT 除外)	10
C 类矿产开采税[a]	地方	开采矿物的市场价格	20
停车税	地方	停车费	20

资料来源:2000 年第 34 号法令;世界银行 2003,PWC2005。

a. C 类矿产包括石棉;花岗岩;半宝石;石灰石;浮岩;宝石;斑脱土;长石;岩盐;石墨;花岗岩和安山岩;石膏;方解石;瓷土;白榴石;镁;云母;大理石;硝酸盐;黑曜石;赭石;沙子和沙砾;石英沙;珍珠岩;磷酸盐;滑石;漂白土;硅藻土;黏土;明矾;火山土;黄钾铁矾;沸石;玄武岩和胡敏页岩。

此外,2000 年第 34 号法令第 2 条规定,地方政府有权开征新的地方税,只要这些税种符合 8 条基本的"优良税收"原则:

- 它们是税收,而不是使用者付费。

- 税基属于该地区并且是不可流动的。

- 税收不与公共利益相冲突。

- 税基不属于省和中央税。

- 有足够的收入潜力。

- 税收不会对经济产生负面影响。

- 必须考虑公平因素。

- 必须考虑环境的可持续性。

另外,2004 年颁布的第 33 号法令禁止地方政府设立需要花费巨额经济成本或限制居民、商品和服务在国内市场流动以及限制国际进出口的自有税收。这一规定是针对一些地方政府征收跨辖区贸易税而制定的(Ray 2003)。中央以下各级政府设立新的税种和使用者付费项目的权力是由 2000 年的第 34 号法令规定的;它有可能导致地方税收增长过快的问题。为了预防中央以下各级政府征收过多的费用和税收的问题,法律规定地方政府设立新税种必须征得中央政府的审核和批准。[①] 监督职能由内政部和财政部的部际审查小组行使。

据 Lewis(2003b)报道,从 2000 财政年度到 2002 财政年度共出台了 916 项有关地方税的地方法规。其中,有 406 项经过了中央政府的审核,113 项由于不符合基本标准而被驳回。[②] 政府正计划修订 2000 年的第 34 号法令,以明确列出地方税收和使用者付费项目,从而减轻审核工作的负担并防止税收工作的低效。

负责任的地方治理要求地方政府在较大程度上实现财政自给,从而使地方服务的税负和收益对地方居民更具透明性。如果地方税率是浮动的,它们便可以体现地方服务的成本,至少是边际成本,

---

　　[①]　程序法要求中央以下的政府要在 15 天内提交关于新设收费或税种的地方法则以供审查。中央政府通过或者拒绝要在 1 个月期间作出(Lewis 2003b)。

　　[②]　信息通过两套数据收集,一套是来自财政部;另一套来自独立自主的监督组织(Lewis 2003b)。

而且地方居民也可以选择他们需要的服务水平。同时,如果服务是由居民的税负直接负担的,他们就有更强的动力去监督服务绩效。然而,在现行法律框架下,印度尼西亚地方政府征收自有税收的潜力依然很小。为了获得额外收入,地方政府求助于低效的税收和收入潜力很小但行政成本很高的付费项目,也因此对经济产生了负面影响(Ray 2003)。

　　为了从根本上实现地方责任,对政府间财政关系进行改革最关键的问题就是扩大地方的税基并减少地方政府对转移支付的依赖。有两项特别的改革提议正在讨论当中。第一项提议是把土地和财产税分配给地方政府。财产税显然是推行分权化改革可以考虑下放的税种之一,因为在现行的分享体制下,财产税的大部分收入已经由地方政府所掌握(Kelly 2004;Lewis 2002b;Shah 和 Qureshi 1994)。此外,土地和财产税尤其适合作为地方税种,因为它们不可流动,而且在很多税收体制下,它们都是地方财政的重要来源。第二项提议是让地方政府针对属于中央税基的个人所得税征收补充税率(例如,5 个百分点),补充税由中央负责征收(Ahmad 和 Krelove 2000;Shah 和 Qureshi 1994)。从短期来看,这些提议都无法付诸实施,因为 2000 年修订的第 34 号法令并没有把重要的税收权力下放给地方。

分享税和收入

　　对分享税和非税收收入的一般性规定可参见 1999 年颁布的第 25 号法令第 7 条。2000 年出台的第 104 号政府规章使这些粗略的规定转化为具体的分享安排。有关个人所得税的分享规定可参见 2000 年颁布的有关所得税的第 17 号法令第 31 条。对亚齐和巴布亚的收入分享的特别安排是由两部特别自治法律规定的。[①]

表 7.6 从总体上展示了现行的分享体制。从中可以看出，尽管大部分的税收分享首先是基于来源地原则，但渔业特权税及与财产相关的税收采用均等性分享作为额外的原则。在财产税中，中央分享的 9 个百分点只不过是为了弥补中央对税收进行征管的管理性费用。值得注意的是，在分配个人所得税时，是以工作地点而不是

表 7.6　2004 年第 33 号法令下的税收和收入分享体制

%

收入来源	中央政府	原始的省政府	原始的地方政府	原始的省政府中的所有地方政府	所有地方政府（同等比例）
个人所得税	80.0	8.0	12.0	n. a.	n. a.
财产税	9.0	16.2	64.8	n. a.	10.0
财产转移税	n. a.	16.0	64.0	n. a.	20.0
矿产土地租金	20.0	16.0	64.0	n. a.	n. a.
矿区使用费	20.0	16.0	32.0	32.0	n. a.
林业许可证	20.0	16.0	64.0	n. a.	n. a.
林业使用费	20.0	16.0	32.0	32.0	n. a.
渔业使用费	20.0	n. a	n. a.	n. a.	80.0
地热矿油	20.0	16.0	32.0	32.0	n. a.
基础比例	84.5	3.0	6.0	6.0	n. a.
条件比例（教育）		0.1	0.2	0.2	n. a.
天然气					
基础比例	69.5	6.0	12.0	12.0	n. a.
条件比例（教育）	n. a.	0.1	0.2	0.2	n. a.

资料来源：世界银行 2003,1999 年第 22 号法令，第 6 款；2000 年第 17 号法令，第 31 款。

n. a. ＝不适用。

[①]　这些法律是关于 Aceh's 特殊自治的 2001 年第 18 号法令和有关 Papua's 特殊自治的 2001 年第 21 号法令。其间的区别在于对这两个地区自然资源分享比例的规定。特殊自治法规定给 Aceh 省政府 55％的石油收入和 40％的天然气收入，而给 Papua 省政府 70％的石油和天然气收入。

较为通用的居住地点作为标准(Brodjonegoro 和 Martinez-Vazquez 2002；Hofman，Kadjatmiko 和 Kaiser 2004；Shah 1994；世界银行 2003)。除了分享中央收入以外,地方政府还分享 4 类省属税种:机动车辆税(30%)、机动车辆流转税(30%)、燃油税(70%)以及地下水开采使用税(70%)。然而,这些税收对地方总收入的贡献相对较小。

　　对自然资源收入分享的规定并不是 1999 年第 25 号法令才有的,但这一次的规定对改革前期的矿业和林产收益而言是适时而恰当的。然而,分权增加了地方政府的分享比例。来自这两种资源的收入的绝大部分被返还给了所在的省或地方辖区。从 2000 年起,对水产、石油和天然气收入也实行分享。2004 年修订的第 33 号法令对分享体制做出了微调。即引入了一种新的分享收入——地热开采收益。同时还适当增加了中央以下分享石油和天然气收入的比例。从 2009 年开始,84.5%的石油收入将由中央预算控制,剩余的 15.5%由中央以下政府控制。天然气收入,69.5%归中央,30.5%归地方。中央以下各级政府将再获得石油和天然气收入的 0.5%,专门用于基础教育地方支出的增长。

　　对石油和天然气收入实行分享是为了平衡资源丰富省份的损失,因为尽管它们要承担发展成本并解决由资源开采引发的环境问题,但由此带来的所有好处却由中央政府独享。现行的石油和天然气收入分享体制力图在个别地区的委屈和全国性的公平之间求得平衡。公平目标的实现要求中央政府掌握资源收入并将其用于均等性计划。

政府间财政转移支付

　　如同之前讨论过的,印度尼西亚的财政体制主要依靠中央转移支付来支持地方政府运转。目前有两种政府间转移支付:(a)无条件非配套转移支付或一般性拨款（DAU 拨款）；（b）条件性配套转移支付，即专项拨款（DAK 拨款）。

一般性拨款

对于大部分地方政府而言，一般性拨款是其主要的收入来源，在 2003 财政年度平均约占地方收入总额的 61%。同时 DAU 也是实现垂直（各级政府之间）和水平（中央以下各地政府之间）均等化的主要工具。DAU 的分配是遵循特定的公式进行的，这种公式能够根据各地方政府的财政需求确定他们的财政能力。[①] 根据 1999 年第 22 号法令，该公式由两部分组成：（a）基本分配数额，各地方政府无论是否存在财政赤字都可获得，它由两部分构成，一个是针对所有地方政府的一次性均等拨款，另一个是公共服务工资费用补偿，和（b）财政赤字部分，由各地方政府自有财政能力和财政需求之间的差额决定。[②] 为了减少变革的阻力，基于公式的分配结果需要进行适当调整以符合"免受损害"原则。这一原则能够确保在实际的分配中没有一个地方政府的所得会低于改革之前，在为 2001 财政年度编制预算时考虑 2000 财政年度的 SDO 分权化之前的自治政府津贴和总统特别津贴（分权化之前的专项资本拨款），在下一年的 DAU 分配中参考上一年的数据。

2004 年第 33 号法令要求修订 DAU 分配原则。从 2006 财政年度开始实行的新的分配原则规定，分配给地区（或省，实际使用的公式结构都是一样的）的 DAU（用 DAU_i 表示）由两部分构成：用于补偿公共服务工资费用的基本分配数额部分，用 $Wage_i$ 表示，以及用于弥补由财政能力和支出需求之间的差距造成的财政赤字的

---

① 对 DAU 分配流程的描述借鉴了 Ahmad（2002）；Brodjonegoro 和 Martinez-Vazquez（2002）；Hofman，Kadjatmiko 和 Kaiser（2004）；Lewis（2002a）的研究。
② 财政需求是按照由四个支出需求变量——人口、贫困、面积、地方价格差异——组成的函数评估的，该函数表明了这四个变量是假设的开支需求的驱动因素。

均等化拨款部分,用 $Equal_i$:

$$DAU_i = Wage_i + Equal_i \qquad (7.1)$$

2004 年第 33 号法令要求 DAU 拨款补偿所有的公共服务工资,这就意味着对于一个特定地区而言,$Wage_i$ 就等于实际的工资费用。于是 DAU 总量就因为要负担全部的地方工资费用而减少了,从而也大大减少了可用于均等化拨款部分的数额。新的规定废除了自 1999 年第 25 号法令以来所有地区均享有的数额相等的一次性拨款,基本拨款完全取决于地方的公共服务工资费用。

地方获得的均等性拨款数额取决于特定地区的财政赤字($FiscalGap_i$),即财政需求($FiscalNeed_i$)与财政能力($FiscalCapacity_i$)之间的差额:

$$FiscalGap_i = FiscalCapacity_i - FiscalNeed_i \qquad (7.2)$$

$FiscalCapacity_i$ 即某个地区潜在的自有收入(PAD_i),分享税收入($SharedTaxes_i$)和自然资源分享税(SDA_i)的总额:

$$FiscalCapacity_i = PAD_i + SharedTaxes_i + 权重_{SDA} \cdot SDA_i$$

$$(7.3)$$

该公式有两个值得注意的地方。首先,自有收入部分(PAD_i)并非实际的而是潜在的自有收入,是根据平均的地方税收水平和地方国民收入(GDP)的线性函数计算出来的。而平均的地方税收水平是根据各地区的实际自有收入与上一财政年度地方 GDP 相比减少的数额来计算的。公式之所以这样设计是为了使财政能力尽可能少地受到自有税收水平的影响。其次,正如公式所显示的,在财政能力的计算过程中,只有自然资源分享税打了折扣,这是因为认识到了资源开采给资源丰富的地区带来了额外的成本,这种成本主要体现在基础设施、服务和环境污染方面。

各地区的财政需求($FiscalNeed_i$)是通过一个包含 5 种支出需求变量的函数计算的,这 5 个需求变量是:人口、地域面积、人口发展指数(HDI)、地区的人均 GDP 以及物价指数。假设这 5 个因素决定支出需求。人口、贫困率、地域面积以及物价指数均高于平均水平的地区则有更高的支出需求。这些指数的具体情况如下：

1. 相对人口，即特定地区的人口数（Pop_i）除以各地区的平均人口数（Pop_{MEAN}）。

2. 相对面积，即特定地区的地域面积（$Area_i$）除以全国各地区的平均地域面积（$Area_{MEAN}$）。

3. 相对人口发展指数的倒数，即特定地区人口发展指数的倒数（$100\text{-}HDI_i$）除以国家平均的人口发展指数倒数（$100-HDI_{MEAN}$）。

4. 相对人均 GDP，即特定地区的人均 GDP（$PCGDP_i$）除以国家的平均人均 GDP（$PCGDP_{MEAN}$）。

5. 用于描述不同地区提供相同的服务时的价格差异的指数，即各地的结构性物价指数（$Price_i$）除以平均的结构性物价指数（$Price_{MEAN}$）。

财政需求的计算用公式表示如下：

$$FiscalNeed_i = \left[\alpha \cdot \frac{Pop_i}{Pop_{MEAN}} + \beta \cdot \frac{Area_i}{Area_{MEAN}} + \gamma \cdot \frac{100 - HDI_i}{100 - HDI_{MEAN}} + \right.$$
$$\left. \delta \cdot \frac{PCGDP_i}{PCGDP_{MEAN}} + \varepsilon \cdot \frac{Price_i}{Price_{MEAN}} \right] \times$$
$$\frac{APBD_{TOTAL}^{PREVIOUS}}{N} \tag{7.4}$$

其中，$\alpha, \beta, \gamma, \delta, \varepsilon$ 分别代表各个变量的权重，且 $\alpha + \beta + \gamma + \delta + \varepsilon = 1$。各个指数获得的具体权重取决于每一年的具体情况。[①] 要确定支出需求的实际数额，则用综合性的需求指数乘以平均的支出需求，即上一财政年度平均的地方政府支出。

公式中均等性拨款部分的计算根据地域的变化而有所不同，如等式（7.2）所示，取决于特定的地区存在财政赤字还是财政略有结余。对财政能力过剩或略有结余的地区来说，均等性拨款部分是其

---

① 在过去，不同指标分配到的权重是变化的。参阅 Lewis（2002a）。

财政结余的负数：

$$Equal_i = FiscalGap_i \quad 如果 \quad FiscalGap_i \geqslant 0 \qquad (7.5)$$

在等式(7.1)中，财力有余地区的结余直接从工资拨款（$Wage_i$）中扣除。这种计算不仅减少了个别拨款，而且通过界定从总量上减少了工资拨款。因这一做法产生的剩余资源被加总到了用于面临财政赤字的地区的均等性拨款当中。与 DAU 的计算公式不同，没有不管财力好坏地方政府均可获得的基本拨款。

对于存在财政赤字的地区，即在等式(7.2)中财政需求大于财政能力的，其用于均等性拨款的 DAU 资金是作为均衡性财政赤字的功能而分配的。实际拨款数额的计算是用总额，即扣除全部的工资费用以后剩余的 DAU 总额（$DAU_{RESIDUAL}$）加上财政有结余的地区的剩余财力的总额（$\sum ExcessFiscalCapacity_i$）——乘以相对财政赤字。相对财政赤字即特定地区的财政赤字（$FiscalGap_i$）除以所有财政需求大于财政能力的地区的平均财政赤字（$FiscalGap_{MEAN}$）：

$$Equal_i = \frac{FiscalGap_i}{|\ FiscalGap_{MEAN}\ |} \times$$

$$\frac{(DAU_{RESIDUAL} + \sum ExcessFiscalCapacity_i)}{N}$$

$$如果 \quad FiscalGap_i < 0 \qquad (7.6)$$

在 2006 财政年度，免受损害原则被运用到了公式分配法中，从而在很大程度上改变了分配状况。免受损害分配的计算要求对比次国家级的每一单位的原初以公式为基础的分配基数和前一财政年的分配。对于那些公式法的净受益地区而言，其盈余部分被扣除了。积累起来的盈余再重新分配给那些按公式法计算获得较少的地区。2004 年的第 33 号法令要求从 2007 财政年度开始取消免受损害原则。

DAU 分配公式旨在确保用地方政府额外的财力补偿财政能力的不足，从而无须鼓励地方政府培养获得捐款的本领。最近的改革,如取消各地区同等享有的那一部分拨款,就使各地方政府打消了用分裂的方式争取额外补助的想法,从而有利于该目标的实现。然而,该公式也存在一些局限。

首先,尽管使用的支出需求因素很有说服力,但它们的权重是十分随意且不能让人信服的。把财政能力和需求因素结合在一个公式中可能导致辖区和地方政府之间不公平的结果,即财政能力接近的地区获得的拨款数额却大不相同。其次,纳入工资因素是否合理还不确定。纳入工资因素可能引发对不正当的哄抬公共服务价格的激励,从而导致更高的地方工资水平。尽管使用之前的公式也存在同样的问题,但新的公式要求全额补偿工资费用进一步激化了该问题。为了恰当地解决这个问题,一些规定陆续出台,如公共服务零增长政策、地方增设职位须由中央政府批准、削弱地方在资源分配方面的自主权等。最关键的是,该公式缺乏明确的均等性标准,而且分配过程也并未接受这一标准的指导。因而,尽管DAU拨款应该是与财政需求成正比而与财政能力成反比的,但正如之后的实践所证明的,该公式在多大程度上实现了均等化还无法确定。

专项拨款

除了根据公式确定的整体拨款(DAU)以外,1999年第25号法令和2004年第33号法令规定中央政府还可使用专项或特别拨款(DAK拨款)来负担包括突发事件在内的某些特殊需求的经费,以及在地区范围内增进某种特别的国家利益。DAK拨款必须首先资助财力低于平均水平的地方政府的特殊需求。2004年出台的第104号政府规章确定了DAK拨款的标准。①

---

① 这些条例不运用于森林再造基金,森林再造基金由独立的政府管制条例(35/2002)管理。管制条例规定40％的森林再造基金按照起源地分配给地方政府,剩下的60％由中央政府保留。森林再造拨款的运作更像是收入分享。

DAK 拨款可用于资助与国家利益相关或由于是特别地区的特殊需求(例如,缓解突发事件或偏远地区的特殊投资需求)而无法被计入 DAU 拨款的项目。DAK 拨款一般专门用于负担资本支出;而行政费用、项目津贴、研究、培训等则不能由 DAK 拨款负担。此外,DAK 拨款被设计成配套性拨款,通过把边际成本转移到预算当中以确保拨款真正满足地方需要。一般而言,地方政府需要提供总费用的 10% 以上作为配套资金,这笔资金是由地方自有收入负担的。此外,他们还需要证明 DAK 项目是无法通过他们自己的预算完成的。

在 2001 和 2002 财政年度,DAK 拨款仅限于森林再造拨款。从 2003 财政年度开始,中央政府扩大了 DAK 的范围,其资助的领域包括卫生和教育设施的维护、基础设施(包括道路、灌溉和水利设施)、政府财产以及渔业部门项目。[①] 尽管 DAK 在实际数额(按 2003 年的不变价格)上实现了迅猛增长,从 2003 财政年度的 2.7 万亿卢比(3 亿美元)增加到了 9.5 万亿卢比(12 亿美元),但截至现在,通过这一拨款渠道的资金数额还相对很小,约为 20 亿卢比到 40 亿卢比(1.9 亿美元到 4 亿美元)。表 7.7 显示了 2005 财政年度各领域的 DAK 拨款情况。从这 6 个领域来看,其在 2005 财政年度获得的 DAU 拨款都不足主管单位部门发展支出的 10%。

DAK 拨款的分配遵循 3 个标准:一般性标准、具体标准和技术标准。前两个标准由财政部针对所有部门统一制定。一般性标准是单纯从财政上确定一个地区地位的指数(FNI_i)。该指数的计算是用总收入(即自有收入、DAU 拨款、DAK 拨款、分享收入和税收之和扣除 2002 财政年度的结余),以 Rev_i 表示,减去公共服务的工资费用($Wage_i$),再除以这两个数之差的国家平均数:

---

① 中央以下政府可以制定部门 DAK 拨款给主管部门,这反过来要求财政部要考虑部门规定的 DAK 拨款条例。财政部应该咨询相关技术部门、住房事务部和国家发展规划委员会。

表 7.7　各领域的 DAK 拨款情况，2005

领　域	总数/百万卢比	国家发展支出/百万卢比	接受的地区数
教育	1 221	21 585	333 个地方政府
卫生	620	7 796	331 个地方政府
基础设施	1 533	13 081	348 个地方政府
政府基础设施	148	n. a.	32 个地方政府 和 2 省级政府
渔业	322	2 028	300 个地方政府
农业	170	4 024	155 个地方政府
总计	**4 014**	**48 514**	**n. a.**

资料来源：印度尼西亚财政部 2005。

n. a. = 不适用。

$$\text{FNI}_i = \frac{\text{Rev}_i - \text{Wage}_i}{\sum \text{Rev}_i - \text{Wage}_i} \cdot N \qquad (7.7)$$

按上面的公式计算，结果小于 1 的地区则符合 DAK 拨款的条件。这种计算对于那些可利用自身拥有的资源负担资本支出的地区而言比较敏感。

特别标准直接针对那些符合 DAK 拨款条件的省份——包括亚齐、巴布亚和所有印度尼西亚东部省份。此外，沿海地区、冲突地区、欠发达地区以及遭受洪水和其他自然灾害的地区都可获得 DAK 拨款。但有关规定依然没有明确指出这些标准应该如何以及在多大程度上适用于分配过程。

技术标准是通过领域主管部门与财政部和内政部进行磋商而制定的，且不同领域的标准也各不相同。例如，教育领域会参考条件简陋的教室的数量和建筑价格指数。医疗领域的技术标准则包括人口贫困发展指数、[①]医疗服务设施的数量和建筑价格指数。

对 DAK 拨款的简要评价如下。首先，尽管近年来 DAK 支出已显著增加，但与中央政府的经常性部门发展支出（分散性发展支

---

① 人类贫困指标是根据寿命短于 40 岁的人口比例、无法获得干净水的人口比例、无法获得医疗设备的人口比例、5 岁以下营养不良的儿童比例平均赋予权重。

出)相比,DAK 支出依然十分有限。从中长期来看,部门发展拨款应该并入 DAK 拨款。这一提议能否被证明是恰当的将在很大程度上取决于各领域的主管部门是否愿意把资源移交给 DAK,移交之后他们的控制权将大大减少。不断增加的地区性和功能性 DAK 拨款为确保最低限度的服务标准以及平衡印度尼西亚各地支出需求的差异提供了重要工具。与分散性发展支出拨款(并为纳入地方预算)不同,DAK 拨款更加透明且可用于补充地方支出。

另一个评价是有关 DAK 分配的。DAK 拨款本来是分配给新建立的政府以负担政府基础设施建设的,但实际上很多地方都获得了该项拨款。例如,在 2005 财政年度,有 333 个地方政府获得了 DAK 教育拨款。据说,DAK 拨款的分配过程依然受到地方政府、相关主管部门以及国会预算委员会的政治干预的影响,事实上,DAK 拨款更像是一种较为普遍的资本支出交叉补贴,而不是某种仅仅关注基础设施建设严重滞后的地区的转移支付。

均等化的效果

在印度尼西亚,如同其他许多国家一样,经济发展和自然资源禀赋的差异导致地方政府之间的财政能力差异巨大。表 7.8 采用多种指数列出了这些差异。导致印度尼西亚财政差异的主导因素是分享税——尤其是个人所得税——和自然资源,它们往往高度集中在少数几个地区。在 2003 财政年度,与雅加达相邻的工业城镇贝克西征收的个人所得税高出农村地区目帖木儿的 100 倍。

自然资源税甚至更加集中。如图 7.4 所示,2003 财政年度约有 80% 的分享税和自然资源税收入集中在收入位居前 20% 的更容易让人接受的地方政府。因而,在均等性 DAU 拨款实施之前,各地的收入水平差异显著,其差异系数远远高于 2。按人均国民生产总值计算,80% 最贫穷的地区仅获得了总收入的 30%,剩下 70% 的收入则由 20% 最富裕的地区所有。从最高值与最低值之间的差距

表 7.8 地方政府间的财政不均等，2003 财政年度

指数（人均）	最小值/卢比	最大值/卢比	均值/卢比	变异系数
自有收入	6 041.7	812 062.8	61 055.6	1.4
共享税收	8 824.9	1 474 758.9	83 391.6	1.6
共享收入	14.2	5 872 667.4	138267.7	3.8
DAK 拨款	78.4	853 182.6	40 477.7	2.1
其他收入	78.4	1 443 469.0	74 980.8	1.7
DAU 拨款前的收入[a]	51 027.4	14 245 060.0	455 649.4	2.4
DAU 拨款前的收入	110 271.4	2 750 992.6	571 747.2	0.8
总收入	**242 335.4**	**16 882 272.2**	**1 027 396.0**	**1.3**

资料来源：基于印度尼西亚数据的计算，财政部 2005。

注：数据是从 311 个非随机的区域样本估算获得。DAK 数据仅仅包括在 2003 年接受 DAK 拨款的地方政府。

a. 包括 DAK 拨款、其他收入和借债。

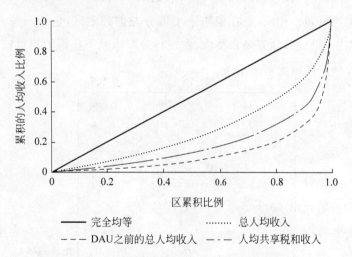

图 7.4 人均收入的劳伦兹曲线，2003 财政年度

资料来源：作者基于印度尼西亚财政部 2005 年数据的估算。

也可以看出这一事实。在均等性拨款到位之前，人均收入最高的地区和最低的地区之间的收入比甚至高于 200：1。

由 DAU 拨款构成的用于水平均等化的收入在某种程度上缩小了这种财政差距。然而，即使在实施均等化以后，最富裕的地区——加里曼丹帖木儿省的马利瑙的人均收入是最贫穷的地区——西爪洼省的万隆的 70 倍。按人均国民生产总值计算，80％最贫穷的地区仅获得了总收入的一半。拨款想要实现的目标存在冲突使 DAU 的均等化性质受到影响。公式采用的财政赤字法确实促进了均等化。但与此同时，公式中的工资部分和免受损害原则又影响了均等化的实现，因为它们一方面有助于平衡收入和财政支出需求，另一方面也加剧了已有的支出水平的差距。

图 7.5 描述了这些相互混合的目标的交叉效果。地方政府的自有财政能力（即 DAU 到位之前的人均收入）与人均 DAU 拨款之间存在必然的正相关关系。处于象限上半部分右侧的地区——资源最丰富而人口较少的地区——在现行财政体制下受益最大，因为它们能够获得较高的人均 DAU，而它们从其他地方获得的收入已经相当可观。相反，处在象限下半部分左侧的地区，包括一些人口最稠密的地区，如万隆和茂物，在现行分配体制下获得的相对较少，尽管他们的财力更加困难。

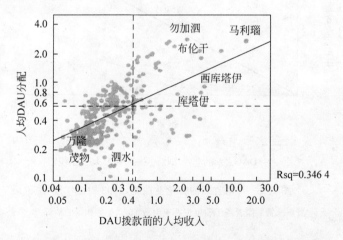

图 7.5　DAU 和财政能力，2003 财政年度（百万卢比）

资料来源：作者基于印度尼西亚财政部 2005 年的数据的估算。

由于这些财政体制方面的缺陷，贫困地区的地方政府甚至无法向居民提供最低水平的基本服务，而这种无法公平地享受基本服务的情况可能会一直存在于分权化过程。强化转移支付体制的均等化效果是印度尼西亚地方政府体制改革中最迫切的问题之一。建立更加透明的财政均等化体制首先是一个政治问题,然后才是一个技术问题。首先,印度尼西亚需要出台一项政治决议,确定社会希望的财政能力均等化水平,紧接着还需要制定有关公共服务的数量和质量的最低标准。[①]在缺乏政治信任的环境下,这种政治共识是很难达成的。相对而言,技术问题比较容易解决,只要把注意力集中于财政能力的均等化,并假定人均支出需求是相近的即可。采用以服务人口作为分配标准的产出导向型部门拨款能更好地补偿财政需求。印度尼西亚是此类拨款的开拓者,而且已经拥有了设计精良的总统特别津贴,专门用于改革前期的基础教育、卫生和道路建设(Shah 1998b)。

地方政府借债

　　有权进入资本市场可帮助地方政府更好地平衡收支,并提高能够产生长期效益的财政投资的效率。一些国家,如 20 世纪 80 年代的巴西和阿根廷的经验表明,如果缺乏财政稳健和市场规则而指望紧急援助,则地方债务有可能引发大规模的宏观经济和财政风险(Fukasaku 和 de Mello 1997)。

　　出于对宏观经济不稳定的担忧,印度尼西亚对地方政府进入资本市场采取了十分谨慎的态度。1999 年的第 25 号法令和 2004 年的第 33 号法令都规定地方政府可以从国内和国际市场借债,并允许以卢比计价的债券在国内资本市场发行。此外,地方政府还可作为第三方进行债务担保。与地方借债相关的政府规章严格限定了

---

①　参阅 UNDP(2004)证实印度尼西亚公共服务和人类发展成果在地方政府间的差异。

债务收入和偿债的比率：债务总额被限定为 75％的收入减去必要支出[①]，偿债则为 35％的收入减去必要支出。

短期借债(1 年以内到期)不能超过经常性支出的 1/6,而且只能用于现金流量管理。长期借债(1 年以上到期)只能用于可以收回成本的项目的资本投资。地方政府的所有长期或中期借债都必须获得地方代表委员会(Dewan Perwakilan Pakyat Daerah,或区域人民代表委员会)和财政部的批准。

法律还规定,如果地方政府无法履行其偿债义务,则中央政府有权中止 DAU 拨款的转移支付(2000 年第 107 号政府规章)。地方政府不能直接获取国际资本,但可以通过财政部转借外国资金。2004 年第 33 号法令明确规定地方政府债券没有完全的担保,但依然缺乏关于未履行责任的地方政府贷款的规定。事实上,财政部的一项法规延缓了这些法令的实施,并有效阻止了地方借债,这种状况一直持续到 2004 年。尽管 2004 年第 33 号法令废除了这一限制,但地方政府借债依然发展缓慢,因为法令框架的某些部分(例如,完全担保以及创收性基础设施的界定)不够完善。财政部目前正在修订地方借债的实施细则。

与国际水平相比,印度尼西亚地方政府借债的数额显得微不足道。1978 年到 2004 年,累计的中央以下各级政府债务只占同期 GDP 的 0.33％,大大低于墨西哥(GDP 的 4.9％)、南非(GDP 的 4.0％)以及巴西(GDP 的 18.8％)(Lewis 2003a,Lewis 和 Pradhan 2005)。如图 7.6 所示,自从经历了 1998 年金融危机期间的急剧下降之后,地方借债就一直未能恢复到之前的水平。从 2001 到 2003 财政年度,地方借债合计仅占中央以下各级政府总收入的 0.2％。造成这种低水平的主要原因是不确定的法律环境,这种环境潜在地削弱了地方信用的需求和供给。出于同样的原因,地方政府债券市场依然处于欠发

[①]　该条件现在直接包括进 2004 年第 33 号法令。

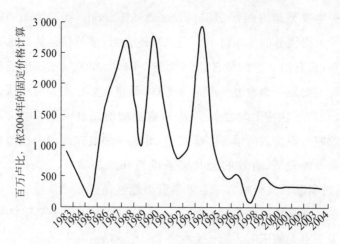

图 7.6　次级国家政府的借贷，1983－2004 财政年度

资料来源：Lewis 和 Pradhan 2005。

达状态。从 1991 年起，6 家由省级政府和地方政府联合拥有的地方政府发展银行（Pembangunan Daerah 银行）便开始发行地方债券，为 3 到 5 年不等的中长期债券，主要是负担地方基础设施项目。

如图 7.7 所示，大部分地方政府债务都是间接的地方企业的债

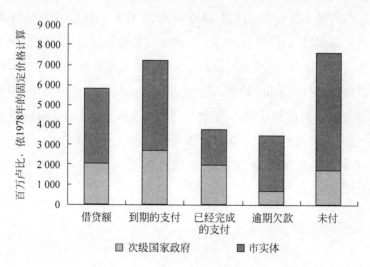

图 7.7　次级国家政府的债务组成，1978－2004 财政年度

资料来源：Lewis and Pradhan 2005。

务——主要是地方供水部门（Perusahan Daerah Air Minum）——占到了未偿债务的 3/4 以上。图 7.7 还表明，债务偿还情况也不尽如人意，只有约一半的债务得到偿还。Lewis（2003a）指出，债务偿还问题主要是一个地方政府是否愿意，而非是否有能力偿还债务的问题。[①] 除了法律上的复杂性以外，有限的信用也限制了中央以下各级政府获得贷款的增加。事实上，低水平的地方借债潜在地影响了基础设施发展、有效的公共服务供给和经济增长。如果管理恰当，通过贷款和发行地方债券筹集资金能够促进基础设施建设的发展——尤其是境况较好的地区——而不会给本已十分紧张的中央预算带来更大的压力。

地方政府管理

　　跨越所有政府层级的政府功能性责任重组直接影响了地方政府的结构和人员层次。通过 1999 年第 22 号法令，超过 16 000 家服务供应商（学校、公共医疗中心等）的责任被重新分配给了中央以下各级政府。此外，与新下放的职能相配套，中央政府在地方的分散性直属部门（Kanwils）被融入了地方政府的结构当中。因而，中央以下各级政府吸纳了 240 万以上的国家公务员，他们既有行政人员，也有职能部门成员，如教师和医疗服务人员。如表 7.9 所示，2002 年中央以下各级政府聘用的公务员占公务员总数的 3/4 以上。

[①]　预计特殊债务服务的覆盖率是 9.5%，Lewis（2003a）总结认为，地方政府在他们具备的还款能力下可以良性借债。

表 7.9　分权前后各级政府聘用的公务员分布情况

政府层级	1999		2002	
	人数	比例/%	人数	比例/%
中央政府	3 519 959	87.9	930 602	23.7
次级政府	485 902	12.1	3 002 164	76.3
总计	**4 005 861**	**100.0**	**3 932 766**	**100.0**

资料来源：Rohdewohld 2003。

由于地方政府获得了一些新分配的职能的控制权，因而其面临的主要挑战是调整自身的组织结构以便更加高效而优质地管理它们的新职能和新获得的资源。在分权体制下，很多与地方行政和公共服务管理相关的因素的控制权都由地方政府掌握。1999 年第 22 号法令规定地区和省有权决定其公共服务的规模，并在中央政府设定的框架内决定其组织结构：2000 年第 84 号政府规章限定了部门和其他政府机构的数量。政府单位的数量和结构在不同地区有所不同，取决于地区的面积、特性和地理位置。典型的地方政府行政模式为，在地方一级由市长领导（bupati 或 walikota），在省一级由州长领导，还包括一个地方秘书处（sekda），一个计划机构（bappeda），以及若干部门机构（dinas），包括财政、教育和文化、卫生、基础设施、农业、畜牧、渔业、林业、种植业、工业、社会福利、劳务和旅游业（见图 7.8）。

1999 年第 22 号法令在保持一个统一的国家公共服务体系的同时，把重要的管理地方公共服务的责任分配给了地方。[①] 相反，2004 年第 32 号法律把一些公共服务管理的责任又重新集中到了省（作为中央政府的代表）、行政改革部（Menteri Pendayagunaan Aparatur Negara，或 Men-PAN）和内政部。地方行政机构设立新

---

① 1999 年第 22 号法令，第 75-77 款。2000 年第 96 号政府管制条例已经特别规定了这项总体性指示，该指示分配给地方层级任命和提拔最低层级的公务员的权力。(Ib-IIIb)另外，关于公务员编制的 2000 年第 97 号法令赋予市长权力决定地方机构的规模。2004 年第 32 号法令第 129 款加强了这些规定。

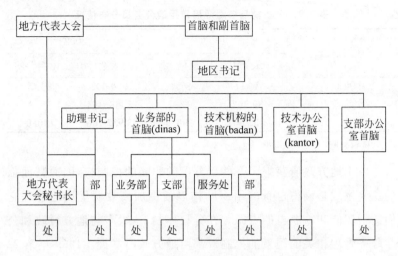

图 7.8 次国家级政府的典型组织结构

资料来源：ADB 2004；政府管制法 84/2000。

的职位需要获得行政改革部的批准（见表 7.10）。[1] 行政改革部正在准备推行政府规章。此外，其他一些中央规章也在影响公共服务管理，包括一些相关的公共服务法律，以及 1999 年出台的把有关公共服务管理的基本权力赋予了中央政府的第 43 号法令。中央政府负责决定公共服务的工资、工作分类以及相关的标准等事宜。国家公共服务部（Badan Kepegawain Negara）负责设定政府公务员的任职要求，而各主管部门，如教育部和卫生部，则负责设定提供公共服务的工作人员，如教师和医生的任职要求。[2]

总而言之，分权导致了这样一种公共服务管理模式，即管理权力实际上分散到了政府的各个层级和部门。简化管理模式并在维护行政系统适当程度的国家统一与允许地方有灵活调整的自由度之间寻求平衡是政治改革最关键的问题之一。

---

① Men-PAN 根据政府的意见批准申请。

② 这些要求包括基础工资、职位配置以及家庭和大米补贴，这些都是由总统指令决定（世界银行 2003）。

表 7.10 公共服务管理的责任

责 任	中 央 政 府	地 方 政 府
工资政策	决定基本工资、职位和其他一般性津贴	地方额外津贴的可能性（例如，为吸引人们到遥远的地方工作）
工资支出	中央为中央公共服务提供预算	地方预算支付地方公共服务
职位分类和标准	全国框架	地方修改
员工职责		地方责任
职业发展	高层级（省政府）	低层级（Ib-IIIb）
招聘	中央或省批准设立新的职位；招聘流程的指导原则	员工需求评估和执行招聘流程
重定位	区域间和更高层级政府	区域内
培训	中央指导	执行
退休金计划		地方责任

资料来源：2004 年第 32 号法令，作者整理。

人员的转移使中央以下各级政府的工资负担大大增加。目前，中央以下政府负责支付政府工资总额的一半以上。对中央以下各级政府而言，调整公共服务的规模和人员结构以适应地方具体需求的余地很小。

对地方政府财政和机构改革的总体性评价

大规模的地方政府改革开始于 2001 年。尽管对改革的效果做出总结性评价还为时尚早，但就目前已经显现的一些效果还是可以做出一些评价。向一个明显更加分权的治理模式转变，从整个过程来看还是比较平缓的。按照预定计划，地方政府承担了一些新的职责。超过 250 万的公务员被成功地安排到中央以下各级政府的管辖区域。中央政府不断地增加对下级政府转移支付的数额，既有间接的，也有直接的。2004 年进行了第二届中央和地方的民主选举，选举过程基本没有外力介入，目前地方政府均由民主选举产生的市长来领导。与此同时，与分权相随的最主要的风险也已最小化。此外，改革并未导致服务供给系统的崩溃或引发宏观经济不稳定。

然而，很多领域依然有改进的空间，从而进一步发挥分权的积极作用。与支出责任的下放相伴随的是逐步赋予地方更大的税收权力。现行的做法给予了地方更多的支出权力，而相对较少的税收权力，使中央政府在收入方面处于有利地位。尽管支出责任的下放有利于发挥分权的积极作用，如更低的生产成本，信息方面的优势，使服务更适应地方需要，但更好地发挥财政分权的积极作用需要税收权力的下放。盛行的依赖无条件转移支付来为地方政府运作融资的做法使得次国家级政府的责任性受到潜在的损害（参见Rodden 2002 一些理论性思考和一种跨国性分析）。

扩大地方税基能够带来很多潜在的好处。如果服务供给与地方税收的支付联系的更加紧密，则居民会产生更大的动力去监督政府绩效并要求地方政府更负责任。这种扩充还能够进一步深化辖区间竞争。人们选择低税负、低支出的辖区而放弃高税负、高支出的辖区，能够有效地刺激地方政府改进支出效率。如果印度尼西亚想从这些效果中获益，就必须从制度上给予地方更多的税收自主权。

把一些重要的税基，如财产税和附加的所得税用于负担边际公共物品的供给可以改进地方政府运作的效率和责任性。地方居民只有通过选择较高或较低的税收保证金才能选择他们希望的公共服务水平。同时，赋予基层更多的税收权力将进一步减少贫困地区的收入，从而加大地区之间已有的经济基础的差异。由此产生的收入和财政能力方面的缺口迫切需要中央在保证国家最低标准的公共物品和均等性支付方面发挥强有力的作用。

印度尼西亚的经验表明，单纯的分权并不能消除不同收入水平的地区之间的差距，相对贫困的地区依然落后。横向的财政资源严重不均衡的问题亟待解决,从而确保贫困地区的地方政府有足够的资源履行他们新获得的支出职能。当前能够动用的财政手段——尤其是过去曾经为追求某种程度上相互冲突的目标(工资补偿和水平均等化)的DAU拨款——可能无法满足地方均等的目标。在平衡纵向财政缺口的同时,DAU也带来了积极但却不明确的均等化结果。最优程度的均等化水平——或可以接受的不均等程度——实质上是一个政治问题。因而,财政均等化体制必须采用明确的均等化标准以决定用于均等化的资金总额和在各辖区之间的分配。

DAU并没有包含明确的均等化标准。其总量是随意决定的,计算公式中包含的各种因素的权重也是为了实现多种交叉目标而随意确定的。因而最终结果是否公平依然不确定。需要确定一种政治上可持续的方式以实现财政体制改革的水到渠成。由一种更加均等化的DAU体制构成的既能增加地方税收自主权又能强化财力雄厚地方的税基的综合性方法可能是最恰当的政治折中。

印度尼西亚改革所强调的填补缺口的财政转移支付方式注重地方自主性,却忽略了地方在服务供给方面的责任。需要一种更加具有平衡性的方法,这种方法既能进一步增加地方自主性,又能激励地方治理更具责任性。这种方法可以通过实施用于公共物品,如教育、卫生和道路的产出导向的国家最低标准拨款实现。这些拨款可根据服务人口(如教育拨款参考的适龄入学人口)分配给地方并根据服务对象的客观指数(如学校入学率)提前支付给地方公共的和私人的服务供给者。以后拨款是否持续将取决于是否满足或提高了基本的服务标准,评判以顾客的直接监督为准。改革实施之前,印度尼西亚是在教育、卫生和道路方面探索简便而客观的绩效导向拨款的开拓者,重新引进类似的转移支付将产生重大作用。

对行政分权框架的实施不到位阻碍了印度尼西亚改革的成功。它使官僚庞大的地方政府消耗了珍贵的资源,还为中央政府盗取对地方政府的控制打开了方便之门。地方政府录用、解雇地方雇员和设定录用方式的权力是资源分配方面的地方自主权和服务供给方面的地方责任不可或缺的部分。

有必要进一步划分各级政府的职责,尤其是共享性职责。尽管从某种程度上看,即使是绝大多数发达联邦制国家,如德国和美国,其政府职能的分配也存在争议且不够明确,但印度尼西亚仍需推进职能分配的进一步划分和详细说明。退出混合性分配——从 1999 年第 22 号法令的反面列举义务性职能到 2004 年第 32 号法令的正面列举——是朝着正确的方向前进的一步。鉴于职能重新分配的复杂性和敏感性,法律只设定了职能分配的一般原则,因而存在大量的补充性规定。为确保进一步阐明这些原则,政策制定者必须保证部门法律(有关卫生、教育等)与这些原则相一致。对于已经下放权力的领域,中央政府相关部门依然直接向地方支付大量拨款,其中至少有一部分针对的是法定的属于地方政府的职能。这种支付引发了责任问题,因为顾客无法获知究竟由哪一级政府对服务供给的质量负责。

对发展中国家的启示

印度尼西亚正处于上升状态的地方政府体制,包括其组织和财政体制,为其他国家规划类似的改革提供了一些启示。

激进式改革与渐进式改革

如同波兰一样,印度尼西亚在政治上达成改革计划的共识经历了很长一段时间,但改革的实施历时相对较短,改革恰逢一个政治机遇期,中央政府面临严重的财政危机,因而改革的阻力较弱而改革的政治承诺十分坚定。此外,改革相对而言比较全面,同时还强调政治、财政和行政方面的分权。由于某些规定要么未被实施,要么被改变，改革也出现了一些暂时性的问题。尽管印度尼西亚的分权化是在相对不稳定的历史背景下进行的，面临的是非常态环境，但它也表明，只要有政治意志和机遇，深刻的变革是可以在相对较短的时期内实现的。由于其彻底性，改革获得了极大的政治支持和热情，尤其是在地方层级。与此同时，分权化的印度尼西亚——世界上最大和最具多样性的国家之一——面临巨大的挑战和风险。印度尼西亚向明显的更加分权化的治理模式的平稳过渡表明，谨慎地尝试应对这些风险是可行的。一个好的例子是印度尼西亚在发行地方债券时采取的明智办法，一种强调负责任（财政纪律）的信贷市场进入方式。尽管其他国家的具体情况可能有所不同，但密切关注潜在的风险、学习国际经验和设计原则能够指导改革的规划和顺序并帮助避免一些与分权改革相连的意想不到的错误（参见 Bahl和 Martinez-Vazquez 2005；Shah 和 Thompson 2004）。

简化管理模式

分权改革意味着对地方政府体系的管理模式的改变。改革的多样性和交互性意味着大量管理领域都将受到影响，从财政管理、税收和公共服务到卫生和教育等部门性事务。印度尼西亚的经验表明，如此大范围的变革可能导致管理的交叉、含糊甚至混乱。例如，有关教育的部门法律中的职能分配与分权法律是不一致的。为了避免这种状况，法律制定者必须对法律制定过程进行全盘规划，明确可能的冲突，并简化法律和实施细则以确保地方政府有一个可靠的法律框架。

重新定义政府层级的作用

在实践中，寻求分权和适当的中央控制之间的平衡是很难的。印度尼西亚的经验表明，确实存在某种隐蔽形式的集权，即介入法定的分权性职能的中央直线部门与政府间协调和沟通渠道不畅并存。然而,这些问题可以通过给予足够的关注来建立各级政府之间的信任和沟通渠道而得到解决。

通过发展能力增强供给方的力量

和其他国家一样,印度尼西亚的经验表明,法律、法规的变革只是整个过程的一个部分。除了法律框架的变革之外,分权还要求各级政府有能力(和意愿)来适应它们的新角色。地方政府必须有能力应对规模越来越大的财政流动和组织;它们必须理解辖区的问题和需求并提供大量复杂的公共服务。与此同时,中央政府机构必须转变原有的大量的运作性职能,即从直接的服务供给到监督和提供技术支持、指导和信息。印度尼西亚的经验表明,这种变革并不是通过改变规则就可以实现的,而是要通过发挥公务员的不同技能和见解的作用以及确立各级政府新的组织程序才能实现。从一开始,分权改革就应该使战略和资源分配相适应以促进能力发展和改变各级政府的管理方式。

通过意愿表达和责任机制增强需求方的力量

责任机制对分权改革意义重大(Shah 1998a)。只有当分权引导出这样一种环境,即政治选择、支出决定和服务供给都要承担某种责任时,分权才能改善公共部门的绩效。显然,授权给不对地方居民负责的地方政府可能不会增进产出。印度尼西亚最初的经验表明,地方责任体系——至少在某些地方——依然十分脆弱,由此导致对稀有公共资源的管理不力,从长远来看,还会恶化公共服务。分权改革的成功不仅取决于政府间财政和行政关系的设计,还取决于地方政府是否对其辖区负责。要实现这一目标,必须系统地关注中央以下层级的意愿表达和参与的制度化以及相关权力的扩展,以允许公民表达他们的偏好,有效地监督地方政府的绩效,并对绩效做出恰当反应以使政治家和地方官员更具回应性。这些改革的核心是透明、责任和参与原则，尤其是有关计划和预算方面的。最近，在中期支出框架和绩效导向的背景下，一系列新的使计划和预算更具参与性的法规获得通过。此外，在地方层级有很强的政治维度的考量，如多元政党的发展，立法和制衡的强化，以及有效的公民社会利益集团的支持。

参考文献

ADB (Asian Development Bank). 2004. *Country Governance Assessment Report: Republic of Indonesia.* Manila: ADB.

———. 2005. *Report and Recommendation of the President to the Board of Directors on Proposed Loans and Technical Assistance Grant to the Republic of Indonesia for the Local Government Finance and Governance Reform Sector Development Program.* Manila: ADB.

Ahmad, Ehtisham. 2002. "Intergovernmental Grants Systems and Management: Application of a General Framework to Indonesia." IMF Working Paper 02/128, International Monetary Fund, Washington, D.C.

Ahmad, Ehtisham, and Russell Krelove. 2000. "Tax Assignments: Options for Indonesia." International Monetary Fund, Washington, D.C.

Bahl, Roy, and Jorge Martinez-Vazquez. 2005. "Sequencing Fiscal Decentralization." Andrew Young School of Policy Studies, Georgia State University, Atlanta.

Bastin, Johan. 1992. "Financing Regional Development." In *Spatial Development in Indonesia: Review and Prospects*, ed. Tschangho John Kim, Gerrit J. Knaap, and Iwan J. Azis, 187–218. Avebury: Aldershot, U.K.

BPS (Badan Pusat Statistik). 2003. "Data dan Informasi Kemiskinan Buku 1: Provinsi." BPS, Jakarta.

Brodjonegoro, Bambang, and Jorge Martinez-Vazquez. 2002. "An Analysis of Indonesia's Transfer System: Recent Performance and Future Prospects." Andrew Young School of Policy Studies, Georgia State University, Atlanta.

Fukasaku, Kiichiro, and Luiz R. de Mello Jr. 1997. "Fiscal Decentralisation and Macroeconomic Stability: The Experience of Large Developing and Transition Economies." Organisation for Economic Co-operation and Development, Paris.

Hofman, Bert, Kadjatmiko, and Kai Kaiser. 2004. "Evaluating Indonesia's Fiscal Equalization." World Bank, Washington, DC.

Indonesia, Ministry of Finance 2005. "Nota Keuangan, SIKD." [Regional Financial Information System.] Ministry of Finance, Jakarta.

Jaya, Wihana Kirana, and Howard Dick. 2001. "The Latest Crisis of Regional Autonomy in Historical Perspective." In *Indonesia Today: Challenges of History*, ed. Grayson Lloyd and Shannon Smith, 216–28. Singapore: Institute of Southeast Asian Studies.

Kelly, Roy. 2004. "Property Taxation in Indonesia." In *International Handbook of Land and Property Taxation*, Richard M. Bird and Enid Slack, 117–28. Cheltenham, U.K.: Edward Elgar.

Legge, John D. 1961. *Central Authority and Regional Autonomy in Indonesia: A Study in Local Administration, 1950–60.* Ithaca, NY: Cornell University Press.

Lewis, Blane. 2002a. "Revenue-Sharing and Grant-Making in Indonesia: The First Two Years of Fiscal Decentralization. Research Triangle Institute, Research Triangle, NC.

———. 2002b. "Revisiting the Property Tax in Indonesia: Current Practices, Recent Performance, and Near-Term Potential." Research Triangle Institute, Research Triangle, NC.

———. 2003a. "Local Government Borrowing and Repayment in Indonesia: Does Fiscal Capacity Matter?" *World Development* 31 (6): 1047–63.

———. 2003b. "Some Empirical Evidence on New Regional Taxes and User Charges in Indonesia." Research Triangle Institute, Research Triangle, NC.

Lewis, Blane, and Menno Pradhan. 2005. "Decentralization Stocktaking and Future Directions." World Bank, Jakarta, Indonesia.

Mackie, J. A. C. 1999. "National Integration, the State, and Market Forces in the Transition Era, 1945–1965." In *Crisis and Continuity: Indonesian Economy in the Twentieth Century*, ed. J. A. C. Mackie, 1–13. Yogyakarta, Indonesia: Gadjah Mada University.

PWC. (Pricewaterhouse Cooper). 2005. "Municipal Tax System in Indonesia." Pricewaterhouse Cooper Global Institute, Geneva.

Ray, David. 2003. "Decentralization, Regulatory Reform, and the Business Climate." In *Proceedings of the Conference on Decentralization, Regulatory Reform, and the Business Climate*, ed. David Ray, 1–40. Jakarta: U.S. Agency for International Development.

Rodden, Jonathan. 2002. "The Dilemma of Fiscal Federalism: Grants and Fiscal Performance around the World." *American Journal of Political Science* 46 (3): 670–87.

Rohdewohld, Rainier. 2003. "Decentralisation and the Indonesian Bureaucracy: Major Changes, Minor Impact?" In *Local Power and Politics in Indonesia—Decentralisation and Democratisation*, ed. Edward Aspinall and Greg Fealy, 259–74. Singapore: Institute for Southeast Asian Studies.

Shah, Anwar. 1994. *The Reform of Intergovernmental Fiscal Relations in Developing and Emerging Market Economies*. Washington, DC: World Bank.

———. 1998a. "Fostering Fiscally Responsive and Accountable Governance: Lessons from Decentralization." In *Evaluation and Development: The Institutional Dimension*, ed. Robert Picciotto and Eduardo Wiesner, 83–107. New Brunswick and London: Transaction Publishers.

———. 1998b. "Indonesia and Pakistan: Fiscal Decentralization—An Elusive Goal?" In *Fiscal Decentralization in Developing Countries*, ed. Richard Bird and François Vaillancourt, 115–51. Cambridge, UK: Cambridge University Press.

Shah, Anwar, and Zia Qureshi. 1994. *Intergovernmental Fiscal Relations in Indonesia: Issues and Reform Options*. Washington, DC: World Bank.

Shah, Anwar, and Theresa Thompson. 2004. "Implementing Decentralized Local Governance: A Treacherous Road with Potholes, Detours, and Road Closures." In *Reforming Intergovernmental Fiscal Relations and the Rebuilding of Indonesia*, ed. James Alm, Jorge Marinez-Vazquez, Sri Mulyani Indrawati, 301–37. Cheltenham, U.K.: Edward Elgar.

UNDP (United Nations Development Programme). 2004. *Indonesia Human Development Report: The Economics of Democracy—Financing Human Development in Indonesia*. Jakarta: UNDP and Badan Pusat Statistik.

Van den Ham, Albert, and Hadiz Hady. 1988. "Planning and Participation at Lower Levels in Indonesia." *Prisma* 45: 72–83.

World Bank. 2003. *Decentralizing Indonesia*. Jakarta: World Bank.

第八章　地方政府组织与财政：
哈萨克斯坦

墨儒尔特·马卡姆托瓦

　　20世纪90年代初期,哈萨克斯坦的地方政府体系是建立在以往的地方苏维埃体制的基础之上的。1993第一部苏联宪法公布之前,地方政府体制改革的目标是逐步改变以往的地方官员对地方居民负责的体制,确立一种从下至上一直到总统的层级式组织体制。

　　哈萨克斯坦的地方政府改革进程是以1990年苏联的地方政府和地方经济一般原则法的实施为标志开始的。根据1990年12月15日实施的哈萨克斯坦苏维埃社会主义共和国物权法,物权分为三种类型:联邦的、国家的和地方的(公社的)。在物权被认定归地方时,行政和领土单元是根据人口来划分和授权的,通过这种方式财产便可由地方政府机构——苏维埃拥有、使用和控制。此外,地方苏维埃拥有、使用和控制的财产包括任何地方治理领土范围内的国家财产。

　　1991年2月15日实施的哈萨克斯坦苏维埃社会主义共和国地方自治和地方苏维埃法规定,苏维埃成员由人民选举产生。该法确立了选举机构的地位至高无上的原则。由此,也确立了地方执行机构,地方苏维埃的主席同时也是地方执行机构的主席。此外,该法确定苏维埃为地方自治机构。但地方政府和地方自治机构之间并没有区别。

新共和国的地方政府结构

1992 年 1 月 13 日,哈萨克斯坦苏维埃社会主义共和国地方自治和地方苏维埃法修正案通过。该修正案是在转型期实施的,它废除了代表机构至高无上的原则,实施对代表机构和执行机构的功能和权力进行区分的原则。

同一天,最高苏维埃采纳了中止哈萨克斯坦苏维埃社会主义共和国宪法标准效力法,这部法律也是在转型期实行的。该法律引入了一种新的制度:地方行政部门的首脑对总统或州(地区性的)首长负责,但不受地方苏维埃控制。地方苏维埃(任何层级的)不再拥有考核行政部门首脑的能力的权力,而地方行政部门的首脑也不再享有评价各地方苏维埃的能力的权力。

1992 年 2 月 7 日,哈萨克斯坦总统签署了在经济改革的环境下改善公共行政机构的组织和活动的法令。该法首次确立了统一的从总统到地方行政部门首长的行政管理体制,并规定了内阁全权监督行政权力的责任。由此,一种垂直的行政权力结构便诞生了。

1993 年 1 月 28 日,哈萨克斯坦共和国作为一个独立国家的第一部宪法获得最高苏维埃的通过,该法保留了地方代表机构,甚至授权它们在其能力范围内独立决策。

地方代表和执行机构法确立了这种地方政府结构,这部法律于 1993 年 12 月 10 日获得最高苏维埃的批准,也就是最高苏维埃临近解体之前。该法确立了全新的方式,在这些方法中以下五种最为重要：第一，代表性会议（maslikhats）不再作为地方执行机构。第二，地方行政部门首脑代表总统而不是民众。第三，只在州和管区（rayon）层级设立代表性机构，乡村（auls）不再设立。第四，代表性机构不再称为地方自治政府，尽管它们被看作是相应人口的代表性机构。第五，地方自治的概念不再得到法律的承认；法律还废除了由苏维埃确立的执行机构的概念。

于1995年8月30日通过的现行宪法[①]确认了地方代表和执行机构法创立的政府体制。其中，第85条承认了地方的中央政府机构，第89条承认了自治政府。

地方公共行政机构包括州、管区和市的代表性会议，州、管区和市的阿基姆特（akimats，地方执行机构），以及乡村阿基姆（akims，地方执行机构）。中央政府在地方的机构包括：

- 在州一级，有14个州和两个特别市（阿拉木图市和阿斯塔纳市）设有中央政府机构。
- 在管区一级，有159个管区和37个拥有管区地位的市设有中央政府机构。
- 在乡村一级，属地、村庄和农村地区只设执行机构。

截止到2006年1月1日，哈萨克斯坦的行政和领土区划情况如表8.1所示。

哈萨克斯坦地方公共行政法于2001年1月通过。[②] 这部法律包括如下基本内容：

- 地方公共行政被定义为由地方代议和执行机构实施的旨在执行和开展中央在地方政策的活动，且这些活动是法律规定在地方职能范围之内的。
- 地方执行机构或阿基姆特，由州阿基姆（具有国家意义的城市和首都）或管区阿基姆（区级城市）领导，并在各自的领土

---

① 哈萨克斯坦共和国宪法，1995年8月30号实施，1998年10月7号修订。
② 地方公共行政法，2001年11月23日实施，2004年5月11号修订。

和职能范围内实施地方公共管理。阿基姆代表哈萨克斯坦总统和政府以及地方执行机构(如果有的话)的首长,并负责在领土范围内执行中央政策。阿基姆负责保证领域范围内所有由预算负担经费的机构的运转,并负责特定领域内的经济和社会发展。

- 地方代议机构,或马斯里克哈特(maslikhat),由地区(具有国家意义的城市和首都)或管区(地区级城市)居民选举产生。它代表选民的意志,决定执行这种意志的途径,并根据法律控制意志的执行。乡村和小镇不设马斯里克哈特。

表 8.1 哈萨克斯坦的行政和领土区划,2006 年 1 月 1 日

领 土	州/管区	城市和城镇			县		乡村	定居点
		总数	州以下	管区以下	镇	村	镇	村
哈萨克斯坦共和国	168[a]	86	39	45	161	2336	167	7262
阿卡莫林州	17	10	2	8	13	245	14	699
阿卡图宾州	12	8	1	7	2	136	2	424
阿马汀州	16	10	3	7	14	237	15	769
阿特劳州	7	2	1	1	11	62	11	184
东哈萨克斯坦	15	10	6	4	24	231	25	826
江布尔州	10	4	3	1	10	143	12	367
西哈萨克斯坦	12	2	1	1	5	154	5	477
卡拉甘迪州	9	11	9	2	38	168	39	498
科斯坦那州	16	5	4	1	8	255	8	740
科集劳汀州	7	3	1	2	12	133	12	265
蔓集斯通州	4	3	2	1	5	32	5	48
帕府洛大州	10	3	3	n. a.	6	166	6	403
北哈萨克斯坦	13	5	1	4	n. a.	204	n. a.	727
南哈萨克斯坦	12	8	4	4	11	170	11	865
阿拉木图市[b]	6	1	n. a.	n. a.	n. a.	n. a.	n. a.	n. a.
阿斯塔纳市[b]	2	1	n. a.	n. a.	2	n. a.	2	n. a.

资料来源:哈萨克斯坦共和国统计局。

注:n. a. =不适用。

a. 包括城市中的八个管区。

b. Almaty 和 Astana 市有特殊地位。

其他被赋予这些城市的地方执行机构和代议机构的权力在哈萨克斯坦都城地位法和阿拉木图市特别地位法中做出了规定。

州以及阿拉木图市和阿斯塔纳市的阿基姆先由总理向总统上交提名名单，然后由总统任命。总统对阿基姆的权力优先于政府的权力，这是与总统有权"自行免除阿基姆"相一致的（1995 年宪法第 87 条）。

法律没有规定国会对地方政府机构行为的控制。在大法官的要求下，议会有权审议马斯里克哈特的决定。政府在宪法规定的权力范围内控制法律的实施。司法部及其地方分支机构对地方部门的法令予以备案。由中央政府指定的机构同其他部门一起，监督地方执行部门的下属单位。

由于执行机构的结构是垂直的，因而相应的，控制是从上至下实现的。科层制使下级服从于上级并确保执行的命令是从上往下传达的。

马斯里克哈特不受垂直关系的约束，而受上级马斯里克哈特发布的命令的约束。马斯里克哈特出台的与哈萨克斯坦共和国的宪法和法律相抵触的决定可由马斯里克哈特自行取消，也可通过法律程序废除。

阿基姆特负责颁布阿基姆签署的法规。阿基姆颁布管制和法律决定，还有有关行政和管理事务以及紧急和特别问题的法规。阿基姆特和阿基姆颁布的法案在整个行政和地域范围内生效（地方公共行政法第 37 条）。有关公民权利、自由和义务的法律（除包含哈萨克斯坦共和国国家机密以及受法律保护的其他秘密的法律以外）都必须由官方在报纸和其他由马斯里克哈特和阿基姆指定的刊物上公布。具有普遍效力或涉及几个部门之间或与公民权利和义务相关的法案，必须由哈萨克斯坦共和国司法部的地方行政部门备案。阿基姆特和阿基姆颁布的法案，总统、哈萨克斯坦共和国政府、上级阿基姆特或阿基姆、阿基姆特或阿基姆自己或司法决定都有权全部或部分予以否定。

地方代议和执行机构的规制性法案经由授权部门批准之后生效。地方代议机构或马斯里克哈特负责传达各自领域内的人民的意志。他们首先考虑整体的国家利益,以便选择能够实现这些利益的措施并控制这些措施的实施(1995 年宪法第 86 条)。

马斯里克哈特每 4 年选举一次,由各地方的人民直接选举产生。每届马斯里克哈特的代表人数由哈萨克斯坦共和国中央选举委员会决定,并遵循以下原则:州、阿斯塔纳市和阿拉木图市的马斯里克哈特 50 个名额以上;市一级马斯里克哈特 30 个名额以上;管区马斯里克哈特 25 个名额以上。

地方执行机构由当地的阿基姆领导,他同时代表总统和政府(根据 1995 年宪法第 87 条)。应总理的要求,总统任命州以及阿拉木图市和阿斯塔纳市的阿基姆。总统同时有权予以免除。阿基姆的权力在新总统产生时终止,但他们依然履行职责直到新的阿基姆被任命。其他地方的阿基姆根据总统决定的程序任命或选举。直到最近,各级阿基姆都是由上一级阿基姆任命的:阿拉木图市和阿斯塔纳市的阿基姆任命城市管区的阿基姆;州的阿基姆任命管区和区级市的阿基姆;管区的阿基姆任命乡村和属地的阿基姆。但在 2001 年秋,根据总统颁布的法令,举行了村级阿基姆的试点选举:14 个州的 2 个阿基姆通过直选产生。

很多人误以为在 28 个村级行政单位举行的试点选举标志着地方自治的诞生(Makhmutova 2004)。但这些选举并未带来任何改变。同以往一样,所有选举产生的阿基姆都是政府的代表:他或她只不过是服从于管区阿基姆的政府雇员,是管区阿基姆特的一名职员。原来计划阿基姆的选举每两年举行一次,但从目前的情况来看,计划未能如期实施,而政府也并未对试点选举的成败发布任何评论。

图 8.1 描述了哈萨克斯坦政府系统的结构。

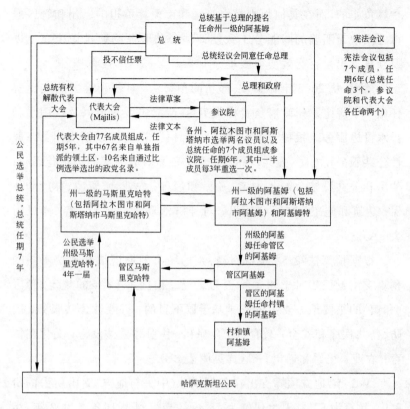

图 8.1 哈萨克斯坦政府系统的结构

资料来源：见 Makhmutova 2001。

地方政府支出

哈萨克斯坦在改革政府间财政关系的过程中，一个突出的问题是各级预算系统——即中央与州以及州与管区之间如何进行支出分配。所有三个层级都有支出。

直到 2005 年，各州的阿基姆才在其自由裁量权的范围内确定了州和管区的职能分工。例如，卫生服务和教育，在一些州是由州预算负担的,而在其他州则是由管区和市预算负担的。州和管区或市之间缺乏明确的职能分工致使评估公共服务的数量是否充足以及预算支出是否有效变得困难。

　　然而,从 2005 年开始,一部新的预算法①对州和管区的支出责任做出了规定。州政府负责提供卫生保健、中级教育以及饮用水和排水设施服务。根据预算法第 51 条,州预算负担以下支出:一般性公共服务;国防、公共秩序和安全;教育;卫生保健;社会福利;住房和公共设施;文化、体育、旅游和信息;农业、水资源、林产和环保;建筑和施工;交通和通讯;对经济活动进行规制;等(详见附表 8A)。

　　根据预算法第 52 条,地位特别的城市阿斯塔纳和阿拉木图的预算支出责任相对于州预算更为宽泛。根据第 53 条的规定,管区(和镇)的重要地方支出的安排基于以下目的:一般性公共服务;国防、公共秩序和安全;教育;社会福利;住房和公共设施;文化和体育;农业;交通和通讯;等(详见附表 8B)。

　　2001 年,地方预算支出在各领域总(中央与地方)支出所占的份额中,教育为 82%,卫生保健为 78%,社会福利为 16%。2002 年,相应的比例为:教育 86.4%,卫生保健 83.1%,社会福利 17.8%。这三个部分加起来占地方预算支出总额的 50.7%。相应的,中央预算支出仅占教育预算总支出的 13.6%、卫生保健总支出的 16.9%、社会福利总支出的 82.2%。

　　2005 年,地方预算在总支出中所占的份额大致相同:教育为 83%,卫生保健为 81%,社会福利为 10%。2005 年总统预选期间,由于中央增加了在社会福利方面的预算支出,因而地方预算在这一块的支出份额有所下降。这三部分支出加起来占地方预算总支出的 50%。

---

　　① 哈萨克斯坦共和国预算法规,2004 年 4 月 24 号颁布,no. 548-Ⅱ,Officialnaya Gazeta nos,21-22,2004 年 5 月。

表 8.2 显示了 2002 年到 2005 年中央和地方的预算支出情况。

表 8.2　中央和地方预算开支情况，2002—2005

%

支 出 类 型	2002	2003	2004	2005[a]
中央政府支出占国民生产总值百分比	14.2	14.8	15.5	20.6
中央政府支出占统一预算的百分比	68.0	70.4	73.2	79.0
地方预算支出占统一预算的百分比	48.0	48.2	49.0	40.3

资料来源：财政部，2005。

a. 2005 年数据是初步的。

地方政府自有税费

哈萨克斯坦地方政府没有独立的税收权力；他们无权决定税率或税基。只有土地税是一个例外。基于根据国家的土地立法实施的土地分区管理计划，地方代议机构可按照税收法（第 338 条）的规定提高或下调土地税税率。

财政部所辖的税收委员会及其地方分支机构（阿拉木图市和阿斯塔纳市的税收委员会；区际税收委员会；管区、市和市属管区的税收委员会）负责税收征管。这些税收委员会负责将所有税收收入和其他义务性收费移交至预算。他们无须向任何地方政府当局汇报，而是垂直隶属于相应的更高层级的税收委员会（税收法第 15 条）。

目前，哈萨克斯坦立法还未承认地方税的概念。1995 年实施的税收及其他预算收入法规定了征收税种的基本类型。1999 年的税收立法废除了有关各级税收系统之间税收分配的内容。税收法明确列举了各类税收和收费，预算法规规定了支付给中央和地方预算的税收和其他收入。预算法第 7 章规定了各级预算之间的收入分配。

　　预算法第 47 条规定了州预算中的税收及非税收入(详见附表 8C)。在该国拥有特殊地位的城市阿拉木图和首都阿斯塔纳的预算收入略有不同,第 48 条对此做出了规定。第 49 条规定了管区(和对州而言地位重要的镇)预算中的税收和非税收入(详见附表 8D)。

　　表 8.3 概述了地方预算收入的结构以及税收收入、非税收入和固定资产销售收入的相对重要性。社会税收入在总收入中的份额相当重要(表 8.3)。1999 年开征的社会税几乎占收入总额的 1/3。从 2004 年开始,社会税税率从固定的 21% 调整为 7% 到 20% 的浮动税率,具体数额取决于工资水平。因而,到了 2005 年,社会税收入在地方预算收入总额中的份额下降到 26.3%。个人所得税在地方预算收入中的地位也十分重要。2004 年,个人所得税税率由收入的 30% 下调到 20%,相应的,其在收入总额中的比重也由 2003 年的 19.5% 下降到 2004 年的 16.4%。

表 8.3　地方预算收入结构

%

收入类型	1999	2000	2001	2002	2003	2004	2005
税收收入	80.2	82.9	83.5	77.7	70.5	61.5	58.2
企业所得税	12.3	26.3	20.3	n. a.	n. a.	n. a.	n. a.
个人所得税	16.0	16.0	17.8	20.0	19.5	16.4	16.4
社会税	31.4	25.3	32.2	35.3	32.9	28.0	26.3
财产税	10.9	8.3	8.6	8.7	7.5	7.2	6.9
增值税	3.8	3.8	2.4	2.5	1.9	1.4	n. a.
消费税	1.8	1.3	1.1	5.6	4.4	3.6	3.1
非税收收入	5.0	3.2	3.4	1.1	1.1	1.5	1.3
固定资产销售收入	0.0	0.0	0.7	0.9	1.3	2.2	3.4
政府转移支付	14.7	13.8	12.4	20.3	25.7	34.8	37.1
总计	**100.0**	**100.0**	**100.0**	**100.0**	**100.0**	**100.0**	**100.0**

资料来源:财政部,2005。

注:n. a. =不适用。

　　企业所得税所占的份额由 1999 年的 12.6% 上升到 2000 年的 26.3%(见表 8.3)。2001 年,随着哈萨克斯坦共和国国家石油基金会的成立,该数字降至 20.3%,因为企业所得税中的一部分要交给该基金会。从 2002 年开始,企业所得税全部归中央预算所有。

社会税、个人所得税和消费税几乎构成了地方税收收入的 1/2。财产税相对处于弱势,只占地方预算收入的 6.9%。非税收入仅占地方预算收入的 1.3%。地方预算收入的 1/3 以上是由来自中央预算的政府间转移支付构成的。

表 8.4 列示了一些相对重要的税收现行的税率和税基。

表 8.4　各种税收的税基和税率

税　　种	税　　基	税　　率
个人所得税	个人收入	收入水平的 5%～10%
社会税	法人实体的工资支出	工资支出的 7%～20%
法人实体的财产税	资产和设备资产	价值的 1%
个人财产税	个人财产	财产价值的 0.1%～1%
消费税	企业生产或进口的应纳税的产品	政府允许的商品价值的固定比例
土地税	土地	按区域定税率
交通税	交通方式	按动力、车辆体积,生产者定税率

资料来源：税法。

共　享　税

目前,哈萨克斯坦的中央和地方预算之间没有实行税收分享。2002 年 1 月 1 日以前,来自企业所得税、酒类消费税和环保费的收入在各级预算系统之间平均分配。从 2002 年开始,企业所得税全部归中央预算所有,地方预算由来自酒类消费税和环保费的收入补充。

然而,失去企业所得税收入极大地削弱了地方预算收入的能力。由此产生的影响也是显而易见的——放弃中央预算拨款的州的数量大大减少,而要求从中央预算获取补贴的州的数目则相应增加。

根据预算法,从 2005 年开始,社会税和个人所得税按照州马斯里克哈特的决定在州和管区之间实行共享。

政府间财政转移支付

由于不同地方对中央预算的贡献不尽相同,因而有必要平衡各地之间的预算收入。工业化水平较高的州,其税收潜力也较大。而以农业经济为主的州,其收入也相对较低。

因而,政府长期以来奉行通过中央预算实现财政再分配的政策。从 20 世纪 90 年代早期到 1998 年,中央和地方预算之间的税收分享比例便被用来决定如何分配收入。中央预算会向那些收入无法满足必要财政支出的州发放补贴。

从 1999 年开始,该体制有所变化。收入能力较高的州须扣除部分收入交给中央预算;只有经过这一步,由中央预算发放的补贴才能分配给低收入的州。

此外,补贴的发放仅仅用于弥补收支缺口。对于每一个州,其支出水平的计算是以前一年的数据为基础,并根据通货膨胀的情况适当调整的。收入能力较高的州因而能够捐献国家预算而仅保留他们所需的能够弥补其预计支出的数额。而收入能力较弱的州则能从国家预算获得他们所需的某种额外津贴。

1999 年,州对中央预算的捐献总额达到 370 亿坚戈,而转移支付性津贴总计为 248 亿坚戈(表 8.5)。2001 年,捐献总额增加至840 亿坚戈,而只有 355 亿坚戈用于发放转移支付性津贴。这一变化标志着总体经济形势的好转。此外,哈萨克斯坦的主要出口——

原材料的国际价格的上涨，增加了向中央预算提供捐助的州的收入，政府相应地提高了捐献的额度：2001 年捐款收入和补贴支出之间的差额达到近 500 亿坚戈。

表 8.5　州对中央预算的捐款和从中央获得的补助金（10 百万坚戈）

州	1999	2000	2001	2002	2003	2004	2005[a]
阿卡莫林州	3 928	4 135	4 391	7 192	9 353	14 112	13 864
阿卡图宾州	(1 646)	(1 830)	(3 626)	(569)	(429)	2 131	(1 373)
阿马汀州	5 891	6 055	8 298	10 289	10 125	14 425	15 419
阿特劳州	(6 766)	(13 227)	(28 790)	(19 601)	(20 115)	(22 669)	(28 989)
东哈萨克斯坦	275	(1 279)	(2 460)	5 190	9 348	15 010	15 469
江布尔州	2 286	3 158	4 866	6 877	10 470	15 065	10 058
西哈萨克斯坦	335	254	(887)	1 286	(497)	5 657	7 665
卡拉甘迪州	(3 939)	(5 820)	(9 856)	(81)	1 835	6 998	5 026
科斯坦娜州	(363)	(377)	841	4 182	5 191	8 892	9 478
科集劳汀州	3 169	2 403	1 262	6 645	8 972	10 909	11 009
蔓集斯通州	(4 844)	(4 262)	(10 629)	(9 000)	(10 651)	(10 139)	(15 989)
帕府洛大州	(3 539)	(1 590)	(2 106)	(1 896)	(9 74)	1 043	1 259
北哈萨克斯坦	2 971	3 192	3 732	5 202	6 206	11 468	11 464
南哈萨克斯坦	5 959	7 902	12 115	12 901	19 072	28 685	27 317
阿拉木图市[b]	(16 162)	(21 867)	(25 801)	(17 915)	(24 964)	(32 061)	(45 358)
阿斯塔纳市[b]	n.a.	n.a.	n.a.	n.a.	n.a.	(1 804)	(3 301)
捐款总计	(37 259)	(50 251)	(84 155)	(49 065)	(57 630)	(66 673)	(95 009)
补助金总计	24 814	27 118	35 504	59 763	805 13	134 395	133 028

资料来源：财政部 2005。

注：n.a.＝不适用。括号中是捐款。

a. 数据是临时的。

2002 年，当企业所得税不再作为地方预算收入时，接受补贴的州由 7 个增加到 9 个。2005 年，有 11 个州接受中央预算补贴。

如果按地方预算收入总额来算，中央预算发放给州的转移支付性补贴占 15％；如果按补贴在支出总额中所占的份额来算，则为 11％。当然，如果分开来看，各州之间存在很大差异。例如，2003 年，江布尔州 73％的收入是通过获取中央预算津贴实现的，占该州支出总额的 72.5％。如此巨额的津贴是与 2003 年江布尔州发生的一次地震密切相关的。2002 年,江布尔州获得的津贴数额占收入总额的 57％。2003 年,南哈萨克斯坦获得的津贴占其收入的 52％,占该州支出总额的 52.5％。

从 2002 年开始,地方预算因为建造学校、医院和为实施饮用水计划的供水系统的需要,可以获得一年一度的特别转移支付拨款。

2005 年,阿特劳州从预算中拿出的捐助占其全部预算支出的 49％,然而,他们以特别转移支付的形式部分返还给了州预算(收入的 9％)。阿拉木图市上交的捐助占其预算支出的 39％。这些款项也以特别转移支付的形式部分返还给了市预算(收入的 14.5％)。

从 2005 年开始,预算法建立了新的法律框架。这部法律对政府转移支付做出了规定,转移支付分为一般性转移支付、专项资金转移支付和发展性转移支付。津贴性预算和捐助性预算被定为一般性政府转移支付。它们被作为常数项,按照以下类别每 3 年评定一次(也即每 3 年调整一次):

- 中央预算与州和阿拉木图市和阿斯塔纳市的预算之间——由法律规定;
- 州预算和管区(以及对州而言地位重要的镇)预算之间——由州马斯里克哈特决定。

地方政府借债

地方预算可以赤字运行。地方代议和执行机构负责使地方预算保持适当的平衡。预算赤字通过借债弥补。应州、阿斯塔纳市和阿拉木图市阿基姆的要求,财政部可使用中央预算向地方预算提供预算贷款以资助地方项目投资和弥补资金缺口。该做法也适用于管区。管区执行机构可以向州预算借债以弥补预算赤字、资金缺口或运行投资项目。

2005年以前,地方执行机构借债被作为贷款合约的一种形式或地方执行机构运营的一种资产。由政府规定地方执行机构终止贷款合约或发行政府债券的程序。

1999年起,地方开始发行自己的债券。发行者不是政府当局,而是州一级地方执行机构。决定债券的发行、调整和兑换程序的政府根据具体情况采纳相应的决议。从1999年到2003年,宏观经济形势的好转和中央银行对融资利率的下调使利率得以逐步降低,因而借债有所增加。

1999年到2002年期间,银行和抚恤基金是地方执行机构债券的主要持有者。2002年,财政部宣布,政府将下调地方当局的借债额度。2003年,按照新的规定,投资于地方执行机构债券的抚恤基金数额最好不超过其总资产的5%。这一变化致使地方执行机构相关的投资运行活动有所减少。

国际评估机构为除东哈萨克斯坦以外的所有州授予了投资级别。各州得到的级别在B+到BBB-之间。东哈萨克斯坦被排除在外,因为其地方预算收入严重依赖于KazZinc公司——大量税收和收费都来自于(获得保障于)该企业。

总体而言,政府对地方借债的增加实施了严格的控制。地方借债的主要障碍是地方缺乏可靠的中长期预算计划,因为有关中央和地方预算之间的税收分配和预算返还率的政府政策具有不确定性。

一般而言,只要地方机构能够实现对地方预算收入的有效管理,用于资本投资的地方借债就能够获利。

预算法第202条禁止地方从资本市场借债。州及阿拉木图市和阿斯塔纳市的地方执行机构可以从哈萨克斯坦政府获得贷款以弥补预算赤字和资金缺口。管区如果需要借债以弥补预算赤字和资金缺口或运行投资项目,则可以从州政府获得贷款。

预算法规定了地方执行机构借债的基本规则,并对借债金额做出了如下控制：

- 地方执行机构的债务额度总额不能超过该财政年度地方预算收入的 25%。
- 地方执行机构用于支付还本付息费用的支出总额不得超过该财政年度地方预算收入的 10%。

地方政府管理

1999 年出台的公共服务法规定公务员分为政治类雇员和行政类雇员两种类型。[①] 州阿基姆及其副手，市、农村属地和乡村阿基姆都被定为地方的政治类公务员。撤销政治类公务员的缘由和程序由总统决定。州、阿拉木图市和阿斯塔纳市的阿基姆，以及市、管区和市属管区的阿基姆都由上一级阿基姆任命，并经过总统和总理的批准。州、市和管区阿基姆副手的撤销只需经过与总统办公室和政府的负责人的协商即可。

执行部门的所有其他职位都被定为行政类职务，占公务员总数的 96%～97%。行政类公务员被分为 A、B、C、D、E 类。地方行政类公务员，如果是为地方政府部门工作则被划为 D 类，如果为地方执行部门工作则被划为 E 类（Baimenov 2000）。择优考试被引入了行政类公共服务系统的进入和晋升过程中。这一做法旨在让公民享有平等的进入公共服务系统工作的权利。

考试事先在公共媒体上发布，然后由有空缺职位的公共机构或公共服务机构以公开或封闭的形式进行。所有国民均可参加公开考试。而封闭性考试只有行政类雇员才可参加。

[①] 公务员法，1999 年 6 月 23 日实施。

在实施马斯里克哈特制度的情况下,公务员的行为必须遵守公共服务法。即使马斯里克哈特届满或选出了新的代表,公务员的行为依然有效。这一规定能够确保马斯里克哈特及其机构的组织、立法、后勤和其他支持。马斯里克哈特属于公共机构,由地方预算负担经费开支。其公共服务人员的人数根据代表人数确定,即每3~7个代表对应一个公务员的比例。

地方政府财政总览

地方财政运作体制并未创造出相应的激励确保地方公共服务的责任性。地方当局只对上级政府机构负责,而不在意公民的意见。违反法规或参与贪污的阿基姆受到的处罚仅仅是被任命为另一个地方的阿基姆,对其工作结果事实上不承担任何责任。

高度的财力集中削弱了地方政府的权力。从2005年开始,15个地方预算中只有3个有能力依靠自有收入履行支出义务。其他地方预算都依靠来源于中央预算的转移支付补贴。

地方税的概念仅指代土地税,地方有权对其税率进行调整。但这一税种在总收入中的比重微不足道(1%~2%)。

各级预算系统之间的收入分配从20世纪90年代中期开始实行分权化。当时,由于政府要争取使预算赤字维持在国际货币基金组织要求的水平,因而把所有社会支出都"甩"给了地方预算。结果,一种非对称的财政分权开始了——即支出下放,但收入不下放。但这并不表示地方政府可以自由决定如何安排他们的预算。各级预算系统之间的收入分配体制使地方机构变成了向政府乞求资源的顾客,而不是政府的伙伴(确保经费和履行重要义务)。

划分各州收入水平级别的评价机制缺乏明确定义的基于维持

最低标准的社会服务和其他服务费用的标准。因而,这种体制导致了某种程度的不均衡:不同的州,对学生或病人的收费可能大不相同。

把支出分为运作支出和资本支出(所谓的发展性预算)也存在问题。从国际惯例来看,资本支出是通过借贷或资本运营负担的。在哈萨克斯坦,资本支出费用只能由政府专项转移支付负担。地方执行机构尝试发行债券的努力失败了。预算法规定地方执行机构只能向上级预算借债。

地方机构拥有足够的企业来确保地方公共服务。然而,追求此类服务的效率还未成为地方当局的重要目标,因为公民对服务质量的好评对这些机构而言并不重要。

对其他发展中国家的启示

在过去的 15 年,哈萨克斯坦的预算体制经历了重大的变化:中央和地方的预算构成已经确定,使用这些资金的方式也已明确规定。然而,预算过程依然存在以下弊端:

- 各级预算缺乏计划和预测;
- 地方预算没有稳定的收入来源;
- 地方实施预算的激励不足;
- 评定保证金和返还的机制不健全;
- 地方公共资产缺乏有效的管理;
- 地方预算的实施和控制缺乏监督。

哈萨克斯坦实行的是高度集中的地方公共行政体制。在这种体制下,地方执行机构控制着代议机构。在公共行政体制中,代议机构只是作为体现民主的工具。

政府再分配的资源数量逐年递增。这种递增在从苏维埃体制转轨的过渡时期，即当资源极度匮乏的时候有其合理性。但现在，地方当局必须对人民负责，承担服务供给的质量和数量不足的责任。

问题是哈萨克斯坦事实上没有确保地方当局向人民负责的机制：对地方当局而言，公民对其工作绩效的好评并不重要。在其他国家，地方当局通过民主程序向当地选民负责。

但在哈萨克斯坦，各级阿基姆都是由上级任命的。因而，阿基姆只对任命他们的人负责。尽管宪法承认地方自治，但在过去的11年里并没有出台足够的与地方自治相关的法律。相应的，哈萨克斯坦也没有实施地方自治制度。

首要的问题是，宪法把地方代议机构纳入地方公共行政系统带来了一个矛盾，即无法确立一个承担全部责任的地方自治机构。马斯里克哈特必须是地方自治当局：他们由人民选举产生并批准预算。

政府起草的最新的地方自治法草案在2000年被国会驳回，因为它把地方政府定为一个没有预算和产权公共机构。

主要的挑战之一是地方没有发育完全的责任机构。根据法律阿基姆是地方政府机构的代表。法律没有规定如何设立地方代议机构——马斯里克哈特和农村地区的阿基姆特。农村管理没有预算，只有一个包含在管区预算中的估算。然而，大部分的社会问题和经济问题都出现在农村。其中很多是20世纪90年代推行的改革的产物。由于44％的哈萨克斯坦人口居住在农村地区，因而解决这些问题是该国的长远发展目标且具有重要意义。仅享有有限权力而没有预算的农村阿基姆，将无法单独解决这些问题。

因而，有必要为农村阿基姆编制合适的预算。经验表明，有将近3/4的与改善地方居住条件相关的问题都是地方政府在地方发展过程中面对的困境的产物。这些问题能够通过与居民合作而成功解决,毕竟居民最熟悉这些问题,并且能够在解决问题的过程中发挥最积极的作用。

预算法已经颁布。它采取了一种新的机制,用于在各级预算系统之间重新分配税收以及划分州和管区之间的支出义务。从总体上,预算法规范了预算过程。然而,它并未从根本上解决问题——即确立独立的农村预算。

从世界范围来看,地方政府是地方发展的基础。在哈萨克斯坦,要解决各地发展水平不同的问题,政策制定者必须采取所有可能的办法,包括以宪法的形式确认自治机构在遵守法律和承担责任并保护地方居民利益的前提下管理大量公共事务及对自身进行管理的权力。国际惯例表明,只有建立政府的控制和责任机制以及激发公民行为的激励机制,才能够改善公共服务的供给。

以哈萨克斯坦为例,地方缺乏推行真正的改革所需要的政治意志,这就阻碍了能够保障这些改革的立法框架的确立。结果造成了一种恶性循环。我们试图通过让马斯里克哈特独立于地方公共行政系统,并承认他们为地方自治机构来为哈萨克斯坦创造地方自治的发展所需的前提条件。基层政府有必要设立马斯里克哈特,并由代表选举产生地方政府执行机构的首长阿基姆。我们希望这一举措能够打破这种恶性循环,并促进有关下一步举措的讨论的开展。

附表 8A：州预算支出

国家预算法第 51 条,州预算承担以下支出:

1. 一般性公共服务

■ 州一级地方代议和执行机构的运转

■ 中期经济计划

- 州一级预算计划

- 州预算的执行

- 州资产的管理

2. 国防、公共秩序和安全

- 按照普及兵役计划，提供军需供给，包括装备精良的军营、药品、器械、医用和商用物品、交通工具、通讯设施、医疗和技术人员、后勤人员以及设立医疗基金

- 动员培训以及州范围内的动员

- 预防和排除对州产生影响的紧急情况

- 提供供水补救服务

- 在州的领土范围内确保公共秩序和公共安全

- 州的公共防务活动

3. 教育

- 为州的国立教育机构购置教材

- 为儿童和少年提供辅助性体育训练

- 组织和提供初级技能培训

- 中级教育的专门课程

- 组织和提供针对专门教育机构的具有特殊才能的儿童的中级教育

- 组织州范围内的学校间竞赛

- 组织和提供技能培训

- 改善师资并对地方教育人员进行再培训

- 测试儿童和少年的心理健康并向公民提供心理治疗和教育咨询服务

- 问题儿童和少年的康复和社会适应

4. 卫生保健

- 为公民提供医疗卫生设施

- 为不享受公费医疗的公民提供其他医疗服务

- 按照哈萨克斯坦共和国的法律提供疫苗、免疫生物及其他医学预防服务

5. 社会福利

- 孤儿的社会福利以及失去父母的儿童的照顾
- 老人、残疾人、残疾儿童的社会扶助

6. 住房和公共设施

- 对居民区的煤气供应

7. 文化、体育、旅游和信息

- 组织州范围内的体育赛事
- 提供以留存为目的的地方存档服务
- 经营州立图书馆
- 通过大众媒体在地方实施国家的信息政策
- 发展国家的官方语言和哈萨克斯坦的其他语言
- 实施地方的青年政策计划
- 扶持剧院和对地方具有重要意义的音乐
- 为州培训各类体育队伍并支持他们参加各种全国性和世界性的体育竞赛
- 管理地方的观光旅游事业
- 保护对地方具有重要意义的历史和文化遗产,并确保人们能够接触到这些历史和文化

8. 农业、水利、林业和环境保护

- 保障为地方所有的供水设施的运转
- 维系、保护和更新林业生态资源
- 建设和维护特殊储藏设施(公墓)
- 保护动物生态群落
- 维持和养护受到特别保护的地方性区域
- 设立水源保护区和水利设施及供水系统保护区
- 建设和维护对州有重要意义的供水管道

- 非由国家预算资助的生态检测
- 恢复遭遇紧急状况的对州具有重要意义的供水设施及水电填海工程系统
- 在确定管区以及直属于州的镇的边界的过程中对土地使用进行规划
- 实施生态控制及其他自然保护活动

9. 建筑和建设活动

- 组织和控制建筑、城市建设及其他非中央预算资助的建设活动

10. 交通和通讯

- 组织重要的管区间（城市间）线路交通
- 修建、改造和维护州内重要的公路设施

11. 对经济活动的管理

- 小规模商业扶持

12. 其他领域

- 对州有重要意义的针对管区（和镇）预算的政府间转移支付
- 对中央预算的政府间转移支付
- 地方政府偿债

附表 8B：管区预算支出

根据预算法第 52 条,地方重要的管区的预算负担以下支出：

1. 一般性公共服务

- 管区（和镇）地方代议和执行机构的运转
- 经济和预算计划
- 管区（和镇）预算的执行

- 以征税为目的的资产评估
- 管区(和镇)公共资产的管理

2. 国防、公共秩序和安全

- 与强制性兵役相关的活动,军需物资的供给,包括能够影响管区(和镇)的装备精良的军营、药品、器械、医用和商用物品、交通工具、通讯设施、医疗和技术人员、后勤人员以及设立医疗检查基金
- 预防和消除紧急状况
- 确保公共秩序和公共安全
- 疗养院和孤儿院的运转

3. 教育

- 组织和提供学前教育
- 在国立教育机构组织和提供公民免费中级义务教育,包括夜校(业余的)培训和寄宿学校的中级教育
- 组织管区(和镇)范围内的学校间竞赛
- 为国立教育机构购置教材
- 组织额外的选修性培训

4. 社会福利

- 住房津贴
- 家庭社会福利
- 无永久性住所的个人享受的社会补贴
- 提供就业机会
- 国家专项社会补贴
- 向由地方代议机构确定的贫困人群发放的社会补贴

5. 住房和公共设施

- 按照哈萨克斯坦共和国法律拆除破旧房屋
- 城市房屋的建设
- 管区(和镇)重要的住房基金的维护

- 按照哈萨克斯坦共和国法律向特定人群提供住房
- 资助地方的文化和娱乐服务
- 应国家需要并按照哈萨克斯坦共和国法律扣留（赎回）土地
- 供水设施的建设和改造；水处理和排水系统；属于市政资产的下水道、供热和电力网络
- 为居民区提供卫生设施
- 维护公墓和安葬没有亲属的公民
- 居民区的街道照明
- 居民区的建设和绿化

6. 文化和体育

- 经营地方图书馆
- 发展国民和大众体育
- 组织管区（和镇）范围内的体育赛事
- 训练管区（和镇）的各类体育队伍，支持他们参加州体育竞赛
- 经营动物园和植物园
- 通过大众媒体在地方实施国家的信息政策
- 发展国家的官方语言和哈萨克斯坦的其他语言
- 实施青年政策

7. 农业

- 在确定管区内重要的村镇的边界的过程中对土地使用进行规划
- 与改变耕地用途相关的工作
- 组织居住区土地的使用
- 病禽的卫生屠宰
- 建设和维护可发展畜牧业的特殊储藏设施（公墓）
- 主持土地分区工作

8. 交通和通讯

- 建设、改造、维修和保养管区（和镇）的公路设施

- 组织村际（镇际）和管区之间的公共交通

9. 其他领域

- 针对哈萨克斯坦共和国国民基金的政府间转移支付
- 针对州预算的一般性政府间转移支付

附表 8C：州预算税和非税收入

根据预算法第 47 条，州预算收入包括以下税收：

- 个人所得税（按照州马斯里克哈特设定的税率）
- 社会税（按照州马斯里克哈特设定的税率）
- 环境污染税
- 特定州的道路使用费
- 在地方重要的公共道路和居民区以公共权利的方式设置的户外（可见）广告收费
- 地下水资源使用费
- 林业资源使用费
- 自然保护区使用费

以下是州预算中的非税收入：

- 地方性资产收入
- 根据州阿基姆当局的决定确立的来自地方国有企业利润的收入
- 政府作为州地方性资产的持有人的年息
- 来自作为州的地方性资产的合法企业的分享性收益
- 州地方性资产的出租收入
- 州预算发行的债券收益（利息）
- 暂时闲置的预算资金的储蓄收益（利息）

- 来自州地方性资产的其他收入
- 由州预算负担经费的国有机构的货物、劳务和服务销售收入
- 由州预算负担经费的国有机构组织的政府采购收入
- 由州预算负担经费的国有机构征收的罚金、罚款、制裁和恢复性收费
- 支付给州预算的其他非税收入

来自固定资产的交易收入，如果由分配给州预算负担经费的国有机构的国有资产销售收入构成，则归州预算所有。来自管区（或对州而言地位重要的镇）预算和中央预算的政府间转移支付属于州预算。同样属于州预算的还有来自州预算发行的债券收益、属于州地方性资产的金融资产交易收益以及州地方执行机构贷款收益的收入。

附表8D：管区预算税和非税收入

根据预算法第49条，管区（和对州而言地位重要的镇）预算包含以下税收收入：

- 个人所得税（按照州马斯里克哈特设定的税率）
- 社会税（按照州马斯里克哈特设定的税率）
- 归个人、合法企业、个体企业家所有的财产税
- 土地税
- 单一土地税
- 归合法企业和个人所有的交通工具税
- 在哈萨克斯坦共和国境内生产的以下产品的消费税：所有酒类；酒精制品；香烟和烟草制品；鲟鱼和鲑鱼鱼子酱；纯金、白金和银制珠宝；火炮和气枪（不包括政府当局要求制

作的）；载人机动车（不包括专门为残疾人设计的手动机动车）

- 博彩业消费税，彩票发行税，汽油税（不包括航空用油），柴油税
- 土地成本使用费
- 个体企业家国家登记费
- 特殊交易许可费
- 合法企业国家登记费
- 拍卖税
- 交易用的机械工具和拖车国家登记费
- 房地产产权和交易国家登记费
- 在地方重要的公共道路和居民区以公共权利的方式设置的户外（可见）广告收费
- 印花税，不包括签证手续费和支付给中央预算的印花税

以下是属于管区（和对州而言地位重要的镇）预算的非税收入：

- 地方性资产收益包括如下内容：根据管区阿基姆特的决定确立的来自地方国有企业的部分利润收入，政府作为管区地方性资产的持有人的年息，来自作为管区的地方性资产的合法企业的分享性收益，根据管区政府的地方代表的决定进行的彩票发行收入，管区地方性资产的出租收入，管区发行的债券收益（利息），土地成片出租权转让费，以及其他来源于管区地方性资产的收益
- 由管区预算负担经费的国有机构的货物、劳务和服务销售收入
- 由管区预算负担经费的国有机构组织的政府采购收入
- 由管区预算负担经费的国有机构征收的罚金、罚款、制裁和恢复性收费
- 支付给管区预算的其他非税收入

　　来自固定资本的交易收入,如果由分配给管区预算负担经费的国有机构的国有资产销售收入或土地成片销售收入构成,则归管区预算所有。它还包括州预算对管区预算的政府间转移支付。同样属于管区预算的还有来自管区预算发行的债券收益、属于管区地方性资产的金融资产交易收益以及管区地方执行机构贷款收益的收入。

参考文献

Baimenov, Alikhan. 2000. "Reform Does Not Accept Stereotypes." *Kazakhstanskaya pravda* 43 (February 22): 1–3.

Makhmutova, Meruert. 2001. "Local Government in Kazakhstan." In *Developing New Rules in the Old Environment: Local Government in Eastern Europe, Caucasus, and Central Asia*, vol. 3, ed. Igor Munteanu and Victor Popa, 403–68. Budapest: Open Society Institute.

———. 2004. "Developing Local Self-Government: Strategic Issues." *Policy Studies* 2. Almaty: Public Policy Research Center.

Ministry of Finance. 2005. *Statistical Bulletin of the Ministry of Finance of the Republic of Kazakhstan* 12 (84).

第九章 地方政府组织
与财政：波兰

帕威尔·斯威安尼维兹

1990 年以前,对"真正的社会主义实行的是高度的中央集权"的信奉,使地方自治没有存在的空间。地方行政部门分级隶属于上级机关和中央政府的直属机构,地方几乎没有任何决定财政问题和服务供给方式的自主权。共产党的宪法主导地位限制了所有以实现地方政治过程的真正民主化为目的的改革。然而,中央集权体制的低效问题已存在多年。在 1983 年和 1988 年的立法中,波兰共产党试图引入一小些分权和地方政府的形式。但这些有限的改革并未改变这个中央集权国家的基本信条,因而也无法建立更加民主或高效的地方政府。

1989 年反对派团结党和执政的共产党之间进行的圆桌会谈是一个转折点。地方政府改革是会谈讨论的一个议题。值得注意的是,它也是唯一一个没有达成最后协议而是签署了"不同意见声明"的议题。但在此过程中,反对派团结党勾画了未来改革的基本方向。

地方政府体制

　　波兰的地方政府体制是两次分权化改革浪潮的产物。第一次改革浪潮出现在 1990 年，当时地方政府被引入到市（gmina）一级。地方政府改革是后共产主义时期第一届政府的首要任务，并从 1989 年 9 月就开始酝酿。迅速而集中的准备工作使新的地方政府法在 1990 年 3 月便获得通过，紧接着是 1990 年 5 月的地方选举以及 1991 年 1 月财政控制的彻底分权。1990 年的改革仅在市一级确立了选举产生的地方政府；更高层级的地理区域依然由中央政府管理。这一做法被视为临时性解决办法。有人认为，共产党政府在 70 年代中期把全国划分为 49 个较小的行政区域（województwa）的做法导致了混乱，需要进行改革。有人提出应该在行政区划改革的过程中引入新的、经选举产生的地区性政府。然而，出于某些原因（在此章节不做深入探讨），更高层级地方政府的确立推迟了数年。

　　在改革的第二阶段，1999 年，引入了两个新的经选举产生的中央以下政府层级：powiat（县）和 województwo（州）。

地域区划

　　目前共有 3 个层级的地方政府：近 2 500 个市（gminy）；315 个县和 65 个县级市；取代之前 49 个较小行政单元的 16 个州。在市、县一级，自治是公共管理的唯一方式。出生和婚姻登记之类的国家职能，是由地方政府承担的委托性职能，并由专项拨款负担经费。在州一级，有两套机构——选举产生的自治政府和一个由总理任命的州长（wojewoda），州长有自己的行政班子。但两套班子的职能划分十分明确，彼此之间没有层级隶属关系。表 9.1 显示了各级政府单元的规模。

表 9.1　波兰的区划,平均规模和大小

指　　数	市包括县级市	镇	州
单元数	大约 2 500	315 个县和 65 个县级市	16
面积/平方千米			
平均面积	125	826	19 540
最小面积	2	13	9 412
最大面积	625	2 987	35 598
人口			
平均人数	15 500	104 000	2 420 000
最小人数	1 300	22 000	1 024 000
最大人数	1 628 000	1 628 000	5 070 000

资料来源:作者根据区域数据银行,主要统计办公室的数据计算得出。

自治和宪法保障

改革的目标是明确划分各级政府之间的职能和政策领域并消除下级对上级的垂直(层级)依赖关系。对于这三个中央以下层级的政府而言,这一目标已经达到。市、县、州也有合作——例如,在经济发展政策方面,但在特定的服务供给方面,分工近乎完美。在中央政府与地方政府关系方面,情况更加复杂。在某些领域(如教育或某些社会福利),全国性的政策如此具有约束力以至于地方政府的角色在很大程度上只是作为中央州政府的办事机构并落实中央政策。

市级政府受波兰宪法的保护,宪法为他们设定了一个总体性的权力条款,并规定了更改市边界的程序和撤销一个市需要与公众协商(尽管这种协商的结果对中央政府没有约束力)。宪法没有提及其他层级的地方政府,它们的存在以波兰国会通过的法律为依据。

宪法还规定了地方政府自治的基本原则。宪法规定,国家对地方政府行为的监督仅限于审查地方议会和地方行政部门所做出的决定的合法性。还规定地方政府必须拥有足够的履行其职责的财力,且给地方增加新的职责必须相应的增加新的收入来源。宪法还规定,在法律设定的幅度以内,地方政府有权决定地方税费。

地方选举：议会和执行机构

各级地方政府立法会每 4 年选举一次,且选举都在同一天进行。但不同层级政府的选举规则有略微的差别。

在市一级,包括以下两种体制:

1. 在人口不超过 20 000 的市,实行多数制,即每一个行政区选出 1 到 5 名议员。事实上,在大多数规模较小的地方政府,每个行政区只产生一名议员。

2. 在人口超过 20 000 的市,实行比例代表制。每个行政区选出 8 到 10 名议员(在 2001 年 4 月修正案出台以前一个行政区分配 5 到 10 个席位),席位按照在每个行政区获得的选票数按比例地分配给各个政治组织(通常是政党)。

在县、州一级,也实行比例代表制,但有一个额外的获得 5% 选票的门槛(即分配立法会席位时,在所有地方政府单位中获得选票较少的政党将不列入考虑)。议员的名额由法律规定,并以地方政府管辖的人口为基础。

在各级政府任期内,立法会都有可能因为地方不信任案而提前解散。不信任案必须由市或县至少 10% 的资格选民或州 5% 的资格选民共同发起。至少 30% 的选民参与投票不信任案表决方可生效。还要指出的是,其他类型的决定也可能由地方团体通过不信任案而做出。

从 2001 年开始,地方议员不得兼任国会成员、其他层级地方政府的议员以及中央或地方政府行政部门的高级执行主管。议员在其所在辖区的地方行政部门任职也受到限制。

立法会和委员会的所有会议都对公众开放。同时,所有公民均可查阅立法会及其委员会签署的备忘录和其他书面文件。

立法会设一名主席,其职责是召集并主持会议。立法会的日常工作是通过委员会(如教育、经济发展之类)组织的。委员会的数目、名称和规模完全取决于各立法会的决定。唯一一个所有地方政府必须强制性设置的委员会是详审委员会（komisja rewizyjna）。所有在立法会拥有席位的政治团体都必须出席详审委员会。

各地方政府均有自己的执行机构和行政部门。2002 年以前，执行机构的首长由议员选举产生。县、州一级目前依然实行这种做法，但在市一级，市长直接由普选产生。选举产生的市长可以自行任命其下属。

在县和州，执行机构由 5 人（包括首长）组成，均由议员选举产生。行政机构的首长可以由议员选举产生，也可通过立法会之外的任命产生。（在这种情况下，部门首长不是一个政治家，而是一个管理专家，但在实际运作中情况往往不是这样。）

地方政府行政部门的另外两个重要职位是秘书和出纳。他们都出席行政会议，但没有投票表决权。秘书通常负责市（县、州）政厅的日常运作和监督。秘书和出纳均由立法会任命，市长提名。

直选产生的市长只能通过不信任案予以免职（在 4 年任期届满之前）；县或州的执行部门由立法会撤销。近期对相关法律做出的修正案使这种提前解散执行机构的行为变得更加困难。解散需要获得绝大多数（全部议员的 3/5）议员的通过，而且对使用不信任否决的频率也做出了限制。

地方行政部门的内部组织（部门名称和数量）完全由地方规章决定。

地方政府支出责任

改革赋予市级政府十分宽泛的职能，并大大减少了县的职能。县级预算总额只占市级预算总额的很小份额（约 1/4）（图 9.1）。目前全国通用的货币是兹罗提（ZI）。

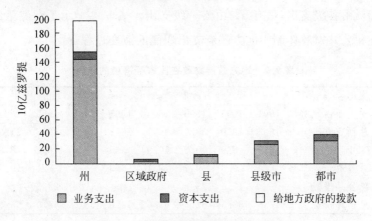

图 9.1 各级政府的预算支出，2004

资料来源：GUS 2005。

注：1.00 美元＝约 3.20 兹罗提。

这种职能分工具有其可行性，因为波兰的市级行政单位数目相对较多。[①] 如上一节提到的，90 年代初期，与其他中东欧国家（如捷克共和国、匈牙利和斯洛伐克共和国）不同，波兰避免了彻底的领土分割。于是波兰形成了这样一种格局，即平均每个 gmina（市）领土约为 125 平方公里，管辖居民约 16 000 人。但与其他欧洲国家相比，波兰的市的规模已经相当大了。尽管相比立陶宛、瑞典和英国的市而言规模更小（从人口来看），但与丹麦、荷兰或挪威的市相近，而相比捷克、法国、匈牙利、意大利或斯洛伐克的市则大很多。波兰只有极少几个市的人口小于 2 000，且没有居民少于 1 000 的。

2002 年的数据显示，波兰地方政府的支出占其国内生产总值（GDP）的 10.6％，占政府总支出的 38％。这个支出水平与 1991 年占 GDP 的 5.5％和政府总支出的 16％相比，增长十分明显。几乎

[①] Page 和 Goldsmith(1987)以更加广阔的欧洲视角进行相同的观察，他们注意到地域组织和功能的分配关系紧密。小的地方政府通常不能承担许多服务的责任，需要由上层政府来提供。

77％的地方政府预算资金是由市(包括大的县级市)一级支出的,18％由县级支出,只有5％由州一级支出。表9.2显示了在波兰经济和公共财政体制中地方政府支出职能的演变过程。

表 9.2　地方政府财政在国家经济中的作用

支出或投资性支出所占比例	所有地方政府				城　　市			
	1991	1995	1999	2004	1991	1995	1999	2004
总预算支出	16.3	19.0	38.0	39.1	16.3	19.0	30.5	31.9
GDP	5.5	6.9	10.5	10.9	5.5	6.9	8.4	8.3
总投资	6.9	9.8	9.7	12.1	6.9	9.8	8.4	10.3
总公共投资	—	17.6	25.8	—	—	17.6	22.3	—
总预算投资	42.6	53.5	62.5	63.0	42.6	53.5	54.0	56.6

资料来源:作者根据 GUS1992,1996,2000,2003,2005 年数据计算。

注:—=无法获得数据。城市的数据包括县级市。

波兰的市级政府负责提供广泛的市政服务。包括供水和污水处理;街道清洁、垃圾清理和废物处理;地方公共交通;街道照明;地区集中供暖;地方公路的建设和维护;公共绿地的维护;地方住房;教育服务,包括幼儿园和小学;文化,包括地方图书馆和休闲中心;社会福利部门提供的各种服务,包括针对老年人、残疾人和流浪人口的服务,以及住房福利;规划和建筑许可的授予。

20 世纪 90 年代,市级政府承担的职能经历过两次重大变化。1993 年,更多的职能被赋予大型城市(人口大多超过 10 万),作为所谓的试点计划的一个部分。简单来看,可以说那些职能与目前由县级政府承担的职能是类似的(参见表 9.2)。第二个变化是有关小学责任的。1990 年,一系列因素(包括教师行业联合会的担忧)导致学校责任转移至地方政府计划的推迟。移交一直推迟到 1994 年;在此之后,且仅在提交了申请的地方,学校由地方管理。之后,学校移交的最后期限一直推迟到 1996 年,即基础教育(包括教师工资费用)被交给市级政府时。学校经费的负担方式在后面的章节讨论。

县级政府负责提供几种服务。包括中级教育;医疗卫生(仅包括医院和诊所的修建;与 1998 年地方政府改革一起实施的医疗卫生改革创立了独立的负责绝大部分医疗运转的卫生机构）；县级公路；数种社会服务；劳工帮助（帮助解决失业问题）；自然灾害防御；消费者保护；土地勘测；以及清洁、建设和其他检查。

州政府在直接提供服务方面的职能十分有限（有：高等教育，主要公路干线的建设和维护，组织地方铁路服务）。州政府大多把主要精力集中于战略性计划和地方发展规划。

上面列举的所有职能都被视为地方政府的"自治职能"。此外，地方政府也承担中央委托的职能——大多为行政性事务，如出生和死亡登记，驾驶执照和汽车牌照的发放。委托性职能由单独的专项拨款负担，理论上拨款足够这些职能的履行，尽管事实上地方政府经常抱怨他们需要动用自有收入来补贴这些拨款。委托性职能对市级预算而言地位一般（约占市级总支出的 10％到 12％），而在县一级则重要很多。

目前市一级最重要的职能是教育（多为小学）。几乎占到运转性支出的一半。交通（地方道路建设，公交车和电车的购置）是最重要的地方资本支出项目。在过去数年中，交通花费的资本支出一直在增长，尽管地方政府投资总额有所减少。正是由于这种趋势，交通投资取代了在 90 年代大部分时间占据支配地位的市政服务（供水、排水、固体废弃物处理、街道照明和集中供暖）投资，成为资本预算中最重要的部分。导致市政服务在运转性支出中重要性相对较低还有其他原因。目前这类服务的支出有很大一部分是通过使用者付费承担的，这些费用由市政公司或提供服务的内部部门征收。这些收入没有反映在地方预算中。但就资本支出而言，来自市预算的补贴更加普遍。

教育（中级教育）同样是县一级的主要职能之一。在县一级微薄的资本预算中，3 个部门（县级公路、医疗卫生和教育）花费了类似的份额。在州一级，交通也是花费最大的职能。

图 9.2 显示了地方政府资本支出的演变过程。值得注意的是，

市级政府——尽管在过去几年中投资有所下降——依然是最重要
的公共投资者(其投资大大高于中央政府的投资)。仅在 2004 年,
中央以下各级政府投资的下滑曲线有所逆转,这在很大程度上是因
为获取欧盟(EU)地方资本支出基金越来越便利。

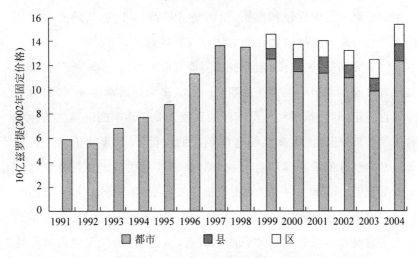

图 9.2　地方政府投资,1991—2004 年

资料来源:作者基于地方政府财政报告进行的估算。

注:US$1.00 美元＝约 3.20 兹罗提

　　从总体上讨论地方服务供给的效率和效益相当困难。在将近
3 000 个地方政府单元中,任何一个都可能列举出支出非常有效的
例子,同时也有资源浪费的例子。但平均而言是积极的,分权化改
革被普遍认为是波兰改革中最成功的部分之一。一个正面的(尽管
过于简化)例子是地方,特别是农村地区技术性基础设施的发展。
尽管许多仍然只是尽力达到欧盟要求的标准,但地方政府在过去十
年取得的进步是巨大的。仅在第一届民主地方政府(1990—1994)
期间,供水体系的长度就增加了 58%,而城市污水处理管道的排水
能力增加了 73%。在 1990 年到 1999 年期间,与供水、排水和煤气
网络相连的农村家庭的数量增加了三倍。欧盟入前援助基金会最
近的调查显示,大部分地方政府已经能够学习和施行利用逐渐增加

的机会所需的复杂程序。这些简单的数字表明，大多数地方政府有能力对属于其职责范围的服务实施管理。

地方政府自有税费

波兰地方政府的财政来源包括：(a)地方税收和其他自有收入,(b)对中央税的分享,(c)中央一般性拨款和专项拨款。本节将集中讨论第一类收入。

市级政府是唯一一个享有有限的税收权力的地方政府层级。县、州层级政府的财政大多来源于中央的一般性拨款和专项拨款，以及对中央税份额相当大的分享，还有一些数额有限的自有收入。甚至会有人提出质疑，县和州的这种财政体制是否符合宪法的要求，宪法第 168 条规定"在法律设定的幅度以内,地方政府有权决定地方税率。"到本章最后一节我们再来讨论这个问题。

以下地方税属于市级收入：财产税、农业税、汽车税、林业税、狗税、民间法律事务税、遗产税和捐赠税和小宗交易税。除了后 3 种(由中央税务部门负责征管)以外,地方税由市级行政部门征管。

基本原则是地方税的税率上限由中央立法决定,尽管地方政府可以设定与这个上限相等或略低的地方税率。地方政府还可以自行使用其他税收政策工具;这些工具稍后讨论。

财产税

毫无疑问,财产税是目前为止最重要的地方自有收入来源。自然人和法人实体都必须交纳财产税。其最重要的征税对象包括：(a)建筑物或其组成部分,(b)不用缴纳农业税或林业税的小块土地,(c)用于商业而非农业或林业活动的小块农业或林业土地。

基本原则是,财产税由财产的所有者(而非使用者,如公寓的租客)支付。大部分财产税的支付都是按每平方米计算的。唯一的例外是"其他建筑结构"(budowle,如天线杆,机场和污水处理管道),其税基是使用这些财产的折旧费。如果纳税人没有折除财产的价值,则税基为财产的市场价值。但这类税收在财产税收入中所占的比重很小。

如前面提到的,税率上限由中央立法决定,并按照通货膨胀率逐年调整。[①] 例如,2003 年,住房财产税税率的上限是每平方米 0.51 兹罗提,商用建筑是每平方米 17.31 兹罗提。

地方政府负责财产税的征收和管理。对于个体纳税人,地方政府有义务向其提供纳税总额的信息(即没有收到此类信息的房主无须支付)。对于法人实体,无论是否收到此类通知,纳税人都有义务计算和支付税款。

农业税

农业税在地方税中的重要性排在第二位。其基本税率由中央决定,但地方立法可以适当下调。农业税主要由农田的所有者或租用农田的农民支付。农田被定义为一处包含一个池塘或用于农事活动的建筑,作为耕地使用的大于 1 公顷的区域。按照税法,农田实际上是否用于耕作对于是否纳税不产生影响。

纳税按公顷计算,另外还要考虑以下因素:(a)土质(b)农业活动的经济和气候条件。第二个因素事实上反映为农田在 4 个主要税源地区的地理位置(Brzeszczyńska 和 Kaźmierski 1997)。1(加权)公顷的税率与上一年前的 3 个季度期间 250 千克黑麦的平均市场价相等。

---

① t 年的最大比例根据 $t-1$ 年的前三个季度的年通货膨胀率调整制定。

汽车税

汽车税支付给纳税人居住的市政府，公司则支付给汽车所有者登记的所在地的市政府。1998 年以前，汽车税是一项重要的地方收入来源，因为每一辆机动车都必须缴纳。但 1998 年以后，其税基受到限制。目前，汽车税只对载重两吨以上的卡车车主、拖拉机和公交车车主以及载重 5 吨以上的拖车车主征收。

对于拖拉机，税率取决于发动机的功率；对于卡车和拖车，取决于载重能力；公交车则取决于额定载客数。

地方税的收入规模

有理论观点认为自有收入（尤其是地方税收入）应该在地方预算中占到相当大的比重。这种结构可确保地方政府的责任性，给地方政策施加"物有所值"的压力，使地方财政政策能够适应地方偏好，并减少过度的公共支出的要求。[①] 如表 9.3 所示，自有收入在市级收入中占到很大比重，尽管在过去 10 年有所降低。导致这种趋势的原因有两个：

1. 地方的职能范围逐渐增加。最重要但不是唯一的一个变化是地方政府接管了管理小学的职责（这一过程始于 1991 年，截止到1996 年）。新的职能往往通过新的一般性拨款项目负担，有时也通过增加地方对中央税收的分享实现，但几乎从未以增加新的地方自有收入来源实现。

2. 地方税税基有时会受到中央立法的削弱。其中最明显的例子是汽车税立法做出的调整。作为地方税种的私家车税和摩托车税被取消，并以燃油税的增加作为补偿。地方收入的损失通过一项新的一般性拨款弥补。

---

① 更详细的有关这一章节的理论讨论参阅 King(1984)或 Musgrave(1959)。在欧洲后共产主义背景下对这些问题的讨论，参阅 Swianiewicz(2003a)。

表 9.3　各级地方政府的收入结构，2004

收入类型	市政府			镇（县级市除外）	区
	县级市	其他城市	农村城市		
总额/百万 ZI	32 179.7	22 783.1	17 524.8	12 554.7	3 704.6
自有收入/％	35.4	38.6	26.6	11.7	2.3
财产税/％	13.8	18.6	13.1	n.a.	n.a.
中央税的分享/％	27.5	18.7	9.8	11.1	55.9
一般性拨款/％	23.6	28.1	48.2	49.5	18.1
条件性拨款/％	13.5	14.5	15.4	27.7	23.7

资料来源：作者根据地方政府报告计算。

注释：n.a.＝不适用。地方政府收入不包括大部分地方服务的收费，这些收入是由预算机构或其他服务提供单位收取。地方借款和市政资产的民营化收入也计入填补预算赤字的资源，定义为总支出－总预算（公共财政法）。

如表 9.3 所示，小的农村政府的地方税基往往比较薄弱，而中等的市和镇，其绝大部分预算收入都是由自有收入构成的。财产税是唯一重要的收入来源。农业税也带来了大量的收入，但仅限于农村地区（计划占总收入的 4％）。剩余的各种地方税收入在地方预算中的比例很小，往往低于 1％。（民间法律事务税是一个例外，占总收入的 1.4％，汽车税仅占 0.7％，其他地方税所占的比重均低于 0.5％）。

与大多数其他欧洲国家的情况相比，波兰财产税收入在 GDP 中占据了重要份额（接近 1％）。尽管与法国、西班牙和英国（尤其是把不构成地方政府税收的按照非住宅税率计算的国家收入包括在内时）相比，这一比例已经很低，但与大多数其他欧洲国家相比却高出许多。这个份额是捷克共和国的两倍以上，约为匈牙利的三倍。

财产税对中等城市最为重要；对农村地区的重要性相对较小——尤其是对最小的地区（参见表 9.3）。财产税对大城市（县级市）预算的重要性相对较弱，因为中央拨款对县的收入占有绝对的支配地位。

哪种财产税对预算收入的贡献最大？遗憾的是，我们无法获得精确的有关房产税、商业用土地税和商用建筑税等收入的信息。但我们可以从来自自然人(个人)和法人实体收入的数据做一些估计。由于一些小型公司被当做自然人实施操作,不具备法人实体的资格,因而信息并不确切。但如果简化来看,可以认为来自法人实体的收入代表了商业活动支付的财产税,而来自自然人的收入则代表了住房和用于住房建筑的小块闲置土地所缴纳的财产税。如果考虑财产税的构成,毫无疑问来自法人实体(即用于商业活动的财产)的税收占据了绝对的支配性份额——约为总收入的80%。

来自法人实体的税收对于大城市尤其重要,而对小城市则是来自个体纳税人的收入更为重要(表9.4)。

表 9.4　来自个人和法人实体的收入,按地方政府规模划分,2000

占收入百分比/%

收入来源	居 民 人 数					
	少于 5 000	5 000~ 10 000	10 000~ 20 000	20 000~ 50 000	50 000~ 100 000	多于 100 000
个人纳税人	30	34	32	24	20	16
法人实体	70	66	68	76	80	84

资料来源:作者根据地方政府财政报告计算。

地方税收政策

总体来看,地方政府实施地方税收政策可以通过三种不同的方式:

1. 在中央立法确定的税率幅度以内,设定地方税率。

2. 在中央立法确定的税收减免项目之外,向特定纳税人授予税收减免。

3. 市长可以个别性的授予个体纳税人税收减免。

事实上,大多数地方政府都按照接近上限的税率征税,但在某些情况下,税率减免也十分重要。对于大部分地方税种,如果地方政府没有实施任何税率下调或税收减免,则其实际收入将比计划收入低 10 个百分点以上。

地方税收政策的重要性体现在哪些方面? 财产税是唯一一个可能影响商业选址决定的地方税种。① 这一税种同时还具有重要的政治意义,因为房产税税率往往是地方团体讨论的热门话题。因而后面的章节将对财产税政策做更深入的分析。在某些农村地方政府中,有关农业税税率的争论也具有重要的政治意义。

从 90 年代初期开始,由于地方立法会和市长颁布的税率下调以及税收减免政策,每年来自财产税的实际收入比可能的收入低出 10 个百分点以上。税率下调往往比税收减免和个别的税收免除产生更重要的作用(总额的 2/3 以上)。

农村地区和大城市实施的税收政策大不相同。总体来看,小城市的税率往往更低。在大城市,税率通常接近最高值,且财产税政策的主要工具多为税收减免和个别的税收免除。

表 9.5 显示了具体的差别。直到 2003 年年底,小的辖区(居民少于 10 000)一直更加倾向于设定较低的税率:由低税率导致的收入下降大多通过均等性转移支付补偿。

表 9.5　财产税降低、减免、免除的结果,

按地方政府规模划分,2001(最大可用收入百分比/%)

结　　果	居 民 人 数					县级市
	少于 5 000	5 000～ 10 000	10 000～ 20 000	20 000～ 50 000	多于 50 000	
总共降低	20	21	19	14	8	8
税率下调的结果	15	16	13	9	4	3
税收减免和免除的结果	5	5	6	5	4	5

资料来源:作者根据地方财政报告计算。

我们知道,对小的地方政府而言,财产税减免更多的是向个体

---

① 根据大多数的分析,需要补充的是地税政策在定位决策中仅仅发挥次要作用 (Domański2001;Swianiewicz 和 Lukomska2004)。

纳税人提供，而在大城市，税收政策工具往往集中于法人实体及其商业活动。

从政治经济学的角度来看，波兰地方税可分为两种类型：

1. 大多数选民都要支付的税收（房产税和农村政府征收的农业税）；

2. 针对地方商业活动征收的税收（商用建筑和土地财产税以及卡车和公交车税）。

考虑到这种差异，我们可以按图9.3划分税收政策。如果地方对商业征收高税收而对选民征税较低，则这种政策可被称为平民政策，因为其主要目的是争取选民支持。但有时情况正好相反——针对绝大多数选民的税收相对较高，而商业税则保持在一个较低的水平。由于这种税收结构旨在刺激地方经济，因而我们称之为激励型税收政策。

	与商业活动相关的税	
	低	高
影响大部分选民的税收 低	保守[a]	大众化
影响大部分选民的税收 高	激励	财政

图9.3 地方税收政策的类型

资料来源：Swianiewicz1996。

a. 财政政策上的保守。另一种说法是自由，但因为这一说法有不同的含义，所以我建议使用保守这一术语。

小的地方政府往往倾向于设定低税率。有意思的是，平民型政策往往适用于小城市和农村，而激励型政策多见于中等城市政府。[1] 这一观察基于1995年进行的一次调查（Swianiewicz 1996），但近期的分析（Pszczola 2003）似乎验证了其中最重要的结论。

使用者付费

使用者付费，如幼儿园、供水、污水处理、固体废弃物收集和公

---

[1] 地方税收政策类型更多的讨论参考 Swianiewicz(1996,1997)。

共交通等费用通常都由提供服务的单位征收,可能有对征收者的仲裁,也可能没有。这些收入往往不在市政预算中反映,因为它们归服务供给单位(预算单位、市政公司)所有,并用于补偿服务供给费用。在某些情况下,地方政府可能对这些服务提供补贴,也有可能是由地方预算得到盈余,因而预算中所反映的只是收取的费用和实际的供给支出费用之间的简单平衡。对于某些服务(如固体废弃物收集),地方政府也可能设置一个最高价格或私人供给者可以收取的最高费用。

在过去的 10 年中,地方政府和地方服务供给部门逐渐获取了更多的有关服务使用费用的自由裁量权。当前最重要的服务的供给情况可以概括如下:

- 城市交通。地方立法会设定票价。私人竞争者(如果存在)可自行决定自己的价目表。
- 供水和排水。地方立法会根据中央政府设定的基本原则决定价格。①
- 集中供暖。其价格由提供服务的企业根据政府设定的基本原则决定。能源管理办公室负责对价格实施监控。
- 垃圾收集和处理。价格由供应商和用户协商决定。地方立法会可以设定(但到目前为止都没有先例)每个单位最高定价。
- 租用公共房屋。地方立法会根据中央立法规定的基本原则决定租金水平。事实上,由于政治原因,多数情况下,立法会会把租金设定在实际成本以下。
- 大部分其他服务。价格由供应商和顾客自由协商决定。

---

① 从 2003 年开始,供水机构和废水服务的市政机构(大多数特殊的公司)提议价格方案。地方议会的作用是批准它。政府指定的规则涉及根据合法操作成本的计算方法。长期以来就有讨论允许地方公司和地方政府在多大程度上把必要的投资成本包括进价格计算中。这一复杂问题超越了本章的范围。Potkanski 和其他研究者提供了一些更具指导性的研究(2001)。

波兰地方税：评价

最重要的地方税——财产税的未来是争论的一项内容之一。对现行体制的批评主要有两点。一是强调现行体制下的税种无法募集到足够的收入，尤其是在大城市。另一种批评意见集中于税收的不公平性。这些批评指出，按照财产的种类和区域而不是其实际的价值确定税收是不公平的。他们质疑为何一处远离市中心的乡下简陋房屋的房主要与位于华沙市中心的价值高出数倍的小屋房主缴纳同样的税。

两种批评观点得出的代表性的结论是需要推行一次旨在建立按价值征收财产税的税制的改革。尤其是美国国际发展援助组织（USAID）和世界银行顾问在过去的 10 年里也已同意了这个结论。财政部拟定了一项新的按价值征收财产税的法律草案，该草案于1995 年获得政府通过（Nowecki 1996）。但一些消极的公众反应中断了改革的准备工作。大部分公民担心新税制将大大增加他们的税收负担。2000 年公民意见调查中心的一项调查显示，31％的被调查者认为新财产税法将不如现行税法公平，只有 27％的被调查者对新税制的公平性表示肯定。29％的被调查者认为改革会给他们带来负面影响，只有 4％的被调查者认为改革能够带来积极的改变（Kasperek 2002）。

消极的公众反应和技术上的困难大大减缓了改革的步伐，尽管按价值征收财产税的制度依然是政府的一项长期改革目标。但没有人对改革能立即实施抱有期望，具体的改革日期依然不确定。引入新税制将是一个漫长而耗资巨大的过程，需要对数以千计的财产进行估价。

一个替代性的中短期解决办法是按财产所在位置确定不同的最高税率（例如，为农村和大城市设定不同的最高税率，同时市中心和郊区也应有所不同）。趋向于这种改革的第一步是最近通过的一项修正案，它允许地方政府按照财产在某个特定城市区域的具体位置设定不同的税率。然而,仅仅有第一步还不够,因为整个国家的最高税率依然维持在同一水平。类似的解决方案已经在捷克共和国和斯洛伐克共和国实施。例如,在斯洛伐克共和国(参见 Kling, Niznansky 和 Pilat 2002),每平方米的最高税率由所在地单位的规模和功能决定,这两个因素在很大程度上反映了土地和财产价值的差异。

但应该指出的是,捷克共和国和斯洛伐克共和国的财产税总额要比波兰低出数倍。建议替代性的解决方案是把波兰目前相对较高的财产税收入能力与捷克共和国和斯洛伐克共和国当前所采用的浮动税率的办法结合起来。

如何使用"财政联邦主义"的标准来衡量波兰的地方税制呢(参见 Swianiewicz 2003a)?

- 税收收益的分配与职能的分配不相称。这种负面评价首先适用于县、州级政府的情况,他们没有自己的税收收入。在市一级,情况好很多:自有收入在预算总收入中所占的比例虽然略低于某些西欧国家(如丹麦和瑞典),但与大多数其他国家(如荷兰、西班牙和英国)持平甚至略高。然而,消极方面主要体现在自有收入在市级预算中的比例呈逐年下降的趋势。1992 年自有收入占预算总收入的 47%,1995 年降为 40%,2001 年仅为 33%。

- 税基的地理分布不均衡。地方税基的分配表现出很大的差异。2001 年,自有收入在城市占到预算的 40%以上,在农村却仅为预算的 20%。如果考虑地域差异,则这种不均衡性更为突出。但也许无论选择何种地方税制,这种不均衡性都是无法避免的。

- 地方税制零散而繁杂。许多零散的地方税费项目(如狗头税)不能带来大额的收入却要花费大量的征收成本,而且使制度变得复杂化。

- 税收按地理空间合理设定。在这方面,波兰的地方税制没有大的问题。如果考虑税收分享,那么在设定地方对特定类型(即在某个地方注册而在不同的地方设立了子公司)的企业所产生的企业所得税的分享时就存在问题。一项法规部分解决了这个问题,即按照各子公司员工人数给各个市分配税收收入,但这种方法还有待完善。[①]
- 大部分地方税是透明的。
- 税收收入应对通货膨胀的弹性很低。财产税、汽车税和小的地方税费项目不具备应对通货膨胀的弹性。唯一具有这种弹性的是与农作物市场价格有关的农业税。
- 税基具有相对稳定性。财产税尤其具有这种特性,它是到目前为止由地方政府征收的最重要的税收。

建议从以下两个方面进行改革:

- 简化税制。取消狗头税和其他小的地方税费项目。
- 强化地方税基(可能以税收分享为代价),首先在县、州一级,然后是市级。

有必要强调的是改革不应该提高公民和企业税收负担的总水平。在更广阔的一般性财政改革的大背景下,不能抽象地讨论地方税改革。如果总体的地方税负担增加,则必须通过某些中央税的减免来补偿。值得注意的是,这一方案将不会导致额外的中央负担,因为强化地方税基将减轻对国家转移支付的需求,因而更能实现普遍均等化的原则,而不仅仅是垂直均等化。

最后,应当强调的是,这种积极的改革是不太可能的。大多数对地方政府组织的讨论和游说都集中于通过税收共享制度而非增加地方税收权力来保证地方政府的额外资金要求。

---

① 税收分享问题将在以后部分讨论。

分　享　税

在政府预算分类和报告中，来自中央税分享的收入被作为地方自有收入的一部分。然而，由于地方政府没有直接的能够影响此项收入的权力，这种分类不能被接受；因而在此对分享税做单独讨论。[1] 事实上，分享税会产生某些负面效应，尤其是对自有收入（因为它加大了贫富地区之间的悬殊）。此外，它不具备某些积极的特性，如鼓励地方政府的责任性。尽管如此，发展税收分享体制依然是地方政府财政所讨论和实施的改革的主要方向。

两种主要的所得税——个人所得税和企业所得税——由财政部征收。然后再将固定的分享份额转移支付给地方政府单位。2003 年 11 月颁布的地方政府收入法大大提高了转移支付给市、县和州的份额。表 9.6 显示了该法律实施以后的效果。

表 9.6　地方政府分享个人所得税和企业所得税的情况（比例）

政府层级	个人所得税		企业所得税	
	1999—2003	2004 年之后	1999—2003	2004 年之后
城市	27.6	39.34	5.0	6.71
县	1.0	10.25	0	1.40
区域	1.5	1.60	0.5	15.9

资料来源：作者根据地方政府财政报告计算。

值得强调的是税收分享体制的一些特性。这些特性将波兰与其他一些转型期国家的税收分享体制区别开来：

- 没有地域再分配制度；即分享返还给在其地域内征收到税收的地方政府预算。90 年代初实行过横向再分配制度，用

---

[1]　自有地方收入界定的广泛讨论，参阅 Swianiewicz(2003a)。

于分配个人所得税的分享,但这一制度在 1998 年被废
除了。[1]

- 与其他一些中东欧国家不同,如果所得税是按照居住所在地
  征收的(即不是按照个人的工作地点而是按照其居住地点)。
  大部分成年人口都必须缴纳此项税收,无论他们是拿工资的
  工人、退休人员还是自谋职业者。个体农民是唯一一个被免
  除个人所得税的较大的群体。

- 地方政府收入法规定了各级地方政府获得的分享。分享数
  年以来都保持了相对的稳定而不受年度预算法决定的影响。

- 理论上,企业所得税对地方政府收入来说是一根"鸡肋",因
  为往往很难决定哪个政府有权获得由各个纳税者产生的收
  益。[2] 许多公司在各地都设有分支,或其总部可能设在一个
  地方,而产品和服务却是在另一个地方生产。因而,当一个
  企业在很多地方都有业务时,来自企业所得税的收入便根据
  企业在各地的雇员人数在这些地方实行分享。

对地方政府的拨款

多种理论观点被频繁引证用于讨论中央对下级政府拨款的形
式(在他们对中东欧的历史回顾中,参见 Swianiewicz 2003a)。很难
说在现行拨款体制的形成过程中哪种观点起到了最重要的作用,因

---

① 然而,如同对地方政府拨款部分的描述,来自税收分享的收入在纵向均等化机
制中被考虑进去。

② 值得注意的是根据这条原则增值税作为地方收入来源是比较差的选择。因为
技术原因,增值税不能根据来源地分享。唯一可能的做法是在中央层级确定分享比例,
然后根据其他原则,而不是来源地原则,在地方政府间再分配。但在这种状况下,收入将
更加接近一般拨款而不是共享税或地方政府自有收入。尽管如此,地方政府最常要求的
是增值税收入的地方分享。

为它们从未被政治家清楚地表述出来过。我们只能试着从分权化改革的不同阶段进行讨论的一般基调来进行猜测。

确保重要服务的最低标准是制度设计所要考虑的非常重要的因素。这个观点有时是与横向公平的观点紧密相联的。对于各级政府获得的教育拨款而言,最低标准绝对是核心性重要因素,而对其他一般性拨款来说,其重要程度相对低一些(下面将讨论)。均等性拨款也遵循同样的逻辑。

特定部门理所当然会支持增加特定公共物品的支出,它也是专项拨款迅速发展的原因。(1998 年,当县、州级政府的财政支持系统形成之后,部门在实现这个目标方面尤其成功。)但从来没有政府明确表达这样的目标;它只不过是中央部门权力的副产品。其他观点,如减少溢出效益和提高定位的效率,从未出现在公众讨论中,对波兰体制不产生什么作用。

但也许纵向均衡是唯一最重要的争论焦点。地方政府的收入能力无法满足履行中央规定的义务性职能所需的支出。这个问题并不仅仅在特定地域出现(是不可避免的,因为无论何种税收被定为地方税,税基在整个国家的分布都会不均衡),而是全局性的。即使对富裕的地方政府,所谓的自有收入也无法满足最低限度的履行职能所需的开支。只有少数几个例外。在这种情况下,拨款的作用只是支援地方税基。

在过去的 10 年里,拨款体制的这一功能越来越明显。90 年代初期,地方政府的收入能力和职能范围是相对平衡的。但之后许多职能被移交给地方政府,地方自有收入的范围却几乎没有任何相应的增加。新的职能所需的经费往往通过拨款体制解决。最能说明这种现象的是小学责任的转移。在某些地方政府,履行这项职能耗费了一半以上的地方预算,因而这项职能是专项转移支付打算资助的首选项目。在学校责任被移交到市级政府之后,拨款的数额显著增加,因而自有收入在市级总预算中的份额大大降低。

此外，对自有收入来源的损失的补偿也主要依靠一般性拨款的增加（而不是替代性的地方税或已有自有收入能力的增加）。客车税的取消就是一个很好的例子。类似的由国会倡导的地方税的免除都由拨款体制予以补偿。如同我们将在下面的章节看到的，从1999 年开始，甚至出现了一种专门的一般性转移支付，称为补偿性转移支付。有趣的是，尽管有政府自有收入理论的支撑，只要拨款补偿足够弥补自有收入能力的损失，地方政府及其中央联合会往往不会反对这种收入结构的变化。从政治角度来看，对政府间转移支付的高度依赖有时可能更有利于地方政治家。这种依赖更能抵制如增加地方税之类不受欢迎的决定；相应的地方服务的下降更容易归咎于中央政府。

从上面的论述可以看出，实际上拨款体制的作用既是精心设计的结果，又是（在某种程度上）财政体制自行发展的结果，并受各种有特定利益的多种因素的影响。

向地方政府拨款的体制最基本的一个方面是一般性拨款（subwencja）和专项（dotacja）拨款的区别。根据地方自治政府收入法，所有地方政府均接受一般性拨款。在专项拨款中，作为地方收入来源的拨款和可以作为地方收入来源的拨款之间存在着很大差别。前一种所有地方政府均可获得；后一种只有某些政府可以获得。下面的章节将详细讨论拨款体制。

除税收分享之外，一般性拨款体制是地方收入制度中受到2003 年 11 月颁布的法律影响最大的一个部分。在对现行体制进行了简单描述之后，我们得出了一个简短的结论，其中包括对改革方向的评估。

2004 年以来的一般性拨款

2003 年 11 月，随着中央税收入分享体制的改革，地方政府收入法获得通过。该法律对一般性拨款体制做出了重大变革。总体来看,改革分为两个方向:(a)扩大的分享比例导致地方税基的不均衡性加大,因而新的拨款计划旨在实现更加彻底的均等化;(b)新的体制力图包含更多有关支出需求的因素。

一般性拨款主要包括以下四个部分:

1. 教育部分

2. 均等化部分

3. 针对县、州级政府的平衡性部分(równoważqaca)

4. 专门拨给州政府的部分。

如表 9.7 所示,4 个部分所占的比重并不相等。到目前为止最重要的是教育拨款部分,平衡性部分和专门由州政府获得的部分所占的份额最小。下面简单介绍一下新体制。

表 9.7　　一般性拨款结构,2004 占总拨款的比例

%

部分	总额	城市	县级市	镇	州
教育	81.5	76.4	98	83.2	36.6
均等性	14.7	21.3	0.6	10.3	39.6
平衡性	2.3	1.3	1.4	6.5	0
州政府	1.0	0	0	0	23.8
2003 年部分拨款清算之后的支付	0.5	1.0			
总计	**100.0**	**100.0**	**100.0**	**100.0**	**100.0**

资料来源:作者根据地方政府财政报告计算。

教育拨款

与 1999 年到 2003 年期间的情况不同,新的教育拨款的总额不是由地方政府收入法确定,而是由年度预算法决定的。[1] 这一变革减少了地方政府预算的可预测性,使一年一度的讨价还价成为可能。法律没有规定具体的分配标准,但把这一任务委派给了教育部

---

① 同样,在这个案例中,法律涉及的是地方税基而不是地方税收收入。

颁布的一项法令。法律只规定了总体性要求,建议分配规则必须考虑特定地区的学校的学生人数、学校的类型和老师的资历(能够影响其工资水平)。法律还规定,拨款不应该考虑将学生运送到地方学校的费用,也不应考虑幼儿园儿童的数量(这些应由自有收入和其他一般性拨款负担)。

用于分配这些拨款的运算法则几乎每年都要调整。中央—地方政府联合委员会负责讨论调整内容,主要的地方政府组织都要出席该委员会。大多数分配主要基于特定地区入学儿童的加权人数(不一定与居住在该地的学生人数相等)。例如,2004 年,最重要的权重包括以下几种:

- 分配给农村地方政府学生的权重为 1.48。从城市和农村地区的支出需求的对比来看,这个权重高于其实际需求的数额,因而对地方收入产生了均等化的效果。存在争议的是,尽管各地在人口密度或其他影响实际支出需求的因素方面存在差异,但所有农村地区都被赋予了相同的权重。
- 分配给小城镇(5 000 居民以上)学生的权重为 1.25。教育部的解释是尽管小城镇的单位支出并不比大城市的高,但从政府优先支持小城镇发展的角度来看,这个权重是合理的。
- 分配给在特殊学校接受教育的残疾儿童的权重为 1.50,而分配给在普通学校接受教育的残疾儿童的权重为 1.25。
- 分配给以国家的少数民族语言授课的学校的权重为 1.20。
- 分配给大多数职业学校的权重为 1.15。

2000 年以前,地方政府必须向私立学校提供不低于公立学校生均标准支出的 50% 的补贴(如果地方立法会要求,则对私立学校的补贴可能更高),但从 2001 年开始,私立学校与地方政府开办的学校享受同等数额的补贴。

均等化拨款

均等化部分由两部分构成:基本部分(podstawowa)和追加部

分(usupelniajqca)。基本部分与来自地方税和中央税收入分享的人均收入有关。

基本部分。在市一级,按自有收入和分享税收入计算的人均收入值低于国家平均水平的92％的地方政府可以获得基本部分。法律在考虑地方政府收入时的假设是其按最高税率征税且不实施任何税收减免。这样一来,均等化公式便考虑到了地方税基,而且从地方税收政策的角度来看也是公平的。均等化的实施还不完全,但其实施的范围是逐步扩大的。法律规定,在实际人均收入为国家平均水平75％到92％之间的地区,国家向其提供其收入与达到国家平均收入水平的92％这一门槛之间的差额的75％的拨款。而对于收入为国家平均水平的40％到75％的地区,均等化拨款的规模增加至差额的80％,对于最不富裕的地区(低于国家平均水平的40％),这一比例增加至差额的90％。

所以,举例来说,对于一个自有收入和人均分享收入为国家平均水平的30％的地区,均等化的基本运算公式如下:

$$[(40-30)\times0.9]+[(75-40)\times0.8]+[(92-75)\times0.75]=49.75$$

因而,这个市能够获得的人均基本均等化拨款为国家平均的人均地方税和分享税的49.75％。

在县一级,计算十分简单。人均分享税收入低于国家平均水平的县均可获得拨款。县所能获得的补偿是其收入与国家平均水平差额的88％。

(人均)分享税收入低于国家平均水平的州可获得与平均水平差额的70％的补偿。但这项政策只在人口少于300万的州实施。很难找到实施这项限制的合理解释。其实际作用是有限的:目前只有三个州的人口较多,且这三个州都相对富裕。然而——如同我们后面将要看到的,绝对人口数还会应用于有利于较小规模的州的州拨款计划的其他部分。这种对小规模辖区的偏袒是与政府政策相矛盾的(已被许多专家的观点所证实),政策声称地区单位之间需要加强团结而不是分裂。而在现行体制下，有时将一个大的州分割成两个较小的州可能更有利（从获取拨款的数额来看）。

追加部分。在市一级，获取追加部分的地方政府必须满足以下条件：

- 其人均自有收入和分享税收入低于国家平均水平的150%。①
- 其地区人口密度低于国家平均水平。

这些条件背后的假设是某些服务的单位支出在人口稀疏的地区会更高（例如，把学生运送到地方学校或维护地方公路）。精确的公式将拨款的这一因素与特定地区的人口密度与平均的人口密度之间的差距联系了起来。

在县一级，失业率较高（为国家平均水平的110%以上）的政府有资格获取这部分转移支付。转移支付的具体数额根据公式来计算，而地方政府的实际失业率在公式中所占的权重日益加大。

在州一级，追加部分是按照人均计算的，但计算方法有利于人口少于两百万的州，对人口超过250万的州不利，人口超过300万的州则被排除在外。

平衡性拨款

一般性拨款的均等化部分代表了纵向均等化（即由国家预算负担），而平衡性部分则引入了地方政府之间的横向均等化。在市一级，平衡性拨款由人均地方税和分享税收入高于国家平均水平150%的地方政府的支出来负担。这些市将其收入总额扣除国家平均水平150%的数额，再把剩余部分的20%交给平衡性拨款基金。

---

① 在 Levitas 和 Herczynski（2002）的研究中可以找到对教育拨款和地方政府支出的进一步讨论。需要强调的是，尽管被称为教育拨款，教育拨款仍然是一般目的的拨款，因此，它可能被用于地方议会选择的许多目标。名称是从计算方法中得出的。一种中立的说法是大多数地方政府将教育拨款看做是从他们自己收入中支付的对学校运作的非充足的和经常的补助。Levitas 和 Herczynski（2002）计算在 1999 年只有 75% 的教育支出是来自教育拨款。但相反的案例（地方政府用部分教育拨款支付其他目标），即使不是很多，却能够找到。例如，在 1994 年，17%——2000 年大概 1%——的管理学校的地方政府使用部分的教育拨款为其他服务提供资金。

最富裕的政府（人均收入为国家平均水平的 300％以上）拿出其剩余部分的 30％。

在教育这一块，法律没有规定平衡性拨款分配的具体规则；而是将具体的规则委托给财政部颁布的法令。法律仅规定分配规则应该考虑与社会福利服务，尤其是提供给贫困阶层的住房补贴相关的需求。

如同在市一级一样，平衡性拨款引入了县级地方政府之间的横向均等化。但在县一级，"罗宾汉"式的支出更为严重。收入高于国家平均水平 110％的县要上缴其收入余额的 80％。收入高于国家平均水平 120％的县，其上缴额度增加至 95％，而收入高于平均水平 125％的则增加至 98％。因而，县一级的均等化水平是相当高的——大大高于市一级。平衡性拨款的具体分配由财政部出台的法令决定，且分配规则须考虑与社会福利服务和公路维护相关的需求。

区域拨款

区域拨款旨在把政府对州的政策中的某些因素引入一般性拨款计划。如同对市和县的平衡性拨款一样，针对州的拨款也是基于横向均等化——即由最富裕的州的支出来负担。州的支出数额比县小，但比市高。人均分享税收入高于国家平均水平 110％的州上缴其余额的 70％，而收入高于国家平均水平 170％的州，其罗宾汉税率增加至 95％。

征收所得的分配方式如下：

- 20％分配给失业率高于国家平均水平 110％的州。
- 10％分配给人均 GDP 低于国家平均水平 75％的州。
- 40％分配给州内公路密度高于国家平均水平的州。
- 30％遵循财政部的法令分配，法令须考虑与州的铁路旅客运输相关的需求。

专项拨款

在探讨专项拨款时，我们需要区分三种基本类型：用于委派给地方政府部门的职能的经常性支出拨款，用于地方政府自有职能的经常性支出拨款和用于地方政府投资的专项拨款。

用于委派给地方政府部门的职能的经常性支出拨款

地方政府收入法中唯一的相关规定是这类拨款的数额应该按照中央政府部门核算类似支出的方式来计算。毫无疑问，这个粗略的规定无法避免中央与地方政府之间的意见分歧。地方政府频频抱怨上面委派给他们的许多职能缺乏资金支持，而且获得的拨款甚至无法满足基本的人员工资费用需求。因而，新的职能的委派有时被认为是向下转移预算问题的手段。中央政府往往宣称在服务移交给地方政府之前，相同数额的资金足以保证服务的供给，而且分权化应该带来效率的提高和必要支出的相对降低，以此来捍卫自己的立场（在关于分权化范围的一般性讨论中，地方政府多次陈述了这一观点，但如果在拨款数额方面存在分歧，该观点便会与支持者的意见相左）。中央政府无法否认的是，尽管之前其支出的数额相同，但这一数额经常导致支付拖欠。有时中央政府还会隐瞒通货膨胀：在过去 10 年的大多数时期，政府都低估了通货膨胀率，这也给"节省"委派职能拨款创造了机会。

因此，地方政府经常动用其用于负担自有市政职能的自有收入或一般性拨款资金来"补贴"委派职能。与委派职能相关的经常性支出拨款是县级政府收入结构中最重要的部分，占县级总收入的1/4 以上（参见地方政府自有收入和收入部分的数据）。在市一级，这部分拨款尽管依然相当重要，但其重要性相对有限，2000 年占市级总收入的 14％。此项拨款对州一级政府的重要性最低，2000 年在州一级预算总额中所占的比重不足 4％。

用于地方政府自有职能的经常性支出拨款

这类拨款可能是最难描述的,因为相关的法规十分零散而且不够明确。多种相关的职能拨款都是由一些部门法规(教育、社会保障、住房等)规定的。只在少数几种情况下,法律明确规定了拨款的数额和拨款应如何在各地方政府之间分配。例如,法律明确规定了资助贫困群体住房福利的拨款,即使在这种情况下,也无法避免有关政府的计算方法和精确性的讨价还价。在大多数其他情况下,中央有关部门有很大的自主决定权,而且毫无疑问,最后的分配是中央与地方政府之间讨价还价的结果。

然而,在分权化改革刚开始的时候,假定的是针对地方政府职能的专项拨款为例外情况而不是例行规则,而且地方政府应该主要依靠自有收入和一般性补贴(基于明确、公开的标准)负担。在过去10年的头几年里是按照该假设行事的。1991年,这类拨款只占地方收入总额的0.3%,到1994年依然是类似的比重。但过去10年的后半段,拨款体制逐步改变。目前,市级政府的经常性支出专项拨款占其总收入的3%。值得指出的是,这一变化并不能归咎于政府政策的变化。相对而言它是一个渐进变革的结果,所谓的渐进变革指的是中央政府有关部门为了对地方政府的支出结构实施更严格的控制而取得的一系列小的进展。相对于分权化改革设计者的最初设想,这类收入在县、州级预算中所占的比重可以说是灾难性的(远远超过了10%)。

用于地方政府投资的专项拨款

在地方政府立法中有关此类拨款的规定是最多的,尽管其分配标准依然缺乏透明性。2000年以前,投资性拨款在经由选举产生的州立法会的讨论之后由 wojewodowie(州长)实施分配。年度国家预算决定州之间和按预算类别划分的各部门之间的分配。此类拨款的分配标准缺乏稳定性和明确性。投资性拨款通常不得超过投资总额的50%;但是也有例外。例如,如果市收入低于国家平均水平的60%或市位于被中央政府列入受结构性失业影响的地区，那么其接收的投资性拨款可以占到投资总额的75%以上。

尽管进行过多次使分配标准常规化和明确化的尝试，但分配的标准依然在很大程度上取决于行政长官的个人意志。甚至在主要的标准方面还未达成任何共识。资本性拨款的分配应该在多大程度上参考地方政府投资的历史效果和预计效果？它是否应该首先并且主要分配给基础设施最薄弱和投资需求最旺盛的地区？或者它是否应该按照人均计算或其他类似方法分配？在这种情况下，如同人们所怀疑的，在实际分配中很难找到某种明确的方式。地方社会和地方政府获得的资本性拨款和本身拥有的财富之间没有密切的联系，因而分配没有产生任何均等化效果。在州一级也没有明确规定的方式——即并非贫困的州就能获得或多或少的（人均）投资性拨款。对州的分配也不均衡，而是呈现出混乱并且随时间变化难以捉摸。效率并非人们所期望的是最重要的标准，因为没有普遍认同的用于评估以往投资的经济效益的方法，且成本—收益分析法（如对纯粹现有价值和内部回报率的计算）还未广为人知，几乎没有应用于计划内的未来投资。

2001年进行了重大变革。自此之后，只有在州的发展战略中有专门规定，与州的合同（州自治政府和中央政府签订的）确定的目标有关的投资才能够获得投资性拨款。

在上一个十年的初期，资本性拨款比经常性支出拨款重要得多，而且改革的发起者也认为它们会成为主要的（在极少数例外情况下甚至是唯一的）专项拨款类型。1991年，资本性拨款占市级总收入的1%以上，1994年占3%以上。然而，近期的发展情况使这个假设受到挑战。在过去数年里，对市级政府的资本性拨款，无论从绝对还是相对形式来看，都有所减少，2000年，资本性拨款还不足用于地方政府自有职能的经常性支出拨款的1/2。

在上一个十年的中期，中央政府的资本性拨款在市级政府投资总额中所占的比重接近 20％,但后来有所降低,到 2000 年,降低至 10％(在城市地方政府)到 12％(在农村地区)之间。但此类拨款依然是较高层级的政府主要的资本投资来源——在县一级占 50％以上,在州一级占 80％以上。

最后,需要特别强调的是,来自中央预算的投资性拨款并非中央支持地方政府资本支出的唯一形式。另一种,甚至是更重要的一种形式是通过国家专项基金实现的。最重要的基金包括一种用于环境保护的国家基金和 16 种用于相同目的的州基金。环境保护基金通过拨款和优惠性(补贴性)贷款两种形式向地方政府提供支持(参见 Kopańska 和 Levitas 2004)。

新的难题源于欧盟基金在支持地方政府投资方面逐渐增加的重要作用。2002 年,入盟前拨款以及后来的结构性和内聚性拨款开始变得重要,并且作用逐渐增加。2004 年,欧盟拨款占到农村地区投资性支出的 20％以上,在县为 17％,在州和大城市接近 10％(Swianiewicz 2005)。在未来数年,这一比例可能更高。

重新评价拨款机制

在重新评价拨款体制的过程中,我们既要指出值得借鉴的地方,又要指出不足之处。其中值得借鉴的方面如下:

- 一般性拨款的分配原则是以客观而便于测量的标准为基础的。因而,该体制不会受到官僚或政治庇护主义的主观影响。因而有助于实现真正的、而不仅仅是名义上的地方政策自主权。
- 近年来分配的基本公式一直相当稳定。引入变革的意义相当有限。分配的这一特性与上面提到的分配标准的客观性一起,确保了地方财政的稳定性,而且使地方政府能够制订长期财政计划。
- 在所有市级政府,其拨款体制考虑的都是地方税基,而不是实际收入；因而从地方税政策的角度来看是公平的。

但拨款体制也存在不足之处，主要包括：

- 分配公式和支出需求之间的联系不够紧密。均等化制度大多平衡了收入，却很少关注支出需求或单位支出的平衡。大城市对支出需求的忽视就是反映这种现象的一个很好的例子。只有教育补贴考虑了不同的支出需求。该补贴赋予农村学校较高的权重，尽管没有考虑不同农村地区的差别，而且对一般性拨款中的追加部分和平衡部分的规定尚不完善。此外，有些标准考虑的是既定的服务网络，而未考虑地方需求的变化。这种考虑可能有助于维持往往不是最佳的既定体制。

- 太多有关细节的决定被交给了部门法规，因而使得分配法则极易受到一年一度的讨价还价和政治操纵的影响。

- 上面谈到的主要的可以作为经验推广的都是有关一般性拨款的，而大部分不足都是有关专项转移支付的。法律没有规定专项转移支付的总额，这就使其极易受到国家年度预算的讨价还价过程的影响。

- 专项拨款的分配更加缺乏明确的标准（也有某些例外，如地方政府发放的住房福利补助）。缺乏明确的标准导致长官意志和一些明显的政治性服从。毫无疑问，对专项拨款（尤其是有关资本投资的）而言，采用明确的、有针对性的标准比一般性拨款更加困难。很难找到有哪个国家存在一套理想的体制。但要建立更加透明而公平的拨款体制，波兰依然有许多要做。

- 地方政府的总体性收入结构和专项拨款结构在上一个十年里逐渐恶化。首先，中央收入在市级政府预算总额中的比重逐渐降低（而中央转移支付的比重则逐年增加），在县、州一级，比重更低。其次，转移支付结构中的消极因素体现为专项拨款的逐年递增。与改革者的最初设想相反,专项拨款作为支持特殊投资需求的方式的作用越来越小,并且越来越成为为地方政府经常性任务提供经费支持的因素。这种趋势在县一级表现的十分明显,在市一级也有体现。

- 很难解释在州均等化拨款计划中不支持较大的(按人口计算)州的原因。这种做法甚至有可能鼓励领土分割的行为——即可能有违中央政府政策和大多数专家的意见。

与优势相比,我们分析出了更多的不足;但是应该强调的是,进步是主要的,而且波兰的拨款体制可能是中东欧转型期国家中最好的。

地方政府借债

相关的法规没有明确规定借债的用途。[①] 因而,地方政府可以借债用于投资,也可用于运作性支出。换句话说,相关的法规没有遵循平衡性预算的"黄金法则"。而且《黄金法则》的实施可能会相当困难,因为波兰没有明确划分运转性预算和投资性预算。但实际上,地方政府贷款或发行债券首先是用于资本投资开支。用于经常性支出的借债相对较少。仅在 2000 年较大范围地出现过这种情况,主要原因是当时一些地方政府没有能力负担教师工资的强制性增加。(在那种情况下,中央政府没有为地方政府负担的增加提供额外的资金支持,而地方负担的增加是由中央立法导致的。)2000年,有 710 个地方政府获得了这种贷款,构成了地方政府当年贷款的近 1/4(Jerzmanowska 2001)。尽管这种情况是由异常的困难导

---

① 波兰地方政府管制和借债实践的更详细信息可以参阅 Kopańska 和 Levitas (2004)。

致的一个例外,但应该注意的是 2002 年也出现过类似的消极趋势:
在 70 个县和大约 100 个市,新产生的贷款高于投资性支出(参见
Swianiewicz 2004)。因而,至少有部分债务是用于负担经常性支出
的。类似的问题只在范围有限的几个地方政府(约 5%)出现过,但
这种消极的势头如果继续下去将是十分危险的。

地方政府债务(不包括必须在同一个预算年度返还的短期债
务)的规模受到以下规定的限制:

- 宪法规定公共债务的总额不得超过 GDP 的 60%。如果债
  务超过了 GDP 的 50%,将采取特别限制从而使新的借债变
  得十分困难。
- 个别地方政府的债务不得超过其年收入的 60%。
- 特定年份的还本付息不得超过预算收入总额的 15%。

这些规定是中东欧国家中最为严格的(参见 Swianiewicz
2004)。

在 90 年代的上半期,地方政府不愿意借债。但到了后来,一些
市扩大了它们在资本市场中的活动。多种原因导致了这种态度上
的改变,包括:

- 宏观经济的稳定(通货膨胀率的降低;GDP 的增长,使得地
  方政府在收入预期方面有更多的确定性)。
- 国家银行系统力量的壮大。
- 地方政府雇员的财政管理技能的增强。
- 地方政府收入的相对稳定(从法律规定来看)和实际收入的
  持续增长(尤其是 1992 年到 1998 年期间)。这种稳定性使
  地方政府在做出财政决定时更有勇气,同时也增强了银行家
  对政府信用的信心。
- 来自国际金融组织和捐助机构(世界银行和 USAID 的影响
  可能最为重要)的建议(有时甚至是压力)。

应该注意的是,直到最近,在地方政府贷款中占支配地位的都

是由中央基金提供的优惠贷款(利息低于商业贷款),尤其是中央和州的环境保护基金。环境保护基金所采用的程序起到了重要的示范性作用,为地方政府进入商业市场做好了准备。从 2001 年开始,从私人银行获得的贷款和以债券形式筹集的资金总额就已超过了优惠性贷款的数额。

　　然而,大多数地方政府依然十分谨慎,贷款的额度往往远低于法律规定的上限。到 2001 年底,贷款的平均水平在年收入的 10%(农村政府)到 23%(大城市)之间。2002 年,地方债务总额增加到 30% 以上,但地方政府在借债方面的保守态度依然如故,之前提到的反面事例只是一个例外,并非常态。

　　图 9.4 反映了近年来地方借债的发展情况。借债的主导形式是商业贷款。大城市主要发行债券,但这种发行往往并不是对外的,而是由承保银行购买,实际上这种方式无异于银行贷款。

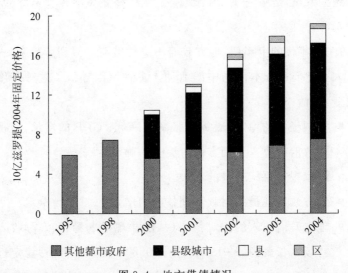

图 9.4　地方借债情况

　　从宏观经济来看,波兰的地方政府债务依然很低(不足 GDP 的 2%)。而且比大多数欧盟国家都要低(参见 Swianiewicz 2004)。目前地方借债的最大阻碍之一是公共债务的水平。尽管地方债务很少,但 2004 年公共部门的债务总额却超过了 GDP 的 50%。按照公共财政法的规定,这种高水平给借债形成了特别制约。即使地方政府承担了50%以上的公共投资,依然没能改变这种公共债务结构。一般而言,地方政府(往往)借债用于投资,而中央政府发行债券或贷款用于社会性支出。在某种程度上,地方政府使用贷款方式的可能性十分有限,尽管他们的一般性政策已经十分谨慎,这主要是因为中央政府政策占据了宪法设定的公共债务限额的支配性份额。在未来几年里,这个问题极有可能导致风险,因为地方政府可能需要这些债务资金来使用欧盟入前基金和之后的地方结构性拨款。短期的解决办法是改变公共债务的定义(波兰的定义比欧盟官方调查中使用的定义更为严格,如果把定义整合,则能够使波兰的公共债务总额降低约4个百分点)。但从长远来看,需要对整个公共财政体制进行深入的改革。[①] 令人惊异的是,这个主要的问题往往被忽视,在公共财政法中,中央政府把主要的精力集中于为地方政府设定"标准化"的债务限额。中央政府实施了一项提高债务上限的规定,使其与欧盟基金提供的用于共同财政项目的贷款持平。但这项规定没有强调更为紧迫的公共债务总额的问题,即公共债务的总额正在快速接近宪法规定的上限。

尽管波兰地方债务市场是中东欧国家中发展最好的,但依然存在一些不足:

- 如之前提到的,波兰法律没有区分用于运转性支出的债务和用于资本性支出的债务。
- 债务的法律限制只考虑了预算的规模,而没有考虑实际的借债能力,这种能力更多的体现为运转剩余资金的数额。因此,有些城市,尽管其财政承受能力允许其安全的借债,但却无法得到法律的许可,而另一些地方政府尽管没有运转剩余资金却依然可以借债。

---

① 然而,该问题超出了本章的讨论范围,在此不进一步讨论。

- 缺乏明确的有关地方政府破产的规定加之最近国家对陷入困境的地方政府进行特别资助的一些情况可能引发债务人和债权人政策的道德危机。
- 作为形式上独立的法人实体和大城市重要的服务供给单位的市政公司的债务缺乏监督。

地方政府管理

　　超过 14 万人就职于三级地方政府行政部门,与其他欧洲后共产主义国家的情况不同,波兰的地方政府行政系统与中央行政系统严格分离,同时也与其他层级的地方自治行政系统严格分离。

　　如之前提到的,国家行政系统只管理中央和州一级。但在州一级,国家行政系统和州自治行政系统并存。这两套行政系统是相互独立的,各自负责不同的职能。在国家行政系统和州自治行政系统之间,不存在层级隶属关系。同样,地方自治行政系统只对同级地方立法会负责,与其他层级的行政系统没有层级隶属关系。例如,市财务专员隶属于市长和市立法会,他或她与财政部或州财政部门之间不存在任何隶属关系。

　　因而,地方政府在人员的录用和解雇以及决定组织的结构和职员的工资方面有很大的自主权。中央立法对薪资做出了规定,但只是粗线条的,留给了地方相当大的自主决定的空间。2001 年以前,市长、县长和州长的工资没有统一的标准,都是由各地方立法会设定的。从 2001 年开始,法律对这类工资做出了规定。这种相对较大的决定行政开支费用的自主权主要体现为规模相当且承担类似职能的地方政府在实际的行政开支方面呈现出很大差别。例如,2001 年,中等规模的(人口在 5 000 到 10 000 之间)农村地方政府的人均工资费用为 90 兹罗提（约 22.50 美元）到 508 兹罗提（约 125 美元）之间（更加详尽的行政支出费用参见 Swianiewicz 2003b）。

总体评价和对其他国家的启示

分权化改革被普遍认为是波兰最成功的改革之一。总体来看，地方政府是有效的地方公共服务的供给者或组织者——或至少比旧体制下的分散的国家行政系统更为有效。同时，90 年代初期引入的公共财政体制的广泛分权化和相对稳定化使得地方在长期财政计划方面的技能逐渐增强，促进了地方债务市场的发展，并极大地改善了地方的基础设施。除了这些总体性的积极评论以外，还需要补充更多的批评性观点。并非所有的地方政府绩效都是令人满意的；地方行政伴随着腐败，资源分配存在浪费。在政府间改革的管理和地方财政体制中，既有值得推广的积极经验，也有需要避免的消极方面。

值得借鉴的经验

波兰的经历中有很多值得推广的积极经验，包括：

- 财政体制的关键性因素应该由国会通过的稳定的法律规定。不主张依靠暂时性的法规（例如，通过年度预算法案）或次级立法如部门颁布的法令。部门法令具有更大的自由度，可能在民主体制比较健全的发达国家适用（有时甚至鼓励使用）。但在转型期国家，它们可能太容易受到政治操纵的影响，因而缺乏稳定性——稳定性是形成现代长期财政计划这一习惯所必须的。
- 分权化改革的实施时间往往很短。因而，改革需要迅速推

进，即使以牺牲精心的准备为代价。Michal Kulesza(2002,
pp.204-205)，波兰分权化改革的主要倡导者之一，发表的如
下一段评论很好地论证了这一观点：

中央政府(经常捍卫自己的立场)的力量比较薄弱足
以允许发生任何大的变革的最佳时期比较短暂。时间问
题是关键。如果改革者尚未做好充分的准备来陈述他们
的观点，尤其是当这种陈述是必须时(从政治形势的角度
来看)，那时可能最佳时机已经错过了……新生的民主政
治不倾向于大刀阔斧的改革，这种改革会通过动摇他们的
地位和改变现行的国家、经济和政治运行体制触动某些政
党和政治团体的经济和政治利益……1998年，改革者只
有6个月的时间实施改革……我的目标是即使效果会受
到影响也要实施改革……我认为即使我们只实现了80%
的目标，也是一种进步。至于剩下的，地方政府可以通过
与中央集权(在波兰依然很有市场)的持续斗争来实现。

- 避免过度的领土分割为更加彻底的职能分权化创造了积极
  的环境。在很多中东欧国家(包括亚美尼亚、捷克共和国、爱
  沙尼亚、乔治亚苏维埃社会主义共和国、匈牙利、斯洛伐克共
  和国和乌克兰)，这种分割已经成为一个严峻的问题。
- 应该建立一个制度化的论坛，便于地方政府代表讨论相关的
  立法问题。在波兰，这种论坛采取的是中央—地方政府联合
  委员会的形式。在法案交由国会投票表决之前，委员会负责
  讨论和评估法案的相关组成部分。尽管这种体制的运行并
  不总是尽如人意，但它为其他国家提供了一种值得借鉴的
  模式。
- 有关地方政府收入的方方面面也有一些有趣的立法：
  - 许多法规关注地方债务的总额。总体来看，不存在市场
    规制过度的问题，而且波兰的债务市场在中东欧国家中

是最发达和最健全的。

- 地方被赋予了大量的税收自主权,地方税在市级预算中占到很大份额,由地方政府行政部门负责征管。
- 大量法规与一般性拨款有关,如拨款的分配方式相对稳定和透明,并且基于明确、客观的标准而不受政治操纵的影响,另外,一些地方平衡性拨款既保障了贫困地区的基本需求又没有对最富裕的地区的收入产生负面激励。

需要避免的教训

波兰的经验也提供了一些需要警惕的教训。这些问题包括:

- 问题之一是中央转移支付在县、州政府的预算中占据了绝对的支配性地位。几乎完全缺乏收入能力不仅不利于财政自主而且不利于地方政府的责任性。
- 另一个问题是不愿意扩大市的地方税基,而是把现行的改革建立在增强税收分享体制的基础上。这种方式不利于确保责任性或总体性公共财政体制的平衡。
- 拨款体制的过度简化也是一个问题。该体制充分地实现了收入均等化,但几乎没有考虑支出需求的均等化和合理的单位支出。
- 忽视预算平衡的"黄金法则"也是问题之一。由此导致的结果是越来越多的(尽管依然很少)地方政府依靠借债来负担当前经常性支出需求。与此密切相关的是没有对当前支出和资本性支出进行明确的划分。

参考文献

Brzeszczyńska, Stella, and Aleksander Kaźmierski. 1997. *Podatki samorządowe: Egzamin doradcy podatkowego.* Warsaw: C. H. Beck.

Ćwikła, Michal. 2001. "Finansowanie oświaty przez samorządy w Polsce." Master's thesis, Institute of Economics, Katolickiego Uniwersytetu Lubelskiego, Lublin, Poland.

Domański, Boleslaw. 2001. *Kapitał zagraniczny w przemyśle Polski.* Kraków, Poland: Uniwersytet Jagielloński.

GUS (Główny Urząd Statystyczny). Various years. *Rocznik Statystyczny*. Warsaw: GUS.

Jerzmanowska, Elżbieta. 2001. "Kredyty zaciagane przez jednostki samorządu terytorial-nego na sfinansowanie skutków nowelizacji Karty Nauczyciela." *Finanse Komunalne* 2: 30–49.

Kasperek, Joanna. 2002. "Podatek od nieruchomości w dochodach gmin: Ewolucja znaczenia i koncepcje zmian." Master's thesis. Institute of Economics, Katolickiego Uniwersytetu Lubelskiego, Lublin, Poland.

King, David. 1984. *Fiscal Tiers: The Economics of Multi-Level Government*. London: Allen & Unwin.

Kling, Jaroslav, Viktor Niznansky, and Jaroslav Pilat. 2002. "Separate Existence Above All Else—Local Self-Governments and Service Delivery in Slovakia." In *Consolidation or Fragmentation? The Size of Local Governments in Central and Eastern Europe*, ed. Pawel Swianiewicz, 101–66. Budapest: Open Society Institute.

Kopańska, Agnieszka, and Tony Levitas. 2004. "The Regulation and Development of the Subsovereign Debt Market in Poland: 1993–2002." In *Local Government Borrowing: Risks and Rewards*, ed. Paweł Swianiewicz, 25–78. Budapest: Open Society Institute.

Kulesza, Michal. 2002. "Methods and Techniques of Managing Decentralization Reforms in CEE Countries: The Polish Experience." In *Mastering Decentralization and Public Administration Reforms in Central and Eastern Europe*, ed. Gábor Péteri, 189–216. Budapest: Open Society Institute.

Levitas, Tony, and Jan Herczynski. 2002. "Decentralization, Local Governments, and Education Reform in Post-communist Poland." In *Balancing National and Local Responsibilities*, ed. Kenneth Davey, 113–190. Budapest: Open Society Institute.

Musgrave, Richard A. 1959. *The Theory of Public Finance*. New York: McGraw-Hill.

Nowecki, Grzegorz. 1996. "Kataster fiskalny." *Przeglad Podątkowy* 6: 31.

Page, Edward C., and Michael J. Goldsmith. 1987. *Central-Local Government Relations: A Comparative Analysis of Western European Unitary States*. London: Sage.

Potkanski, Tomasz, Grzegorz Dziarski, Krzysztof Choromanski, and Józef Pawelec. 2001. "Poland." In *Navigation to the Market: Regulation and Competition in Local Utilities in Central and Eastern Europe*, ed. Tamás M. Horváth and Gábor Péteri, 305–88. Budapest: Open Society Institute.

Pszczola, Urszula. 2003. "Polityką podatkowa samorzadów w województwie lubelskim." *Studia Regionalne i Lokalne* 1: 149–70.

Swianiewicz, Pawel. 1996. *Zróznicowanie polityk finansowych władz lokalnych*. Gdańsk, Poland: Gdańsk Institute for Market Economics.

———. 1997. "Financial Policies of Polish Local Governments, 1991–1994: Learning While Doing." In *Developing Organizations and Changing Attitudes: Public Administration in Central and Eastern Europe*, ed. Jak Jabes, 299–327. Bratislava: Network of Institutions and Schools of Public Administration in Central and Eastern Europe.

———. 2003a. "Foundations of Fiscal Decentralization: Benchmarking Guide for Countries in Transition." LGI Discussion Paper 26, Open Society Institute, Budapest.

———. 2003b. "Najtańszy urząd." [The Cheapest Office.] *Wspólnota* 9.

———, ed. 2004. *Local Government Borrowing in Central and Eastern Europe: Risks and Rewards*. Budapest: Open Society Institute.

———. 2005. "Ile naprawde inwestuja polskie samorządy?" *Finanse Komunalne* 11: 5–13.

Swianiewicz, Paweł, and Julita Lukomska. 2004. "Wladze samorządowe wobec lokalnego rozwoju gospodarczego: które polityki są skuteczne?" *Samorząd Terytorialny* 6: 14–33.

第十章 地方政府组织与财政：阿根廷

米古尔·安吉·阿森里西欧

阿根廷地方政府的历史可以追溯到西班牙殖民者建立的城市。分散的被占领地后来逐渐连为一体，形成了阿根廷共和国。早期城市处于分散状态的国家主要有阿斯约（Asunción，今天的巴拉圭）和玻托斯（Potosí，今天的玻利维亚）。

因此，18 世纪以前，当布宜诺斯艾利斯作为一个港口城市的重要性受到推崇时，地理位置最繁华、人口最密集和最富活力的西北部地区逐渐发展为后来的阿根廷。在这个国家的地理中心，科尔多瓦和西部的门多萨逐渐发展壮大，成为经济政治活动的中心，

这段历史是与阿根廷城市政府的形成过程和重要性密切相关的，布宜诺斯艾利斯在过去两个世纪形成的重要地位就能证明这一点。布宜诺斯艾利斯的建立可追溯至 1536 年，但这次尝试后来被挫败了，其真正的建立一直推迟到 16 世纪晚期。[①]

之后布宜诺斯艾利斯扮演了支配性的角色。在后来的经济、社会和政治变革的整个过程中，该市一直发挥着重要的作用，也使得

---

① 布宜诺斯艾利斯在 1580 年由 Juan de Garay 第二次建立，Juan de Garay 在 1573 年也建立了圣菲，大约在巴拉河以北 300 公里。

阿根廷区别于其他拥有类似历史的国家，如美国。美国的经济史被认为是一个持续的"向西部进军"的过程。比较来看，正如一个敏锐的观察家所评论的，"阿根廷没有边界，只有一个城市：布宜诺斯艾利斯"（Scobie 1972）。①

因此，现有的市镇结构是通过有效的领土占领并经过漫长的历史性扩展而逐步发展起来的。离开最早的西北部占领地，大部分人口最终定居于南美大草原地区，使半沙漠化地带如广阔的巴塔哥尼亚人烟稀少，人口密度不足 1%。

多元化的城市规模凸显了政府管理和协调服务需求的重要性。规模问题主要体现为人口的数量，并与这些人口所进行的经济活动的重要性有关，这种经济活动带来了更多的对城市公共物品的需求，且要求通过地方政府活动实现。

与其他一些国家的经历一样，阿根廷各城市中心的不同职能根源于城市中心建立的目的不同（旧的交换场所、贸易中心、行政中心、边界交换场所等）。这种目的上的差异导致了地方政府在职能上的差异，而这种职能上的差异反映了对城市中心的特定服务需求以及城市中心所服务的地区环境。

在其他拥有多级地方政府的国家，如美国和一些欧洲国家，存在多种形式的地方政府。但在阿根廷，现行的联邦体制将镇定为区别与其他层级的第三级政府。这种情况并没有影响其他组织结构的存在，如部门，类似于美国的县但往往独立于州政府。

阿根廷的原始宪法体制（于 1853 年通过）与其他主要联邦制国家——澳大利亚、加拿大和美国的传统一样，具有双重性质。这种双重性意味着宪法承认市的存在，但要作为州的一部分，而且州必

---

① 其他符合阿根廷历史模型的国家，如澳大利亚和加拿大，也曾经历了人口拥挤于主要城市的时期。但在澳大利亚，悉尼已经被墨尔本取代。在加拿大，多伦多已经超越了蒙特利尔，其他大都市边区中心出现，如温哥华、埃德蒙顿和卡尔加里。布宜诺斯艾利斯与罗萨里奥，科尔多瓦，图库曼以及门多萨相比，差异悬殊，这是个特殊案例，要知道拉美趋向建立如墨西哥市或圣地亚哥这样的"超大型首都"（"megacapitals"）。

须维护地方自治体制。[①]

1994年确立的新的宪法体制赋予布宜诺斯艾利斯类似于州的特别地位。[②] 作为一项法律，该体制确立了地方自治，但必须遵照相应的州宪法确定的形式（1994年宪法第Ⅱ章第123条）。

这样，市在宪法体制中的地位便得到强化，市享有二级自主权，即必须在州宪法设定的约束范围内行事。此外，源于宪法的双重性依然存在，不过是以更加温和的形式承认分权的重要性。[③]

总　　览

以拉丁美洲的标准来看，阿根廷是一个高度城市化的国家，城市化的水平远远高于该地区的其他国家。根据最近的人口普查，阿根廷城市人口的比例接近90%。但如果不包括人口超过1 140万、拥有卫星城的大都市大布宜诺斯艾利斯，则该国的城市人口密度较小。由于主要的政治经济的不平衡，加上地域差异，阿根廷的主要城市的发展也不平衡，体现为地方政府履行的职能的内容和性质存在巨大差别。

在过去的10年中，一项专门的法规确定了地方政府的数量。这项法规掩盖了小镇、村庄和农村公社人口减少的影响，这种减少降低了其相对于大城市的地理重要性。由于这个原因，那些相对独立的小城市中心，尽管其地方政府在法律上地位没有降低，但其人口却越来越少,相应的人口密度也越来越小。

21 世纪初期,阿根廷共有 2 157 个地方政府,其中 1 179 个市政府,其余的为公社。确定一个地方政府是否为市政府主要取决于人口规模(市的人口大于公社),具体标准由各州宪法规定。① 表 10.1 列示了各州地方政府的数目,并将其区分为两种主要的类型:市和公社。

表 10.1　市和公社的数目,2003 年 12 月

省	市	公　社	总　数
布宜诺斯艾利斯	134	0	134
卡塔马卡	36	0	36
查科	68	0	68
丘布特	23	22	45
科尔多瓦	249	178	427
科连特斯	66	0	66
恩特雷里奥斯	69	183	252
福莫萨	27	10	37
胡胡伊	21	39	60
拉潘帕	58	21	79
拉里奥哈	18	0	18
门多萨	18	0	18
米西奥内斯	75	0	75
内乌肯	34	21	55
里奥内格罗	38	37	75
萨尔塔	59	0	59
圣胡安	19	0	19
圣路易斯	56	8	64
圣克鲁斯	14	7	21
圣菲	48	315	363
圣地亚哥埃斯特罗	28	43	71
火地岛	2	1	3
图库曼	19	93	112
总计	1 179	978	2 157

资料来源:DNCFP 2004,1。

注:根据各省的市体制,公社包括社区、市委员会、洪塔斯德(理事)和斯开发(建设委员会)。

---

① 确定一个地方为市政府的主要标准是居住人口数,具体数字各省有差异。在科尔多瓦,一个城市只要有 2 000 人口,但在圣菲只有拥有超过 10 000 人口的镇才能成为市。

　　因此,地方政府由两种类型构成：市级地方政府和非市级地方
政府。23个州中,有15个州建立了市以外的地方政府形式,这也
体现了人口上的差别。一些城市中心的人口稀薄,由此产生了是否
需要为如此小规模的人口设立政府机构的担忧。

　　如果地方政府按照小型、中型和大型（人口分别为1万以上,
1万到25万之间,25万以上）划分,则有82％的地方政府属于第
一类（表10.2）。与此形成对比的是,1.1％的地方政府却管辖了
40％的人口。此外,51％的地方政府管理的人口不足2 000人,而
71％管理的人口不足5 000人。这种情况导致这样一种趋势,即重
要的城市地区倾向于阿根廷式的"自治权下移"（inframunicipalism）
（Iturburu 2001b）。

表 10.2　按规模划分的地方政府

规模	平均人口	地方政府数目	占地方政府总数比重/％
小型	2 257	1 770	82.2
中型	39 986	360	16.7
大型	469 140	24	1.1

　　资料来源：作者根据 Iturburu 2001b 修改。

　　此外,拥有地方政府数量最多的州是科尔多瓦、圣菲和恩特
雷里奥斯。这些州的地方政府占该国城市政府总数的48％,管辖
22％的人口。但这里没有考虑布宜诺斯艾利斯州采用的自治代
表团制；自治代表团在组织上独立于市,但达不到地方政府的
地位。

　　阿根廷地方政府的平均管辖人口低于巴西等国家,但高于一些
实施小规模地方自治的欧洲国家,如意大利、法国、德国和西班牙。[1]
如之前提到的,大中型城市的人口趋向于高速增长,而小城镇的人

---

　　① 参阅 Iturburu(2001b,52)。这些数据要谨慎对待,因为更大城市的人口将掩饰
掉小地方政府类别之间的巨大差异。

口则呈现逐渐减少的趋势。①

然而,如同其他国家一样,一些城市已经经历了"都市化"——即城市发展趋向于吸纳相邻的城市地区、交界市镇或之前是"郊区"的地区。② 这种趋势导致更大的城市群的出现,在某些情况下表现为已经发展成大都市地区的"大城市群"。实际上,都市化催生的并非"自治权下移式的"③城市地区和结构,而是"自治权上移式的"组织空间和形式。

宪法地位和制度

阿根廷自治市的法律地位由州宪法规定。但国家宪法也明文规定,中央政府保护州的自治权,前提是州确保基础教育、公正行政和"地方自治体制"。

事实上,市实行的是自治。这种自治包括一个议会、一个执行机构和裁决影响城市稳定的轻微犯罪和侵害的法庭。一般而言,地方自治组织行使赋予联邦和州的共和国权力中的两种——执行权和立法权,但几乎没有司法权。司法权完全由上级政府掌控。

阿根廷地方政府体制中所蕴含的分权程度远远高于拉美其他国家,这些国家大多没有实行联邦体制。因此,拉美地区最近表现出的地方自治能力的显著提高,阿根廷数十年前就已经实现了。尤其是阿根廷地方政府的执行机构和立法机构是由选举产生的官员

---

①   以在科尔多瓦省的里奥夸尔托为例,里奥夸尔托每年的平均人口增长率为1.8%,而相反的例子为,大约有 200 人口的小镇年平均人口以 8%的速度下降(Ponce 1997)。

②   市郊化是郊区发展的过程,很多情况起因于中心城区市民和贸易向外围的迁移,以寻找社会环境、和平和安宁。在拥挤的中心城市这些被认为已经受到了破坏。

③   我们区分出在西班牙被称为"inframunicipalism"的一种在小镇里创建地方政府的趋势,和"inframunicipal"的组织形式,即小于市的区域。

组成的。因而，intendentes（市长）和 concejales（议员）①是通过选举产生的，选举要么单独进行，要么与州或全国选举同步进行。

市长和议员权力的性质由两项基本法规定：州宪法和州用于管理地方自治组织的法律。在新的阿根廷联邦体制下，地方自治的效力取决于州宪法赋予自治地方的自主权范围。但取消自治地方的地位必须符合宪法对自治地方做出的相关规定的要求。

事实上，自治当局作为人民代表的责任性主要体现在两个方面，对自治地区选民的责任和对为该地方的运作制定宪法规则的省的责任。因而，除了就自身行为的效率和效益向选民负责以外，自治当局如果没有适当地履行义务还要受到省政府的干预。这种干预可以是撤销机构的职权，也可以是由上级政府临时任命的机构来取代。

自治当局的财政来源包括自有收入（tributos）、政府间转移支付以及贷款。自有收入包括税收和其他基于便利原则的收费。这个说明是十分必要的，因为与联邦中央政府和中层政府享有无可质疑的广泛的税收收入（包括那些基于支付能力原则的税种）不同，阿根廷的大部分自治当局仅有权征收 tasas（税）。

如之后将会讨论到的，公共支出反映了地方的传统功能，以及经常性支出和投资性支出（从 20 世纪 90 年代末期到 2001 期间呈现出下降的趋势）的既定分配。表 10.3 显示了地方政府的收入和支出结构。

表 10.3　地方政府收入和支出：绩效预算，2001

项　　目	数额/百万 Arg $	%
总收入	7 222.6	100.0
经常性收入	7 149.3	98.9
税收收入	3 612.4	50.0
税收共享或转移支付	3 495.5	48.4

---

①　在西班牙语中，Intendentes 和 alcalde 是同义词（都是市长的意思）。Concejales 或 ediles（议员或参议员）是镇议会的成员。

项　目	数额/百万 Arg $	%
其他	41.4	0.6
资本收入	73.3	1.0
总支出	7 774.3	100.0
经常性支出	6976.1	89.9
资本性支出	795.2	10.2
结果(赤字)	−771.6	9.9[a]

资料来源：作者根据 DNCFP 2004 修改。

a. 除去总支出。

地方政府的支出责任

联邦体制三个层级之间的权力划分并不总是由宪法规定的。阿根廷联邦和州之间的权力划分是由一个组合型计划规定的,相比对州政府的规定,这个计划对中央或联邦政府的规定更为详细。用于补充该计划的原则是州"保留所有不属于联邦的权力和职能"(1994 年宪法第 II 章第 121 条)。

州宪法通常会详细列举州政府的职能,但不会对地方政府的职能做十分详细的规定。规范地方政府运作的建制性法规力图克服这些缺陷;在那些法律中,根据其通过的时间,有时可以找到十分全面且详尽的职能规定,这些规定体现出强烈的对高度分权的渴望。

事实上,Richard Bird 和 François Vaillancourt(1998)曾清晰地表述过"谁该做什么"的问题,目的是指出联邦体制在支出分配方面的问题根源于地方政府自身,即与塑造地方政府的历史过程有关的城市服务的规模和需求的问题。与其他国家一样,在阿根廷,很显然规模决定了城市的特有职能及城市政府的职能。

这些区别也体现在新的宪法框架当中。出于这个原因，布宜诺斯艾利斯从 1994 年起就成为一个自治市，其地位与州类似，特别制定了自己的法令，成立自治当局并设立其内部机构。这种情况导致了本文之前提到过的一个问题：当涉及分配政府所履行的职能时，主要的城市趋向于向中间层级或州政府看齐，无论是省、州还是自治地方。[①]

这样就导致了之前提到的不平衡。阿根廷主要城市的自治地方政府提供的服务在其他地方是由州甚至中央政府提供的。[②] 城市政府需要发挥多种作用，其中最重要的是向居民提供各种服务，如公共道路的照明和清洁、垃圾处理、城市交通运输管理、城市规划以及建筑管理。其他相关服务的供给没有统一的做法，如饮用水供给；在某些州它们由自治地方提供，在另一些州则由州政府提供。表 10.4 描述了这些职能的预算和大致的分类情况。

表 10.4　地方政府的支出安排，1999

项　目	数额/百万 Arg $	%
一般管理	2 497	33.5
社会服务	4 044	54.2
经济服务	840	11.2
债务分期偿还	84	1.1

资料来源：Zapata，Bertea 和 Iturre 2000。

阿根廷目前的地方政府"职能范围"是历史发展的结果，一些主要的公共服务都是按照这种方式组织提供的。"二战"刚一结束，大的公共事业便被国有化了。国有企业接管了水利、卫生设施、能源、天然气和电子通讯（自然垄断）等服务的供给和生产。

---

　① 布宜诺斯艾利斯的"省级市"地位在之前有提及。Bahl 和 Linn(1992)指出在加尔各答，墨西哥市和里约热内卢，它们拥有许多小城市没有的职能。

　② 一些阿根廷的城市参与到基础医疗卫生，建立公共医院。这种情况多发生在更高级层级的政府：省通常承担这些和其他职责（如安全），这些职责在某些模式中是市政府的任务。

　　这些服务在 20 世纪 70 年代末期到 80 年代初期被分权化,当时它们被移交给了州,而不是地方。因为这个原因,尽管地方有提供此类服务的企业或合作公司,但最初用于权力分配的标准限制了分权的程度和地方政府的职能范围。表 10.5 从这个角度说明了地方政府的处境。

表 10.5　地方政府重点开支项目,1999

类　　别	比例	次序
城市服务	28.3	1
高级管理	14.0	2
卫生	9.9	3
交通	8.1	4
福利	6.3	5
财政管理	6.0	6
立法	5.2	7
教育和文化	5.0	8
住房和城市计划	3.8	9

　　资料来源:作者根据 Zapata,Bertea 和 Iturre 2000 修改。

　　不同的服务供给方式要求地方政府发挥不同的作用,有时是政策制定、管理和执行,有时仅设定行为的框架和监督执行,以确保私人部门有效地提供服务(Shah 1999a)。在那些特定城市服务私有化已经比较广泛和经常的地区,监督是关键,从而确保向公民提供这些服务的效率、满意度和责任性。

　　在这方面,虽然一些主要的城市政府履行了教育和医疗卫生之类的职能,但通行的规则依然是由州政府来履行这些职能。当然也存在灰色地带,但必须克服这种情况,无论是交由市还是州承担,以改善公共服务供给的效率。[①]

---

　　①　一些职能如环境保护通常重叠,虽然省管制和监督上具有主导优势,但一些地方活动如垃圾收集、街道清扫、城市规划和基建都是典型地由市承担。

此外,新的职能不断发展,地方政府逐渐进入这样一些职能领域——即由于之前的定义不明确而一直由州政府承担的职能。如地方经济发展及与之相关的领域,还有住房和社会福利等。[1] 在圣菲,几个自治地方结为合作伙伴,以共同开发和维护一条贯通它们的高速公路。[2]

相应的,几个州的宪法设定了一个区分专属职权和非专属职权的功能框架。在布宜诺斯艾利斯州,宪章区分了"专属职能和不可委托的职能"以及"省州级履行的"职能和"私人部门履行的"职能(参见 Urlezaga 和 Basile 1997)。

表 10.6 描述了阿根廷地方政府根据 Shah(1994)推荐的分类履行职能的情况。

表 10.6 地方政府职能情况

服务类型	供应的频率	服务类型	供应的频率
大气和水污染治理	偶尔	区域公园	不经常
消防	偶尔	区域规划	不经常
垃圾收集	标准化	中级教育	不经常
医院	不经常	污水处理	偶尔
地方立法	标准化	土地使用计划	标准化
地方图书馆	偶尔	特殊图书馆	不经常
公园和休闲处	标准化	特殊警察	不经常
安全	不经常	街道维护	标准化
电力供应	偶尔	交通部门	标准化
基础教育	不经常	运输	偶尔
公共卫生	不经常	城市交通	标准化
垃圾处理	偶尔	水供应	偶尔

资料来源:作者基于现有的规章和实践整理。

---

[1] 特殊情况是科尔多瓦省。参阅 Iturburu(2001a)。

[2] 这些伙伴关系被称为高速联营企业。在其他一些案例中,这种联营企业被允许收取通行费。

　　总体来看,阿根廷地方政府在公共领域的重要性不及其他联邦制国家。地方政府的支出总额不足各级政府总支出的 10%。与之形成鲜明对比的是,州一级政府的支出总额占各级政府总支出的 30% 以上,而中央政府占 50% 以上。这一事实表明,向第三层级政府下放权力还有巨大的空间。①

地方政府的税收和使用者费

　　阿根廷地方政府的收入,除了公共债务以外,还有三个来源:(a)根据宪法和法定权力征收的地方税;(b)来自其他层级政府的财政转移支付和对中央税和州税收的分享;(c)罚没收入和向居民提供服务的收费。在这三种来源中,最后一种的重要性相对较低;前两种对地方财政的状况起支配性的作用。而且尽管服务罚金、费用、税和其他使用者付费的项目很多,但由此也带来了额外的征收和监管成本,因而产出很少。然而,与前两种收入来源一样,它们代表了地方政府的专有收入,并受制于地方政府的决策权。

　　首先来关注两种主要的收入来源。第一种由税收和作为特殊职能的一部分的其他收费构成。在这一类中,税收是主要的。第二种包括来自中央政府和州政府的、以转移支付或拨款形式获得的收入。这一种还包括对上级税收的分享(在阿根廷被称为coparticipación),也是转移支付的形式。的确,税收在地方收入中所占的比重接近 2/3,剩下的由产出较低的收费、罚没收入和使用者付费构成(见表 10.7)。

---

　　① 　中央服务分权下放给中央以下层级政府的周期对省的影响要大于对地方政府的影响,权力下放增加了社会和医疗服务支出额(Iturburu 2001a)。

表 10.7　地方政府的收入结构，2001

项　　目	收款数额/ 百万 Arg＄	占总收入 比例/%	按类别分类 比例/%
自有收入	3 716.7	51.5	100.0
税收	184.8	2.6	5.0
其他贡金和收费	3 427.6	47.5	92.2
税和收费	3 305.6	45.7	88.9
特许使用费	122.0	1.7	3.3
其他	41.2	0.6	1.1
自有资本收入	63.1	0.9	1.7
来自其他层级政府的收入	3 505.7	48.5	100.0
中央和省税收的分享	2 799.5	38.8	79.8
经常和资本转移	706.2	9.8	20.2
总计	7 222.4	100.0	n. a.

资料来源：DNCFP 2004。

注：n. a.＝不适用。

自治地方的税收权力是宪法关注的主要问题之一，并且法理学家和法律专家尚未就此达成一致的观点。多年来，直到发生了一个重大的案件，即该国一个主要的政府由一个政党担当，在此之前，一直盛行的观点是最高法院的裁定——把自治地方作为"基于领土的、财政独立的实体"。根据这个裁定，在联邦体制下，自治地方缺乏完全的自主权，必须服从州在州宪法和联邦宪法框架下制定的法律（建制性法律）。

在 1994 年的宪法改革中，自治地方的自治权得到承认，但自治权必须由州宪法来规定。因而，尽管地方政府的地位毫无疑问是提升了，但其自主权的范围依然由州控制。

即使在宪法改革之前，一些州已经在宪法中确立了其地方政府的自治权。然而，几个最重要的州依然把自治地方视为财政独立的实体而没有赋予他们更多的自主权。[①] 因而，在有关自治地方的法

---

① 这是圣菲省和布宜诺斯艾利斯省的情况，这两个省在阿根廷共和国人口规模分别占据第一位和第二位。相反，在人口第三大省科尔多瓦已经建立了自治市。

律地位的认识方面依然存在混乱，考虑的焦点集中在自治地方的权力和能力方面。表 10.8 显示了地方税、收费和罚没收入的具体情况。

表 10.8　地方政府主要税收、收费和罚没收入，1997

款　　项	占总收入比例/%	款　　项	占总收入比例/%
一般比率	40.4	电费	2.4
检查、安全和卫生费用	24.0	办公费	2.3
杂税	13.3	职业税	1.6
罚金和费	4.0	建设许可费	1.4
公共卫生	3.6	广告费	1.1
高速公路收费	2.8	交通罚款	0.6
修缮税	2.4	总计	100.0

资料来源：DNCFP 1999。

然而，地方政府是否能够享有完全的税收权力（即开征、更改和取消税收）取决于一个决定性的因素：中央政府与州政府达成的 leyes convenio（协议法案）和政府间税收协议。在这个框架下，1988 年的税收分享法案（Ley de Coparticipación）和 1993 年的联邦税收协定限制了地方政府的税收权限。

这些法律条例驱使州为地方税收权力设定限制；因而，自治地方无法按照联邦通过分享体制分配给他们的税收征税。根据税收分享法案，税收分享体制由州规定，并在州的监督下应用于地方政府。如果没有按照这种体制执行，则地方政府不能获得该法律规定的对联邦税收的分享。

在 1994 年宪法起草的过程中，围绕自主财政或者说自治地方的自治权的争论产生了很大的影响。在现行宪法勾勒出联邦的组织构架之前，最高法院的裁定将自治地方定位一个财政自主的实体。他们没有征税权，但有权收取提供服务的补偿性费用，这一观点得到了 1993 年联邦税收协定的支持。但根据对 1994 年宪法的最新解释，只要地方政府按照关键性的要求行事，即与联邦和州征收的税收保持一致，并且遵守 1988 年的税收分享法案规定的"类推原则"的要领，那么他们就可以征税。表 10.9 显示了地方政府享有的相关权力。

表 10.9 阿根廷城市税收权分配

省	总收入[a]	不动产		机动车
		城市	农村	
布宜诺斯艾利斯	省	省	省	省
卡塔马卡	省	省	省	省
查科	省	市	市	市
丘布特	市	市	市	市
科尔多瓦	省	省	省	市和省
科连特斯	省	省	省	省
恩特雷里奥斯	省	省	省	省
福莫萨	省	市	省	市
胡胡伊	省	省	省	市
拉潘帕	省	省	省	省
拉里奥哈	省	省	省	省
门多萨	省	省	省	省
米西奥内斯	省	省	省	省
内乌肯	省	省	省	省
里奥内格罗	省	省	省	省
萨尔塔	省	市	省	市
圣胡安	省	省	省	省
圣路易斯	省	省	省	市
圣克鲁斯	省	市	省	省
圣菲	省	省	省	省
圣地亚哥埃斯特罗	省	省	省	省
火地岛	省	市	省	市
图库曼	省	省	省	省

资料来源：Zapata，Bertea 和 Iturre 2000。

a. 不包括税基分布的协商。

　　然而在实际操作过程中，尽管大多数州调整了地方政府的自治权，但这些政府在行使自治权所蕴含的税收权力时会受到限制，这也是早前设置的限制的结果。这些限制调节了处于不稳定状态的辖区间税收平衡以及为了"挤占税收空间"而导致的税收重叠趋势，并且确保了与税收分享法案确定的类推原则的一致性。

　　相应的，最重要的税收依然是：（a）地方财产税（也被称为房产税），用于负担街道照明和清洁之类的服务性费用；（b）检查、保险和卫生税。[①] 两种税收收入加起来占到地方自有收入的近 2/3,有时甚至超过 70%。

税基的有效利用使得这两种税收变成了隐性税收。在第一种情况下,税收是按照财产的土地清册价值征收的;其税基相当于州的房产税税基。在第二种情况下,税基根据纳税人或经济活动产生的总收入确定;其税基与州的全部所得税税基相同,即一种具有级联效应的销售税(见表 10.10)。

表 10.10　一些地方税和税率的特征

税　种	税　基
总税收收入[a]	出售商品和服务的收入
不动产税收[b]	不动产的土地价值
机动车辆税[c]	机动车辆的估价
街道照明和清洁费	不动产的土地价值
检查、安全和卫生费	产品和服务的销售收入
修缮税	由于公共工作而增加的财产价值
清洁服务的比率[d]	消耗掉的体积和财产规模
交通罚款	根据违规的程度
电费	所消耗的电力

资料来源:作者根据部门法和财政法规归纳。

a. Chubut。

b. Chaco,Chubut,Formosa,Salta,Santa Cruz,Tierra del Fuego。

c. Chaco,Chubut,Cordoba,Formosa,Jujuy,Neuquén,Salta,Santa Cruz 和 Tierra del Fuego。

d. 废水和废物。

事实上,这种情况违反了税率与地方政府提供服务的成本相适应的原则。1993 年的联邦税收协定试图通过这样一项规定来解决这个问题,即省应该引导地方政府不要向那些供给成本将会超过收益的服务征税。但收到的效果并不尽如人意。[②]

---

　　① 税率是对提供给居民的可分开的服务征税的比例。服务提供的成本是测量每个使用者获得的利益多少的一个因素。

　　② 无限制地坚持不从省政府拨出额外的拨款的原则,可能导致阿根廷地方政府严重的财政不平衡。间接成本的存在增加这类问题的复杂性。

在某些情况下，再分配原则被用于规定安全和卫生收费，即针对特定的奢侈消费行为征收税率不同。类似的，适应社会经济标准的较高的房产税已在城市地区开征。这种税率的采用参考了财政联邦主义的做法（见 Shah 1999c），代表了一种考虑到不同政府类型的区别性方法。

所谓的修缮税是为了检测通过公共建设工程而使特定的城镇地区得到改善所产生的附加值。尽管这种税收是一种潜在的可开发资源，但在特殊税种体制下，其重要性在阿根廷这种环境中无法得到体现（参见 DNCFP 1999；Lukszan 1988）。

地方政府的收入结构从上面提到的几个表中可以看出来，从中也可以看出这里谈到的几个趋势。

与地方政府的税收分享

如上文提到的，阿根廷的国家税收分享体制把资源从国库转移到州，再经州转移到地方。这一体制基于这样一些法律，即要求州建立一个类似于其地方政府的体制。

所有的州都根据联邦法律建立了自己的税收分享体制；如果他们没有这样做，将有可能丧失根据联邦法律获得分享税的权力。与联邦税收分享一致，与地方政府的分享体制是各级政府间财政关系的主要体现，且转移支付都是无条件的。这种体制并没有影响重要性略低一筹的源自州或联邦政府的转移支付。

这些州的体制往往享受宪法地位。州宪法规定分享资金必须同时包含联邦和州的收入来源，这一规定在遵循这类宪法法规框架而通过的特别法中也可以看到。这些法律规定了联邦或州税收收入的分配，还包括其他来自某些中层政府的收入，如由州征收的自然资源税,如石油、天然气、水电等,以及来自私有化服务的收入(参见 DNCFP 1999)。

与州对联邦税收的分享一样,地方政府对州税收的分享在一些重要情况下也是基于 Jarach(1985)等学者所表述的"税收合并"的观点。[①] 一个层级的所有政府所征收的全部税收收入加到一起,再按照比例在各政府之间分配。在一些州也实施严格意义上的税收分享。在这种税收分享体制中,来自各税种的收入分别按照"基于每种税的情况征税(tax-per-tax)"的原则实施分享。

税收分享计划把分配划分为两种类型。首先进行的是初次分配,即在州政府和作为一个整体地方政府之间的分配。然后再进行再分配,即在初次分配的基础上再在地方政府之间进行一次分配。税收合并的方法有时存在缺陷,因为某些联邦税和州税收在较高的层级是分开设立的,因而不构成税收分享制度中的一般性收入共享。在阿根廷,联邦和州都通过这种方式对特定的税收予以保留,不再进行分享。[②]

州与自治地方的税收分享也可分为两大类:联邦税和州税收。联邦税的分享可以是无条件的,也可以是出于特定目的的专项性的。如果它们是无条件的,则州可以与自治地方分享,但如果是专项税收,则不能分享。联邦税包括增值税和所得税,还有资本税,如个人财产税。类似的,州把特定税收从一般性收入分享中分离出来,以用于特殊目的。例如,印花税在很多州(卡塔马卡、科尔多瓦、丘布特、恩特雷里奥斯、米西奥斯内斯、里奥内格罗、圣克鲁斯、圣菲和图库曼)都未实行分配。纳入分享的州税收包括所得税、房产税和机动车辆税。

地方政府对联邦税和州税收的分享比例在各州有所不同。一

---

① Dino Jarach 制定了中央和省之间税收共享首批方案之一。采用国际视角深入地审视转移支付,参阅 Shah(1999b)。

② 虽然分配是用来缩小捐款政府层级的自由度,但却试图维持专用预算独立。

些州的分享比例很高——几乎全部给了地方。如圣菲，机动车辆税的 90％ 由自治地方分享，但房产税仅有 50％ 归地方（表 10.11）。[①]

表 10.11　与地方政府的收入分享

％

省	中央收入	使用费	总收入[a]	不动产 城市	不动产 农村	机动车	印花税	其他
布宜诺斯艾利斯	16.1		16.1	16.1	16.1	16.1	16.1	16.1
卡塔马卡	8.5		10.0	10.0	10.0	70.0		
查科	15.5		15.5				15.5	
丘市特	10.0	14.4[b]/16.0[c]			24.0			
科尔多瓦	20.0		20.0	20.0	20.0			
科连特斯	12.0		12.0	100.0	12.0	100.0	12.0	12.0
恩特雷里奥斯	14.0	50.0[b]			24.0	60.0		
福莫萨	12.0		12.0		12.0		12.0	12.0
胡胡伊								
拉潘帕	10.7		21.0	21.0	21.0	21.0	21.0	2.0
拉里奥哈			20.0			50.0		
门多萨	14.0	12.0[b,c]	14.0	14.0	14.0	70.0	14.0	
米西奥内斯	12.0		12.0	12.0	12.0	78.0		
内乌肯	15.0	15.0[c]	15.0	15.0	15.0		15.0	
里奥内格罗	10.0	10.0[c]	40.0	40.0	40.0	40.0		40.0
萨尔塔	12.0	20.0[c]	12.0		12.0		12.0	12.0
圣胡安								
圣路易斯	8.0		16.0	16.0	16.0	16.0	2.4	
圣克鲁斯	11.0	7.0[c]	40.0					
圣菲	13.4		13.4	50.0	50.0	90.0		20.0
圣地亚哥埃斯特罗	15.0		25.0	25.0	25.0	40.0	25.0	25.0
火地岛	25.0	20.0[c]	45.0					
图库曼	23.1			19.0	19.0	86.2	45.0	

资料来源：DNCFP 1999。

a. 不包括对税收总收入的多方协议部分。

b. 水电使用费。

c. 油使用费。

d. 因紧急法律而搁置。

e. 部分因财政协商而暂停。

f. 部分因与市的财政协议而暂停。

---

① 在这种情况下，构成初次分配的比例在省税收共享法中没有说明，它直接来自省宪法的规定。

　　在自然资源丰富的州，自治地方往往参与分享来自这些资源的收入。最典型的是阿根廷的巴塔哥尼亚和西部省份，在这些州，对石油、天然气和水电的征税所得由州与自治地方分享。油气的专营权费按照不同的比率分享。但有两个州——拉潘帕和福莫萨没有与自治地方分享此项收入。除门多萨和恩特雷里奥斯两个州以外，其他州的水电专营权费也不与地方政府分享。

　　初次分配的资格标准是由各州的相关法律来规定的，但规定并不明确。有关初次分配的增长情况已经进行过一些调查，这种分配所采用的方法关注的是总的财政需求，而没有严格参照地方政府提供各种服务所花费的成本。但再分配却考虑了多种分配因素，其中最常用的标准是那些强调自身条件的因素，如人口或自有收入。有9个州基于单独的标准实施对自治地方的分配；其余的州根据分享税的类型确定不同的标准进行分配。

对地方政府的其他转移支付

　　自治市和其他地方政府对联邦和州税收的分享构成了阿根廷中央以下两级政府之间的主要的无条件转移支付类型。但也存在一些不那么重要的转移支付和拨款的类型。这些转移支付旨在缓解财政需求，并实现自治地方之间的财政均衡。有必要对它们予以特别关注，尤其是因为某些时候它们的分配是出于特别目的。

　　应用最为广泛的转移支付或拨款是所谓的不可归还性捐款或来自国库的捐款。这种捐款可以是无条件的，也可以是条件性的，而且它们可能来自州国库，也可能来自联邦国库。

　　来自联邦国库的捐款源于税收分享法确定的一种拨款，并且必须在发生紧急情况或州政府内出现财政不平衡时动用。但是,负责此类转移支付事务的机构——内政部实行了一种综合性的分配方法,大量来自国库的捐款经由州政府转移到了地方政府。

其他州对地方政府的转移支付包括州与地方政府达成协议就共同管理的活动所出的资金。在这些协议中,州出资建设基础设施,自治地方或公社负责管理和执行。这些拨款方式运用的相对频繁。在圣菲,这种方式已用于建设和维护高速公路和水力基础设施。在布宜诺斯艾利斯,这种方式用于创立卫星城市基金,以解决大布宜诺斯艾利斯在公共建设工程和服务方面的资金短缺。大布宜诺斯艾利斯是一个城市集合,它超越了联邦行政区的界线,囊括了周边广阔、人口稠密的地区。

一个更为典型的将转移支付分配给阿根廷地方政府的方式是通过经常性转移支付和资本性转移支付。经常性转移支付和资本性转移支付加起来不超过地方政府总收入的 10%。其中大部分是经常性转移支付。

表 10.12 显示了与源自联邦和州政府的税收分享相关的地方收入情况。如果用综合性转移支付的概念计算,则税收分享占到地方政府总收入的将近 39%。全部税收分享和其他转移支付合计占地方政府总收入的 48.5%。

表 10.12 转移支付在地方政府财政中的重要性

占总收入的比例/%

省	转移支付总额	经常性转移支付	资本性转移支付	税收共享	转移支付和共享
布宜诺斯艾利斯	3.2	3.2	0	36.0	39.2
卡塔马卡	55.4	55.2	0.3	34.7	90.1
查科	0.7	0.7	0	68.5	69.2
丘布特	6.7	6.7	0	14.6	21.3
科尔多瓦	4.1	4.1	0	37.2	41.3
科连特斯	11.7	11.7	0	51.9	63.6
恩特雷里奥斯	8.5	8.5	0	38.8	47.3

省	转移支付总额	经常性转移支付	资本性转移支付	税收共享	转移支付和共享
福莫萨	5.7	5.7	0	75.0	80.7
胡胡伊	80.0	80.0	0	0	80.0
拉潘帕	20.4	20.4	0	33.0	53.4
拉里奥哈	91.6	91.5	0.1	3.5	95.1
门多萨	5.2	5.2	0	63.5	68.7
米西奥内斯	1.8	1.8	0	52.3	54.2
内乌肯	1.4	1.4	0	26.4	41.2
里奥内格罗	5.2	5.1	0.1	46.8	52.0
萨尔塔	6.6	6.6	0	48.3	54.9
圣胡安	84.9	84.9	0	0	84.9
圣路易斯	0.8	0.8	0	58.6	59.4
圣克鲁斯	19.4	19.4	0	36.0	55.5
圣菲	4.7	3.4	1.4	42.8	47.5
圣地亚哥埃斯特罗	4.8	4.8	0	75.8	80.6
火地岛	0.1	0.1	0	73.2	73.3
图库曼	20.6	20.6	0	42.2	62.8
总计	9.8	9.6	0.1	38.8	48.5

资料来源：作者根据 DNCFP 2004 归纳。

财政不均衡和相对财政自主权

阿根廷中央以下各级政府(州和地方政府)中存在大量纵向和横向的财政不均衡状况。从这个意义上来看,联邦政府的收入主宰了国家的财政总收入,如果包括社会保障部分,则联邦收入占到财政总收入的约 80%(Asensio 1990,2000,2003；Gómez Sabaini 和 Gaggero 1997；Rezk 1999)。

在此我们试着从这个角度来评价这种不平衡，即从包含第二级和第三级政府的中央以下政府的集合中一个子集的角度。这种尝试是必要的，因为有大量关于阿根廷州的财政不平衡的讨论，但有关自治地方和公社的却不多。

因而，分析类似的有关阿根廷地方政府财政自主权存在与否的问题是重要的。这一观点将从 Shah(1994)定义的角度来分析，其最终的目的是决定特定层级政府的权力，以便其能够通过自有收入来满足支出需求，而不是通过接受来自其他层级政府的转移支付和税收分享。

表 10.13 表明，即使阿根廷所有地方政府都存在纵向的财政不均衡的问题，但这依然不足以掩盖相对令人满意的财政自主程度。约 55% 的地方政府支出是通过地方政府的自有收入解决的。但总体来看，"对财政行为的限制"也不能被忽视。①

表 10.13 阿根廷地方政府的不均衡和财政自主

%

省	纵向财政不均衡	财政自主
布宜诺斯艾利斯	37.3	62.7
卡塔马卡	85.2	14.8
查科	62.2	37.8
丘布特	19.7	80.3
科尔多瓦	33.6	66.4
科连特斯	56.2	43.8
恩特雷里奥斯	45.0	55.0
福莫萨	65.9	34.1
胡胡伊	73.5	26.5
拉潘帕	53.6	46.4
拉里奥哈	95.5	4.5
门多萨	60.7	39.3
米西奥内斯	45.4	54.6
内乌肯	37.0	63.0

---

① 这里我们提出来自欧洲的观点：认为地方政府有能力利用自有资源支付自己的开支(Dexia 1998)。

续表

省	纵向财政不均衡	财政自主
里奥内格罗	52.7	47.3
萨尔塔	49.6	50.4
圣胡安	75.0	25.0
圣路易斯	61.8	38.2
圣克鲁斯	56.7	43.3
圣菲	45.9	54.1
圣地亚哥埃斯特罗	66.2	33.8
火地岛	100.0	0
图库曼	55.9	44.1
总计	45.1	54.9

资料来源：作者根据 DNCFP 2004 归纳。

但当我们审视某些州的情况时，也会发现重要的差异。表 10.13 表明，从纵向不均衡和财政自主权的程度来看，国家总体性的（把国家的地方政府作为一个整体）和各州地方政府的财政情况有很大差异。

相对较大和较发达州的地方政府享有更多的财政自主权（相应的其不均衡性也较小），而欠发达州的地方政府则更多地依赖转移支付和分享，且存在严重的纵向不均衡。

尽管布宜诺斯艾利斯和科尔多瓦分别有 63％和 66％的支出是靠自有收入解决的，但在卡塔马卡和圣胡安，这一比例分别只有 15％和 25％，这使他们必须依靠转移支付和分享来补足纵向的财政不均衡。显然，这种财政困境是与横向的财政不均衡密切相关的，相应的，这是与地区间在经济发展水平和税基上的不均衡相联的。

如果同时考虑这两个概念可以发现，1993 年到 2001 年期间发生过一些变化（见表 10.14）。确实可以看出，财政自主水平上升了 2 个百分点，相应的纵向不均衡有所缓解。虽然 1995 年地方政府处于最佳状态，但考虑到政府在 2001 年所面临的全面危机的环境，当年所达到的水平也是令人满意的。

表 10.14 地方政府的财政自有和纵向不平衡

%

年份	财政自主[a]	纵向不平衡[b]
1993	52.8	47.2
1995	56.2	43.8
1998	54.5	45.5
2000	54.1	45.9
2001	54.9	45.1

资料来源：作者根据 DNCFP 2004 归纳。

a. 自有收入/总支出。

b. (税收分享＋经常性转移支付＋资本转移支付)/总支出，参阅 Shah 1994。

地方政府借债

通过贷款筹集资金使地方政府扩大了收入来源，不用局限于其税收能力、从其他层级政府汲取收入的能力以及税收征管方面的行政能力设定的框架（见 King 1998）。发达国家的情况有所不同，但对"黄金法则"的重视是显而易见的：地方借债应该限用于与中长期投资或共享性资本的增长有关的计划（见欧洲的经验，Dexia 1998 和欧盟，地方委员会 2001）。

控制中央以下债务可选用多种方式。在涉及多级政府的计划中，实施者可用于实现恰当的协调的方法可以分为 5 种。最极端的方法是直接运用市场规则或完全禁止借债。在这两个极端之间是各级政府之间的合作、行政控制和法律规制等方法（见 Ahmad 1999；Ter-Minassian 和 Craig 1997；世界银行 2000）。

显然，这些方法都假设较高层级的政府不会求助于紧急援助拨款。紧急援助可能由于财政部门的介入导致财政纪律松弛，因为财政部门不会受严格的预算约束的压力（见世界银行 2000，对巴西处理债务方式的描述和 2001 年以前阿根廷的某些差异的强调）。然而,需要强调的是,当政府获得从财政系统借债的许可时,其面临的坚持这个原则的困难就克服了。①

根据宪法,联邦政府负责安排国外债务。相应的,州在其宪法范围内举借债务。当这些债务涉及海外时,需要联邦政府的授权,这一条在规范国家经济部和中央银行的介入行为的法规中有明文规定。30 多年以来,与金融机构制定的其他法规一样,联邦法律和法令规范了经济部对进入国外金融市场过程的介入。②

20 世纪 90 年代,很多州从财政系统举借了债务,而且这种状况逐渐恶化。从而迫使联邦在 2001 年出台一项法令,即如果州符合特定的条件,则由联邦政府来承担其债务,这样通过债务交换的方式州债务成为了联邦债务。需要指出的是一些地方政府也发行过外币债券。③

因而,州和地方政府的债务分布超出了银行系统的范围。公债持有人也被包括进来。债务交换覆盖了那些银行持有的债务。这样一来,体制变得灵活了,同时也没有消除州政府的财政义务。但这一做法没能阻挡 2001 年底接连发生的财政和经济危机,这些危机将联邦政府也卷入其中。

之后,联邦政府再次实施了银行系统程序以取代州向公民发行的债券或具有准货币功能的强制认证式的特殊债务。这样,联邦政府又一次通过使用债务工具使州政府摆脱了困难,而州尽管不再负债于持有债券的个人和公司,但却成为了联邦政府的债务人。④

---

① 巴西联邦政府担心银行系统的广泛危机将导致在圣保罗案中中央银行的介入(参阅 Dillinger 和 Webb 1999;世界银行 2000)。

② 我们提到 19328 号国家法令和 3532/75 号条例。最近,经济部发布了 1075/93 号方案,是关于外汇的支付义务。该法律为经济部的介入提供了额外的支持,并要求通知中央银行。

③ 其他城市,布宜诺斯艾利斯的普宜瑞登市和拉普拉塔市、科尔多瓦的里奥夸尔托市,里奥内格罗的巴里洛切市,门多萨的瓜伊马延市,也是这样(Lódolá 和 Tappata 1997)。

④ 在写本章时,已有完整的程序在使用。

　　对于地方政府而言,借债行为必须在州宪法和州建制法确定的权力范围内。尽管借债一直在增长,但这种方式的使用远不如其他方式广泛(见 López Murphy 和 Moskovits 1998)。发行债务通常由立法授权,尽管在此之外,各地方政府立法会也制定允许地方政府终止贷款性交易的法规。

　　增加债务的发行受到很多限制,而且这些限制都是有关债务资金用途的。大量的限制条件与地方财政结构中的其他相关财政变量有关。"黄金法则"或其他原则限定了资金的用途。此外,发行债务需要地方议会进行投票,而且只有获得绝大多数的通过方可发行,这种做法也是相当普遍的。[①]

　　在该国最大的州布宜诺斯艾利斯,州宪法规定债务的分期付款和利息偿还不得超过无条件性拨款的 25％(量上的限制)。借债行为必须经由特别规章[②]的授权,而且贷款仅限于以下用途:公益工程的改善、弥补不可抗力造成的损失和取消债务。如果是海外债务,则需要州立法的额外授权,且联邦政府的介入也是必要的(López Murphy 和 Moskovits 1998)。

　　但在布宜诺斯艾利斯,同时实施的还有一部州法律,该法律规定,作为阿根廷最古老的银行之一的布宜诺斯艾利斯州立银行必须向该州各地方政府提供数额不少于法律规定的地方政府存款的最低日平均平衡金额的帮助。这样,一项法定仲裁条款便诞生了,根据这一条款,州银行按照地方政府对银行流动资金总额的贡献率向各地方政府提供贷款。[③]

　　在另一个主要的州圣菲,由州立法部门制定的建制性法律来规定地方政府发行债务的权力(与宪法赋予的权力保持一致)。通常,

---

　　①　债务一词被广泛使用,包括借款和信贷。该词包含公债和银行借款两个部分。

　　②　规章是由地方议会或立法机构颁布的法令。

　　③　该条款是根据 10753/88 号法令建立的。统计显示贷款在州的使用也是运用于现在的支出,即使大部分直接用于公共投资。因此,可以认为此类贷款是基于对天灾或不可抗力的反应而建立的。

立法部门必须通过一项法律赋予自治市或公社政府使用贷款的权力。

然而,在过去的 10 年甚至更早的时候,圣菲就已经确定了规范自治市和公社贷款程序的法律框架,涵盖了来自海外银行系统、国内银行系统以及州政府的各种贷款,而且无须州政府的介入。此类贷款在特定的背景下具有十分重要的作用,包括调整地方财政的暂时性不平衡。

表 10.15 列出了州宪法规定的地方政府借债的一些具体要求。

表 10.15　地方借债的省宪法框架

准许的要求	省数	准许的要求	省数
执行机构[a]		资源的限制和边界[c]	18
市议会	13	超过总资源	8
省法律		超过一般资源	10
省内债务	5	特定或特殊用途资源	
省外和外部债务	2	黄金法则	5
对特别多数的管制[b]	12	特殊目的	9
有特别多数	12	混合目的[d]	5
没有特别多数	1		

资料来源:作者根据 Binetti 2004,Lódola 和 Tappatá 1997 归纳。

a. 向国外的借款中,中央政府的要求必须加入进来。

b. 要求 2/3 的市议会通过。

c. 通常,总资源(更宽泛)或一般资源(更有限)的 20%~25%之间。

d. 通常情况下,体现了黄金法则(例如公共工程、债务的转换和合并以及特殊状况)。

地方政府管理

我们在前面已经提到过,城市政府由一个执行机构、一个协商性质的机构以及一个制裁不当行为和轻微犯罪的法院组成。这样一种结构还必须包含一个负责向居民提供地方公共物品的官僚机构或行政部门才完整。

在地方行政部门是否具备有效管理特定活动或提供服务的能力这一问题上，经常存在争议。在阿根廷，与其他方面的制度一样，对这种能力的怀疑导致了更加强烈的分权的要求。

责任可以由地方承担，也可以由联邦承担，甚至还可以交给私人部门，只要把"供给者"和"生产者"的角色相分离。可行的制度化方式很多，包括各级政府分开供给和若干联邦—地方或州—地方的联合供给。此外，将此类功能外包或与私人部门签订协议也是备选方式。[①]

在阿根廷，上面提到的方式中有很多经常被用到。许多自治地方倾向于对垃圾回收和处理以及其他基础设施服务实施外包。[②] 此外，在地方政府的管制下，一些服务（如公墓维护）由私人企业提供。

然而，至于其他行政服务的效率依然存在争议。比较突出的一个例子是地方税收管理。根据 Mikesell(2003)的分类法，地方税可以由中央管理，也可以由地方管理，还可以通过各级政府相互配合的方式管理。这些方式都可以在阿根廷的地方税体制中找到。在某些情况下，由一级政府负责规定和征收经常性税收任务，而由另一级政府负责管理后期的税收。但从这个角度来看，改善征收效率还有很大的空间。[③]

困难的数量和程度的增加表明，较大的自治地方正在形成一个具有决定性作用的群体，他们具有管理更复杂的服务的能力。在一些小的自治地方，也有突出的地方管理的实例，这种突出不仅体现在效率上，还体现在效果上。

---

① 我们可以将地方政府联合，地方机构的建立包括多个城市、城市发展公司、特许经营的商业机构等等增加到选择列表中。(Bird 1995,Bird,Litvack 和 Ahmad 1998)。

② 在一些地方，服务由外包的单位提供。

③ 地方税收的管理有不同的经验，有来自以前中央集权的例子，如西班牙，也有拥有明确自治传统的一些其他例子，如美国。参阅 Mikesell(2003)和 Monasterio 与 Suárez Pandiello(1998)。

从人力资源的角度来看,地方政府有进一步提高质量的空间,通过增强技能以改善对公民的服务。然而,尽管人事方面的录用和职位配置是由自治市和公社的法规确定的,但逐渐引入的地方公共服务的集体商讨协议为地方的决策制定设置了限制。无论如何,在法律框架限定的总体要求之内,自治地方有权任命和解雇人员,并且在他们违反相关的职业规定时对他们实施惩罚。

然而,从更广阔的范围来看,阿根廷联邦、州和地方行政部门都具有形式主义的特征,这种特征使它们深陷于韦伯式的官僚体制框架。但阿根廷也应该以适当的方式实施新公共管理模式及以激励动机理论为基础的基于结果的管理模式,但地方政府对它们的认知却极其有限。①

很多自治地方都致力于预算管理改革,如引入项目和结果预算。② 在一些人口较少的地方——有时甚至不足 100 人——其内部的行政结构十分健全,其日常的事务包括清扫街道、保持道路畅通、控制交通和维持饮用水供给、街道照明以及最低水平的公共医疗卫生。

然而,由于一股力量一直坚持地方政府缺乏技能的观点,从而推迟了通过赋予地方政府责任性而强化分权过程的可行性解决办法的出台。

地方财政总体评估

如果增加其他制度化方式的使用,则对阿根廷地方财政的分析就需要做些调整。在那种情况下,自治地方以上和自治地方以下都

---

① 在新公共管理模型的框架里,基于结果的管理暗示着管理水平是根据所生产的结果评估的,而不是根据遵循程序或规则。

② 像"参与式预算"的经验显示一项方案必须对它的实际运用和效果进行评估和测试。

能获得发展。

这一观点施加了学习新的制度化服务供给方式的压力,其中某些收到了很好的实际效果但需要更强大的法律支撑。考虑到大都市地区的情况,即面临提供公共交通之类的服务的任务;改善公民服务可能需要进一步的制度方面的发展,从而能够完全区分集体和私人财产权。

确实也存在这样一些地方,地方政府有效回应财政需求的能力并不低,责任性也很强。这类自治地方主要分布在丘布特、内乌肯、布宜诺斯艾利斯和科尔多瓦等州。但在其他州,这种类型的自治地方数量较少,且地方行政部门的财政责任也相应地小很多。如卡塔马卡和拉里奥哈等西北部省份的地方政府就是这样一种状况。

然而,如果财政回应性不是增强公共服务供给过程责任性的唯一激励来源,则必须考虑规定地方政府权力的总体制度性框架(Shah 1998)。至于其他方面,州宪法在赋予地方自治市或公社地位时,会把人口规模视为一个十分重要的考虑因素。这一因素会影响代表性程度。此外,两个或更多的地方政府联合起来实施某些行动的方式能够扩大某些服务供给的经济规模。

政府的组织形式也能够影响责任性。阿根廷的地方政府是以民主方式组织起来的,即公民直接选举产生代表,这种方式强有力地刺激了选举官员增强自身的责任性。他们直接对选民负责,但他们还要对所在的州政府负责,必须遵守州宪法并服从州针对地方政府制定的建制性法律,只有这样才能履行1994年联邦宪法赋予他们的自治权。

正式的控制和监察机制也有所改进。在一些州,审计法庭负责对地方政府实施财政控制。审计法庭制度起源于欧洲大陆,但呈现出某种西班牙特征。作为一个宪法机构,审计法庭必须同时控制州政府和大量的地方政府。在较大的自治地方,审计法庭根据地方法规设立。审计法庭的存在并没有削弱各地方议会的作用。

然而,从财政观点的角度来看,重构现行的政府间分权结构还有很大的空间,这就要求州作为中间层级的政府发挥新的作用。如果职能性义务(支出分配)向下转移,即由自治地方完全或部分承担某些州的职能,这些职能可能包括教育、医疗卫生和安全服务等目前由州政府承担的职能,则阿根廷地方政府的财政安排将发生重大变化。某些管理权限还未移交给地方的城市服务也可进行类似的调整。①

对发展中国家的启示

阿根廷的个案提供了一些可以进行比较分析的特性。其中之一是在地方税方面同时采用了收益原则和支付能力(支付税收的能力)原则。确实,按照收益原则提供某些服务可能有很大的空间,与其他可能导致财政阻力侵蚀地方政府税基的方式相比,这种方式能够改善财政状况。②

至于完全的税收自主权,阿根廷地方政府对税收能力原则的有效利用必须符合财政联邦主义制度,从而使这一能力与联邦和州层级的能力相适应。③ 现行的处于支配地位的各种收费④和税收表明政府间的财政协作有待完善。

不同地方政府在自主权程度或者说"财政行为的自由度"方面存在巨大差异。这种财政能力在某些情况下是十分重要的,尽管其在某种程度上需要依赖转移支付。公社和自治市在财政能力方面的差异是显而易见的。

---

① 如之前所述,阿根廷有一个阶段性跳跃——从由中央和州政府提供垄断性的公共服务到私人机构提供公共服务,没有经过地方政府。

② 我们认为使用者费在财政资源结构中非常重要。

③ 之前我们已经提到"税率"被当做隐蔽税使用。

④ 我们认为这个英语单词与西班牙词 tasa 最类似。

但总体来看，尽管该国存在比较突出的纵向财政不均衡的问题，但很多地方政府的情况要好于其所在的州政府。这些自治地方能够承担更多的支出责任，从而提高了体制的整体效率。

关键的一点依然是如何与较高层级的政府协作的问题。阿根廷政府间关系的特点就体现为职能交叉和在正确界定特定的职能责任时缺乏精确性。

即使对联邦制国家而言并不新鲜，但还是应该强调强化和完善协议和合作程序的重要性。一个重要的举措是学习其他联邦和非联邦制国家，恰当运用和完善有关财政责任的新近立法中的规范和程序。[①]

参考文献

Ahmad, Junaid. 1999. "Decentralizing Borrowing Powers." In *Decentralization Briefing Notes*, ed. Jennie Litvack and Jessica Seddon, 32–38. Washington, DC: World Bank Institute.

Asensio, Miguel Angel. 1990. *Coparticipación de Impuestos y Coordinación Fiscal Intergubernamental en la Argentina*. Buenos Aires: Centro de Estudiantes de Ciencia y Tecnología.

———. 2000. Federalismo Fiscal: *Fundamentos: Análisis Comparado y Caso Argentino*. Buenos Aires: Ciudad Argentina.

———. 2003. *Descentralización y Federalismo Fiscal en la Unión Europea y el MERCOSUR: Una Aproximación Preliminar*. Santa Fe, Argentina: Editorial UNL.

Bahl, Roy, and Johannes Linn. 1992. *Urban Public Finance in Developing Countries*. Washington, DC: World Bank and Oxford University Press.

Binetti, Elizabeth. 2004. *Los Tributos Municipales Frente al Federalismo*. Master's thesis, Universidad Nacional del Litoral, Santa Fe, Argentina.

Bird, Richard M. 1995. "Fiscal Federalism and Federal Finance." In *Anales Jornadas de Finanzas Públicas* 28. Córdoba, Argentina: Facultad de Ciencias Económicas, Universidad Nacional de Córdoba.

Bird, Richard M., Jennie Litvack, and Junaid Ahmad. 1998. "Rethinking Decentralization in Developing Countries." Discussion Paper, World Bank, Washington, DC.

Bird, Richard, and François Vaillancourt. 1998. *Fiscal Decentralization in Developing Countries*. New York: Cambridge University Press.

① 阿根廷在 2000 年颁布了著名的《巴西财政责任法》，在此之前，于 1999 年通过了《财务能力法》。在那个时候，中央以下层级的政府被鼓励模仿该法律，但进度慢，在地方政府也是。在 2004 年，阿根廷颁布了财政责任法，包括预算、透明度和借债条款。

Dexia. 1998. "Las Finanzas Locales" en los *Quince Países de la Unión Europea*. Brussels and Paris: Dexia.

Dillinger, William, and Steven Webb. 1999. *Fiscal Decentralization and State Debt Crisis in Brazil*. Research Working Paper 2138, World Bank, Washington, DC.

DNCFP (Dirección de Coordinación Fiscal con las Provincias, Ministerio de Economía). 1999. *10 Años en la Relación Fiscal Nación, Provincias y Municipios*. Vol. II. Buenos Aires: Ministerio de Economía.

———. 2004. *Sector Público Municipal Consolidado, Años 2000–2001*. Buenos Aires: Ministerio de Economía.

European Union, Committee of the Regions. 2001. *Regional and Local Government in the European Union: Responsibilities and Resources*. Luxembourg City: European Union.

Gómez Sabaini, Juan C., and Jorge Gaggero. 1997. "Propuestas para la Reforma del Sistema Tributario Argentino." *Aplicación Profesional* 16.

Iturburu, Mónica Silvana. 2001a. *Municipios Argentinos: Potestades y Restricciones Constitucionales para un Nuevo Modelo de Gestión Local*. Buenos Aires: Ediciones del Instituto Nacional de la Administración Pública.

———. 2001b. "Nuevos Acuerdos Institucionales para Afrontar el Inframunicipalismo Argentino." In *Cooperación Intermunicipal en Argentina*. Buenos Aires: Ediciones del Instituto Nacional de la Administración Pública.

Jarach, Dino. 1985. *Finanzas Públicas*. Buenos Aires: Editorial Cangallo.

King, David. 1988. *Economía de los Gobiernos Multinivel*. Madrid: Instituto de Estudios Fiscales.

Lódola, Agustín, and Mariano Tappatá. 1997. "Endeudamiento de los Municipios en la Provincia de Buenos Aires." In *Anales Jornadas de Finanzas Públicas* 30: 9.1–9.31. Córdoba, Argentina: Facultad de Ciencias Económicas, Universidad Nacional de Córdoba.

López Murphy, Ricardo, and Cynthia Moskovits. 1998. "Desarrollos Recientes en las Finanzas de los Gobiernos Locales en Argentina." Working Paper 58, Fundación de Investigaciones Económicas Latinoamericanas, Buenos Aires.

Lukszan, Alberto. 1988. "Recursos Fiscales Municipales." In *Gobierno de la Ciudad y Crisis en la Argentina*, ed. Hilda Herzer and Pedro Pirez. Buenos Aires: International Institute for Environment and Development and Grupo Editor Latinoamericano.

Mikesell, John L. 2003. "International Experiences with Administration of Local Taxes: A Review of Practices and Issues." Prepared for the World Bank Thematic Group on Taxation and Tax Policy, Washington, DC.

Monasterio, Carlos, and Javier Suárez Pandiello. 1998. *Manual de Hacienda Autonómica y Local*. Barcelona, Spain: Ariel.

Ponce, Carlos. 1997. "El Sector Público Municipal en la Provincia de Córdoba: Algunas Características Cuantitativas." In *Anales Jornadas de Finanzas Públicas* 30: 2.1–2.26. Córdoba, Argentina: Facultad de Ciencias Económicas, Universidad Nacional de Córdoba.

Rezk, Ernesto. 1999. "Experiences of Decentralisation and Intergovernmental Fiscal Relations in Latin America." In *Fiscal Decentralisation in Emerging Economies: Governance Issues*, ed. Kiichiro Fukasaku and Luiz R. de Mello. Paris: Organisation for Economic Co-operation and Development.

Scobie, James S. 1972. *Argentina: Una Ciudad y una Nación*. Buenos Aires: Solar-Hacchette.

Shah, Anwar. 1994. *Intergovernmental Fiscal Relations in Developing Countries*. Washington, DC: World Bank.

———. 1998. "Balance, Accountability, and Responsiveness: Lessons about Decentralization." Policy Research Working Paper 2021, World Bank, Operations Evaluation Department, Country and Regional Evaluation Division, Washington, DC.

———. 1999a. "Expenditure Assignment." In *Decentralization Briefing Notes*, ed. Jennie Litvack and Jessica Seddon, 19–22. Washington, DC: World Bank Institute.

———. 1999b. "Intergovernmental Transfers and Grants." In *Decentralization Briefing Notes*, ed. Jennie Litvack and Jessica Seddon, 27–31. Washington, DC: World Bank Institute.

———. 1999c. "Issues in Tax Assignment." In *Decentralization Briefing Notes*, ed. Jennie Litvack and Jessica Seddon, 23–26. Washington, DC: World Bank Institute.

Ter-Minassian, Teresa, and J. Craig. 1997. "Control of Subnational Government Borrowing." In *Fiscal Federalism in Theory and Practice*, ed. Teresa Ter-Minassian. Washington, DC: International Monetary Fund.

Urlezaga, Federico, and Mirta Basile. 1997. "Municipios: Funciones y Financiamiento." In *Anales Jornadas de Finanzas Públicas* 30: 20.1–20.28. Córdoba, Argentina: Facultad de Ciencias Económicas, Universidad Nacional de Córdoba.

World Bank. 2000. *Entering the 21st Century: World Development Report* 1999/2000. New York: Oxford University Press.

Zapata, Juan A., Aníbal O. Bertea, and Teresa B. Iturre. 2000. "Sistema de Supervisión Multilateral para un Federalismo con Responsabilidad Fiscal." Paper presented at Reunión Anual ABA–Expobank, Buenos Aires, November.

第十一章 地方政府组织 与财政：巴西

约瑟·罗伯特·罗德里古斯·安方索艾

里卡·阿莫里姆·阿劳周

巴西是一个总统制联邦共和国。[①] 国家宪法规定，联邦由三个层级构成：中央政府（称为联盟，也指代联邦政府）、中间层级政府（称为州，也指代州政府，包括联邦行政区在内一共有 27 个）、地方政府（称为自治市，也指代地方自治政府，目前共有 5 564 个）。本章主要讨论最后一个层级，即地方政府。[②]

从领土面积来看，巴西是世界第五大国家，人口居世界第六位。巴西实行的是完全意义上的民主联邦制，无论是理论上还是实践上。政治上实行地方分权是由制宪大会决定的，大会起草并通过了自 1988 年 10 月起实施的宪法。这一部宪法被认为是巴西联邦制度建立的标志。它深化了分权化过程，而不仅仅是起到了分散权力、动员收入和支出的作用。在债务和支出的管理和控制方面，州

---

① 该部分基于 Afonso(2004)，Afonso 和 de Mello(2000)，Rezende 和 Afonso (2006)，Souza(2001)，世界银行(2002)整理。

② 出于分析的目的，本章使用的地方政府一词包括州政府和市政府。与该词在国际文献中的用法相反，它既不是官方词汇也不是巴西的研究者所使用的特定表达，标明该点是很重要的。

和地方被赋予了更多的自主权。在经历了长达 20 年的军事独裁统治之后，这是重新迈向民主过程中的最基本的举措。

有人认为，联邦政府财政和金融权力的减少及相应的州和地方政府权力的增强——尤其是欠发达的地区——可以形成一种能够支持更广阔的政治运动的财政力量。因此，巴西财政体制最显著的一个特点是其分权并不是基于按照联邦政府的意志制定和实施的政治和经济政策。相反，大部分的政府间关系都不能由联邦政治和经济机构根据自己的意志随意确立或变更。

因此，巴西是一个高度分权的联邦制国家。州和地方的税收收入加起来占到国家税收收入总额的 1/3 以上，支出占政府总支出的 2/5，债务占公共部门债务总额的 35%。南部和东南地区比较富裕的州和地方的收入动员能力较强，支出能力的均等化主要通过法定的收入分享实现。政治和行政分权化的程度也较高。各州和地方政府都有自己的经直接选举产生的立法和执行机构，还有独立的司法机构。联邦政府对中央以下政府的税收管理，预算的制定、执行和监督，工资和投资政策的控制权力有限。

巴西共有 5 564 个自治地方，各地的人口分布差异显著。2005年，人口预计为 18 420 万。人口最多的城市是圣保罗，拥有居民 1 090 万，最小的城市是宝拉，人口仅为 823 人。共有 35 个城市的人口超过了 50 万，占全国总人口的 28.6%。与之相对，人口不足 1 万的城市有 2 672 个，占全国总人口的 7.6%。表 11.1 显示了自治地方的人口分布情况。

表 11.1　按居民规模划分城市，2005

居民组/ 每千人	城市数	组人数/ 每千人	城市分布 （占城市总数百分比/%）	人口分布 （占总人口百分比/%）
2 以下	125	204	2.2	0.1
2～5	1 237	4 336	22.2	2.4
5～10	1 310	9 435	23.5	5.1
10～20	1 298	18 679	23.3	10.1

续表

居民组/ 每千人	城市数	组人数/ 每千人	城市分布 （占城市总数百分比/%）	人口分布 （占总人口百分比/%）
20～50	1 026	31 001	18.4	16.8
50～100	313	22 132	5.6	12.0
100～200	130	17 995	2.3	9.8
200～500	90	27 629	1.6	15.0
500～1 000	21	14 756	0.4	8.0
1 000	14	38 015	0.3	20.6
总计	5 564	184 182	100.0	100.0

资料来源：作者根据巴西地理局和统计局提供的数据整理。

同一个州的各自治地方相互融合。各州自治地方的增设或重构没有特定的模式。自治地方最多的州包括米纳斯吉拉斯(853)、圣保罗(645)和南里奥格兰德(496)。地方政府最少的州包括罗赖马(15)、阿马帕(16)和阿克里(22)。

自治地方具有特殊的政府地位。与大多数联邦制国家不同，巴西的自治地方不是州政府的组成单位或成员。但其设立、巩固或撤销必须依照州法律。这一过程受国家相关规范的引导，如公开有关自治地方活力的研究，还要通过地方(包括直接受设立或重构影响的地区)居民的投票表决(1988 年宪法第 18 条第 4 款)。联邦政府不能设立或撤销自治地方。

1988 年 10 月公布的巴西宪法开创性地确立地方政府为第三级政府(第 18 条)。自治地方被赋予了类似中层政府的联邦成员的地位，与州享有同等的权利和义务。[①] 三级联邦体制被载入宪法体现了长期的地方自治的传统。

巴西所有地方政府享受同等的法律地位。政府对自治地方的定义涵盖了所有市级和区级地区，以及农村和城市地区，尽管他们在各个方面都存在巨大差异。对城市进行定义仅仅是处于行政目

---

① 有个特例：联邦地区(Brasilia)可以征收中央与市的税和费，可以作为州政府和市政府接受联邦税收收入的转移支付。

的,而不论其规模大小。

所有地方政府都有自己的选举制度。市长(执行首长)和市委员会成员(地方立法部门)由选民直选产生,每届任期 4 年。市长可以连任一次。在选民超过 20 万的自治地方,如果在第一轮选举中没有候选人获得多数票,则必须进行第二轮选举。与联邦和州立法机构一样,地方议员也是通过开放性比例代表制度选举产生的。议员人数根据地方人口确定。1988 年宪法公布之后,各自治地方被赋予了制定自己的宪法的权力,即所谓的建制法。

1980 年,巴西共有 3 991 个自治地方。到 1990 年增加到 4 491 个,2006 年为 5 564 个。约有 1 500 个自治地方是 1988 年宪法颁布之后设立的,这样一来也增加了人员和行政费用,以及相应的对其立法机构的转移支付,从而挤占了更多本来可以用于生产性支出的费用,如社会性计划和城市基础设施。缺乏设立自治地方的具体标准是导致 90 年代早期自治地方数量激增的另一个原因。

近年来,地方政府在巴西联邦体制中越来越重要。它们的作用发生了重大变化,不仅是因为它们逐渐增强的收入动员能力,还因为它们在服务(尤其是社会性服务)供给方面发挥着越来越积极的作用。有人认为,1988 年宪法对财政分权的规定实质上是一个收入动员和服务供给地方化的过程。

自治地方享有广泛的自主权,包括征税和征集其他形式的收入,制定支出计划,甚至雇用公务人员、确定他们的工资,以及发行债务。预算和相应的情况汇报交由地方政府自己的立法部门审计,无须联邦政府事前或事后的授权或评估。联邦和州政府还向地方政府提供大量的与基础教育和公共卫生计划相关并按一般性拨款方式运作的转移支付,因而地方政府有较大的回旋余地。所谓的自动转移支付和有可能从联邦政府获取的贷款只是例外,因而在目前的财政体制中的作用不大。

为了对地方政府的规模有一个初步认识,表 11.2 给出了 2004
年地方政府收入和支出的基本构成情况。总收入为 450 亿美元,为
国内生产总值(GDP)的 7.44%:1/3 来自自有收入,2/3 来自联邦
和州政府的转移支付。总支出为 440 亿美元,占 GDP 的 7.26%,其
中 44% 用于工资支出,11% 用于投资性支出。总余额为 10 亿美元,
占 GDP 的 0.19%,总收入的 2.5%。

表 11.2　城市收入和支出,2004

运 行 情 况	10 亿美元	占 GDP 比重/%	占总收入比重/%
GDP	603.9		
收入	44.9	7.44	100.0
自有收入	15.6	2.58	34.7
税收收入	10.8	1.78	24.0
转移支付	29.3	4.86	65.3
共享税收转移支付	10.6	1.76	23.6
强制性税收转移支付	11.9	1.97	26.4
卫生系统(常规拨款)	3.7	0.62	8.3
支出	(43.8)	−7.26	−97.4
雇员酬金	(17.5)	−2.90	−38.9
社会保险收益	(2.3)	−0.39	−5.2
物品和服务的消费	(15.3)	−2.53	−34.0
利息	(0.8)	−0.14	−1.8
并购固定资产	(5.0)	−0.82	−11.0
其他支出	(2.9)	−0.48	−6.5
总运行平衡(顺差)	1.1	0.19	2.5
基本顺差	1.9	0.32	4.3
净借款(债务分期付款总额)	(0.4)	−0.06	−0.8
借款(新业务)	0.4	0.07	1.0
净运行平衡(顺差)	0.8	0.13	1.8

　　资料来源:作者根据巴西地理局与统计局(GDP)和国家财政局(资产负债表包括
4579 个城市)提供的数据整理。

　　注:根据年中汇率将当地货币转化为美元(1R＄＝2.93US＄)。圆括号代表支出。

地方政府支出责任

各级政府的支出责任分配——区别立法责任和服务供给责任——在认定巴西实行的是高度分权的联邦体制时十分重要。[①] 宪法规定了哪些活动只能由联邦政府实施或管理以及哪些应交由地方政府处理。它明确保留了联邦政府的特定职能，同时为州和地方政府设定了宽泛且抽象的要求。但也存在这样的领域，即不止一个层级的政府对其负有责任，余下的领域没有明确的分配给任何层级。

近年来，地方政府在巴西联邦体制中发挥着越来越重要的作用。这些地方政府在服务供给，尤其是提供医疗卫生和教育之类的能够对社会指数产生积极影响的社会服务方面，享有越来越多的自主权。

与巴西之前的政治体制一样，1988 年 10 月的宪法明显保留了联邦政府的特有职能，同时为州和地方政府设定了宽泛而抽象的要求。宪法规定了哪些活动只能由联邦政府实施或管理（第 21～22 条）以及哪些只能交由地方政府（第 30 条）。州可以履行所有宪法未禁止其履行的职能。某些职能目前由三个层级的政府共同承担。为了规范此类职能，尽管联邦法律仅限于一般性的原则规定（第 24 条），但当州和地方法律与之相抵触时则以联邦法律为准。

州和地方享有广泛的宪法权力。表 11.3 显示了当前地方政府的支出安排情况。州被赋予了"所有宪法未禁止其履行的职权"（第

---

① 该部分是基于 Afonso(2006)，Afonso、Araújo 与 Biasota(2005)，Afonso 与 de Mello(2000)，Rezende 和 Afonso(2006)，Souza(2001)。

25 条第 1 款)。地方"有权制定与地方利益相关的法律"并提供"涉
及地方公共利益的服务"(第 30 条)。因而,州不能撤销或禁止地方
在其职权范围内的行为。某些职能是或几乎是联邦政府的专属职
能(国防、外交事务、环境治理和劳工)。另一些职能(社会保险、能
源和部门性政策)支出集中在联邦层级。公共安全属于州的职能,
住房和城市化则属于地方职能。教育及医疗和卫生的责任由三个
层级的政府分担。

表 11.3　地方支出责任

政 府 层 级	支 出 项 目
联邦-州-地方(共享)	卫生和社会福利
	为残疾人提供服务
	历史、美术、文化保护
	文化、教育和科学
	保护森林、动物、植物
	农业和食品分配
	住房和卫生
	与贫困和社会边缘化斗争
	开采矿产和水电资源
	交通安全
	小企业保护政策
	旅游休闲
地方为主	学前和基础教育
	预防性卫生
	历史和文化保护
仅地方负责	市内公共交通
	土地使用

资料来源:Souza 2001。

　　尽管宪法还规定了某些责任在各级政府之间的分配,但理论和
实践往往存在巨大差异。地区差异和联邦在协调政府间关系方面
的能力不足可以解释其中的某些困难。事实上,导致职能交叉的最
主要原因是地区差异,这种差异不仅是经济和社会条件方面的,还
包括州和地方公共行政部门在执行能力方面的差异。

联邦政府未能很好地发挥其协调性作用。因而,州和地方政府往往自行采取政策。如果联邦政府,或者某些州政府减少对长期投资和项目的参与,那么他们将无法向州或地方转移人员和资金,这样就会导致公共支出总额的不可预见性的增长。

值得注意的是,大多数州——尤其是地方——支出并不是与较高层级的政府授予的任务相适应的。较低层级的政府承担此类支出——即使没有官方法律或法规正式地赋予他们此类支出的责任——以便照顾到地方的利益和需求。例如交通:地方在这一职能上的支出高于联邦政府,这一支出如此之大以至于对联邦交通系统的投资有所减少(地方支出应该集中于提供城市公共交通的运转性费用,包括以使用补贴的方式)。

表 11.4 显示了 2004 年按政府职能划分的地方支出情况以及各级政府支出在地方财政中所占的份额情况。地方支出分别占 GDP 的 6.51％和政府总支出的 15.0％。在地方预算迅猛增长的过程中,值得强调的是作为最重要的两个职能卫生(即使对来自联邦政府的非税转移支付的依赖性依然很高)和教育的支出大量增加。在这两项职能上的支出约占地方总预算的一半。特别值得注意的是地方支出在政府总支出中所占的份额:在学前教育和基础教育支出方面,地方支出在国家总支出中所占的比例分别为 98％和 55％;在预防性卫生和医疗服务方面,地方支出所占的份额分别为 80％和 42％。住房和城市化支出的规模也值得注意;这方面的支出主要包括垃圾回收、公共道路照明和城市道路维护,以及用于交通运输的部分。

按照支出分类,地方支出在经常性支出和国家非固定投资支出总额中的比重也很高:根据 2003 年的国家统计,目前公务员工资费用总支出中地方支出占 30％,公共投资总支出中地方支出占 45％。尤其值得注意的是,在非财政性支出中,联邦政府支出份额高于联邦以下各级政府的唯有社会保障支出。

表 11.4　按政府职能划分的市政支出,2004

按政府职能划分的支出	地方政府			总体政府			
					占各级政府总额比重/%		
	10 亿美元	占 GDP 比重/%	占总支出比重/%	占 GDP 比重/%	地方	州	中央
教育	9.3	1.54	23.7	4.36	35.3	50.1	14.6
基础教育(小学)	6.8	1.12	17.2	2.02	55.4	43.0	1.6
学前教育(儿童)	1.3	0.22	3.4	0.23	97.9	1.4	0.7
卫生	8.5	1.40	21.6	3.46	40.6	39.1	20.3
预防活动	3.5	0.58	8.8	0.72	80.1	16.1	3.8
医院服务	3.9	0.65	10.0	1.55	41.8	53.2	5.0
一般公共服务	7.6	1.25	19.3	12.36	9.1	21.8	69.1
行政	5.4	0.90	13.8	2.28	39.5	38.4	22.1
立法	1.3	0.21	3.3	0.73	28.6	43.9	27.6
公共债务业务	0.9	0.15	2.3	9.36	1.6	10.0	88.4
城市服务和社区便利设施	4.9	0.81	12.4	0.93	86.6	9.7	3.8
社会保险	2.3	0.38	5.8	11.07	3.4	12.0	84.6
退休金	1.8	0.30	4.6	3.67	8.2	32.4	59.4
交通	1.4	0.22	3.5	0.97	23.1	58.4	18.4
道路交通	0.8	0.13	2.0	0.50	26.4	56.1	17.5
社会救助	1.1	0.19	2.9	1.00	18.9	9.3	71.8
清洁服务	1.0	0.17	2.6	0.30	55.0	44.8	0.3
住房	0.3	0.06	1.0	0.12	45.7	40.5	13.8
公共秩序和安全	0.3	0.05	1.0	1.32	3.7	85.6	10.6
其他	2.7	0.44	6.8	7.42	7.7	22.3	69.9
总支出	39.3	6.51	100.0	43.31	15.0	26.1	58.9

　　资料来源:作者根据巴西地理局与统计局(GDP)和国家财政局(资产负债表)提供的数据和 Afonso 2006 整理。

　　注:根据年中汇率将当地货币转化为美元(1R＄＝2.93US＄)。总体政府包括中央政府、州政府和地方政府,排除不同层级政府间的转移支付。每个层级政府支出是按照各自的政府职能计算,不包括转移支付给其他政府的部分。

地方政府征收的税费

三个层级的政府的财政是靠各种税收、收费和捐赠维持的。[1]所有政府单位都有权征收国家宪法为各级政府设定的税收，决定税率并负责征管。宪法明确规定了各级政府的税收职责，所以不存在职责交叉的可能性。许多联邦和州税收都是与其他层级的政府分享的。地方税不实行分享。宪法设定了州和地方税征管的基本原则，以确保他们享有充分的自主权。各级政府都有权设定收费项目并负责征收，以此负担警务费用、公共服务供给费用、发展费用和社会保障费用及相关的人员经费。

地方税职能始于 1934 年宪法。1988 年宪法赋予地方政府征收税、费和发展性费用的权力。[2] 表 11.5 列示了 2005 年自治地方从这些来源获得的收入的总体情况。地方税收总额占 GDP 的 2.16%（170 亿美元）：1/3 来自服务税，1/4 来自城市财产税。税、费和发展性费用的具体情况如下。

表 11.5　城市税收负担，2005

征收的地方税	10 亿美元	占 GDP 比重/%	占总收入比重/%
GDP	793.9		
服务税	5.8	0.73	33.7
城市财产税	4.1	0.52	24.2
社会保险定期缴款	1.4	0.18	8.3
费	1.2	0.15	6.8

---

[1]　该部分是基于 Afonso 与 Meirelles（2006），财政部（n. d.），Rezende 与 Garson（2004）。

[2]　1988 年宪法赋予城市征收液体和气体燃料销售收入税，柴油除外。然而，该税在 1993 年被取消。（宪法修正案第 3 条，第 4 款）

续表

征收的地方税	10亿美元	占 GDP 比重/%	占总收入比重/%
公共服务	0.8	0.10	4.7
从源头扣缴的收入税	1.0	0.13	6.0
公共照明的缴款	0.8	0.10	4.7
不动产交易的征税	0.8	0.10	4.7
其他税	2.0	0.25	11.5
总计（城市税收）	17.1	2.16	100.0

资料来源：作者根据 Afonso 和 Meirelles 2006 整理，使用 2005 年税收负担的一份初级报告。

注：按照年中汇率将当地货币转化为美元（1R＄＝2.93US＄）。其他税收是税收，加上利息和对延迟支付或没有付税的罚款，此类税收并不按照税收种类划分。

税

地方政府征收的税收包括个人和专业服务税、城市建筑和城市土地财产税以及固定资产转让税。

服务税

个人和专业服务税是地方政府征收的主要税种，但它主要在提供现代服务的较大的城市开征。人口超过 50 万的城市负责征收该税种总数额的 2/3。联邦宪法规定，该税种的征收对象包括除通信和州际及城市间公共交通以外的所有服务项目；对这些服务的征税是通过针对货物流通征收的州税收实现的。该税种通常是按照所提供服务的零售价格的某个固定百分比征收的，也有可供选择的更简便的计算方法用于对自谋职业者的征税。

立法过程经过精心设计以避免与联邦的企业所得税和州的增值税相交叉。例如，在银行系统，该税种的征收对象是服务而不是贷款，如信用卡年费、自动取款机使用费和寄存费，但不对贷款利息征税。在公共交通中，该税种的征收对象是市内公交车，而不是城市间和州际运行的公交车，因为这两部分需向州缴纳增值税。各自治地方在联邦政府设定的范围以内自行设定税率。不同领域的税率变化幅度相当大。联邦法律设定的最低税率为 2％，最高税率根据不同的服务而定——总收入的 5％ 是最常用的税率。例如圣保罗（最大的城市）各自治地方，私立学校的税率为 2％；旅馆、酒店、银行和安全服务的税率是 5％；夜总会的税率为 10％。

城市财产税

城市建筑和城市土地财产税在中型城市更为重要，因而该税种不如服务税集中。城市财产税的征税对象为各自治地方法定城区范围内的所有土地和建筑的资本价值。与其他地方税一样，城市财产税由各地方政府负责征管，地方政府享有完全的立法、控告、征税和起诉违法者的自主权。各自治地方通过自己的立法设定税率。总体来看税率维持在 0.2％ 到 1.5％ 的水平。

地方政府曾尝试用核准登记和更新财产估价的方法来增加征税。财产估价是以各种财产的物理特性为基础的，并通过参考造价方面的数据和对邻近土地价值的调查转换为市场价值。这些估价每年根据通货膨胀指数进行调整。税收账单在每年的年初偿付最适宜，因为其数额会由于通货膨胀而在一年之内的不同时期各不相同。纳税人也可选择分期付款，各部分的计算也要考虑通货膨胀指数。

固定资产转让税

该税种是针对固定资产合法所有权的转让（买卖）征收的，且征收的前提是州没有对以继承、遗赠或捐赠方式进行的财产转让征税。这一税种并非地方税收的重要来源。如同城市财产税一样，其税率由各地方法规规定。最常用的税率是 2％。

费和发展性费用

费是针对公共服务和警务力量的使用收取的。收费对较小的自治地方更为重要。通常，对地方而言最重要和最普遍的收费来自垃圾回收、街灯维护和经济活动许可。最近的一项宪法修正案

(42/2003)对地方公共照明费进行了调整,将其定为一项特定的捐款。这一调整带来的进展是微不足道的——5 500 万美元或者说GDP 的 0.07%。只有极少数的主要分布在南部地区的地方征收这些费用。

来自其他政府的地方收入

除了高度的税收分权以外,巴西宪法还规定收入分配必须遵循分权化原则,并且设立政府间转移支付来缓解地区间的不平衡。[①]

由于地域面积广大和地区间的异质性,巴西面临严重的纵向和横向的不均衡。有必要采用捐赠和转移支付的方式实现联邦收支的更好的平衡。因而,政府间转移支付旨在缓解横向不均衡现象,而这种不均衡主要表现为同一层级不同地区的政府之间的收入差异。通过这种方式,来自经济基础更为雄厚的比较富裕的地区的收入被转移到了经济潜质较弱的地区。

为了强化各级政府在行政、政治和财政方面的自主权,宪法设计了一个联邦、州和地方政府之间的一般性转移支付体制。该体制规定了可以采用的支付比例,限定了转移支付的用途,并且为某些领域提供了具体的分配标准。

巴西的税收分享体制不是按照世界广泛采用的形式设计的。宪法规定了两种参与较高层级政府的税收分享的形式。第一种形式即规定某个固定比例的特定税收收入由较低层级的政府所有(下面的章节进一步解释)。第二种形式要求较高层级的政府转移一定比例的特定税收收入给较低层级的政府(下面进一步解释)。巴西

---

① 该部分是基于 Afonso(2004),Afonso 与 de Mello(2000),Afonso 与 Meirelles(2006),财政部(n. d.),Rezende 与 Garson(2004),Varsano 与 Mora(2001)。

的文献通常把这两种方式看做一种税，一种强制性的或政府间宪法性的转移支付。为了便于国际间比较，我们对税收分享和税收收入的转移支付这两个概念进行区分。

除税收分享之外，有两种基本的转移支付类型：（a）宪法或法律规定的强制性转移支付，在税收收缴过程结束之后自动实现，（b）非强制性转移支付，要么是随机决定的，要么是与公共卫生有关的，取决于政府间达成的协议和政治意愿。转移支付可以是直接的也可以是间接的（通过设立特别拨款）。

税收分享收入占地方从其他层级政府获得的收入总额的84％（见表11.6的最后一栏）。这些转移支付（分享税和税收转移支付）数额巨大：2005年达540亿美元，相当于当年GDP的6.8％和全部税收收入的15％，预计今年将达到GDP的38.9％。转移支付从较高层级流向较低层级，地方获得了360亿美元，相当于GDP的4.5％（与表11.7最后一栏呈现的差额相等）。从支付转移支付的政府的角度来看，相当于州税收的58％和联邦税收的42％；从接受转移支付的政府的角度来看，地方获得的转移支付数额是其自有税收的两倍。

来自国民卫生系统的地方收入十分重要：2005年超过了50亿美元，相当于GDP的0.66％和转移支付总额的12％（见表11.6）。来自国民卫生系统的收入是四大转移支付类型之一。来自联邦政府的随机转移支付仅为14亿美元，相当于GDP的0.18％。

表 11.6　对城市的收入共享和转移支付，2005

转移支付项目	10亿美元	占GDP百分比/％	占转移支付总额比重/％
GDP	793.9		
税收分享	15.6	1.97	36.9
对货物流通征收的州税份额（25％）	13.5	0.70	31.7
对车辆财产征收的联邦的分享（50％）	2.1	0.27	5.0
对农村财产征收的联邦税的分享（50％）	0.1	0.01	0.1
对黄金资产征收的联邦税的分享（70％）	0	0	0

续表

转移支付项目	10亿美元	占GDP百分比/%	占转移支付总额比重/%
强制性转移支付	20.1	2.53	47.3
市政参与基金(22.5%的联邦税收)	11.0	1.38	25.8
基础教育提升基金	7.3	0.92	17.2
版税	1.0	0.13	2.4
税收补偿的定额联邦基金(25%)	0.4	0.05	1.0
国家出口定额基金(25%)	0.2	0.03	0.5
州分享燃油税的比例(25%)	0.2	0.02	0.4
来自国民卫生系统的转移支付	5.3	0.66	12.4
医院服务	2.4	0.31	5.8
防疫活动	2.3	0.29	5.4
战略行动	0.5	0.06	1.2
自由联邦转移支付	1.4	0.18	3.4
转移支付总额	42.4	5.34	100.0

资料来源：作者根据 Afonso 和 Meirelles 2006，以及来自国家财政局和卫生部的数据整理。

注：按照年中汇率将当地货币换算为美元(1R$＝2.43US$). 对国家转移支付，一项初级报告正在被运用于税收共享收入；关于随机转移支付的信息是不适用的。

对联邦以下各级政府的分析随地域的变化而变化，主要是因为不同地方的经济和财政状况差异显著。各单位对来自联邦税收的转移支付的依赖程度直接取决于当地的发展水平。因而，对联邦以下各级政府而言，当其自有收入与来自其他层级政府的转移支付收入两者的演变过程差异较大时，各自的财政也会表现出截然不同的特征。

共享税

自治地方可按照以下方式分享州和联邦税收：

■ 分享以下几种州税收的25%：货物流通税、州际和城市间交通服务税以及通讯服务税(实际上是一种增值税)。这类税收在各地之间的分享遵循两个标准，一个是货物或服务在各地流通过程中的增值数额(至少其中的75%要用于分享)，另一个是州法律规定的相关标准（用于分享的数额不超过总额的 25%；其中一些最普遍的标准包括人口、地域、野生动物保护区、地方税征收情况和城市的数量）。

- 分享州征收的机动车辆税的 50%。这一税收按照各地注册的车辆数目在各地方之间分享。
- 分享联邦征收的农村土地和财产税的 50%。该税收按照财产所在地在各地方之间分享。
- 分享联邦黄金财政业务税的 70%，该税收也被视为财政资产。其分享是按照各地的黄金开采量计算的。
- 在国外的个人或法人在国内的所在地缴纳的所得税由地方政府 100% 保留。

由所在地保留的所得税是一种特殊的分享税。它实际上是一种联邦税，受联邦立法和税率的约束；但当它由州或地方征收时，则不属于联邦政府。征收的所得应被视为征收政府的税收收入（如表 11.5 所示）。

宪法或法律规定的转移支付

宪法或法律规定的转移支付有两种类型：(a)收入分享体制下的转移支付，和(b)补偿性和配套性转移支付，包括卫生系统内的特别转移支付。表 11.6 显示了 2005 年联邦政府对地方的转移支付情况。

联邦均等性转移支付

地方可以从地方分享拨款中获益，地方分享拨款是由联邦政府拿出其征收的个人所得税和工业产品税的 22.5% 设立的。该拨款被分成两个部分：10% 分配给州政府所在城市的地方政府，90% 分配给其他地方。（这种分配有利于小的自治地方，因为州政府所在城市的人口约占全国人口的 2/5。）对于州政府所在的城市，其获得的个人配额与其人口呈正相关关系，而与州的人均收入呈负相关关系。对于其他地方，其获得的个人配额根据一个公式推算出

的指数确定,这个公式有利于人口较少的地方。该指数最低为
0.6,适用于人口少于 10 188 的地方,最高为 4.0,适用于人口超过
156 216 的地方。在最低值和最高值之间,共有 16 个人口区间,分
别对应一个个人分配指数,且该指数随人口数的增长而加速度增
加,因而当人口增长时将允许更少的人均转移支付。

慷慨的收入分享条款被认为是导致自治地方的数量快速增长
的重要因素。由于州投入收入分享拨款中的资金数额是固定的(与
地方分享拨款类似),因而新的自治地方的产生会导致被分割的地
方从州政府中获得的转移支付收入减少。

配套性转移支付

自治地方按照以下方式获取补偿性和配套性转移支付:

- 联邦拨款中州所得份额的 25% 用于配套性转移支付,联邦
  拨款是由联邦拿出工业产品税收入的 10% 设立的。这部分
  收入是按照出口的工业产品的价值分配的;州再使用与分
  配货物和服务流通业务税同样的标准对其在地方之间进行
  再分配。

- 联邦政府对各州转移支付数额的 25% 用于配套性转移支
  付,联邦对州的转移支付是作为对州由于改革货物和服务流
  通业务税(尤其是 1996 年颁布的一项联邦法律免除了初级
  产品和工业制成品出口税)而造成的收入损失的补偿。对这
  种转移支付的管理不同于上一种:联邦政府直接将资金转
  移支付给地方,但这部分资金在各地方之间的分配依然遵循
  同样用于分配货物和服务流通业务税的原则。

- 州分享燃油税收入的 29%,这其中的 25 % 用于转移支付。
  这部分资金主要用于交通运输投资,由联邦政府征收,按照
  联邦法律确定的标准分配。

- 来自联邦政府间财政配套性拨款的部分,用于改善基础教
  育,确保对全国所有公立小学在册学生的最低人均支出。此

项拨款设立于 1996 年(通过 1996 年第 14 号宪法修正案)，由特定比例的分享税构成：三种联邦转移支付资金的 15%——地方分享拨款(来自联邦征收的所得税和工业产品税)、工业出口拨款(来自联邦征收的工业产品税)和针对州税收免除的补偿性拨款——加上州征收的货物和服务业务税收入的 15%。如果这些资金还不足以保证法定的最低支出，则联邦政府有责任提供补充性转移支付。教育拨款根据地方或州所属小学的在册学生人数在州和各个地方之间分配。

- 来自联邦政府接收的社会捐赠部分，这一部分是作为一种额外的资金来源，主要用于为私人企业投资开办的小学提供配套性资金。

- 因开发领地和领海内的石油、天然气、水利和其他矿产资源而缴纳的开发权补偿税。

来自国家卫生系统的转移支付

1988 年宪法完善了国家医疗卫生体制，并确保了公民能够普遍享受国家提供的相关公共服务。该体制将集中的财政和分散的服务供给相结合，因为联邦政府会向提供医疗卫生和维护公共医院及诊所的私人医疗卫生供给者和联邦以下各级政府尤其是地方政府发放补偿。2005 年，联邦政府向地方政府转移支付了 53 亿美元，相当于 GDP 的 0.66%，此外，地方还征收医疗卫生服务税，它是地方最大的税种。

此项转移支付中最主要的部分用于支付医院服务——24 亿美元。以往，来自国家卫生系统的转移支付完全按照供给服务的费用计算，而不是按需要计算，联邦预算分配也是如此。因而，医疗卫生体制无法确保地方之间支出的均等化。比较富裕的地方——提供的医疗服务范围更广、质量更高且价格更昂贵——获得了比贫困地区更多的人均转移支付。对于中等规模的地方和更大规模的地方，其获得的来自卫生拨款的转移支付可能高于来自地方分享拨款的转移支付。然而,近年来,联邦并未通过增加较贫困州的预算分配来实现更好的平衡,事实上这些地区医疗服务的覆盖范围已经扩大了。

为了促使预防性卫生的发展和医疗计划(如 AIDS 计划)更具战略性,联邦对国家医疗卫生政策进行了调整。2005 年,地方获得了 28 亿美元以实现这些目标,其中超过一半是与卫生系统相关的。用于基础和预防性医疗卫生项目的拨款也有所增加,最低人均转移支付已在多个预防性卫生项目中施行,包括孕期保健、口腔卫生和免疫。

随机转移支付

下面将要讨论的转移支付在宪法和其他法律中没有明文规定,因而它们是以政治意愿和政府间的协议为基础的。随机转移支付不纳入联邦预算分配。它们大多是一次性转移支付,目的是资助地方层面的小规模的活动或投资。对一些小城市而言,它们是一项很大的投资来源,但它们往往很不规范。

来自联邦政府的这些转移支付与统一的地方预算无关;例如,在 2005 年,它们仅为 14 亿美元,相当于 GDP 的 0.18%,与地方公务员支付的社会保障费用相当。随机转移支付集中用于两大部门:教育和社会救济(分别占转移支付总额的 54% 和 31%)。

联邦性不均衡

收入分配旨在缓解纵向不均衡并消除政府各层级之间和联邦各成员之间在税收能力和支出责任之间的差异。[1] 某些税收的征管

---

[1]　该部分是基于 Afonso(2004),Afonso 与 de Mello(2000),Serra 与 Afonso(1999)。

在联邦层级更合适,而有些费用则更适合地方管理。一般而言,支出政策更适合交给地方政府设计和控制,因为他们离居民更近,更了解居民的基本需求。政府间转移支付在缓解纵向和横向的不均衡方面发挥着关键性作用。2004 年,地方支出总额(相当于 GDP 的 7.3%)的 67% 来源于从其他层级政府获得的转移支付(相当于 GDP 的 4.9%)(具体数额参见表 11.2)。

纵向不均衡

把主要的财政资金的流动和库存情况按照政府的不同层级——联邦、州和地方——进行划分强调了联邦以下政府的相对重要性。在对政府间财政关系进行了比较综合性的分析之后,我们将集中分析税收体制,因为 2005 年地方政府从税收分享和税收转移支付中获得的法定收入占到 GDP 的 4.5%,相当于其转移支付收入总额的 84%(表 11.6)。自治地方历来一直依靠来自其他层级政府的转移支付。

近年来,地方政府的收入动员能力逐渐增强。从 1988 年开始,税基逐渐下放,联邦和州政府增加了收入分享性转移支付,这两项举措的主要受益者都是自治地方。2005 年,州和自治地方直接征收的税收高达税收总收入的 31.4%(地方政府占 5.5%),估计相当于 GDP 的 38.9%(表 11.7)。以往地方的税收收入也相对较低(相当于 GDP 的 2.16%),主要体现为地方税基狭窄,但最近的税收改革却使地方的税收收入及其在税收总额中的份额都增加了一倍(1988 年地方税收收入仅为 GDP 的 0.61%,相当于国家税收总收入的 2.7%)。这样一来,不包括分享税在内的地方税收收入目前已经超过了地方政府获得的联邦政府按照收入分享拨款(地方分享拨款)形式分配的法定联邦转移支付收入。

法定的收入分享性转移支付完成之后,联邦以下层级政府的收入在国家税收总收入中所占的比例上升为 42%(相当于 GDP 的

16.4％)。如表 11.7 所示,2005 年自治地方获得的税收收入为 530 亿美元,相当于 GDP 的 6.66％和国家税收总收入的 17％。

表 11.7 国家税收负担的联邦性的划分,2005

政府层级	自有税收收入			可自由支配的税收收入		
	10 亿美元	占 GDP 比重/%	占总收入 比重/%	10 亿美元	占 GDP 比重/%	占总收入 比重/%
GDP	793.9			793.9		
中央	211.8	26.68	68.5	178.5	22.49	57.8
州	80.2	10.10	25.9	77.7	9.79	25.2
地方	17.1	2.16	5.5	52.8	6.66	17.1
总计	309.1	38.94	100.0	309.1	38.94	100.0

资料来源:作者根据 Afonso 和 Meirelles2006 整理,使用了一项 2005 年税收负担的初级报告。

注:按照年中汇率将当地货币转化为美元(1R＄=2.43US＄).表格中的数据是根据国家账目计算的,包括税收、收费、费用,包括私人失业保险基金,也包括需付利息的债务和利息。自有收入包括在每个层级政府的直接税收管辖区里的资金流入量。可用收入相当于收入总额,加或减共享收入,排除其他与卫生系统有关的转移支付和随机转移支付。

地方政府要想充分开拓税基,就必须完善对地方税的管理。地方税收入不高往往不是因为税收本身的问题,而是因为税收管理不善造成的。尽管各地之间的税基存在差异,但总体来看,与来自上级政府的拨款和转移支付相比,地方自有税收能更好地满足地方的需求,并弥补地方政府在服务供给过程中的收支缺口。同时,缓解政府间财政关系的纵向不均衡将有助于保护联邦政府财政免受联邦以下各级政府财政不均衡的影响。此外,地方收入动员是与地方社会投资的发展和更强的地方政府责任性相联的。

地方政府很好地履行了宪法赋予他们的支出职能,尤其是在社会福利方面。除了获得法定的收入分享之外,地方政府还可以要求联邦政府提供财政援助。额外的联邦援助不仅降低了由于地方能力有限而导致的服务中断的风险,而且确保了服务供给机构及时获得转移支付资金(下面讨论的医疗卫生就是一个例子)。更重要的是,基于最低人均支出水平的转移支付已经成为多个项目中的关键性刺激因素，尤其是在基础教育和预防性卫生领域。由于地方政府强化了他们在服务供给中的作用，因而对于那些各级政府都有支出责任的项目，联邦有望减少其支出的费用。

从历史的发展趋势来看，州的相对重要性有所减弱。州的收入在政府总收入中的份额从 1988 年开始呈现逐年下降的趋势。1960年，州获得的税收占国家税收收入的 34％（那时税收总额仅为 GDP 的 17.4％），但由于他们是受军事独裁统治影响最大的政府层级，这一比例到 2005 年下降为 25％。目前，州对其辖区内自治地方的转移支付大于他们从联邦获得的收入分享性转移支付（2005 年这一差额相当于 GDP 的 0.3％）。州的自有税收收入也因为州增值税成绩不尽如人意而遭受打击，这种情况是由各州之间的税收竞争产生的负面影响造成的。同样的，与州政府相比，用于资助基础教育（以及新近以来的医疗卫生）费用的专项拨款更有利于地方政府。通过扩大基础教育网络的覆盖范围，之前属于州的用于负担基础教育服务供给的转移支付拨款，现在地方政府也可以享有了。

相对而言，自治地方是这次税收改革的主要受益者。他们的税收在国家税收收入中的份额从 1960 年的 6％增加到 1988 年（最近一次税收改革的前一年）的 13％，到 2005 年上升到 17％。无论这次改革是否引发了某些问题，但它确实从总体上提升了地方政府的地位。

由于 20 世纪 90 年代末期出现的外部危机，联邦政府的改革在带来进步的同时，也给地方，尤其是州造成了某种损失。现行的联邦税收政策赋予社会和经济方面的税收以空前的优先权，而这部分的征收所得其他层级的政府不参与分享。联邦政府开征了高额的财政交易税，并提高了现行的企业销售和利润社会贡献税税率，这些所得州和地方也不参与分享。这一政策旨在降低所得税尤其是工业产品税收入的相对和绝对重要性（按照某个常数），这些收入通过分享拨款进行分配。

近年来,地方政府的状况之所以没有恶化完全是因为地方政府获得了更高的分享州所得税的份额,通过对用于改善基础教育的拨款进行再分配。此外还应该考虑的是地方政府获得的逐渐增加的来自卫生系统的转移支付。因而,如果认为联邦正在经历一场危机,则对州政府而言将是一次结构性危机。

横向不均衡

同时进行的还有同等重要和剧烈的收入横向均等化的过程。联邦税收收入向更发达区域的集中产生的影响已被联邦以下政府参与联邦税收分享的体制抵消了。设计该体制的初衷是扶持欠发达地区,而没有考虑这些地区从基本社会项目中的联邦支出部分获得更大的分享份额。①

然而,根据自治地方的不同类型来看也是有区别的,因为不同类型的自治地方其财政体制也存在巨大差异。如果按照居民数量对地方资产负债表进行分类,则地方分享拨款几乎占到地方可利用的税收收入的 60%,或者是居民不足 5 000 的自治地方的经常性收入的一半。随着人口的增加,这种依赖性逐渐减弱,但即使在人口处于 5 万到 10 万之间的城市,该项拨款依然代表了地方可用税收收入的 1/4 和总收入的 1/5。

过度的转移支付给联邦造成了额外的困扰。随着地方分享拨款形式的转移支付的增加以及有利于小城市的分配方法的推行,已有的不均衡进一步扩大了。小城市的人均预算水平高出人口稠密的城市地区和大都会型城市相应数字的 3 倍。例如,2004 年,巴西最小的城市宝拉的人均收入达到 1 219 美元,其中 3/4 来自联邦政

---

① 例如,南方地区的收入约占社会和经济总收入的 64%。然而,中央政府在南方地区的基础社会活动的支出却远远低于下列数据:23% 用于农村社会保障,32% 用于持续的社会援助方面的福利,37% 用于主要的初级医疗卫生项目。东北地区对国家收入的贡献是 7%,但前面提到的社会保障和援助项目的参与比例却约为 46% 和 42%,初级医疗卫生项目的参与率是 34%。

府的地方分享拨款；人口超过 1 千万的圣保罗,其显示的人均收入只有 394 美元,其中不到 1%来自地方分享拨款。

地方政府财政收入构成方面的不同也反映了巴西显著的地区差异。在发达的东南地区的核心城市,其自有收入约占预算的一半,但欠发达的北部和东北部地区的核心城市则严重依赖于分享性收入和其他转移支付。即使是处于交界地带的自治地方,如果是一个大都会城市,也必须被考虑到：因为由长期以来积累的收入分享和其他政府间转移支付方面的问题导致的人均收入方面的差异也会阻碍涉及共同利益的事务上的合作,尤其是在大城市地区。

分权导致收支不平衡状况进一步加剧。社会经济方面的力量导致现代经济活动的进一步集中以及人口更加集中于国家比较发达的工业地区的中型城市和大型城市中心。而用于分配财经资源的标准却旨在实现相反的效果,即促使资金更多地流向欠发达和人口稀疏的农村地区。然而,由于大量的公共资源被用于行政及非首要性支出,因而无法找到关注更重要的城市和基本社会服务需求的财政方式。

收入分享体制不利于发挥地方的财政积极性,因而近来一项重要的地方征税改革就显得格外引人注目,因为它使所有的自治地方都尽力利用其地方税基。更好的地方税收征管将缓解地方征税集中的状况。尽管近年来的收入状况有所改善,但征税往往集中于较大的自治地方,尤其是省会城市和最发达的州的地方政府。虽然大的自治地方对上级政府的拨款和转移支付的依赖性较小,但他们也面临逐渐增加的地方公共物品和服务的需求。尤其是大都会地区,其支出需求更高,因为他们往往还要向邻近辖区的居民提供服务,特别是医疗卫生之类的地方性公共物品。税收征管的完善不在于实现地方收入的短期快速增长,而应着眼于地方收入动员能力的长远性的、持久性的和自我维持性的增长,尤其是那些更多地依赖收入分享来满足地方财政支出需求的地方。地方收入动员能力还应该具备应对地方政府改革和联邦技术性和财政性支持的干预的灵活性。

地方在运用信息技术系统方面的成效十分显著。有趣的是较发达的地区不一定会运用最好的系统,也不一定具备最高的税收征管及支出管理和控制的水平。一些欠发达的州和地方政府反而会使用最先进的系统和设备。多种电子政府系统反而会被运用,不仅用于传播信息和宣传公共议题,而且用于服务供给和质量监控。

地方政府借债

在遵守国家法规和标准的前提下,地方政府可以借债。他们可以从国内外银行贷款,也可以在国内外债务市场发行债券。上级政府无权干涉地方政府的债务行为,但联邦政府(财政部)必须要对其进行登记。尽管地方享有债务自主权,但目前债务对地方财政的相对重要性依然较弱(见表 11.2)。[①]

尽管巴西制定了广泛而复杂的用于控制州和地方政府债务的法规,但在 20 世纪 90 年代中期之前,这个国家一直遭受州和地方债务失控的困扰,这种失控有时是经济政策导致的,有时是不良债务记录引起的。导致债务增长和现行体制失灵主要有两个原因。第一,用于规范债务滚转的法规是非常宽容的。第二,联邦政府已经习惯于帮助破产的州和地方政府逃脱责任。然而,2000 年中期政府重组过程中通过的财政责任法被用于规范各级政府的行为以后,财政、经济和社会状况都有所好转。对巴西地方政府借债的讨论应该从描述相关的背景和近期的改革开始。

---

① 该部分是基于 Afonso(2004); Afonso, Araújo 和 Biasota(2005); Giambiagi 与 Ronci(2004); Goldfajn 与 Guardia(2003); Rezende 与 Afonso(2006); Ter-Minassian (1997)。

背景和近期的改革

州和地方债务一直具有重要意义，直到 20 世纪 90 年代中期，联邦政府开始重视这一问题并采取了一些相应的措施。州是最大的债务人。债务问题因为雷亚尔计划而进一步加剧，该计划是以高额的利息税为基础的。然而，也缺乏相关的财经纪律来约束州和地方政府的行为，尤其是州政府。除了圣保罗和里约热内卢之类的大城市之外，地方借债的相对重要性依然较弱。

在过去的数年里，联邦实施了一些重要的制度改革以使主要的财政指数（扣除利息之后的收入和支出总额）维持在一个恰当的水平并确保债务的可持续性。这一调整通过两项改革实现：与州和地方政府签订债务再融资协议和在 2000 年 5 月颁布的财政责任法的背景下引入财政准则。这些改革是 1988 年宪法颁布以来财政体制经历的最重要的两项变革：它们极大地影响了公共部门的财政行为。

1994 年新货币巴西雷亚尔发行之后，联邦政府发起了一项新的权威性活动，即由财政部对所有债务进行重新谈判和确认——甚至包括了银行债务和动产债务。除此之外，作为回应，联邦会与州和地方签署一项财政调整计划；这些计划的内容包括绩效目标和在债务总额降低到国家最大值之前禁止发行新债务的规定。[①] 计划还规定了每月支付给债务人的偿债数额，并将其作为固定的经常性收入和——作为主要的条件——有效担保的前提（扣留法定转移支付和自有收入）。

巴西 27 个州中，有 25 个州签署了重组债务的协议。根据国家协议，州在 30 年内对债务进行再融资，按照固定的 6％的雷亚尔利

---

① 当联邦政府财政稳定计划在 1998 年宣布时，财政政策方案改变巨大。该计划包括四项措施：(a)前置财政调整，设计该项目用来增加统一的公共部门的基本盈余；(b)体制改革，明显的是社会保障系统和行政改革；(c)根据中央和地方政府的全面性债务再筹资协议重新设计的财政联邦结构；(d)预算过程改革和财政规则的引进。

率。联邦政府发行联邦证券兑换已有的州债券,成为州的债权人。依照州的模式,2000 年 5 月之前,联邦政府对地方政府债务也进行了重组。该计划通过了法律的批准,使 183 个对 95％以上的地方政府债务负有责任的自治地方从中获益。在这种情况中,联邦政府同样以地方的自有收入(包括州和联邦转移支付)作为担保并要求地方每月按其全部经常性收入的 13％偿债。

截止到 2004 年 12 月,接受联邦政府重组的州债务及其他公共债务总计达到 1 400 亿美元,相当于 GDP 的 16.5％,[①]由此每年需要偿还(本金加利息)60 亿美元以上。需要指出的是,接受重组的地方债务相对较少:达 177 亿美元,相当于 GDP 的 2.1％。

2000 年 5 月 5 日,即一系列的债务再融资计划签署一天之后,财政责任法出台。该法律禁止联邦批准新的贷款,不允许就已经过重新谈判的债务(除了国外贷款担保之外,前提是有充足且适当的担保物)签署新的协议。在某些人看来,仅这一条规定就足以确保法律的成功实施。的确,一旦联邦政府和联邦以下各级政府之间的脐带被剪断,自主和责任便能实现在巴西联邦历史上的首次结合。由于财政责任法是一部补充性法律,因而很难对其进行修正,因为这样做需要获得国会各议院的绝对多数的通过。

财政责任法为各级政府预算的计划、执行和汇报设定了总体框架。该法律要求维持公共财政的结构适应性并限制公共债务。它包括三种类型的财政规定:特定财政指数的总体目标和限制、预防违规的纠正性制度机制和违规的制度性制裁。它限定了人事支出和公共部门债务的数额;确定了立法的目标是控制收入和支出;指出了缺乏政府授权可能导致无视相应的收入来源的无节制的支出

---

① 州和市的净债务构成在 10 年一轮回中变得不合意,并不是因为赤字的出现,或者是过去过度分散地把文件归档,而是因为意识到旧债务没有被适当记录,尤其是在于与财政部再筹资协议相挂钩的要素——由 Getulio Vargas 基金会计算的国内供给的总体价格指标——比消费价格指标要高出很多,其主要原因是该要素对汇率贬值比较敏感。

（换一种说法，即支出计划的持续时间超过两年）或减少已有支出；设定了额外的在选举年控制公共财政的机制。

从 2000 年开始，用于偿还重新谈判债务的资金大量增加。只有极少数州和地方政府无力支付每月的偿债。这种无能会导致财政部截留该政府的收入。由于较大的联邦以下政府进入债务市场的权利实际上已被取消，重新谈判债务的还本付息额也已被规范，州开始产生大量的且逐渐增加的初级盈余。

因而，分权没有妨碍具有深远意义的财政紧缩政策的制定和执行。繁重的政府间转移支付，既是计算还本付息数额的基础，又是维持和转让净值的保证，在促使联邦以下政府参与联邦财政计划的过程中发挥了直接且决定性的作用。转移支付使增加还本付息的数额成为可能，而且有助于确保联邦以下政府对联邦政府的重新谈判债务的偿还，这笔债务几乎代表了州和地方欠债的全部数额。

在按照国际货币基金组织规定的方法调整公共部门借债需求的过程中，1998 年成为联邦以下政府有原发性赤字记录的最后一年，尽管当年的 GDP 由于州的糟糕表现而降低了 0.2％。紧接着的一年出现了 0.2 个百分点的初级盈余。这一盈余在接下来的数年中持续增加，直到 2005 年 12 月达到 GDP 的 1.1％，其中有 0.2 个百分点是地方实现的。然而，在 1998 年到 2005 年期间，联邦以下政府的净债务从 GDP 的 14.1％上升到 17％，其中 98％为财政部重新谈判债务。净债务的增长不能归咎于原发性赤字，而是由财政部修正重新谈判债务导致的，因为在这个过程中曾因为货币贬值而使用了过度膨胀指数。以契约型物价指数取代通货膨胀率的使用没有对联邦以下政府每月的还本付息数额（作为其收入的一部分计算）造成影响，但它导致了起初订立的在期末必须完成的再融资数额的增加。

有趣的是可以观察到地方和州在行为上的差异，州的债务负担相对更重且必须实现更多的初级盈余。尽管州的预算甚至不到地方的两倍，但其初级盈余数额却几乎比地方的高出 5 倍：2005 年这两个数字分别为 GDP 的 0.9％和 0.2％。债务方面也出现了类似的情况：分别为 GDP 的 14.9％和 2.1％。2005 年，尽管州在联邦税收收入分配中获得的份额大幅度减少，但其产生的初级盈余依然相当于其当年可用收入的 9.1％；而地方的相应盈余仅为可用收入的 3.2％。州做出了巨大牺牲以弥补以往行政过程中出现的过失。

州和地方债务

财政责任法给予公共部门债务的登记、监控和限制以特别关注。显然最重要的改革是禁止联邦政府为州和地方政府提供资助。这一限制的意义在于，它不仅规范了州和地方政府在以后的行为，抑制了政府间的紧急援助行为，而且维护了现存的契约——即禁止对现行债务重组协议中的任何财政条款做出任何改变，因而有助于维护联邦以下各级政府已有财政政策的稳定性。

财政法的另一个重要改革是为各级政府设定了债务限额。这些限额必须通过参议院决议（基于执行部门的提议）的批准，而且是以各政府净经常性收入的某个固定百分比为形式。为了应对经济不稳定及货币和汇率政策的剧烈变化，联邦政府可以向参议院提议改变限额。任何超额的部分都必须在一年之内消除。当超额的部分持续存在时，禁止联邦政府提供新的财政资金和随机性转移支付。财政部必须每月公布一次超过限额的政府的名单。尽管州和地方政府之间在债务与净收入的比例上存在显著差异，但财政责任法为各州和各地方设定的限额是一样的。

联邦参议院（2001 年第 43 号决议）为州和地方政府的内部和外部债务行为设定了限制和条件，包括担保的授予、担保的限制和授权的条件。决议规定，到 2016 年底，州的净债务额不得超过净经常性收入的 2 倍（200％），地方则不得超过 1.2 倍（120％）。任何超出限额的部分都必须保证在每个财政年度减少至少 1/15。但目前参议院还没有为联邦政府设定限额。当然众议院也尚未通过另一部法律,以设定国库债券的形式针对债务进行特别限制。

联邦以下政府不能实施以下行为：从公共部门直接或间接拥有控股权的公司获取收入,法定形式的利润和股息除外；直接做出许诺、确认债务或通过发行、承兑和认可信用保证；与货物、商品或服务供应商进行交易；未经必要的预算授权,与供应商签订收到物品和服务之后付款的债务；进行的债务业务违反与联邦政府签订的再融资协议；准予任何补贴或减免。其中,上述最后一项包括任何计算基础的减少；任何假定的信用、激励、特赦或免除；任何税率减免；或任何其他可能违反宪法规定的税收、财政或金融方面的利益。

财政责任法发展并具体化了所谓的黄金法则。该法则由来已久,蕴含在一项宪法条款之中,即没有立法机关绝对多数的批准,禁止"进行超出投资性支出数额的债务业务,"(第 163 条,Ⅲ)。如果这些法律条文确实得到了执行,则巴西今天就不会出现如此巨额的债务。事实上,该原则仅在预算的准备过程中得到了遵守,在预算的实施过程中却被忽略了。由于这个原因,法律随后具体规定了立法者和执行者在准备预算和实施支出计划的过程中必须遵循和注意的步骤,同时还规定了如果不遵守将会受到的制度上的和个人的处罚。该法律将同样的原则应用于私有化收入；要求政府将所有物品、设备或资产转让收益用于资本性支出。

地方政府管理：人事支出

在联邦法律规定的范围以内,自治地方可自行雇用或解雇公务人员,并决定雇用形式和工资。[①] 财政责任法规定了各级政府的人

---

① 该部分是基于 Afonso,Araújo 与 Biasota(2005),Rezende 和 Afonso(2006)。

事支出上限,并区分了部门(执行、立法和司法)的不同上限。根据该法律(第 20 条,Ⅲ),地方政府的人事支出不得超过净经常性收入的 60%,具体如下:6% 属于立法部门,包括预算法庭,54% 归执行部门。如果政府当局的人事支出超过了这一上限,则有 8 个月的时间进行调整以达到法律规定的范围。过了这一时期,如果还未完成必要的纠正,就要实施处罚。2000 年 5 月,该法律开始实施,它规定了两年的过渡期用于消除人事支出的超额部分,每年至少消除超额部分的 50%。

由于有债务限制,无法完成法律规定的有关人事支出限额的任务将导致一些行政处罚,根据一部附加法律,处罚包括针对个人的控告。更严重的行为失范可能受到的处罚包括丧失托管权、禁止从事公共服务工作、处以罚金甚至是入狱。需要强调的是各级政府都必须遵守该法律的相关规定。

地方政府对公民的责任

分权并不仅仅是把政策执行转移到地方政府。[1] 还意味着把某些决策责任也移交给地方。1988 年宪法设计了一些机制以给予基层群众性运动参与公共事务,尤其是地方公共事务的决策和监督的机会。而地方政府也正在试行一些参与性试验。

地方政府对参与的看法各不相同,并赋予其不同的解释,进行的试验也存在显著差异。地方社会已参与到了地方的决策过程当中,从比较有限的给予地方公民更多话语权的方式到更广泛的作为改善社会和政治不平等的途径向人民授权的方式。落实参与政策

---

[1]　该部分是基于 Afonso(2004),Wampler 和 Avritzer(2004),Souza(2001),世界银行(2002)。

有两种途径：一个是通过社区委员会，地方居民或服务使用者代表在其中拥有一个席位；另一个是通过所谓的参与性预算。

参与制度是在 1998 年宪法中获得官方认可的，并以多种形式在地方实施，这一制度把民间社会活动者与正式的政治社会联系在了一起。1988 年宪法下放了政治权力，从而赋予地方行政部门充足的资源和政治自主权以重构政策制定过程。民间社会组织和政治改革家结合起来共同利用了这一灵活性来试行新型的制度。

公众参与的增加是近期税收分权的一个重要方面。参与不仅体现为越来越多的行政首长和地方立法机构成员通过直选产生，还体现在来自工会、城市社区和民间社会组织的代表其直接参与越来越频繁，而这些组织是直接向个人提供无偿服务的。此外，这些组织为某些特殊领域的政府行为提供支持，如基础教育、公共卫生、环境政策和突发事件。

通过公共协商、促进责任和政策方案的执行，组织化的民众以此来寻找解决社会和政治问题的方法。新活动者及其政治联盟将其参与性决策系统的战略和惯例进行制度化，因而开辟了协商和谈判的新领域——公共参与。

巴西在过去 20 年间实施的参与政策导致了不同的结果。受联邦立法、联邦计划、多边组织及地方政府的刺激，有关参与问题的讨论在巴西地方社区广为传播。参与和革新政策的实施表明，政党对巴西的历程产生了重大影响，因为联邦政府在创造激励以扩大地方政府在实施社会政策时发挥的作用方面具有重要意义。此外，财政责任法强调了透明性的作用，将其定为对政府行为进行社会控制的条件，透明性使纳税人可以了解公共行政部门是如何使用税收资源的。

社区委员会

20 世纪 80 年代当巴西处于向民主统治过渡的时期，民众通过志愿团体和社会运动来实施革新性策略,以此同传统的地方政治势力相抗衡并克服侍从思想、恩赐官职和腐败的遗存。这些策略引发了新的政治实践,包括邻近集会和地方委员会的建立。伴随竞争性选举制度的到来,民间社会活动家联合政治家和政党鼓励决策场所的制度化,从而为公众提供商讨政策提议的机会。

社区委员会的组建,要么是应联邦立法的要求,要么是应多边组织的要求,且这种要求往往是当它们向某个特定项目提供经费或转移支付资金时提出的。社区委员会的作用是决定总体性的资源分配和控制资源的使用。不同的社会政策领域都设有自己的委员会。社区委员会分为两种类型,一种是有关政策领域的,另一种是有关集体或个人权利维护的。第一种类型包括医疗卫生、基础教育、雇佣、福利服务、农村发展、环境、城市管理、毒品和缓解贫困等委员会。第二种类型包括维护儿童和未成年人、黑人、妇女、残疾人和老年人权利的委员会。

对社区委员会进行评估已成为学术研究的一个重要领域。大量研究表明,单纯的委员会的存在不足以使委员承担起政策制定者和资源分配调节者的角色。

参与性预算

巴西拥有大量最成功的参与性地方政府的经验。巴西在向民主统治过渡的时期,其民间社会组织的大量增加是与孕育地方制度革新的新型政治价值和策略的发展相伴随的。

与社区委员会不同,参与性预算并不是联邦政府或多边组织制定的政策的结果,而是由地方政府自行发起的。然而,与社区委员会类似,参与性预算也是自上而下的政府决议,尽管决策是在地方做出的。参与性预算受到了国内外的一致好评,被视为良好的地方治理的典范。参与性预算的经验展现了参与性公众的产生是如何孕育创新型制度形式的。参与性预算方式的重要特征包括更广泛和更持续的参与、公共讨论和协商以及向贫困地区分配公共资源。

对发展中国家的启示

巴西的财政联邦是国家经济、社会和政治体制的一面镜子。州和地方政府在很大程度上参与了直接生产财力的过程，而在税收收入的分配和人事、物品和服务的支出过程中参与程度甚至更高，而且联邦政府只在最低限度内介入地方的预算管理过程。然而，还没有能够协调收入分配和共有责任的系统化和计划周详的财政分权计划。由此导致的结果是越来越复杂的联邦关系体制抵消了旨在实现公共服务供给的经济效率和效益的努力。此外，发达的州与欠发达的州之间的税收收入差异悬殊。

巴西是一个高度分权的联邦。联邦以下政府的支出约占 GDP 的 18％，几乎相当于国家政府总支出的 40％（或扣除利息支出以后的总支出的一半）。这些份额可以与经济合作和发展组织的成员国的平均水平相提并论，并远远超过了拉美国家的平均水平。州和地方征收的税收相加约为国家税收收入总额的 31％；完成法定转移支付之后，其可用收入上升至总收入的 42％。纵向不均衡状况相当严重：州和地方的总收入中有将近 1/3 来自联邦政府的转移支付和拨款。横向不均衡状况也很严重，相当大程度上体现为联邦以下政府在促进支出能力均等化方面的努力有限。

在债务和支出的管理和控制方面，1988 年宪法赋予联邦以下政府（州和地方）更大的自主权，不仅把一些重要的税基下放给了联邦以下的各级政府，还改革了国家的收入分享体制。由于联邦以下政府没有严格的预算控制和财经纪律，因而 90 年代早期的分权给宏观经济稳定带来了不利影响。近来，确保分权协调并促进财政适应性及巩固宏观经济稳定开始受到越来越多的重视。

巴西正在兴起的分权化趋势的一个创新在于强调地方而不是州为服务供给的核心机构,尤其是社会服务和公共投资方面。由于从总体上看地方政府更能把握地方的偏好和需求方面的信息,因而这一趋势尤为重要。巴西的联邦主义改革更多地受到了改善宏观经济治理的需要的刺激,而较少关注服务供给的效率和公平性。为了强调后者,在近期的社会政策中政策制定者开始支持地方导向的分权。关注的焦点放在了通过地方政府的协调性政策努力来缓解贫困和促进人的发展。被广泛认同的是在这个过程中强调了责任。

巴西的经验还表明,地方政府正在努力调和有关其应该发挥的作用的两种相反的观点。第一种认为地方政府是服务供给的主体,尤其是社会服务的供给。第二种认为地方政府是推行民主的主体,即通过实现决策者和受决策影响的群体之间的更好的平衡,从而对社会资本的产出做出贡献。

地方政府的角色正在发生重大变化,不仅因为他们的收入动员能力逐渐增强,还因为他们在服务供给,尤其是社会福利领域发挥着越来越积极的作用。地方政府面临的主要挑战包括:(a)避免工资支出的增长,这是相对产出更高的项目,尤其对是社会和城市基础设施而言的;(b)改善公共支出的效率,例如,通过降低立法和行政费用;(c)增强地方收入动员能力,尤其是鉴于地方逐渐增加的社会保障方面的支出需求。

近期有关社会项目拨款安排方面的改革似乎减少了对州和地方财政不足的资助,但地方预算的刚性可能与正在进行的赋予地方决策自主权的努力相冲突。社会项目旨在增强纵向而非横向的政府间财政关系。地方公共物品供给不足及其他涉及多级政策制定的问题的解决有待州与地方之间更加紧密的协作。由于缺乏更具合作性的联邦主义,制度刚性方面的问题逐渐恶化。大量的专项拨款被用于预防联邦政府转移支付的不足，并促使州和地方政府履行宪法授予他们的支出职能。同时，在支出职能被地方接受之后，来源于州和地方收入的专项拨款开始用于预防财政短缺。但更多的专项拨款被用在了规避这些刚性和使联邦政府能够做出更迅速的财政调适上，主要是通过截留部分归州和地方政府分享的联邦收入。

　　一个关键性的政策问题是巴西是否找到了合作联邦主义的解决办法。近期的立法支持了基于法律的政策制定。财政责任法并未做出首创性的变革，而是巩固了已经付诸实施的改革。巴西拥有与其他国家几乎完全不同的立法设计。相对于法律本身的变化，由其引发的思想上的变化更为重要，因为它可以使人们更加深刻地意识到宏观经济稳定的重要性，事实上这一问题已经形成了全国性的共识。

　　财政责任法及其补充性立法中最重要的规定是排除了财政决策的任意性（至少从总体上），特别是在州和地方层级。立法中含有促进各级政府保持财政廉洁的激励性规定，还规定了违规必须接受的官方处罚。法律依然面临重要的挑战。新的法律的实施可能面临诸多困难，因为它要求州和地方在执行新的财政法规及联邦政府在监督地方执行时具备特定的技术能力。新的法律框架可能无助于实现多级政策制定过程中的横向协调。相反，它可能强化业已存在的严格且处于支配性地位的纵向政府间财政关系体制。

　　因而，后续的近期立法改革奠定了基于法律的分权联邦主义制度的基础，未给州和地方随意决策留下余地。该体制受到了这一认识的激励，即应该通过财政法规、适当的法律限制和设定各级政府若违规则必须接受的制裁来强化对联邦以下财政的市场控制。更重要的是，在处理政府间财政关系方面，与更加横向化的、权力分享式的多级财政政策制定方式相比，自上而下的协调更受推崇。

参考文献

Afonso, José Roberto. 2004. "The Relations between Different Levels of Government in Brazil." *Cepal Review* 84: 133–55. http://www.eclac.cl/publicaciones/SecretariaEjecutiva/8/LCG2258PI/G2258iRodriguesAfonso.pdf.

———. 2006. "Novos Desafios à Descentralização Fiscal no Brasil: As Políticas Sociais e as de TransferÊncias de Renda." Paper presented at the 18th Regional Seminar on Fiscal Policy, organized by the Economic Commission for Latin America and the Caribbean, Institute of Economic and Social Planning, Santiago, Chile, January 23–26. http://www.eclac.cl/ilpes/noticias/paginas/5/22145/26Jan07-JRAfonso-Brasil.pdf.

Afonso, José Roberto, Érika Amorim Araújo, and Geraldo Biasoto Jr. 2005. *Fiscal Space and Public Investments in Infrastructure: A Brazil Case Study.* Texto para Discussão n. 1141. Brasília: Institute of Applied Economic Research. http://www.ipea. gov.br/pub/td/2005/td_1141.pdf.

Afonso, José Roberto, and Luiz de Mello. 2000. "Brazil: An Evolving Federation." In *Managing Fiscal Decentralization*, ed. Ahmad Ehtisham, and Vito Tanzi, 265–85. London and New York: International Monetary Fund. http://www.federativo.bndes.gov.br/bf_bancos/estudos/e0001367.pdf.

Afonso, José Roberto, and Beatriz Barbosa Meirelles. 2006. *Carga Tributária Global no Brasil, 2000/2005—Cálculos Revisitados?* Caderno para Discussão NEPP (Núcleo de Estudos de Políticas Públicas) 61. Campinas, Brazil: State University of Campinas. http://www.nepp.unicamp.br/cadernos/caderno61.pdf.

Giambiagi, Fabio, and Marcio Ronci. 2004. "Fiscal Policy and Debt Sustainability: Cardoso's Brazil, 1995–2002." Working Paper 04/156, International Monetary Fund, Washington, DC. http://www.imf.org/external/pubs/ft/wp/2004/wp04156.pdf.

Goldfajn, Ilan, and Eduardo Refinetti Guardia. 2003. "Fiscal Rules and Debt Sustainability in Brazil." Technical Notes 39, Central Bank of Brazil, Brasília. http://www.bcb. gov.br/pec/notastecnicas/ingl/2003nt39RegraFiscSustentDivBrasili.pdf.

Ministry of Finance. n.d. "The Brazilian Tax System." Ministry of Finance, Brasília. http://www.receita.fazenda.gov.br/principal/Ingles/SistemaTributarioBR/Brazilian TaxSystem/default.htm.

Rezende, Fernando, and José Roberto Afonso. 2006. "The Brazilian Federation: Facts, Challenges, and Prospects." In *Federalism and Economic Reform: International Perspectives*, ed. Jessica Wallack and T. N. Srinivasan, 143–88. New York: Cambridge University Press.

Rezende, Fernando, and Sol Garson. 2004. "Financing Metropolitan Areas in Brazil: Political, Institutional, and Legal Obstacles and Emergence of New Proposals for Improving Coordination." Paper presented at the international meeting "O Desafio da Gestão das Regiões Metropolitanas em Países Federativos," Chamber of Deputies, Brasília, March 30–31.

Serra, José, and José Roberto Afonso. 1999. "Fiscal Federalism Brazilian Style: Reflections." Paper presented at the Forum of Federations, International Conference on Federalism, Mont Tremblant, Quebec, Canada, October 6–8. http://www.federativo.bndes.gov.br/bf_bancos/estudos/e0001792.pdf.

Souza, Celina. 2001. "Brazil's System of Local Government, Local Finance, and Intergovernmental Relations." Paper commissioned by the International Development Department of the School of Public Policy, Birmingham, U.K. http://federativo.

bndes.gov.br/bf_bancos/estudos/e0001985.pdf.

Ter-Minassian, Teresa. 1997. "Brazil." In *Fiscal Federalism in Theory and Practice*, ed. Teresa Ter-Minassian, 438–56. Washington, DC: International Monetary Fund.

Varsano, Ricardo, and Mônica Mora. 2001. "Fiscal Decentralization and Subnational Fiscal Autonomy in Brazil: Some Facts of the Nineties." Instituto de Pesquisa Econômica Aplicada, Brasília. http://federativo.bndes.gov.br/bf_bancos/estudos/ e0001757.pdf.

Wampler, Brian, and Leonardo Avritzer. 2004. "Participatory Publics: Civil Society and New Institutions in Democratic Brazil." *Journal of Comparative Politics* 36 (3): 291–312.

World Bank. 2002. "Brazil: Issues in Fiscal Federalism." Report 22523-BR, World Bank, Washington, DC. http://www.federativo.bndes.gov.br/bf_bancos/estudos/ e0001888.pdf.

第十二章　地方政府组织
与财政：智利

李昂那多·乐特李尔·S

　　智利的基层政府（自治地方）源于殖民统治时期的市镇委员会，[①]是从 1541 年建都之后开始出现的。它们是殖民地行政组织链的最后一个环节。它们履行的职能包括维护和改善公共设施和医院，装饰和修缮公共空间，控制工匠联盟，维护社会公正和供养地方民兵力量。与西班牙同时期的其他殖民地一样，这些职能相当广泛。然而，1606 年设立皇家检审法院之后，这些职能受到了极大的削弱。皇家检审法院是主管独立之前的西班牙殖民地的司法事务的法庭。

　　智利地方自治体制发展过程中的一个重要里程碑是 1833 年宪法赋予地方的权力，这一点是由"所有地区首府以及总统指定的居民点都应该设立一个自治地方"（Martner 1993）明确规定的。尽管自治地方被赋予了十分具体的职能，但他们依然受到总统权威的制约。1887 年颁布的一项新的地方组织法使这种中央集权的倾向经历了重大变革。该法律剥夺了中央政府及其代表在属于地方职能

[①]　西班牙文献中的 Cabildos。

范围内的大部分权力。然而,中央政府依然介入地方选举,直到
1891 年自治社区法颁布。之后,1925 年颁布的宪法规定自治地方
受到省议会的监督。此外,尽管自治市市长由地方居民自主选举产
生,但人口较大的城市的市长也可由总统任命。

　　智利中央以下政府历史上的第二个重大突破出现在 1974 年,
确立了 12 个大区和 1 个首都地区(Ferrada 2003)。尽管与此同时,
中央以下政府的权力完全由中央政府的意志决定,①这项行政改革
依然成为接下来的几年进行的更加深入的财政分权化改革的开端。
1980 年自治地方被赋予了新的重要职能。这些职能包括基础医疗
卫生和教育,还包括管理重要的针对穷人的社会补贴——通过一种
旨在彰显国家的辅助性作用的方法。地方政府被认为更加了解公
众需要和更好地辨别公众需要的地方公共物品的种类。

　　在医疗和教育两个领域,地方可以在两种管理模式之间自由选
择。第一种是由医疗和教育行政部门直接管理。第二种是把学校、
基础医疗卫生中心等机构的管理权交给私人部门。这些部门必须
是以公司法人形式存在的非营利组织。它们由以地方市长为首的
理事会进行管理。理事会的其他成员为其他地方国有企业和私人
部门的代表。公司制的优点在于其更加灵活的法人地位,从而摆脱
了财政部检查机构的控制。这种公司仅受地方委员会的控制,因为
除了直接接受来自中央政府的转移支付拨款之外,公司还要接受地
方拨款。在 1981 年一个宪法法院规定自 1980 年起实施的地方职
能不得交由私人部门承担之前,只有 53 个自治地方选择了公司制。

　　大区由中央任命的大区首长领导,其他大区委员会(the
consejo regional,或 CORE)成员为首长提供决策建议。除首长之
外,其他成员均由地方委员会直接选举产生。各省有权选举两名顾
问,在人口不足 100 万的省最多可选举出 10 名,超过 100 万的最多

---

①　智利的军政府在 1973—1989 年掌握政权。

可选出 14 名。自治地方的市长兼任地方委员会（consejo municipal）主席，委员会成员由地方选民选举产生。尽管省被作为旧体制的遗存保留了下来，但他们仅作为中央政府下放职权的辅助性机构。智利包括 12 个大区和 1 个首都地区，下设 51 个省和 345 个自治地方。尽管 70％的自治市人口不足 2.5 万，但仅有 10.7％ 不足 5 000 人，剩下的不足 1 000。

地方政府的职责

智利大区政府承担广泛的职能。所有职能都可以归为中央政府的机构职能。各大区有权设计自己的长期发展规划，但必须遵守中央政府制定的方针。从财政自主权的角度来看，大区最重要的职能是为可行的大区投资项目划分等级。该职能主要是在涉及新的公共基础设施建设时锁定地方偏好。被选中的项目由中央政府提供的各种分权化拨款资助。这一过程的技术支持来自大区计划和协作秘书处（secretaría regional de planificación y coordinacion，或 SERPLAC），即中央计划和协作部的地方分支机构（Ministerio de Planificatión y Cooperación，或 MIDEPLAN），此外大区委员会自身也提供技术支持。

大区政府承担的职能还包括提供地方公共服务、促进地方经济活动、适当保护环境和公共交通法规以及鼓励文化和社会发展。在所有职能的履行过程中，除了决定分权性投资拨款的最终用途的职能之外，大区政府都会配合中央政府，并在大区层级严格执行中央政策。为促进地方经济发展，大区政府负责规定优先发展的领域、促进地区旅游业的发展并鼓励科研。

在社会和文化发展方面，大区政府负责为多个领域设定目标，包括缓解贫困计划、在地方之间分配拨款和鼓励地区文化事业的发展。尽管省级政府仅在指定的服务范围以内配合中央政府，但其监督的权力和对由地方决定的投资性拨款进行分配的影响力在 2002 年都大大强化了。

自治地方有 6 项专有职能和 12 项非专属性职能。地方政府可以配合其他层级的政府及政府之外的公共和私人部门执行补充性活动（专栏 12.1）。在专栏 12.1 中，除了专有职能 3 和职能 6 之外，地方政府在执行工业建设、城市化及交通方面的一般性法规中发挥了重要作用。在非专属性职能中，自治地方找到了发挥更加广泛和更具灵活性的潜在职能的空间。1980 年赋予自治地方的两项职能是管理学校和基础医疗卫生中心。为了支持这两项职能，自治地方获得了一些重要的专项拨款。自治地方还是国家社会福利网络的一个基本组成部分。尽管它们没有为社会福利提供资金的职责，但在资金的管理和受益人的确定方面它们发挥着基础性的作用。

专栏 12.1　地方职能

专有职能

1. 遵循强制性法规筹备、批准和修改地方发展计划；

2. 根据强制性法规计划、调节并设计地方建筑规范；

3. 促进社区发展；

4. 按照中央有关部门制定的一般性法律执行交通和公共运输规范；

5. 按照中央有关部门制定的一般性法律实施地方建设和城市化安排；

6. 社区清洁和修缮。

非专属性职能

1. 教育和文化；

2. 公共医疗和环境保护；

（续）

> 3. 法律和社会援助；
>
> 4. 促进职业培训、就业和生产；
>
> 5. 旅游、体育和娱乐事业；
>
> 6. 城市化及城乡公路；
>
> 7. 社会住房和卫生设施的建设；
>
> 8. 公共交通和运输；
>
> 9. 预防风险和协助紧急或灾害事件处理；
>
> 10. 支持、促进和协助实施城镇安全措施；
>
> 11. 促进男女平等；
>
> 12. 发展地方公共利益活动。

地方政府税费

　　在智利中央以下各级政府中，只有自治市政府有权向居民征税并收取服务供给费用。应该说地方享有的设定税率和引进新税种的法定权力十分有限。智利最重要的地方税种是财产税。这一税种实施的是固定税率，即按城乡财产核定价值的 1.2% 到 2.0% 征收。此外，法律规定了大量的税收返还和罚款。另一个重要的地方税种是汽车执照税。由于无论车主居住在何地，地方都可以针对辖区内的车辆征收此项税收，因而各地方政府都积极参与到了吸引潜在的纳税人的竞争当中。但税率在全国都是一样的，取决于汽车的价值。

　　地方收费方面，在地方进行的商业活动必须办理商业执照。在这种情况下，地方在确定收费额度方面具有相当大的自由度。从事慈善、宗教、文化、自助、美术、业余体育以及增进地方利益等事业的组织无须缴纳此项费用。其他地方收费项目包括垃圾回收、城市化和建设许可、私人活动对公共空间的占用、路障的清除、各种地方公共空间的设施安装和建设、街道广告、驾驶执照的发放、车辆转让以及街头流动商贩。在某些情况下，水资源供给也属于地方职能，并由地方负责收费。尽管法律规定了这些项目的收费限额和减免，但地方仍然享有相当大的设定其收费额度的空间。

第三种类型的收入由大量的小型收费构成。包括交通罚款、减刑罚金、地方资产利息和租金收入、已没收货物的销售所得及类似的收入。另外，此类收入还包括私人经营地方固定资产上缴的收入，如地方的海滩和其他娱乐场所。

地方政府——原则上——不能借债或以任何形式贷款。这一禁令可能是出于政策制定者对国家财政平衡的深刻忧虑，因为 20 世纪 70 年代后半期该国经历了漫长而彻底的财政调整期。显然，这一历史实践对该国目前的行政管理而言依然是一个值得借鉴的因素。有趣的是，地方政府在实践中确实从中汲取了经验。首先，地方政府拖欠教师和基础医疗卫生中心工作人员工资的情况时有发生。其次，地方政府有时还拖欠合同和其他成本投入的费用。最后，地方政府和私人供给者之间签订了大量租赁合同。[1] 这些因素极大地限制了禁令的适用性。针对这种状况，一些未来的改革正在酝酿当中。

大区没有自己的税收，但法律明确规定他们可获得与地方矿业开采许可收入"等额"的收入。通过这种方式，法律规避了宪法禁止抵押税收以资助特定地理区域和特殊活动的规定。[2] 与地方政府征收的地方商业许可费用可由地方保留不同，采矿许可受到一项特定法律的约束，该法律规定此项税收征收所得的 70% 必须上缴大区发展中央基金（之后具体论述），然后再返还给上缴税收的地区。剩下的 30% 分配给矿产资源所在的地方。

---

① 估计智利市级的债务约占 9% 的国家城市预算。

② 如果征收的税收是明确用来资助定义明确的中央以下层级政府的职能，则宪法允许该规定有特例。城市财产税就是这种特例。

次国家级政府的财政结构

表 12.1 展示了当前中央以下各级政府财政结构的总体情况。由于只有自治地方拥有自有收入,因而他们是唯一被明确提到的政府层级。大区通过参与分权性公共投资拨款获得他们的份额。至于自治地方,扣除拨款以后的预算收入约占政府收入总额的 8.5%,其中 70% 来自地方税。地方税收入占地方预算总收入的 75% 以上。若将全部拨款计算在内,一项关于总分权性拨款(TDF)的测量显示,中央政府预算收入中约有 30% 转移到了中央以下各级政府。

拨款可明确地划分为三种类型。第一种旨在支付公立学校和地方基础医疗卫生中心的运转费用。如之前提到的,中央在这两个领域的职能于 1980 年移交给了地方,它们可以归结为"委托性职能"。但需要指出的是,超过 40% 的教育补贴被支付给了国家赞助的私立学校。这一点在表 12.1 中有明确显示,它表明,即使公共学校补贴具有分权的性质,但并非所有此类补贴都必须经过地方行政机构;其中的一部分也可直接拨给私立学校"维护者"。① 学校还可根据自身的能力申请各类补充性专项拨款(稍后在"来自上级政府的转移支付"中讨论)。

基础医疗卫生拨款分为两个部分。一个是按人口计算的拨款,另一个是按各地特定的人口健康状况分配的补充性拨款。尽管教育和医疗领域的转移支付约占全部拨款的 62%(表 12.1),但在这两个委托性职能中,教育补贴占到了拨款总额的 75% 以上。

---

① 维护者是学校管理者。他们或者是私人的或者是市政的。每个维护者通常管理多个学校。

表 12.1　分权性公共资金，1999—2003（百万美元，2002 年价格）

条　　目	1999	2000	2001	2002	2003
城市净拨款收入	1 252.1	1 269.3	1 287.8	1 338.8	—
TDFs 比例/%	31.5	30.3	29.4	27.9	—
业务收入	52.5	56.3	57.4	60.7	
税收收入	929.1	957.1	1 005.7	1 049.5	
其他收入	270.5	256.0	224.8	228.6	
拨款	2 719.3	2 915.7	3 097.3	3 459.6	3 635.3
TDFs 比例/%	68.5	69.7	70.9	72.1	—
放权职能	1 669.4	1 804.7	1 904.8	2 174.3	2 268.5
占所有拨款的比例/%	61.4	61.9	61.3	62.8	62.4
社会救助和生产促进	479.0	489.8	503.2	513.2	509.4
占所有拨款的比例/%	17.6	16.8	16.2	14.8	14.0
分权性的公共投资基金	570.9	621.2	689.3	772.1	857.4
占所有拨款的比例	21.0	21.3	22.3	22.3	23.6
总分权性拨款[a]	3 971.4	4 185.0	4 385.1	4 798.4	—
拨款占 TDFs 的比例/%	68.5	69.7	70.6	72.1	
TDFs 占政府一般 收入的比重/%	29.0	27.8	28.1	30.6	
城市收入占政府一般 收入的比重/%	9.1	8.3	8.2	8.4	

资料来源：公共预算法

注：—＝不适用，TDFs＝全部分权性拨款

a. TDFs＝扣除拨款后的城市净收入＋拨款

　　由于自治地方在大多数的国家社会福利项目的管理方面承担重大的责任，因而第二类拨款包括各种补贴和地方发展拨款。它们被认为是通过社会援助使最贫困人口受益的一般性方法的组成部分。与教育和基础医疗卫生拨款一样，此类拨款完全由专项转移支付构成。尽管拨款直接支付给受益人（图 12.1），但自治地方须提供行政支持并搜索实施援助项目需要的信息。此类拨款约占中央以下各级政府拨款总额的 15%。

　　最后，投资性拨款可以被归为第三种类型。如图 12.1 所显示的，在各种项目之间分配此类拨款是大区的职责。但明确具体需

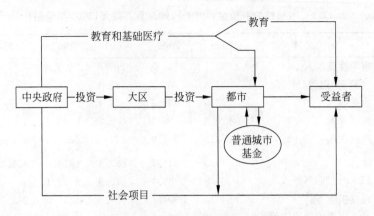

图 12.1　智利政府的分权基金

资料来源：作者自制。

求、设计项目和向大区政府提出拨款请求则属于地方的职能。目前，分权性投资拨款约占拨款总额的 23%。如表 12.1 所显示的，1999 年到 2003 年期间，它们是增长比例最高的拨款类型。

被称为公有地方拨款（Fondo Común Municipal，或 FCM）的再分配拨款需要单列出来讨论，这种拨款将富裕地方的收入再分配给贫困地方。尽管 FCM 是目前地方财政体制中争议最大的一个方面（之后将在本章的"地方之间的转移支付"中论述），但它的确在某种程度上平衡了地方政府之间在地方自有收入方面的悬殊。扣除拨款之后的全部地方收入中，约有 37% 是通过 FCM 进行再分配的（见地方之间的转移支付）。

从中央以下各级政府在分配拨款方面的自主程度来看，大部分拨款可以被认为截然分在两端。一端是分配给社会援助和地方发展项目的拨款，地方仅负责确定和联系受益人，在决定给予何种补贴方面没有任何权力。在另一端，即给学校的补贴和基础医疗的拨款都是通过财政转移支付给地方政府的。尽管地方承诺将该项拨款用于这两个特定的领域，但地方当局往往拖欠支付这些委托性职能的经费。地方相对享有较高自由度的拨款是分权性投资拨款。尽管该类拨款中约有一半是用于中央确定的目标的，但还有很大一部分是由大区和地方政府自由分配的，这一点将在接下来的章节讨论。

大区和省的情况

大区在公共投资性拨款的分配方面发挥着重要作用。中央政府负责确定这些拨款的数额并决定哪些项目有权使用这些拨款。根据拨款承担的风险，地方政府享有不同程度的自主权，地方政府据此决定具体的投资项目。由所谓的国家投资体制根据项目产生的社会净收益确定各项目的评估程序。社会折扣率也以同样的方式确定，外币的尾随价和劳动成本定期进行重新计算。

共有三个行政机构负责确定并向 CORE 提出项目。它们是地方委员会、中央相关部门（secretarías regionales ministeriales，或 SEREMIS）的大区分支机构以及有能力影响投资提议效力的省长。在大多数情况下，SERPLAC 负责对风险性项目进行经济评估并向大区政府报告。所有人口超过 10 万的地方都设有一个 SERPLAC。较小的地方任命一名负责提供技术支持的地方官员。

公共投资性拨款分为四种类型（表 12.1）（SUBDERE 2004）。最重要的一类是大区发展中央基金（Fondo Nacional de Desarrollo Regional，或 FNDR），占到由大区支配的公共投资资金（RDPI）的 52％以上。FNDR 是作为一种规范大区获取公共投资性拨款行为的机制被设计出来的。[①] 最初，它全部由中央政府出资。之后，美洲开发银行（IDB）也提供部分资金。原则上，FNDR 类似于一种支持

---

① 　参阅 19.175 号宪法规定的机构法关于行政和地区政府的规定。

RDPI 的未明确规定用途的拨款,但它也受些许约束以及与资金的具体用途相关的各种限制。一般而言,FNDR 不能用于经常性支出、对私人或公共部门的捐赠以及金融投资。拨款中来自 EDB 提供的贷款部分不得用于建造监狱或其他与司法部分相关的项目。FNDR 中可自由支配的部分——约 46%——是以专项拨款的形式的构成的,其分配由相关的中央部门决定。2003 年共有 14 种专项拨款被具体下拨到各种不同的领域。尽管拨款的二次分配及具体项目在大区的分配都由大区政府决定,但至少有 50% 的被省长定为优先发展的项目也是由大区的 FNDR 投资预算负担的。

投资性拨款的第二种类型是具体部门的大区分配性投资(inversion sectorial de asignacion regional,或 ISAR)。在此类拨款中,捐款部门确定项目可行性规则。但大区政府有权决定大区内部的拨款分配。省级政府的提议至少有 80% 必须被纳入大区 ISAR 预算的考虑。各种项目的总成本可能由中央相关部门和地区政府共同负担。

2003 年出现了四种较活跃的 ISAR 拨款。内政部通过区域和行政发展主管(Subsecretaria de Desarrollo Regionaly Administrative,或 SUBDERE)管理一个称为邻区发展项目的 ISAR,这项拨款旨在资助地方的基础设施并主要关注极度贫困的地区。地方政府在确定地方的潜在项目时发挥着基础性作用,具体包括促进社会公共组织的发展、负责补充性收费的征收、①获取或出卖相关的资产以及改善小型社区的水资源供给条件。第二种 ISAR 是城市改善和排洪项目。该项目由住房部资助。如同项目名称所显示的,该项目资助新的投资、负担老街维护费用并支持城市排洪设施的建设。公共基础设施部提供一项名为农村饮用水项目的 ISAR,旨在发展农村地区的供水设施。该项目通过建立农村饮用水委员会使地方承担起了

---

① 在一些情况下,受益者也提供最低限额的捐款。

维护这些设施的责任。最后,国家体育协会负责管理智利的体育项目,主要是资助体育设施的建设和改造。从 1999 年开始,ISAR 在大区投资性拨款中的份额呈现整体性下降的趋势；2003 年,该份额刚过 10%。

1996 年开始试行一项新的大区投资性拨款,即由地方对决定将要实施的具体项目负全责。此项拨款被称为由地方分配的大区投资(inversion regional de asignacion local,或 IRAL)。目前共有两种 IRAL。一种是城市和公共设施改进项目(Programa de Mejoramiento Urbanoy Equipamiento Comunal,或 PMU)。PMU 由 SUBDERE 负责管理,旨在资助能够增加地方就业和改善居民生活质量的小型项目。与其他拨款的初衷一样,该拨款旨在资助体育设施、人行道的维护和社会团体的运转等。事实上,PMU 中仅有 75% 是严格按照 IRAL 进行分配的,剩下的 25% 由行政长官决定,主要用于应对突发事件。由各 CORE 决定哪些地方可以获得拨款及其具体数额。之后,各地方委员会告知 SUBDERE 其将要进行的投资的状况。

第二种 IRAL 旨在通过支持小型企业促进地方生产的发展。此类 IRAL 通过社会投资和巩固基金(Fondo de Solidaridad e Inversio'n Social,或 FOSIS)运作,作为 MIDEPLAN 的一个分支。它被称为支持经济活动收益项目,主要用于资助生产性投资、地方特色化服务、贷款和地方商业环境的改善。

以计划性协议的名义实施的项目是大区和提供资金的中央相关部门之间签订的共同筹资合同的产物。投资提案应该成为大区长期发展战略的一个部分。此类项目的一个例子是参与式公路计划项目,其目标群体是以委员会形式组织起来的城市居民,他们要求住房部的地方分支机构铺设道路或缺失的人行道。

类似的拨款为工人、小型社区和既没有能力获取最低收入又无法获得贷款的极度贫困的个人提供住房补贴。如特殊工人计划项目,最低标准社会住房补贴,以及智利邻区项目。特殊地方需求也可通过体育拨款、河岸防护项目及公民安全项目得到满足。绝大多数此类项目不仅资助实体建设的改进,还给予技术支持并促进共同努力以达成计划目标。

如表 12.2 所显示的,唯一明确设立的二次分配标准是用于FNDR 的标准。其他拨款由出资部门根据区域捐赠——或明显的赤字——分配给打算使用特定 ISAR 的领域。尽管这种区域分配机制可能被贴上自由决定的标签,但与任意决定相差甚远——只要其基于中央设定的一系列因素。

表 12.2　分权的公共投资资金:主要分配标准

资　金	初　级　分　配
大区发展中央基金(FNDR)	分配是由大区副部长和行政发展部门作出的,90％的配置是根据一系列的社会经济和辖区指标,10％用在紧急状况和促进运用区域预算的效率
大区分配性投资(ISAR)	由拨款部门确定
由地方分配的大区投资(IRAL)	由拨款部门确定
计划性协议	由拨款部门确定

资料来源:作者自己的分类。

投资提案源于地方公共机构满足居民需求的意愿。相邻地区的人们组成地方委员会以传达有关其具体需求的信息。这些信息通过地方政府、中央政府部门的地方分支机构或大区及省政府传达。除了极少数特殊情况以外,提案均上缴至 SERPLAC,由其根据国家投资体制对项目进行评估(SUBDERE 2003)。提案获得技术性批准之后,再反馈给大区政府,由大区政府根据区域利益对所有提案的可行性进行排序,再向 SUBDERE 或其他部门提出拨款请求。大型投资项目须交由 MIDEPLAN 直接评估,以使整个公共部门过程集中至中央。

尽管所有这些拨款都被称为 RDPI,但仅 FNDR 中未限定用途

的部分——约占全部 RDPI 的 50％多一点（见表 12.3）——算得上
真正的可自由支配的投资性拨款。RDPI 在公共投资总额中所占的
比例从 90 年代初期的 13％上升至 2003 年的 50.2％。这一趋势顺
应了当前政治上更加推崇分权化的公共投资拨款分配方式的潮流。
这类拨款的规模可自由决定的事实表明该比例在未来可能随时减
少或增加（Letelier 2003）。然而，RDPI 在公共投资总额中所占的
比例增加的趋势是分权化以来所取得的最重大的成就。在过去的
13 年里，公共投资拨款向大区和地方转移的势头十分旺盛；然而，
这种转移并未引起制度结构的类似演进。从总体上看，大区政府享
有的职权范围从 1993 年大区政府正式成立之日时起就没有发生过
变化。

表 12.3　由大区决定的公共投资基金，1999—2003 年，（百万美元，2002 年价格）

条款	1999	2000	2001	2002	2003
FNDR	256.3	249.7	295.6	355.1	449.3
ISAR	139.0	134.0	141.9	150.6	90.4
IRAL	37.8	52.6	53.7	47.0	40.0
计划性协议	137.8	184.9	198.1	219.4	277.8
总计	570.9	621.2	689.3	772.1	857.5
国家公共投资比例/％	36.9	44.4	46.3	47.3	50.2

资料来源：SUBDERE 提供的数据。

自治市的情况

自治市之间的转移支付

针对地方的拨款结构有一种补偿机制，能够把富裕地方的政府
收入再分配给贫困的地方政府。这种机制的运作方式类似于在联

邦制国家比较常见的再分配性拨款,由省或联邦税收出资,再由中央政府根据议定的规则进行分配。在智利,这种机制采取的是共同地方拨款(或 FCM)的形式。FCM 在考虑再分配性因素时,既考虑到了收入产生阶段,又考虑到了拨款分配的方式。国家宪法规定 FCM 的目的是作为一种"在地方之间再分配自有收入的巩固机制"。

表 12.4 显示了被分配的收入的数额。2003 年此类转移支付的总额达到 51 500 万美元。表中显示的历年数据说明,这一拨款在地方支出总额中的比例一直在增长。在很大程度上,出现这种现象是因为 1999 年到 2003 年期间,纳税财产的价值和数量以及缴纳流通许可费的车辆的数量都有显著增加。这些都为该项拨款提供了重要的收入来源(专栏 12.2)。应该指出的是,中央在此类拨款中实际上不占有任何份额,因而,FCM 是纯粹的地方之间实现再分配的工具。图 12.2 和图 12.3 显示了智利各地方之间在地方政府收入方面的高度不均衡状况。2002 年,仅有 51 个地方政府是纯粹的贡献者;剩下的 290 个地方政府都是纯粹的受益者。值得注意的另一个方面是在所有贡献者中,有几个的贡献额相对于剩下的是十分庞大的。

表 12.4　FCM 资源,1999—2003

年份	总额(百万美元,2002 年价格)	FCM 占城市开支的比例/%
1999	392	31.8
2000	394	30.4
2001	445	34.8
2002	492	37.0
2003	515	36.6[a]

资料来源:作者根据 SUBDERE 提供的数据估计。

a. 作者估计。

专栏 12.2　普通城市基金

FCM 的资金来源

1. 财产税的 60%（所有地方）

2. 汽车流通许可费收入的 50%

3. 按照售价的 1.5% 征收的车辆转让费的 50%

4. 圣地亚哥收入的 55%，普罗维登、拉斯孔德斯和维塔琼洛所收地方商业许可费的 65%

5. 中央政府部分

FCM 的分配

1. 90% 按照社会折算率分配，每 3 年再评估一次

2. 10% 用于应对突发事件，并作为地方管理职能

资料来源：作者基于 SUBDERE 提供的信息进行的分类。

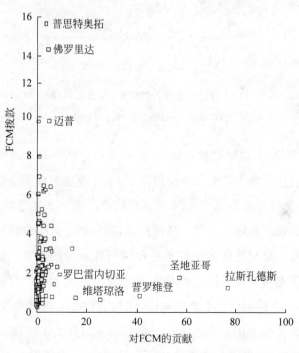

图 12.2　自治市对 FCM 贡献以及得到的拨款

资料来源：SUBDERE 2003 年的数据。

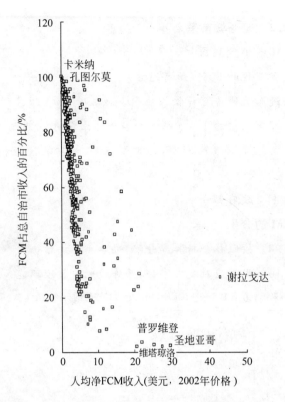

图 12.3   FCM 占自治市收入的份额,以及人均净 FCM 收入

资料来源:SUBDERE 2003 的数据。

在 FCM 的运作过程当中,也可以发现一些不足。其中之一是法律规定所有地方都有义务按照专栏 12.2 描述的规则拿出其部分收入,尽管其中没有几个是纯粹的贡献者。由于大多数情况下,地方获得的返还数额大于其贡献的数额,因而整个向中央转移资金及获取相应的分配拨款的过程是一种时间和资源的浪费。地方政府往往由于其将要获得的纯收益而拖延支付其应上缴的份额。由此导致的后果是,从严格意义来说,通过 FCM 征集的资金中仅有58%实现了再分配。剩下的 42%的资金被返还给了出资者。

FCM 结构还有一个不足。虽然 FCM 是一种再分配工具,但它也赋予了管理绩效和灾害性事件一定的权重(10%)。尽管对于一些小规模的地方而言,这部分拨款是一个重要的收入来源,但它显然违反了再分配的总体目标。图 12.2 和图 12.3 表现出的某些例外也许可以归结为 FCM 并非一个纯粹的再分配机制。从图中还可以看出,大部分地方政府都是纯粹的受益者。2002 年仅有 15％的地方是纯粹的贡献者。目前,SUBDERE 正在考虑重新设计此项拨款。尽管意见尚未达成统一,但所有潜在的改进方法都旨在解决这些问题。

来自上级政府的转移支付

上级政府对自治地方的转移支付是通过三种基本的与补助金相关的拨款实现的。第一种是各大区分配给特定地方的 IRAL 部分。第二种是自治地方获得的用于支持教育和医疗等委托性职能的拨款(表 12.1)。所有地方都可获得此类按人口计算的地方性拨款,而且特定的某些地方还可获得大量额外的专项拨款。在某些情况下,地方政府需要申请才可获得拨款;其他情况下,由中央政府决定哪些地方可获得拨款。第三种名为"社会援助和生产促进"拨款(表 12.1)。这些拨款直接支付给受惠者,囊括了广泛的旨在扶持各种地方社会性职能的专项拨款。本节分别描述了教育和基础医疗卫生两种委托性职能的拨款情况及社会援助和生产促进拨款的情况。

教育和基础医疗卫生委托性职能

中央政府针对基础医疗卫生的拨款是根据地方的理论人口计算的,具体的人口数以最近一次的国家人口普查为准。1995 年开始实施一项新的计划,即根据医疗服务的人均成本计算。给予各地的拨款数额按照以下两个步骤计算:第一步,以满足一个家庭的卫生方面计划所需的一整套基础医疗卫生服务为基础,计算基本的平均成本(Duarte 1995)。第二步,用这个基本平均成本乘以一个系数,这个系数是用以区别农村地方与城市地方的,且在农村地方和城市地方之内,还要再区分贫困地方和非贫困地方。基础医疗卫生中心除了获得按人数分配的拨款以外,还可获得以加强关注项目的名义实施的 22 种补充性转移支付。这些转移支付涉及管理改进资金以及各种预防性卫生项目。在大多数情况下,这些拨款是由卫生部根据特定地方具体的基础医疗条件进行分配的。如表 12.5 所示,基础医疗卫生在全部公共卫生支出中仅占 10% 多一点。尽管无法获得历年的系统信息,也可看出不包括基本平均拨款在内的补助性拨款约占基础医疗卫生拨款的 1/3。

表 12.5　委托性职能,1999—2003(百万美元,2002 年价格)

指　　标	1999	2000	2001	2002	2003
教育	1 494.0	1 623.0	1 706.3	1 957.8	2 022.6
对地方学校的补助	815.7	880.0	929.3	980.0	1 071.5
对公共赞助的私立学校的补助	499.3	558.2	578.9	701.8	691.6
特殊学校项目	179.0	184.8	198.1	276.0	259.6
基础医疗中心	175.4	181.7	198.5	216.5	245.9
总计	1 699.4	1 804.7	1 904.8	2 174.3	2 268.5
学校支出占中央政府教育开支的比例/%	70.5	70.1	70.1	71.9	71.7
公共医疗服务占政府卫生开支的比例/%	11.2	10.7	10.8	12.4	14.1

资料来源:公共预算法。

至于教育方面,智利的初级和中级教育有三种备选的供给方式:完全由私人出资经营的学校、由国家资助的私立学校以及地方学校。与基础医疗卫生服务一样,地方从 1980 年起开始承担管理学校的责任。国家资助的(私人的或地方的)学校获得专项拨款的方式是中央向每个学生发放代金券,按照核定的在册学生的人数每月发放。尽管有一个基本的教育补贴数额,但法律区分了 17 种教育类别,不同的类别每月获得的人均教育补贴也不同。首先是半日制和全日制教学模式的划分。尽管智利教育体制的发展方向是全日制,但目前大多数公立学校受办学条件的限制依然是按半日制运作的。进一步的划分是考虑所提供的学校教育的层次（初级或中级）、教育的类型（技术或科学）、学校的地理位置（农村或城市）以及在校学生的类型（普通学生、残疾学生、成人学生等）等标准做出的。此外，从 1991 年开始，地方学校可选择向学生收费。选择这种方式的学校，其获得的代金券是与收取的费用成反比的。[①]

该体制的逻辑在于利用"退出"而非"意愿表达"的潜在功能，作为强化学校管理者和地方当局责任的方式。由于中央政府的拨款完全取决于在册学生的人数，因而管理不善的学校理论上会受到生源流失的惩罚。虽然地方也主动提供部分资金来补充中央拨款，但绝大多数资金依然来源于代金券形式的拨款。所有代金券形式的拨款发放都是基于不断变化的标准，因而必然使全国各地的教学质量呈现出显著差异，也使智利因此成为一个情况相当特殊的国家。尽管有代金券形式的拨款，但还是有人提出该体制不符合从 1991 年开始实施的教师法（González 1998）。这部法律旨在规范教师和自治地方之间的合同责任，而且它为地方进行教师裁员设置了极大的障碍。这样一来，法律在代金券形式的收入可变的背景下限定了劳动成本。

除了每个学生获得的代金券以外，教育部还安排了各种旨在通过改进教育体制的具体缺陷来强化教学的专项拨款。[②] 多数情况下，学校通过提交符合国家倡导的目标的项目申请获取此类拨款。其他情况下，教育部使用更加随机的分配程序。它会考虑如地方贫困和社会脆弱性之类的社会经济因素。目前，学校可以获得的此类项目有 15 个，还有大量其他项目为学校提供持续性的资金支持。此类项目设置目的一般是通过给予学校管理者有更大的设计发展

---

①　这项收费许可的目的是将政府筹资的努力集中于有需要的人们，利用有一定条件的家庭的支付意愿。虽然备受争议，这项制度在为城市教育收取额外的资源中却得以成功运作。（González 1998）

②　这些项目适用于地方政府的学校，也适用于公共支持的私立学校。

规划的自由来实现教育过程的分权化。大部分项目的设计是出于应对所谓教育改革中特定问题的需要，改革始于 1990 年，并发起了一项旨在改善学校教育的意义深远的国家计划。

特别项目可划分为三种类型。第一类旨在增强教育的可获得性。第一项行动正在通过名为"所有人的学校"的项目实施，其目标是预防学校失职。一旦完成对学校的鉴定，中央有关当局便下拨实施适用于某个学校的发展计划所需的资金。计划涉及奖学金的分配、基础设施的改善、教学方法的改进、学校的社区参与以及对学生的个人心理辅导。

同属于这一类型的另一个项目是全程学校项目。该项目旨在促进学校积极融入所谓的全程体制。[1] 学校管理者可通过提交涉及教学过程的各个方面的发展计划来申请此项拨款。通过审核的学校可获得更高的学生人均补贴以及一笔用于维护教学设施的补充性奖金。Raczynski(2001)对这一项目进行了正式评估，他发现，与新计划的实施相伴随的人员和设施资源的缺乏使一些学校当前的活动受到困扰。某些情况下，把向在校学生提供午餐的制度纳入全日制计划也成为了一个重要的问题。

2003 年起实施的智利达标计划是这一类型的另一个项目，其实施的目的是促进与教育相关的三个指标的发展：公平、竞争力和工作机会，这三个指标在智利依然处于起步阶段。该项目有助于帮助成人继续并完成学业。员工为该项目潜在受益人，其私人企业在缴纳与这些在册员工相关的税收时可享受折扣。公立学校可通过提交一份行动计划并证明它们满足一系列基本条件而申请成为该项目的执行机构。

第二种类型的项目旨在改善教育的质量。一个重要的开端是 1992 年实施的教育改进项目（Proyectos de Mejoramiento Educativo,

---

[1]　现在大部分的地方政府学校使用轮换制，所以学生上上午的课或者下午的课。

或 PME)。PME 旨在资助那些试图通过更加自主和新颖的管理方式改进教学质量的小型项目。申请者的最终确定以公开竞争为基础，所有国家资助的学校都是潜在的受益者。而其中学生为社会最贫困人口的、财力极为有限的学校更受优待。PME 的效果已经过正式评估(DIPRES)。评估结果显示，给予各学校的资金不足以实现激发教师和学校管理者的创造力的目标。有趣的是，一个名为 Montegrande 的示范项目似乎收到了更加成功的效果，该项目旨在激发教学创新，采取的方式是向为数不多的几个经过严格筛选的学校发放数额巨大的拨款(DIPRES 2001a)。

从 2002 年开始，另一个旨在改善教育质量的项目开始实施，即阅读、写作和算术(Lectura，Escritura y Matematica，或 LEM)项目，其目标是增强学生的语言和数学能力。它包含了广泛的补充性项目，如教师培训、学校图书馆的改善、向位于大城市地区的 66 所低绩效的学校提供直接援助、挑选 20 所学校实施试点计划以及一些针对父母的促进活动。

为了确保学生获得最新的知识，1992 年起一个名为"链接"的项目开始实施。该项目旨在推广计算机技术的使用及增加学生接触计算机技术的机会。该项目在实现这些目标的过程中遇到了大量的问题，包括电力及通信设施不足以及电脑平台的不可靠性以及相关知识和合格教学人员的缺乏。到 2005 年，链接项目已经安装了 7.5 万件以上的设备，88% 的小学和 85% 的中学成为受益者。该项目目前仍在进行中。

同属于这一类型的另一个项目是组建学习资源中学，旨在为公民提供更多使用图书馆的机会。教育部把图书和读物分发给提出了拨款申请的小学。候选学校的确定依据是申请者的特性和基本条件，如学校的教学质量、学生的社会经济状况和其他类似的因素。

第三类项目旨在增强或修正学生的某些特殊习惯和价值。属于这一类型的项目一共有五个。一个是远离毒品计划，主要是向在校学生发放相关的知识性读物和提供指导性方针。该计划是一个综合性的控制吸毒计划的组成部分。类似的计划还包括性教育、环境教育和反对恃强凌弱行为计划。特别值得一提的是跨文化计划；该计划始于 1995 年，旨在实现本土文化因素如语言和历史与普通学校课程的整合。土著民族的学生可申请获得奖学金。

　　表 12.5 从总体上描述了教育获得的各种分散型拨款的具体数额。在所有教育公共支出中，有 70％以上要么以基本的代金券补贴形式实现，要么以其他专项性拨款方式实现。但平均来看，所有转移支付中基本补贴占 80％以上。从表中还可以看出，1999 年到 2003 年期间支出总额的大幅度增加主要是由特别学校项目拨款的大幅度增加带来的。该项目的实施根源于 20 世纪 90 年代初发起的教育改革，其中很多特别提案都强调了教学质量。数据显示，尽管政府的医疗卫生职能的分权化程度相对较低，但相关拨款在表中统计的各年份中也有大幅度增加。

社会援助和生产促进

　　在过去的 30 年里，智利的社会援助方式越来越强调来自政府的社会补助的作用。为了充分利用社会援助网络的作用以尽可能地满足真正需要的人群，政府进行了一系列的尝试。其中值得一提的是 1980 年实施的一项旨在确定自治地方需要社会援助的居民类型及其面临的问题类型的尝试。这一尝试被称为社会状况档案（Ficha de Caracterzacion Social，或 CAS-1 档案），它提供了个体的生活质量状况。

　　目前正在试行一项名为 CAS-2 档案的改进登记程序（MIDEPLAN 2004）。信息搜集通过一项对潜在的有资格获取援助的居民的调查来完成的。1984 年进行的第一次调查显示，仅有 14％的社会支出惠及到了极度贫困人口。每一个受访者都被赋予了一个分值，分值取决于与住房、教育、职业和收入等相关的 13 个变量。尽管调查过程受到中央和大区政府的监督，但负责实施调查的是地方政府。基于 CAS-2 档案发放的补贴可分为两种类型。一种旨在为无法自给自足达到最低生活标准的处于贫困线以下的个人提供补助。另一种旨在帮助地方小企业或地方政府提高生产物品和服务的能力。

在第一种补贴中，一个深受好评的项目是为饮用水供给提供财政补助。该项目为水资源消费和居民下水道系统的使用提供补贴（DIPRES 2001b）。尽管该项目由 SUBDERE 负责管理，但补贴是由财政部直接拨付给私人和公共的饮用水供给者的。此类拨款按照中央设定的标准在地区之间分配。一旦决定了各地之间的年度基本分配，各 CORE 便将大区补贴分配给各自治地方，再由地方把补贴分配给特定的家庭。补贴在家庭饮用水消费中所占的份额从 30% 到 80% 不等，无论家庭情况如何，其每月获得的饮用水消费补贴最高不得超过 15 立方米。值得一提的是，促成此项补贴如此成功的原因之一可能是，饮用水供给公司可以决定管理程序，以便代表受益家庭的利益刺激补贴的不断增加。由于在这种情况下供给者也是利益相关者，因而自从这一体制实施之后，补贴的数额也有显著增长。

社会援助采取的形式还包括旨在实现多种特定目标的补助津贴（pensiones asistenciales，或 PASIS）。老年人补充津贴为超过 65 岁且家庭收入不足国家规定的最低退休金的 50% 的公民提供最低收入补助。类似的，残疾人补助津贴的受益对象是 18 岁以上的残疾人。受益者每月领取金额约为 50 美元的补助。除获得现金补贴之外，受益者还可自动享受公共医疗体系提供的免费基础医疗，而受益者的抚养人也可获得额外补助。各种以家庭补助金为名义的援助项目直接针对处于极端贫困状态的儿童和母亲。独身家庭补贴的资助对象为极度贫困、没有任何其他现金收入来源且抚养人也没有收入来源的不足 15 岁的公民。这一补贴的受益人每月可获得约 4.50 美元。享受家庭补贴的母亲也可获得类似的名为"母亲补

助金"的定期生活津贴。被选定的孕期母亲可一次性获得 46 美元
的补贴(名为母性津贴)。孩子一出生母亲便可申请新生儿福利,即
一种按月发放的、针对 10 个月以内的婴儿的补贴。

与前面提到的目标具有针对性的补贴不同,教育部发起了两项
永久性行动,旨在促进全体居民享有平等的受教育机会。一项由国
家学校补助和奖学金委员会(Junta Nacional de Auxilio Escolary
Becas,或 JUNAEB)负责实施,目的是为社会贫困儿童提供食物补
贴和健康补助。该项目惠及 1 万所学校的 40 万名学生。从 1964
年便开始实施,在惠及极度贫困人群方面取得了巨大的成功。其中
1/10 的受益者几乎完全依靠该项目提供的补助为生,1/2 的学生如
果没有该项目的帮助将面临辍学。①

另一项行动是由国家游乐场理事会(Junta Nacional de
Jardines Infantiles,或 JUNJI)负责开展的。其主要目标是向 3 个
月到 5 岁之间的儿童提供免费食物和一般社会关怀。大多数情况
下援助是通过私人供应商提供的,这些私人供给部门往往是由地方
资助的。但 JUNJI 也负责对与儿童社会状况无关的私人资助部门
进行监督并授予其必要的职责。无论是 JUNAEB,还是 JUNJI,在
确定受益人资格时,都是以地方实施的一整套集中性程序为依据
的,这是因为儿童的社会状况是由地方负责搜集的。

尽管在过去的 10 年中,处于贫困线以下的人口比例大大降
低,②但从 1996 年开始,再想获得进一步的进展变得困难了。于是,
从 2003 年起一项新的议案开始付诸实施,即处于极度贫困状况下
的家庭将有可能获得一整套综合性补助。智利团结体系是一个针
对家庭的项目,旨在惠及那些往往被排除在一般社会援助体系之外
的最贫困人口。该项目的一个基本特征是提供给受益人社会和心
理支持:相关的技术人员定期访问特定的家庭并建立目标人群获

---

① 参见网页:http://www.juneb.cl,国家学校补助和奖学金委员会网站地址。
② 在过去 10 年,处于贫困线以下的人口比例已经降低了一半。

取社会援助的桥梁。

　　这一桥梁项目是由 FOSIS① 和地方政府共同实施的。家庭与政府之间签订合同。受益家庭承诺充分利用国家提供的所有社会福利，而政府则承诺让家庭获得额外的一整套明确定义的福利，包括一项按月发放的现金补贴，将在合同签订两年以后发放给家庭。让家庭签订合同的目的是确保受益家庭的各成员可以向负责提供他们要求的特殊社会福利的地方政府有关部门提出申请。

　　尽管智利团结体系的实施成为一个主要的政治问题，但该体系对公共预算的影响难以准确衡量。表 12.6 通过对各种社会补贴的具体数额的描述显示了补贴在公共预算中的地位。

表 12.6　通过 CAS-Ⅱ 卡分配的社会项目，
1999—2003，(2002，百万美元)

项　　目	1999	2000	2001	2002	2003
社会援助	475.8	485.1	495.9	506.0	500.2
PASIS	249.2	242.3	241.7	240.9	235.3
家庭补助	62.7	63.5	61.4	63.2	61.3
失业补助	2.4	2.3	2.5	2.0	1.8
饮用水补助	26.0	31.0	34.0	34.0	35.0
JUNJI	19.8	21.8	25.2	27.6	26.8
JUNAEB	115.8	124.2	131.1	138.3	139.8
生产促进	3.2	4.7	7.3	7.2	9.2
PRODESAL	3.3	3.3	3.8	4.5	5.6
PROFIM	n. a.	1.4	3.5	2.7	3.6
总计	479.0	489.8	503.2	513.2	509.4

资料来源：公共预算法。

注：n. a. ＝不适用。

　　某些地方援助项目也促进了生产的发展。尽管它们未被正式归入社会援助体系，但这些项目可以与上述拨款归为一类讨论，只要它

---

　　①　FOSIS 是 MIDEPLAN 的正式机构。

们旨在帮助处于困境中的小企业和低收入地方政府。其中一个地方援助项目为地方制度强化项目（Programa de Fortalecimiento Institucional Municipal，或 PROFIM）。1994 年，智利政府与世界银行签订了一项协议，规定被选定的地方政府将获得援助以发展其履行法定职能的管理能力。PROFIM 清楚地认识到智利各地方政府在管理能力和工作人员的天赋方面存在严重的异质性，这种情况严重阻碍了地方公共服务质量达到国家最低标准的实现。有鉴于此，PROFIM 把改善地方规划、财政管理、人力资源管理、基础医疗卫生和地方教育定为主要的目标。受益地方的确定基于 6 个指标：人口、贫困状况、在国家人口普查中的人口增长情况、与大区首府的距离以及地方官员的人数。

地方发展项目（Programa de Desarrollo Local，或 PRODESAL）也刺激了私人经济活动的发展，该项目旨在资助从事小规模生产的低收入农民。PRODESAL 由农业部的下属机构农业发展协会（Instituto de Desarrollo Agropecuario，或 INDAP）资助和管理。该项目提供特殊领域的技术建议，并帮助受益者获取其他旨在改善其生活质量的国家福利及补充性拨款。

智利的启示

至于智利分权化改革途径的积极方面，至少我们可以学习两条重要的经验。一条是集中于社会导向的补贴带来的好处，主要是通过使自治地方在管理——尽管不是资金的分配——国家社会援助体系方面发挥积极作用。尽管没有系统的证据证明这一特殊方式是缓解贫困的有效机制，但智利在这个方面的经验却相当成功。仅在 1990 年到 1998 年期间，智利的贫困率从 38.6% 下降到 21.7%。

尽管这些年来智利在经济增长方面表现出了相对较高的绩效,但在制定社会公共政策时还应该考虑发挥信贷的作用。另一条是某些教育资助项目明显地体现了鼓励学校管理创新的意图。由于国家资助的各学校之间要为获取拨款而竞争,因而它们往往会提出十分新颖的项目。

应该指出的是,智利的改革中存在四个不足。第一个不足体现在中央政府向下级政府提供的拨款结构缺乏连贯性和同质性。当前有 35 个以上的资助学校教育项目(虽然目前这些项目中学校能够申请的仅有 15 个),22 个基础医疗卫生专项拨款和 4 种基本的资本拨款。所有项目之下都设有大量的特别拨款。数量相对较多的条件性转移支付弱化了财政分权的程度。在解决这个问题上采取的一个引人注目的举措是将绝大多数特别拨款合并为一项整体性拨款。这一举措将扩充地方代表的选择范围,使公共资源的分配更加接近地方和地区选民。

第二个不足体现在各地方政府之间的收入再分配机制上。如之前提到的,公共拨款的地区分配是通过 FCM 实现的,FCM 先从所有自治地方募集地方收入——在四个最富裕的地方征收较高的份额——然后按照均等化原则对募集的收入实施再分配。这一再分配工具正在经历变革的事实表明,全部地方都来捐助一项拨款的机制会带来诸多不便。显然,从中可以吸取的经验是事先应该同时确定单纯受益的地方政府和单纯出资的地方政府,然后直接分配利益。

第三个不足表现为现行的不允许地方政府借债的体制所带来的不便。通过租赁合同或延期支付经常性支出的间接借贷使这一规定难以执行。

第四个不足体现在尽管 1980 年推行的把学校教育和基础医疗卫生划归为地方责任的过程是目前为止分权化力度最大的一次,但相关的财务机制存在两个重大的缺陷。首先,由于大多数情况下教育补贴拨款和按人头发放的基础医疗卫生拨款是拨付给地方政府而不是相关的责任单位的,因而这一部分资金经常被挪作他用。这一问题显然是由于地方政府缺乏其他真正的可自由支配的转移支付拨款导致的。针对这一问题,一个值得一提的创新性举措是引入学区,很多发达国家都采用了这一做法。与此相关的一个问题是教师法显然不适应代金券体制有效运作所要求的地方支出结构的灵活性。

结　　论

虽然智利在中央以下设有三级政府,但真正实行分权的只有大区政府和地方政府。他们都设有地方代表委员会,负责分配中央下拨的公共拨款。但他们的自主程度受到两个因素的限制。一个是中央以下政府获得的转移支付中很大一部分事实上是以专项拨款的形式实现的。这一限制在地方一级尤为明显,其获得的拨款中很多是由中央安排的旨在强化地方特定职能的各种专项拨款构成的。除了大区政府事实上没有自己的预算之外,限制中央以下政府实现真正的财政自主的另一个因素是地方税率和税基结构受到相当严格的限定以及法律禁止地方借债。

中央以下政府获得的拨款可分为三种类型。第一类是用于教育和医疗的履行所谓的委托性职能的拨款。包括基本拨款和大量旨在改善教育和基础医疗卫生的某些特定领域的拨款。第二类由各种直接发放给受益人的补贴和援助性转移支付构成。地方在这类拨款中的参与仅限于确定需要帮助的个人和对这类项目进行管理。另外还有一种用于自治地方之间的再分配的拨款。它从富裕的地方募集收入,再分配给贫困的地方。这一体制目前正在经历改革。第三类由分权化公共投资拨款构成。应该指出的是，近年来由地方支配的公共投资份额呈现出规律性上升的趋势。从财政分权的角度来看，无论这种增长有多积极，它都有可能导致一种相反的作用。这些拨款每年都是由中央政府正式提出并在中央预算的形成过程中随机决定的。

智利推行分权的方式中有两个积极方面值得一提。一方面是自治地方在管理社会导向的拨款及缓解贫困方面发挥的积极作用。另一个方面体现在某些教育资助项目鼓励了学校创新。

智利在改革方面的不足可以概况为三点。一是拨款结构缺乏连贯性。一个针对整个体制的综合性改进办法是设计一种整体性转移支付以取代现行的专项拨款。二是通过允许地方借债来增强财政透明性。现行的禁令低效且难以执行。三是地方再分配拨款引发了负面激励。与现行的不考虑地方收入而让所有地方出资的体制不同，应该首先确定纯粹的受益者和捐赠者，然后再收取或发放相应的资金数额。

参考文献

DIPRES (Dirección de Presupuestos). 2001a. "Informe Final de Evaluación del Programa Montegrande." Ministerio de Educación, Santiago.

———. 2001b. "Informe Final de Evaluación del Programa SAP, Programa Subsidio de Agua Potable y Alcantarillado." Subsecretaría de Desarrollo Regional y Administrativo, Ministerio del Interior, and Ministerio de Planificación, Santiago.

———. 2002. "Informe Final de Evaluación del Programa Fondo de Proyectos de Mejoramiento Educativo." Ministerio de Educación, Santiago.

Duarte, Dagoberto. 1995. "Asignación de Recursos Per Cápita en la Atención Primaria: La Experiencia Chilena." Working Paper 8, Corporación de Promoción Universitaria, Santiago.

Ferrada, Juan Carlos. 2003. "Valorización de las Experiencias de los Gobiernos Regionales." In *A Diez Años de la Creación de los Gobiernos Regionales: Evaluaciones y Proyecciones*. Santiago: Subsecretaría de Desarrollo Regional y Administrativo.

González, Pablo. 1998. "Financiamiento de la Educación en Chile." In *Financiamiento de la Educación en América Latina*. Santiago: PREAL-UNESCO (Programa de Promoción de la Reforma Educativa en América Latina y El Caribe and United Nations Educational, Scientific, and Cultural Organization).

Letelier, Leonardo. 2003. "La Descentralización Fiscal en el Contexto de los Gobiernos Regionales Chilenos." In *A Diez Años de la Creación de los Gobiernos Regionales: Eval-*

uaciones y Proyecciones. Santiago: Subsecretaría de Desarrollo Regional y Administrativo.

Martner, Gonzalo. 1993. *Descentralización y Modernización del Estado en la Transición: Reforma Municipal*. Santiago: LOM Ediciones.

MIDEPLAN. 2004. "Ficha Familia: Másy Mejor Focalización en una Nueva Etapa del Desarrollo Social del País." División Social de MIDEPLAN, Santiago.

Raczynski, Dagmar. 2001. "Estudio de Evaluación de la Jornada Escolar Completa." Dirección de Estudios Sociales, Universidad Católica de Chile, Santiago.

SUBDERE (Subsecretaría de Desarrollo Regional y Administrativo). 2003. *Fuentes de Recursos para el Desarrollo Regional*. Santiago: SUBDERE.

———. 2004. "Instrumentos de Inversión de Decisión Regional—2004." Working Paper, Santiago: SUBDERE.